CUÉNTALO

MOTUS

Nos gusta la adrenalina y la tensión que vivimos al leer un thriller. Ese hilito de sangre, ese tictac que hará detonar lo imposible, no saber quién es el culpable y también intentar deducir el final.

Nos intriga saber que la muerte pudo ser solo una coartada, la vuelta de tuerca, el reto que nos ponen al contarnos cada historia.

En el cine, la ansiedad nos lleva al borde de la butaca, y con los libros nos hundimos en el sofá, sudamos en la cama, devoramos cada párrafo a la velocidad de nuestras emociones.

Sentimos que los personajes nos cautivan, nos revelan nuevas realidades y experiencias de vida al límite.

Nuestro compromiso es poner ante tus ojos solo autores que te provoquen todo eso que los buenos thrillers y las novelas negras tienen.

Queremos que te sumes a esta comunidad a la que guía una gran sed de buen entretenimiento. Porque lo tendrás en cada uno de nuestros libros.

¡Te damos la bienvenida!

Gigl, Robyn
Cuéntalo / Robyn Gigl. - 1a ed. - Ciudad Autónoma
de Buenos Aires : Trini Vergara Ediciones, 2021.
384 p. ; 23 x 15 cm.

Traducción de: Carmen Bordeu.
ISBN 978-987-47898-6-0

1. Narrativa Estadounidense. 2. Novelas Policiales.
3. Juicios . I. Bordeu, Carmen, trad. II. Título.
CDD 813

Título original: *By Way of Sorrow*
Edición original: Kensington Publishing Corp.
Derechos de traducción gestionados por Sandra Bruna Agencia Literaria, SL

Traducción: Carmen Bordeu
Diseño de colección y cubierta: Raquel Cané
Diseño interior: Florencia Couto

© 2020 Robyn Gigl

© 2021 Trini Vergara Ediciones
www.trinivergaraediciones.com

© 2021 Motus Thirller
www.motus-thriller.com
España · México · Argentina

ISBN: 978-987-47898-6-0
Hecho el depósito que prevé la ley 11.723

Primera edición en México: junio 2021
Impreso en Litográfica Ingramex, S.A. de C.V.
Printed in Mexico · Impreso en México

CUÉNTALO

Robyn Gigl

Traducción: Carmen Bordeu

MOTUS

Para Jan. Desde nuestro primer baile hace tantos años, tu estrella ha permanecido inamovible en mi firmamento. Gracias por compartir las aventuras de la vida conmigo. Con amor.

Para Tim, Colin y Kate.
Gracias por ser quienes son.
Son las tres mayores alegrías de mi vida.

PRÓLOGO

17 de abril de 2006

Sus ojos color café estaban muy abiertos, el estupor de haber sido apuñalado todavía se reflejaba en las pupilas dilatadas. Sharise se quitó de encima el cuerpo desnudo y sin vida, que cayó con pesadez de la cama al suelo y quedó tumbado de espalda.

"Mierda", pensó, y respiró con fuerza. "Tengo que salir de aquí. No. Tómate tu tiempo, no te desesperes. Son las dos de la mañana, nadie lo echará de menos por unas horas".

Se inclinó sobre su brazo para poder mirar por el borde de la cama. El cuerpo yacía en un charco de sangre sobre la alfombra de motel barata color mostaza. "Maldito hijo de puta. Te lo buscaste, pedazo de mierda". Apartó la vista y contempló su propio cuerpo cubierto de sangre. Las náuseas no le dieron aviso, se dobló sobre el costado de la cama y añadió una última indignidad al cuerpo tendido.

Temblando, se desplazó hasta el otro lado de la cama y bajó los pies al suelo. Esperaba poder pararse, que las náuseas disminuyeran. Apoyó una mano en la pared para estabilizarse y caminó a tientas hasta el baño, donde encontró el interruptor y el excusado justo en el momento en que vomitó otra vez, sujetándose las trenzas africanas con la mano derecha para protegerlas del contenido de su estómago y del agua turbia del excusado. En medio de los jadeos y las arcadas, su mente retrocedió a cuando era una niña y su madre se sentaba a su lado y la consolaba durante la terrible experiencia. Dios, qué bien le vendría tener a su madre en este momento, pero habían pasado cuatro años y no había marcha atrás posible.

Cuando ya no le quedó nada por sacar, Sharise se acostó sobre el frío suelo de baldosas. Le temblaba el cuerpo y lo único que quería era quedarse quieta. Finalmente, la realidad de lo que había hecho empezó a calar en su conciencia y supo que tenía que ponerse en movimiento.

Se arrastró para darse una ducha y observó cómo la sangre se arremolinaba antes de escurrirse por el desagüe. Su mente intentaba desesperadamente idear un plan. Sus huellas dactilares estarían en todo el cuerpo y la habitación, sin mencionar que probablemente podrían obtener su ADN del vómito, que no tenía intención de limpiar. Había sido arrestada suficientes veces para saber que Homicidios encontraría una correspondencia en el sistema antes de que se les enfriara el café. Así que no solo tendría que desaparecer de algún modo, también tendría que evitar que la arrestaran por el resto de su vida, algo poco probable dada su ocupación y especialmente porque su retrato estaría en todos lados.

Encontró su vestido en un rincón de la habitación y se lo puso sin ropa interior, que dejó en el baño, empapada en sangre. Se sentó en el borde de la cama y se subió la cremallera de sus botas de gamuza sintética hasta los muslos. Se miró en el espejo, extrajo el labial de su bolso y se lo volvió a aplicar. El único otro maquillaje que tenía era máscara de pestañas, pero decidió no volver a usarla por ahora.

¿Por qué diablos este chico blanco había tenido que elegirla a ella? Encontró su portamonedas en el bolsillo de los pantalones: William E. Townsend, hijo, edad veintiocho, según su licencia de conducir. "Genial", pensó mientras revisaba sus cosas, uno de esos tipos que no usaban efectivo. Además de los cincuenta dólares que ya le había dado, solo tenía otros treinta en el portamonedas, ni siquiera suficiente para pagar lo que él quería. Sharise tomó el dinero y la tarjeta de débito del Bank of America. Luego encontró el teléfono móvil, lo abrió y se desplazó a través de los contactos. "¡Maldito idiota!". Allí, debajo del nombre "BOA", estaba el número de PIN. Con eso conseguiría los trescientos, pensó.

Buscó las llaves del BMW en el bolsillo delantero de los pantalones y volvió a mirar el móvil. Dos y cuarenta y cinco. No estaba muy segura de dónde estaba, pero sabía que no muy lejos de Atlantic City. Tal vez todavía pudiera recoger algo de ropa y llegar a Filadelfia antes de que se hiciera de día. Podía deshacerse del automóvil allí y tomar un tren a Nueva York. Todo parecía poco probable, pero no se le ocurría otra opción.

Estudió la escena y evaluó la alternativa de llevarse la navaja. En realidad no tenía demasiada importancia si la encontraban. Si alguna vez la atrapaban, no tendrían ninguna dificultad en encerrarla. Sería mejor llevarla, decidió, por si acaso.

Se acercó al cuerpo en el suelo. El rostro del joven ya estaba pálido, la sangre que le había provisto de color ahora formaba un charco debajo de él. Las manos todavía aferraban la navaja que sobresalía del pecho. Sharise le aflojó las manos para retirarla; luego la lavó en el fregadero y la guardó en su bolso.

Hora de marcharse. Apagó todas las luces y colgó el cartel NO MOLESTAR en la puerta. Con un poco de suerte, estaría en Nueva York antes de que encontraran el cadáver. Y con mucha suerte, el hecho no transcendería más allá del noticiero local. Respiró hondo y dejó la habitación.

CAPÍTULO 1

Erin no había estado en esa sala del tribunal desde hacía más de cinco años. Muchas cosas habían cambiado desde entonces. Sonrió mientras se abría paso por el pasillo y pensaba en todo el tiempo que había pasado ahí diez años atrás, recién graduada de la universidad de Derecho, como asistente legal del juez Miles Foreman. Había aprendido mucho ese año observando a los abogados en la sala, tanto a los buenos como a los malos. Y había aprendido también mucho del juez Foreman, algunas cosas buenas y otras malas. Hoy esperaba vérselas con las malas. Podía lidiar con eso. ¿Qué otra opción tenía?

—¿Te volviste loca, Erin? —preguntó Carl Goldman con los ojos muy abiertos, mientras ella tomaba asiento junto a él. Carl representaba al coacusado del cliente de Erin.

Erin dejó caer su bolso, que hacía las veces de portafolio, sobre su asiento y esbozó una sonrisa atenta.

—No estoy segura de a qué te refieres, Carl.

—Foreman se va poner como loco. ¿Por qué presentaste esta moción? No solo se va a desquitar con tu cliente, sino que va a crucificar al mío.

—¿Tu cliente puede plantear una defensa?

13

Carl la estudió mientras intentaba establecer la conexión.

—No. ¿Pero qué tiene que ver eso con tu moción para que Foreman se abstenga?

Erin rio.

—Mi cliente tampoco puede plantear una defensa. Lo que significa que, en algún punto, tendré que conseguirle el mejor acuerdo extrajudicial posible. Repasé todas las grabaciones de las escuchas y estás en la misma situación. ¿Correcto?

—Sí, ¿y?

—¿Quién dicta las sentencias más severas del país?

—Foreman —respondió.

—Exactamente. Necesitamos un juez que juzgue este caso por lo que es, un simple caso de juego, no de crimen organizado ni lavado de dinero. Nuestros clientes tendrían que recibir una sentencia de un par de años a lo sumo, no los ocho o los nueve que Foreman les va a querer dar. Y mientras él tenga el caso, no hay ninguna razón para que la fiscalía sea razonable, porque Foreman no lo será cuando llegue el momento de dictar la sentencia.

—¿Pero cuáles son los fundamentos?

La sonrisa de Erin era ligeramente malvada.

—Foreman es homofóbico.

Carl se quedó mirándola con fijeza.

—¿Qué diablos tiene que ver eso? Mi cliente no es gay. ¿El tuyo lo es?

—No, Carl —Erin meneó la cabeza—, mi cliente no es gay. No se trata de él. Se trata de mí.

Carl la miró sin parpadear y su rostro fue adquiriendo una expresión confusa mientras la observaba de arriba abajo. Erin llevaba un traje sastre azul marino con una blusa de seda blanca escotada que acentuaba sus pechos y una falda varios centímetros por encima de las rodillas. Tenía puestos unos zapatos con tacones de diez centímetros y estaba maquillada a la perfección. El cabello cobrizo y las pecas dispersas sobre el puente de la nariz la hacían verse mucho más joven que sus treinta y cinco años. Le parecía más que irónico que solieran decirle que tenía el aspecto de una chica común y corriente.

—Pero no pareces gay —aventuró, finalmente.

Erin ladeó la cabeza.

—¿Y cómo se ve exactamente alguien que es gay? ¿No te parezco lo bastante masculina? Además, ¿quién dijo…?

La entrada del secretario del juzgado la interrumpió.

—Todos de pie.

El juez Miles Foreman emergió de la puerta que conducía de su despacho al estrado y contempló la sala de audiencias repleta.

—El Estado contra Thomas —anunció, sin siquiera disimular su enojo.

Erin y Carl se acercaron a la mesa de asesores legales, donde ya se encontraba apostado Adam Lombardi, el asistente del fiscal. Quienes no lo conocían, al ver su tez oliva, el cabello negro azabache peinado hacia atrás con fijador, la nariz romana y sus trajes de alta calidad solían confundirlo con un abogado defensor muy costoso. Pero la reputación de Lombardi como un fiscal de primera categoría era merecida, y él no daba señales de querer intercambiar lados.

—Comparecientes, por favor —agregó Foreman sin levantar la vista.

—Adam Lombardi, asistente del fiscal por el Estado, su señoría.

—Erin McCabe por el acusado Robert Thomas. Buenos días, su señoría.

—Carl Goldman por el acusado Jason Richardson, su señoría.

Foreman levantó la vista y se bajó los lentes para poder mirar por encima de ellos. A Erin no le pareció que el juez hubiera envejecido en los cinco años desde que ella había comparecido en su sala de audiencias por última vez o, para el caso, en los diez años desde que ella había sido su asistente, pero eso no era un cumplido. Calvo, de expresión severa a tono con su aspecto, Foreman siempre había parecido diez años mayor. Ahora, a los sesenta y cinco, por fin aparentaba su edad.

—Tomen asiento todos, excepto la señorita McCabe. —Levantó unos papeles y los agitó en el aire—. Buenos días a usted —comenzó—. ¿Le importaría decirme qué es esto, señorita McCabe?

Erin sonrió con cortesía.

—Supongo que es la moción que presenté, su señoría.

—Por supuesto que lo es. ¿Quiere explicarme el significado de esta moción?

Erin sabía que había una línea muy fina entre provocar a Foreman y que él la declarara en desacato.

—Desde luego, su señoría. Es una moción para que se abstenga del caso.

—¡Ya sé lo que es! —explotó—. Lo que quiero que me diga es de dónde saca usted la temeridad para cuestionar mi imparcialidad.

La respuesta irrumpió de inmediato en la mente de Erin: "Debe ser genético, probablemente la heredé de mi madre". Pero optó por algo más sólido.

—No estoy segura de entender, su señoría.

—¿Qué es lo que no entiende, señorita McCabe? Me está pidiendo que me aparte de la causa, pero no ha presentado ninguna declaración jurada para fundamentar su moción. Lo único que dice aquí es que desea presentar una declaración jurada para que yo la examine en privado, en mi despacho. Si tiene algo que decir sobre mí, le sugiero que lo haga en público para que conste en actas.

Erin lo miró y trató de evaluar cuán cerca de la línea se encontraba.

—No creo que su señoría quiera que yo haga eso.

Foreman dejó caer con fuerza los papeles sobre el estrado. Apoyó ambas manos y se inclinó hacia delante.

—¿Y usted, quién se cree que es para decirme a mí lo que quiero o no quiero? O se expresa para que conste en actas o desestimaré su moción. ¿Soy claro? —Hizo una pausa—. *Señorita* McCabe —agregó luego con énfasis.

Erin exhaló con lentitud.

—Muy bien, su señoría. Para que conste en actas, me desempeñé como su asistente legal hace diez años. Durante ese tiempo, su señoría actuó en una causa llamada *McFarlane contra Robert DelBuno*. DelBuno era, por supuesto, el fiscal general en ese momento. Supongo que su señoría recuerda el caso, ¿verdad?

Foreman le lanzó una mirada furibunda.

—Recuerdo el caso —replicó, con un dejo de preocupación en su voz.

—Supuse que lo haría, su señoría, porque esa causa involucró un desafío constitucional a las leyes de sodomía de New Jersey, leyes que su señoría defendía pero que posteriormente fueron revocadas en apelación. Ahora bien, su señoría sin duda recordará que el señor McFarlane estaba representado por...

El ruido del martillo de Foreman la interrumpió en seco.

—Quiero a los abogados en mi despacho inmediatamente. ¡Ahora! —el juez saltó de la silla, bajó con paso airado los tres escalones y atravesó la puerta que llevaba a su despacho.

Adam Lombardi siguió a Erin.

—Más vale que tengas algo bueno, Erin —le advirtió—. Porque de lo contrario, necesitarás dinero para la fianza, y pronto.

Ella le sonrió. Adam era un tipo decente, que solo hacía su trabajo. Si fuera por él, pondría un acuerdo extrajudicial equitativo sobre la mesa.

—Creo que estaré bien. Pero si algo sale mal, intercede por mí ante el alguacil, ¿quieres?

—Claro. Trataré de conseguirte una celda con una buena vista.

—Te lo agradeceré —respondió ella, mientras los tres ingresaban en el despacho.

Al entrar, Foreman se paseaba de un lado a otro detrás de su escritorio, todavía con su toga. Se detuvo el tiempo suficiente para recorrer con la vista a su exasistente legal.

—Usted... —comenzó—, tiene mucho coraje para atacarme así. Mi fallo en la causa McFarlane fue revocado, sí. ¿Y? Muchos fallos son revocados todos los días. Este es un caso de juego, no de prostitución. ¿Qué tiene que ver el caso McFarlane con esto?

Erin le extendió un documento.

—Su señoría, esta es la declaración jurada que quería que revisara en su despacho. Lo hice de ese modo para que pudiera examinarla en privado y luego decidir si desea hacerla pública.

Foreman se inclinó hacia delante y le arrebató los papeles de la mano; luego tomó unas gafas de lectura de su escritorio y empezó a leer. Su rostro comenzó a enrojecer casi de inmediato. Cuando terminó, miró a Erin con desdén.

—Estas son mentiras, mentiras despreciables. Jamás dije las cosas que usted me atribuye. ¡Jamás! Debería declararla en desacato por escribir estas acusaciones difamatorias. Tal vez un par de días en la cárcel del condado le refresquen la memoria. ¿Qué le parece eso, señorita McCabe?

Erin sabía que lo tenía en su poder. Desde luego, era la palabra de él contra la de ella, pero estaba segura de que él no querría que nada de esto saliera a la luz.

—Su señoría, he hecho todo lo posible por evitar que mis recuerdos de sus comentarios sobre Barry O'Toole, el abogado del señor McFarlane, consten en actas. Con mucho gusto entregaré copias a los asesores legales, si así lo desea. Y por supuesto, si me declara en desacato, tendrá que hacer constar mi declaración jurada en actas.

Foreman le arrojó los papeles, que cayeron inofensivamente sobre el escritorio.

—Fuera de mi despacho —masculló. Pero cuando los tres empezaban a hacerlo, llamó a Erin.

Ella se detuvo y se volvió hacia él.

—¿Sí, su señoría?

—Usted es peor que O'Toole, ¿sabe? Al menos él nunca mintió sobre quién era.

Erin lo observó, era obvio que estaba enojado.

—Su señoría, diez años atrás un hombre a quien considero uno de mis mentores jurídicos me dijo que la mayor responsabilidad de un abogado era hacer lo correcto para un cliente. Me dijo que aun cuando un juez estuviera en desacuerdo con mi posición, un juez siempre debería intentar respetar el hecho de que lo estaba haciendo por mi cliente. He intentado hacer honor a ese consejo y he puesto siempre el interés superior de mis clientes por encima de la reacción de cualquier juez. Al igual que yo, y tal como lo demuestra esa declaración jurada, ese mentor no es perfecto. Y dada mi condición, pensé que era probable que mi cliente se viera perjudicado por ciertos prejuicios. No obstante, aun cuando mi mentor no sea perfecto, siempre lo respetaré por su ayuda y su guía cuando trabajé para él. —Dejó que las últimas palabras quedaran en el aire, con la esperanza de que él se convenciera de su sinceridad—. ¿Algo más, su señoría?

Foreman recogió los papeles de su escritorio. Con lentitud, los rompió en pedazos.

—Esto es lo que pienso de su declaración jurada, señorita McCabe —dijo, con evidente desprecio—. Y si debo entender su pequeño discurso como una disculpa, no la acepto. Salga de aquí y no se moleste en volver. Me aseguraré de abstenerme en cualquier causa en la que usted esté involucrada, porque jamás podría ser justo con usted después de haber leído sus agraviantes mentiras. Y francamente, espero no volver a verla nunca más.

Erin se sintió tentada de responder, pero otro consejo prevaleció en su mente: Retírate mientras estés ganando.

—Gracias, su señoría —concluyó. Se volvió y se encaminó de regreso a la sala de audiencias.

CAPÍTULO 2

—¿NECESITAS DINERO PARA LA FIANZA? —preguntó Duane Swisher, el socio de Erin, cuando ella atendió el teléfono móvil.

—No, Swish. Me estoy yendo del juzgado —dijo con una carcajada, apreciando su retorcido sentido del humor.

—¿Y?

—Se abstuvo de esta causa y se abstendrá de cualquier otro caso en el que yo esté involucrada.

—Guau. ¿Qué había en tu declaración jurada?

—Ah, un par de citas fantásticas de un juez homofóbico. ¿Dónde estás?

—Estoy con Ben. Tratando de decidir cómo lidiar con la Oficina de la Fiscalía de los Estados Unidos.

—De acuerdo —respondió Erin. Esperaba que Ben Silver, uno de los mejores abogados defensores penales en el estado, pudiera mantener a su socio fuera de la mira del Departamento de Justicia que, una vez más, parecía dispuesto a perseguirlo por una filtración de información clasificada a un periodista del *Times*. Tres años atrás, Duane se había visto forzado a renunciar al FBI bajo la sospecha de ser el autor de la filtración. Ahora, después de la publicación de un libro nuevo basado en la información divulgada, volvía a ser blanco de investigación del Departamento de Justicia.

—Escucha, ¿tendrías tiempo para reunirte con un posible cliente nuevo? —preguntó Duane.

Erin repasó su cronograma mentalmente.

—Sí, supongo que sí. Tengo que terminar unas cosas hoy, pero tengo tiempo. ¿A qué hora?

—De hecho, tienes que ir a verlo a la prisión del condado.

—Está bien, aunque no estoy vestida exactamente para una prisión. ¿Qué tipo de caso es?

—Homicidio. No me sorprendería que pidieran la pena de muerte.

—Espera. Ya no estamos más en el listado de la Defensoría Pública.

—No es una causa para Defensoría Pública. Es un caso que nos derivó Ben. No cree que él pueda hacerlo. Conoce al padre de la víctima. Es un caso importante, E.

—Sí, si estamos hablando de pena de muerte, me imagino que es un caso importante. ¿Cuál es?

—¿Recuerdas que hace unos cuatro meses encontraron el cuerpo de un joven llamado William E. Townsend apuñalado en un motel?

—Seguro. Su padre es un tipo importante en South Jersey; salió en todos los noticieros. ¿No arrestaron a alguien por ese caso hace un par de semanas?

—Ese es el cliente.

—¿Y por qué Ben nos recomienda a nosotros? Me refiero a que, se lo agradezco, por supuesto, pero él conoce a todo el mundo. Además, nunca he defendido un caso de pena de muerte.

—Hay varias razones. Le gusta cómo lo has ayudado con mi caso y piensa que eres una buena abogada. Segundo, casi todas las personas que Ben recomendaría tienen el mismo problema que él... o conocen al señor Townsend o no pueden darse el lujo de contrariarlo.

Erin dejó escapar una risita.

—Bueno, supongo que nosotros estamos en otra categoría.

—Por último, pero no menos importante, Ben pensó que tú podrías relacionarte con el acusado bastante mejor que la mayoría.

Erin estuvo a punto de hacer otra pregunta cuando recordó los artículos de la prensa sobre el caso y entendió a qué se refería Duane. Hizo una pausa por un momento y evaluó internamente las ventanas y desventajas.

—¿Si no es un caso de Defensoría Pública, cómo nos pagarán?

—Setenta y cinco mil por adelantado, trescientos la hora, y pago garantizado por Paul Tillis.

—¿Y por qué debería saber yo quién es Paul Tillis?

—Ah, ¿en qué país vives, amiga? El jugador de baloncesto, armador de los Pacers. Quien además resulta estar casado con Tonya Tillis, de apellido Barnes de soltera, hermana del acusado, Samuel Barnes. La hermana alega no haber visto a su hermano desde que su madre y su padre lo echaron de la casa en Lexington, Kentucky. Pero están dispuestos a pagarle un abogado.

Erin dejó escapar un silbido bajo.

—Supongo que tendré que ir para el sur. Déjame conocer a Barnes y después decidiré si creo que podemos hacerlo.

—Perfecto. Acabo de hablar con el defensor de oficio que llevó el caso hasta ahora. Dijo que te dejaría una copia de lo que tiene en la mesa de recepción; pídele a la recepcionista un paquete a tu nombre. Dijo que lo único que tiene en este punto es el certificado de antecedentes de Barnes y el informe del arresto inicial de cuando lo detuvieron en la ciudad de Nueva York. También te enviará una autorización por fax a la prisión para que puedas ver a su cliente a los fines de una posible representación. A propósito, está muy entusiasmado con la posibilidad de que alguien tome el caso. Al parecer, nadie en su oficina quiere hacer enojar al señor Townsend.

—Maravilloso.

—Puedes decir que no.

Erin pensó apenas un momento.

—Veamos qué sucede.

—De acuerdo. Estaré en la oficina esta tarde. Hablaremos cuando regreses.

Si Erin hubiera sabido que iría a la prisión del condado se habría vestido con algo más conservador. No sabía qué era más humillante, los comentarios groseros de los reclusos o las miradas lascivas de los empleados penitenciarios.

Se acercó al vidrio a prueba de balas con su documento de identificación en la mano; siempre dejaba el bolso en el maletero cerrado del coche.

—¿En qué puedo ayudarla? —le preguntó el teniente al otro lado, sin levantar la cabeza.

—Vine a ver a un recluso.

—Tendrá que volver más tarde. El horario de visita empieza a las dos —agregó él, con un dejo de irritación en sus palabras.

—Soy abogada —respondió.

El hombre se frotó la nuca y se reclinó lentamente hacia atrás en la silla para observarla de pies a cabeza.

—¿Estás segura de que quieres entrar ahí, cariño? Esos tipos son jodidos —sonrió—. Tal vez prefieras quedarte aquí y hacerme compañía.

Mientras los ojos del teniente se mantenían fijos en sus pechos, Erin registró su nombre en la placa identificativa: WILLIAM ROSE. "Imbécil", pensó, y le devolvió la sonrisa.

—No me llame "cariño", teniente. Y Rose querido, tal vez sea usted el hombre de mi vida, pero a menos que quiera arrastrar a mi cliente aquí afuera para verme, creo que no tengo otra opción —aseveró, y depositó su licencia, su credencial de abogada y las llaves del coche dentro de la gaveta de metal.

El hombre le clavó la mirada con una sonrisa sarcástica que indicaba que estaba tratando de descifrar si ella estaba coqueteando o burlándose de él.

—¿Y a quién vienes a ver… *cariño*? —preguntó y abrió la gaveta para mirar la credencial.

—A Samuel Barnes.

La sonrisa desapareció.

—Un engendro y un asesino. Necesitarás mucho más que belleza y encanto para lidiar con ese.

—Nunca se sabe —respondió Erin, mordiéndose la lengua, consciente de que Sam Barnes cosecharía lo que ella sembrara.

El teniente se volvió y tomó un teléfono.

—Soy Rose. Busca a Barnes y tráelo a la sala de visitas número dos. Hay una abogada aquí que quiere verlo. Su nombre es Erin McCabe. —Caminó hasta la mampara de vidrio, colocó una credencial de visitante en la bandeja y la deslizó hacia ella—. Retendré su licencia, su credencial profesional y las llaves hasta que salga y me devuelva la credencial de visitante. No queremos que nadie se escabulla haciéndose pasar por usted —agregó con una carcajada.

—Gracias, teniente. —Tomó la credencial y se la colgó alrededor del cuello. Se dirigió hacia las puertas de metal y aguardó a que sonara el zumbido.

No importaba cuántas veces lo oyera, el estruendo metálico de las pesadas puertas al cerrarse le provocaba siempre un escalofrío de miedo claustrofóbico, como un choque eléctrico. Estar encerrada y depender de otros para poder salir no era un sentimiento que disfrutase. Y considerando cómo estaba vestida, el hecho de estar encerrada en una cárcel de hombres le producía más aprensión todavía.

Después de pasar por el detector de metales, los guardias revisaron con minuciosidad la documentación que llevaba para verificar que no hubiera grapas o broches. Lo único que encontraron fueron las copias de los informes policiales del defensor público, la tarjeta profesional de Erin y un bloc de hojas rayadas con el nombre *Samuel Barnes* escrito por ella con su prolija letra manuscrita. Después de asegurarse de que no estaba intentando introducir nada a escondidas, uno de los oficiales la condujo a una pequeña habitación con una mesa y dos sillas. Erin tomó asiento en la silla más cercana a la puerta, tal como había aprendido en los inicios de su carrera como defensora de oficio. De ese modo, el guardia que vigilaba a través del vidrio de la puerta podía verla a ella y sus expresiones faciales todo el tiempo.

Diez minutos más tarde, escuchó la llave en la puerta, seguida del ruido de la hoja de metal que se abría para revelar a Sam Barnes. De un metro ochenta, era flaco como un alfiler. Erin calculó con rapidez que pesaría algo menos de 70 kilos. Tenía varios cortes en su rostro color café y la piel hinchada alrededor de los labios. Incluso desde la mesa, se alcanzaba a vislumbrar las magulladuras oscuras en sus mejillas y debajo de los ojos. Tenía el cabello largo y trenzado hasta los hombros.

Avanzó arrastrando los pies; una gruesa cadena unía los grilletes en sus tobillos con las esposas en sus muñecas. En diez años, Erin nunca había visto que llevaran a un prisionero esposado dentro de la prisión a visitar a su abogado.

—Puede quitarle las esposas mientras está conmigo —le dijo al guardia.

—Mire, preciosa, no me diga cómo hacer mi trabajo y yo no le diré cómo hacer el suyo, ¿de acuerdo? Está en prisión preventiva. Se queda esposado. —El guardia tomó la silla y la empujó hacia atrás, luego colocó sus manos sobre los hombros de Barnes y lo empujó sobre la silla—. Use el teléfono a sus espaldas cuando quiera salir o si el señor Barnes le causa algún problema. Suena en la sala de control. —Se volvió y se marchó, cerrando la puerta con llave tras él.

Erin se sentó despacio al tiempo que estudiaba el rostro golpeado de Barnes.

—No eres mi abogado —manifestó él con voz desafiante y claramente femenina.

—Mi nombre es Erin McCabe. Soy abogada. Estoy aquí para saber si quieres que te represente.

—¿Y por qué querría eso? Mierda, nena, ni siquiera tienes edad para ser una abogada. Ya tengo un defensor público. No te necesito.

Erin hizo una pausa. Quería ganarse la confianza de Barnes, pero tampoco quería sobreactuar.

—¿Cómo te gustaría que te llame? —le preguntó con tranquilidad.

—¿Quieres ser mi abogada y ni siquiera sabes cómo me llamo?

—Sé que el nombre en tu certificado de antecedentes es Samuel Emmanuel Barnes, pero sospecho que ese no es el que prefieres.

La sala quedó en silencio.

—Mira, nena, no quiero que tu pobre corazón blanco y liberal se preocupe por cómo prefiero que me llamen. ¿Por qué estás aquí?

—Ya te dije. Para ver si quieres que te represente.

—¿Quién te mandó? No tengo dinero para pagarle a un abogado.

—Tu hermana Tonya y su esposo.

Barnes se puso rígido y entrecerró los ojos.

—Hace cuatro años que no veo a mi hermana. No sabe dónde estoy. Además, ¿de dónde sacó el dinero para pagarle a una abogada novata?

—Honestamente, no sé de dónde está sacando el dinero: sospecho que de su esposo. Pero mi socio habló con tu hermana y su esposo hace un par de horas y le preguntaron si yo podía venir a verte. Parece que tu arresto salió en todos los titulares de Lexington. Así fue cómo se enteraron de dónde estabas.

—Sí, claro, chico local llega alto. —Barnes se detuvo y miró a través de la mesa—. Dijiste varias veces mi hermana y su esposo. ¿Viven en Lexington?

—No, en Indianápolis. Pero tus padres todavía están allí y le contaron a tu hermana.

Ante la mención de los padres, Barnes pareció retrotraerse todavía más.

—¿Cómo se llama el esposo? —aventuró.

—Paul Tillis.

Por primera vez, Barnes pareció bajar la guardia un poco.

—Bien por ella. Se casó con Paul. Cuando se conocieron, yo bromeaba con que si se casaban, pasaría a ser Tonya Tillis. No sé por qué, pero siempre me pareció que sonaba gracioso.

—Hablé con ella brevemente mientras venía hacia aquí y me pidió que te dijera que te ama y te extraña. Te ha estado buscando durante los últimos cuatro años. Desearía haber estado ahí cuando tu padre y tu madre te echaron de la casa. Podría no haberlo evitado pero te habría llevado con ella. Espera poder llegar todavía a conocer mejor a… —hizo una pausa— su hermana —concluyó con gentileza, para terminar la oración.

Una lágrima pareció quedar momentáneamente suspendida en el ángulo interno del ojo de Barnes, pero se inclinó hacia delante y la enjugó con rapidez con el dorso de su mano esposada.

—¿Quieres sacarle dinero a mi hermana? —inquirió. Ya se había vuelto a colocar su máscara protectora—. ¿De eso se trata? Supongo que entiendes que apuñalé a un chico blanco cuyo papito es un pez gordo. Me ejecutarán o me mandarán a prisión por el resto de mi vida. Y por cómo son las cosas, no será una vida muy larga. No quiero que mi hermana desperdicie su dinero en ti.

—¿Quién te pegó?

Barnes echó la cabeza hacia atrás y rio.

—Eres una loca de mierda. Primero vienes aquí y dices que me quieres representar y después empiezas a hacer preguntas estúpidas para conseguir que me maten —respondió, mirándola con furia—. Me tropecé y me caí. Soy muy torpe —añadió.

—Deberías tener más cuidado. Parecería que te caíste unas cuantas veces. Mira, por lo que tu hermana le contó a mi socio, sospecho que eres una mujer transgénero. ¿Alguien te habló de la posibilidad de trasladarte a una cárcel de mujeres?

Barnes cerró los ojos.

—Por favor, nadie me va a trasladar a ninguna cárcel de mujeres.

—Es probable que no. Pero es una manera de tratar de protegerte sin delatar a nadie. Aunque no lo hagan, habrás llamado la atención a tu situación y quizás algún juez sea un poquito más sensible al hecho de que te están moliendo a palos, mientras se supone que estás protegida en prisión preventiva. ¡Vaya protección!

Antes de que Barnes pudiera decir algo, Erin continuó.

"Mira, no puedo obligarte a que hables conmigo. Tu hermana me pidió que viniera a verte. Ya te vi. ¿Quieres que me vaya? Me iré. Sospecho que lo que en verdad pasó la noche del 17 de abril es muy diferente de lo que contaron los medios. Y hasta donde sé, solo dos personas saben con certeza qué sucedió, y una de ellas no está disponible para el juicio. ¿Quieres hablar de ello? Perfecto. ¿No quieres? Perfecto también. ¿Pero qué tienes que perder?

Barnes la observó desde el otro lado de la mesa.

—De acuerdo, Señorita Abogada del Año. Mi defensor público dice que ha llevado quince casos de homicidio. ¿Cuántos has tenido tú?

—Tres.

—¿Cómo te fue?

—Perdí los tres.

Barnes rio.

—¿Y crees que debería contratarte? No pareces muy buena, nena.

—Nunca dije que lo fuera. Pero si esa es la forma en que vamos a medir qué tan bueno es un abogado, ¿sabes cuántos casos ha ganado tu defensor público?

—No, no le pregunté.

—Quizás deberías. Si perdió los quince, entonces yo soy cinco veces mejor abogada que él.

Barnes frunció el ceño, en absoluto impresionado por la lógica de Erin.

—El defensor público me dijo que es probable que quieran darme la pena de muerte, pero también me dijo "no te preocupes, no ejecutan a nadie en New Jersey". Dijo que en su oficina hay un equipo especial que se encarga de los casos de pena de muerte y que son los mejores abogados del estado. ¿Alguna vez tuviste un caso de pena de muerte?

—No. Y para ser sincera, no vine acá a discutir si hay o no buenos abogados en la Oficina de la Defensoría Pública. Fui defensora pública durante cinco años. Y él tiene razón, en los casos de pena de muerte recurren a un cuerpo de abogados externos para formar un equipo que te defenderá muy bien. La Defensoría suele designar a los mejores abogados para que representen a los acusados en casos como este. Y también es cierto que nadie ha sido ejecutado en New Jersey desde la década de 1960. No hay ninguna garantía, pero existe un esfuerzo por abolir la pena de muerte. Pero en este momento, todavía está vigente, y si aún lo está cuando te lleven a juicio, es muy probable que el Estado la pida en tu caso.

—¿Y si no hay pena de muerte, qué me darán?

—Cadena perpetua sin libertad condicional o treinta años a perpetua.

—Mierda —masculló Barnes—. Mira, como sea que te llames, no tengo ni una puta posibilidad en este caso. Y si la tuviera, no sería con una abogada pelirroja y con la cara llena de pecas que no sabe una mierda de lo que ha sido mi vida. No tengo ni idea de por qué mi hermana te eligió, pero ve y dile que si me quiere ayudar en serio que me consiga un pitbull de abogado capaz de destrozar a la otra parte.

—Genial. Se lo diré. Aquí tienes mi tarjeta, por si alguna vez la necesitas —respondió Erin y deslizó la tarjeta a través de la mesa.

—¿Por qué tú? —preguntó Barnes, cuando Erin se volteó para tomar el teléfono y llamar al guardia—. Quiero decir, si ella tiene dinero, ¿por qué no conseguirme a Johnnie Cochran?

Erin resopló y se volvió para mirar a Barnes.

—Más allá de lo buena o mala que sea, soy una mejor opción que él. —Hizo una pausa—. Por desgracia para ti y para el señor Cochran, está muerto.

Barnes entornó los ojos, no parecía seguro de creer que Johnnie Cochran estuviera muerto.

—¿Qué tienes de especial, entonces? No eres negra. Tampoco, una tipa blanca que defendió un millón de casos. ¿Eres hija del juez o algo parecido? No entiendo. ¿Por qué te eligió Tonya?

—Tal vez porque tú y yo tenemos algo en común —arriesgó Erin.

—¿Te estás prostituyendo para ganar un poco de dinero extra? —replicó él y rio.

Erin estudió a Barnes, sabía adónde iba esto, aun cuando él no lo supiera.

—No, nada parecido. Es solo que conozco qué se siente al ser rechazada.

—¿En serio? ¿Qué te pasó, no pudiste entrar en Harvard?

—No. Sé lo que significa tener amigos y familia que luchan para aceptar quien eres. —Vaciló e inhaló despacio. Sospechaba que su reacción sería diferente de la de casi todos los demás—. Hasta hace dos años más o menos, mi nombre era Ian.

Barnes se quedó mirándola.

—¡Espera! ¿Qué estás diciendo? ¿Eres trans?

Erin asintió con la cabeza.

—Hice la transición hace poco más de dos años.

Barnes permaneció sentado, meneando la cabeza con incredulidad. El único ruido que interrumpía el silencio en la sala de visitas cerrada provenía de los prisioneros que se gritaban unos a otros en el pasillo. Transcurrieron varios minutos en tanto Barnes sopesaba sus opciones.

Levantó con lentitud sus manos esposadas y las apoyó sobre la mesa.

—Sharise —pronunció en un tono casi inaudible—. Mi nombre es Sharise. —Entonces descansó con suavidad su cabeza sobre los brazos y empezó a sollozar en silencio—. Trató de matarme —agregó, ahogando un sollozo—. Tenía una navaja y trató de matarme… cuando se dio cuenta de que yo era trans.

CAPÍTULO 3

—¿Y?

Erin levantó la vista de la pantalla de la computadora y se topó con la dominante figura de Duane Abraham Swisher, "Swish" para los amigos, de pie en el vano de la puerta de su oficina. A los treinta y cinco años, su socio se mantenía en gran forma física. Incluso de traje y corbata, se adivinaban sus músculos marcados debajo de la camisa estirada sobre el pecho. Con casi un metro noventa de altura, la piel morena oscura y la barba de chivo bien recortada producía una impresión inmediata. Egresado de la Universidad de Brown, había sido escolta del equipo de baloncesto durante tres años, el mismo que había sido seleccionado dos años como el mejor equipo de la Liga Ivy. Su tiro de tres puntos era tan increíble que aun cuando su apellido no fuera Swisher, *Swish*[*] habría sido el apodo perfecto.

—Ey —exclamó Erin—. ¿Dónde has estado? Pensé que te encontraría aquí cuando regresara.

—Me tomé una pausa y almorcé con Cori.

—Ah, qué bueno. Eres un gran esposo.

Swish la miró y arrugó la frente.

—No estoy tan seguro de que ella piense lo mismo.

---

[*] "Swish": en baloncesto, tiro que atraviesa la red sin tocar el borde del aro ni el tablero. *N. de la T.*

Cuando te casas con un agente del FBI, por lo general supones que él será quien haga las investigaciones, y no el investigado.

—Lo siento. ¿Te puedo ayudar en algo?

Swish hizo una pausa.

—Gracias, pero creo que no. Además, no estoy seguro de qué lado te pondrías.

Erin rio entre dientes.

—Eso es fácil... del de Corrine.

—Lo temía.

Erin le hizo una seña para que entrara y Duane tomó asiento en uno de los tres butacones color beige que formaban un semicírculo frente al escritorio.

—¿Cómo te fue esta mañana con Ben?

—Tiene una reunión mañana con Andrew Barone del Departamento de Justicia. Martin Perna, del *Times*, publicó un libro nuevo que habla sobre cómo el FBI vigiló a los musulmanes estadounidenses después del 11 de septiembre. En consecuencia, la Oficina de Responsabilidad Profesional del FBI reabrió la investigación sobre la filtración. Como yo era parte del equipo involucrado en las tareas de vigilancia y denuncié internamente que el hecho era inconstitucional, sospechan que fui yo quien divulgó información clasificada a Perna. Le enviaron una citación judicial para tratar de averiguar quién era su fuente, y al parecer los abogados del *Times* ya interpusieron una moción para anular la citación invocando los privilegios de los periodistas y la Primera Enmienda.

—¿Por qué la ORP? Te fuiste hace tres años.

—Porque ellos dirigían la investigación cuando yo todavía era un agente. Así que simplemente están retomando donde dejaron.

—¿Hay algo que pueda hacer?

—Rezar —respondió Duane y se encogió de hombros.

—No es mi fuerte —replicó ella—. Pero por tratarse de ti, lo intentaré.

—Gracias. —Esbozó una leve sonrisa—. ¿Cómo te fue con el señor Barnes?

—Bastante bien. Un caso interesante, eso es seguro. Pero, Swish, si tomamos este caso, nuestro clienta se llama Sharise, y es "ella" y "la señorita Barnes".

Duane se rio bajito y meneó la cabeza.

—Parece que Ben hizo la recomendación correcta.

—No sé si la hizo o no, pero si vamos a representarla, quiero estar segura de que se la tratará con el respeto que se merece. Y eso empieza por reconocer quién es.

—Entiendo. Ningún problema. Después de todo, siempre he sido políticamente correcto contigo, ¿no? —deslizó.

Erin levantó las cejas.

—¿Es un chiste? ¿A cuántas otras mujeres en tu vida les has preguntado: "¿Es difícil caminar con tacones?, ¿Extrañas hacer pis de pie?" Y mi favorita: "¿Es divertido tener tetas?".

—Creo que dije pechos —se defendió Duane. Erin le lanzó una mirada fulminante—. Está bien, tal vez no lo hice. Pero bueno, eres la única persona que conozco que se cambió de bando. ¿A quién más le voy a hacer las preguntas que tienen perplejos a los hombres desde hace siglos? Siempre quiero saber cómo siente la gente que está en situaciones diferentes. Recuerdo que en mi último año en Brown, un tipo se transfirió de Princeton. En esos días, Princeton había ganado el campeonato de la Liga Ivy un par de años seguidos y había llegado a la NCAA. Nosotros, por otro lado, ni siquiera habíamos tenido una temporada ganadora. Maldición, todos queríamos saber cómo era jugar para Princeton.

—¿Qué les contó?

—Nos dijo que Princeton era una mierda y que esperaba poder disfrutar de un tiempo de juego decente en Brown.

Erin rio.

—Es bastante parecido a lo que me sucedió a mí. Ser hombre era una mierda y esperaba poder disfrutar de un tiempo decente como mujer. —Hizo una pausa y ladeó la cabeza—. ¿Por favor, podemos volver ahora a Sharise?

—Por supuesto, lo siento —asintió Duane.

—A ver, ¿por dónde empiezo? Sí, está interesada en que la representemos. Creo que el próximo paso es que tengamos una conversación con su hermana y su cuñado para repasar todo lo que estará en juego. Si están de acuerdo, entonces... —asintió cabeza—. Entonces tendremos mucho trabajo por hacer.

—¿Tenemos algo para sostener una defensa? ¿Como que ella estaba en Detroit en el momento del asesinato?

—Defensa propia.

—¿Testigos?

—Ella y Townsend, hijo.

—Sí, temí que dirías eso. Y estaban juntos... ¿por qué?

—Se habían conocido en las calles de Atlantic City y el joven Townsend quedó tan cautivado que le ofreció cincuenta dólares para que le practicara sexo oral.

—Por desgracia, creo que sé cómo terminará esto.

—¡No arruines el final! Y sí, el chico obtuvo su chupada, pero fue la última. Al parecer, cuando descubrió que ella no era una chica de nacimiento, enloqueció y trató de matarla. Ella intentó defenderse y lo apuñaló.

—¿Alguna idea brillante de cómo defender eso?

Erin se encogió de hombros.

—¿Cambio de jurisdicción, quizás? —respondió—. Después de todo, Townsend padre es tan poderoso en el sur de Jersey que no habría ninguna posibilidad de que Sharise tenga un juicio justo al sur del Raritan.

Duane se frotó la barbilla.

—¿Y adónde vamos a pedir que transfieran el proceso?

"Buena pregunta". Hasta un par de horas atrás, Erin sabía muy poco sobre William Townsend. Pero una búsqueda rápida en Internet develó que su poder e influencia en la zona sur de New Jersey eran muy reales. Había construido un imperio inmobiliario comercial al sur del río Raritan que lo había convertido en uno de los hombres más ricos del estado. Respaldado por su riqueza, había entrado en la política y había sido elegido senador por el estado. La combinación de su fortuna y su influencia política se había hecho sentir en casi todos los nombramientos políticos en el sur de Jersey. Muchos estaban en deuda con él. Algunas personas tenían amigos en cargos importantes; el señor William Townsend ponía a sus amigos en cargos importantes.

—¿Qué te parece el Bronx? —aventuró por fin.

Duane rio.

—Sí, eso estaría buenísimo. Solo que antes tendríamos que anexarlo a New Jersey.

—Mierda, no sé. Hablemos con la hermana y el cuñado de Sharise; después, si nos contratan, podremos comenzar a resolver estos pequeños detalles.

Duane la miró, y Erin se dio cuenta de que estaba preocupado por algo.

—¿Qué ocurre? —preguntó.

Duane se pasó una mano por su cabello afro corto y bien recortado.

—Solo quiero asegurarme de que has pensado bien todo este asunto. Para la mayoría de la gente, eres una abogada atractiva. Este caso cambiará todo eso; el acusado es transgénero, y puedes estar segura de que la gente se enterará de que su abogada defensora también lo es. Solo imagínate los titulares. —Entrecerró los ojos—. Será un caso de muy alto perfil, E., y con Townsend acechando en el fondo, las cosas podrían ponerse muy feas para ti. ¿Estás segura de que estás preparada para exponerte tanto?

Erin se incorporó detrás de su escritorio y caminó hasta una de las ventanas. Su oficina se encontraba en una de las torrecillas del segundo piso de una antigua casa victoriana que había sido convertida en un elegante edificio de oficinas veinte años atrás.

Contempló el río Rahway fluir suavemente más allá del edificio en dirección a Cranford, ahora apenas un arroyo ligero, y pensó en las veces en que una lluvia intensa lo transformaba en un torrente impetuoso. Al igual que el río, la vida podía ser impredecible. Diez años atrás, cuando todavía era Ian, estaba recién casado y acababa de obtener su matrícula de abogado, nunca pensó que haría la transición y sin embargo, aquí estaba. También sabía que Duane tenía razón; aceptar este caso podía convertir su vida en un torrente impetuoso. ¿Estaba de verdad preparada para lidiar con eso? Se volteó para mirarlo.

—Sé que tienes razón y no, no estoy segura de estar preparada para lo que es probable que suceda —dijo algo indecisa, mientras intentaba encontrar las palabras para expresar algo que sentía desde el momento en que Sharise le había dicho su nombre. Había una conexión entre ellas y esa conexión significaba algo—. Creo que puedo marcar una diferencia en este caso —aseveró finalmente, sorprendida por la confianza en su voz. Atrás había quedado la falta de confianza en sí misma que la había carcomido durante las últimas dos horas.

—Ya tuviste demasiados problemas con tu familia cuando hiciste la transición, no se van a poner contentos de que tu nombre y tu fotografía estén por todos lados.

—Lo sé. —Inhaló profundo—. Pero no se trata de ellos, Swish —añadió, deseando estar siendo honesta—. No sé qué se siente que tus padres te echen de tu casa y te veas obligada a vivir en la calle, como le pasó a Sharise. Pero tal vez lo que yo viví nos ayude a defenderla.

—¿No será una excusa de tu parte para demostrarles a ciertas personas que se equivocan con respecto a ti?

"Auch". Odiaba que hubiera veces en las que Duane parecía saber con exactitud lo que ella estaba pensando.

—¿Y en qué te basas para decirme esto, en tu título de psicólogo o en tus años de capacitación como agente especial?

—En ninguna de las dos cosas. Es solo que conozco un poco a mi muy talentosa y a veces insegura socia.

—Estaré bien —respondió Erin, sin siquiera convencerse a sí misma—. ¿Y tú? ¿Cómo te vas a sentir si todo el mundo se entera de que tu socia es transgénero?

—Me da igual. Si todos se enfocan en ti, pasaré inadvertido.

Erin rio ligeramente y asintió con la cabeza.

—¿Nos vamos, entonces?

—Hay otro pequeño detalle.

—¿Qué? —inquirió ella mientras regresaba al escritorio.

—Tendré que decirles a Tonya y a Paul que estoy siendo investigado. ¿Estás de acuerdo?

Erin asintió. Duane había vivido bajo la sombra de la investigación durante casi cuatro meses. Aunque nunca lo admitiría, la tensión que eso le generaba era evidente.

—Hablando de cosas que tenemos que discutir, ¿hace falta que sepan sobre mí? —aventuró ella con renuencia. Sabía lo difícil que podía ser esa conversación.

Duane esbozó una sonrisa avergonzada.

—En realidad, el tema salió cuando hablé con ellos la primera vez.

—¿El tema salió? —repitió a modo de pregunta.

—Bueno, querían saber sobre nosotros y por qué Ben nos había recomendado y, bueno, le mencioné a Tonya que eres transgénero.

Erin hizo una mueca de fastidio.

—Una pensaría que después del tiempo que has pasado conmigo al menos habrías aprendido a usar la terminología correcta. *Transgénero* es un adjetivo. Yo soy una mujer transgénero. Y tampoco es un verbo. *Hacer la transición* es la frase verbal correcta.

—Listo, entendí.

Erin le regaló una sonrisa generosa. Si alguien le hubiera sugerido tres años atrás que Swish seguiría siendo su socio después de que ella hubiera hecho la transición, lo habría tildado de loco. Sin embargo, como le había advertido su terapeuta, la manera en que la gente reaccionaba a su noticia era del todo impredecible. Por un lado, estaban las personas que ella había creído que siempre la apoyarían y que habían dejado de saludarla, mientras que otros, como Swish, que ella había imaginado que desaparecerían de su vida, se habían convertido en un puerto en la tormenta.

—Todo bien. Fuiste siempre muy leal conmigo —agregó y extendió los brazos—, así que estás aprobado en terminología.

—Gracias —respondió Duane.

—¿Por qué te quedaste conmigo?

—Supongo que porque nunca se me ocurrió no hacerlo.

—¿En serio?

—Ajá. —Era obvio que la reacción de ella lo sorprendía—. Mira, cuando abrimos la firma, no me hiciste demasiadas preguntas acerca de por qué me había ido del FBI. Sospecho que sabías que había cosas relacionadas con mi partida que no podía contar. Pero me recibiste con los brazos abiertos. —Vaciló y luego habló con voz más suave—. Me di cuenta de lo que pasaba. Sé que muchas personas cercanas a ti tenían problemas con tu situación.

Erin asintió, y los pensamientos la envolvieron. Algunas pérdidas habían sido más dolorosas que otras, ninguna más que la de su exesposa Lauren, su padre y su hermano Sean. Y en el caso de Sean, porque también significó perder contacto con sus sobrinos Patrick y Brennan, ahora de doce y de diez años, a quienes adoraba. Antes de hacer la transición, Erin no se perdía ni uno de sus partidos de fútbol, que ella misma había jugado en el bachillerato y la universidad. Todo eso terminó cuando ella se lo contó a su hermano. ¡Dios, cómo los extrañaba!

—Gracias —dijo y una sonrisa triste se dibujó lentamente en su rostro—. Me alegro de que no me hayas abandonado —admitió con gratitud en su voz.

La llamada con Tonya y Paul transcurrió sin inconvenientes. Sin duda ayudó que el representante de Paul hubiera jugado para Harvard cuando Duane jugó para Brown y lo hubiera elogiado. La experiencia de Duane en el FBI había contribuido también de manera positiva en términos del trabajo de investigación que había que hacer.

Ahora venía la parte más difícil: deducir cómo probar que una prostituta transgénero de diecinueve años había matado en defensa propia al único hijo del hombre más poderoso del estado.

Erin cerró la puerta de la oficina con llave y echó a andar las cuatro calles que separaban la oficina de su apartamento. Era una linda noche para correr. Vivía tan cerca que siempre dejaba el coche en el aparcamiento de la oficina y se ahorraba los ciento cincuenta dólares mensuales del permiso municipal que necesitaría para dejarlo cerca del apartamento.

Se apresuró por la avenida Union, cruzó Springfield y entró en el centro de Cranford. Cuando llegó a North Avenue, dobló a la derecha y pasó frente a la Pizzería de Nino y una tienda de regalos llamada El Trébol de la Abundancia, donde compraba tarjetas de felicitaciones, antes de toparse con la Panadería del Norte. Ah, la Panadería del Norte, la cuna de su crujiente de queso danés preferido. Su apartamento de un dormitorio quedaba en el último piso de un antiguo edificio bancario en North Avenue, que irónicamente corría de este a oeste.

Extrajo las llaves de su bolso y abrió la puerta de vidrio, apenas más allá de la entrada de la panadería. Las palabras DR. KEITH OLD, ODONTÓLOGO estaban estarcidas en letras doradas sobre el vidrio. Alguien había quitado maliciosamente la *G* del apellido, tal vez el infeliz destinatario de un tratamiento de conducto. Erin comenzó a subir la desgastada escalera de madera que llevaba al sórdido pasillo donde quedaba la oficina del doctor Gold. Quinces escalones más arriba había una puerta de madera color rojo oscuro con una letra A. Por muy humilde que fuera el lugar, Erin lo había llamado su hogar desde que ella y Lauren se habían separado casi cuatro años atrás.

Decir que el edificio estaba venido a menos era ser generoso. Quizás había sido imponente cuando fue construido en tiempos de la Depresión, pero ahora era deprimente. Todo en el apartamento era viejo: las tuberías, los fregaderos, los grifos, el excusado, el sistema de calefacción por vapor. No era difícil entender por qué había estado seis meses en el mercado antes de que ella lo alquilara. Las únicas cosas en las que Erin había insistido eran una lavadora/secadora y dos aires acondicionados de pared. El propietario, que ya estaba desesperado en ese punto, había aceptado de buena gana.

Como el otro apartamento en el edificio estaba deshabitado, cuando el doctor Gold cerraba su consultorio a las seis de la tarde, los únicos ruidos con los que Erin tenía que lidiar eran el golpeteo y el repiqueteo de las tuberías de la calefacción. En un principio, ni bien se mudó poco después de que su matrimonio se derrumbara, el silencio le había resultado abrumador, y la soledad había estado a punto de consumirla. Pero poco a poco, en tanto su transición pasó de ser una posibilidad a una realidad, había empezado a disfrutar de la privacidad que ofrecía el viejo edificio, en especial cuando comenzó a aventurarse a la calle como Erin.

Encendió su computadora y mientras esperaba que se cargara, se vistió para ir a correr. Hizo su rutina de estiramiento con lentitud. Había corrido desde la universidad, pero con el tiempo, correr había dejado de ser un ejercicio para convertirse en una terapia. Ella creía sinceramente que sus mejores ideas surgían cuando corría. Esperaba que eso se aplicara hoy porque de alguna manera y contra toda lógica, tenían que encontrar la forma de defender a Sharise.

Había olvidado chequear sus correos electrónicos antes de irse a la oficina, así que cliqueó para ver si había algo importante. No fue la dirección de correo lo que llamó su atención —jugadordefutbol@aol.com—, sino el asunto: "Hola tía Erin". Hizo clic con nerviosismo en el correo, sin saber qué esperar.

Hola tía Erin
Soy Patrick (y Brennan). Esperamos que estés bien.
papa seguro que penso que no te encontrariamos pero como sabiamos donde quedaba tu oficina te buscamos y encontramos erin McCabe abogada en tu direccion. nos fijamos en la foto y saliste muy linda.
Queremos que sepas que te extrañamos. Nuestro equipo de futbol (si tía erin me ascendieron al equipo de Patrick) esta en el campeonato estatal que empieza este sabado a las 13.30. Extrañamos verte en nuestros partidos. el primer partido es contra Westfield en el parque tamaques y pensamos que podrias venir porque queda cerca de donde vives... quizas de incognito o algo asi. Papa tal vez no vaya asi que podrias venir. Puedes mandarnos un correo a esta direccion, hazlo antes de que nos vayamos a la cama a eso de las diez... papa a veces revisa nuestros correos después de que nos vamos a dormir pero borraremos el tuyo. El no habla de ti pero sabemos que tambien te extraña. mama esta tratando de convencerlo. todavía no le dijimos que sabemos que ahora eres la tia erin pero queríamos que supieras que todavía te amamos. Tal vez nos veamos el sábado.
Saludos, patrick y brennan
ps. por si te olvidaste jugamos para Princeton united y nuestro equipo es las cobras.

Erin se quedó con la vista clavada en la pantalla y se enjugó las lágrimas de los ojos. Le llevó tres intentos antes de poder redactar lo que esperaba que fuera una buena respuesta.

Queridos Patrick y Brennan:
Muchas gracias por escribirme. Es maravilloso saber de ustedes. Los extraño mucho, chicos, y me alegró saber que están bien. Y Brennan... felicitaciones por haber "ascendido". Sé perfectamente dónde queda el Parque Tamaques y no pienso faltar al partido. Para que me reconozcan, llevaré una gorra de béisbol blanca Adidas, lentes de sol y una remera del Arsenal. No quiero causar problemas así que me mantendré lejos de su mamá y su papá y creo que será mejor que ustedes finjan que no estoy ahí aun cuando me vean. Será fantástico verlos, chicos. ¡Buena suerte y sepan que estaré alentando a Las Cobras!
Con amor, tía Erin.

Oprimió enviar, con la esperanza de no meterlos en problemas. Respiró hondo. Dios, cómo los extrañaba.

La computadora emitió un sonido de notificación de un nuevo correo electrónico.

Obvio. no queremos que mama ni papa se vuelvan locos asi que no diremos nada. Eliminamos estos correos ahora y vaciamos los correos eliminados. no te preocupes, mama y papa son inteligentes pero nosotros sabemos mas de computadoras que ellos. Nos vemos el sabado. Arriba las cobras.

Erin sonrió. Arriba Las Cobras.

CAPÍTULO 4

—Esto es demasiado bueno para ser real. Uno de mis abogados es trans y su socio es todo lo que quiero en un hombre. Tal vez está cambiando mi suerte —comentó Sharise. Miró a Duane y ladeó la cabeza con actitud seductora.

Duane se movió en la silla con incomodidad. "No es un tipo el que me está coqueteando", se repitió a sí mismo. "Sharise es una mujer". De todas maneras, estaba teniendo dificultades para procesar las incongruencias de la situación. Se encontraba en una cárcel de hombres, con un recluso vestido con el típico uniforme naranja y sin embargo, Sharise tenía claramente algunas cualidades femeninas, entre ellas las inflexiones y el tono de su voz.

—¿Te comieron la lengua los ratones, cariño? —preguntó Sharise con una risa profunda—. Mmm, eres el primer hombre que he visto en semanas que me hace lamentar estar encadenada… a menos que tú también estés encadenado —agregó con un guiño.

—Ya basta, Sharise. Soy un hombre felizmente casado.

—La mayoría de mis clientes lo son, cariño —replicó.

—Lamento estropearte la diversión, pero estoy aquí para hablar de tu caso, no para flirtear.

—No puedes culpar a una chica por intentarlo. —De pronto, adoptó un tono serio—. ¿Por qué estás aquí a las ocho y media de la mañana? Le dije a tu novia lo que pasó, ¿qué más quieres saber?

—Pongamos algunas cosas en claro —comenzó Duane, recuperando la confianza—. Erin no es mi novia, es mi socia en la firma y una abogada increíble. En este momento está en la Oficina de la Fiscalía; fue a hablar con el fiscal que lleva tu caso y a recoger las pruebas. Ambos haremos lo mejor que podamos, no solo para impedir que te apliquen la pena de muerte, si es que el estado decide ir por ese lado, sino para tratar de probar tu inocencia. Y como suponemos que te gustaría ayudarnos a salvarte la vida, necesito saber todo sobre ti, *todo*, incluido el día en que te arrestaron por este homicidio. Será largo, tedioso y a veces doloroso, pero necesito que me cuentes todo, lo bueno, lo malo, y lo feo. Así que depende ti, ¿vas a ayudarnos o no?

—¿Eres un expolicía? —preguntó Sharise de modo acusador.

—Estuve en el FBI.

—¿Y qué pasó que ya no estás ahí?

—Parece que creen que rompí las reglas.

Sharise rio.

—¿Acaso no se dieron cuenta de que eras negro cuando te contrataron?

—No tiene nada que ver con eso.

—Cariño, eres el tipo más idiota que conozco o estás mintiendo. Siempre tiene que ver con ser negro. —Su mirada no delataba autocompasión sino simplemente su triste realidad—. ¿Por dónde quieres empezar entonces? —añadió.

—Por el principio. ¿Dónde naciste?

Erin se paseaba por la sala de espera de la Oficina de la Fiscalía. Como no había atendido muchos casos en el condado de Ocean, había llamado a algunos colegas que ejercían ahí para averiguar cómo era su adversaria, la primera fiscal adjunta Bárbara Taylor. Todos habían convenido en que era una excelente abogada y tenía reputación de ser justa.

—Señorita McCabe, soy el fiscal adjunto Roger Carmichael —se presentó un hombre joven que caminaba hacia Erin con la mano extendida—. Un gusto conocerte.

—El gusto es mío —respondió ella y le estrechó la mano.

—Ayer recibimos el aviso de sustitución de abogado que indicaba que tú representarás al señor Barnes en este asunto.

—Así es.

—Supongo que ya conociste a tu cliente entonces —acotó él con una sonrisa irónica.

—Sí, claro —respondió ella.

—Un poco raro, ¿no? Quiero decir, tiene aspecto de hombre pero habla como una mujer.

Por desgracia, a Erin no se le ocurrió ninguna respuesta ingeniosa, así que se limitó a decir:

—No tengo problema con eso.

Roger levantó una ceja y se encogió de hombros.

—Como quieras. Acompáñame y te presentaré a la primera fiscal adjunta Bárbara Taylor. Ella está a cargo del caso.

Avanzaron entre el laberinto de cubículos que formaban el interior de la Fiscalía y, finalmente, llegaron a la oficina de Bárbara Taylor, primera fiscal adjunta del condado de Ocean. Como segunda al mando, su oficina ocupaba un lugar destacado junto al despacho del fiscal Lee Gehrity. Taylor había ingresado allí ni bien se graduó de la universidad de Derecho y, a lo largo de los siguientes veinte años, había escalado posiciones lentamente.

Roger golpeó con suavidad la puerta abierta.

—Adelante —pronunció ella cuando levantó la cabeza y los vio de pie allí.

—Bárbara, ella es Erin McCabe, la nueva abogada del señor Barnes. Erin, Bárbara Taylor.

Bárbara se levantó de la silla.

—Un gusto conocerte —expresó y esbozó una sonrisa agradable mientras se extendía a través del escritorio para estrechar la mano de Erin.

Erin calculó que tendría unos cuarenta y cinco años. Llevaba el cabello rubio corto y rebajado en capas que acentuaban los suaves rizos que enmarcaban su rostro. Era atractiva y estaba maquillada con una sutileza que destacaba sus mejores facciones. La blusa de seda azul francia y la falda negra resaltaban sus ojos turquesas. Parecía varios centímetros más alta que Erin, pero al no saber si llevaba tacones, no estaba segura.

—El gusto es mío —respondió con la sensación de que Taylor la estaba evaluando.

Le había llevado un tiempo, pero Erin había terminado por comprender que las mujeres profesionales se medían de una manera muy diferente de como lo hacían los hombres. Con los hombres, todo se reducía a quién tenía el pene más grande, con frecuencia no literalmente, aunque ella había estado suficientes veces en vestuarios para saber que a veces era el tema del día. Por lo general era un eufemismo para quién era el más rudo en la habitación, el macho alfa, capaz de enfrentarse a todos.

En el caso de las mujeres, había muchos más matices. Y con el tiempo, había aprendido a reconocer cuándo la mirada de otra mujer evaluaba su apariencia y su confianza. Era la mirada que Bárbara Taylor acababa de dirigirle, y la mirada que ella acababa de devolverle a Taylor.

—Tomen asiento —invitó Bárbara y señaló las dos sillas frente a su escritorio—. Así que representarás al señor Barnes.

—Sí, mi socio, Duane Swisher y yo fuimos contratados hace un par de días. Vine a buscar las pruebas —agregó Erin.

—Bien. Después de que hayas tenido tiempo para revisar las pruebas, si quieres hablar, avísame. En este punto, no hemos decidido si pediremos o no la pena de muerte y, depende de lo que suceda en Trenton, podría ser discutible. Pero como estoy segura de que sabes, la víctima era un joven estelar cuyo padre es muy reconocido en esta parte del estado. Huelga decir que ha habido un clamor generalizado para que pidamos la pena de muerte. Pero como dije, no hemos tomado una decisión final. Tal vez si tu cliente estuviera dispuesto a resolver el caso con rapidez y se declarara culpable de manera de ahorrarle a la familia los horrores de un juicio, podríamos dejarnos convencer de hacer a un lado la pena de muerte —explicó con la confianza de alguien que sabía que tenía todas las cartas—. Pero no puedo garantizarte eso —se apresuró a añadir—. No sé si has tenido oportunidad de ver los antecedentes penales de tu cliente, pero tiene un historial delictivo frondoso: agresión, agresión agravada, prostitución, drogas. Cuesta creer que alguien de menos de veinte años tenga esos antecedentes.

"Ve con cuidado", se dijo Erin a sí misma. No tenía ningún sentido generar un malestar hasta que no averiguara si aceptarían trasladar a Sharise.

—Gracias, pero solo he hablado una vez con mi cliente y todavía no he visto las pruebas, así que es demasiado pronto para saber qué querrá hacer. Mi socio está en la prisión ahora y yo iré para allá ni bien termine aquí. Veremos qué sucede.

—Por supuesto, entiendo —replicó Bárbara—. Pero para que sepas, las huellas dactilares y el ADN de tu cliente estaban por toda la habitación del motel donde se encontró a la víctima. El coche de la víctima apareció abandonado en Filadelfia, ¿y qué pasaría si las huellas de tu cliente estuvieran también en el vehículo? Como verás, Erin, este es un caso bastante claro, a mi entender. Y también deberías saber que tu cliente se estaba haciendo pasar por una mujer cuando mató al señor Townsend.

"Acá vamos", pensó Erin.

—De hecho, mi clienta no se estaba haciendo pasar por una mujer, mi clienta es una mujer transgénero. Antes de ser encarcelada, había estado tomando hormonas femeninas durante casi tres años. En consecuencia, ha desarrollado pechos y otras características femeninas. Una de las razones por las que quería hablar contigo era para ver si tu oficina consentiría que mi clienta continúe recibiendo atención médica y sea trasladada a la sección de mujeres de la prisión. A pesar de estar en prisión preventiva, teme por su seguridad.

Bárbara la miró con desconcierto.

—¿Estás pidiendo nuestro consentimiento para que tu cliente sea enviado a la sección femenina de la cárcel? —preguntó por fin.

—Sí. Como mujer transgénero no está segura en la sección masculina. Mi clienta no es un hombre.

Bárbara resopló y se volvió hacia Roger negando con la cabeza.

—Escucha, Erin, no quiero ser grosera, pero tu cliente es tan mujer como Roger. He leído los informes policiales… es un prostituto travestido. Finge ser mujer para poder robar y atacar a pobres imbéciles que creen erróneamente que es una mujer. ¿Cómo podríamos enviarlo a la sección de mujeres? En definitiva tiene un pene y es un asesino. Ninguna mujer en la celda estaría a salvo. Sería como poner el zorro en el gallinero —precisó y rio—. Honestamente, me gusta pensar que soy bastante razonable, y aun cuando quisiera, que no es el caso, al alguacil le daría un ataque. Es el responsable de la seguridad de los prisioneros del condado y te aseguro que jamás lo aceptaría. Es una locura.

—En realidad —aventuró Erin—, no es ninguna locura. Entiendo que la mayoría de las personas no comprendan lo que significa ser transgénero, pero en el caso de mi clienta, es una mujer que nació con genitales masculinos.

La fiscal emitió un suspiro exagerado.

—¿Escuchaste lo que acabas de decir? Ella —dijo Bárbara y dibujó comillas en el aire— es una mujer que nació con un pene. Yo soy una mujer. Tú eres una mujer. Tengo muchas amigas, colegas y conocidas que son mujeres; ninguna de ellas tiene un pene. No existe tal cosa como una mujer con un pene. —Ahuecó sus manos a ambos lados de la nariz y las deslizó con lentitud hacia abajo sobre la boca y la barbilla—. Avísame si tu cliente está interesado en declararse culpable y llegar a un arreglo. De lo contrario, seguiremos adelante. —Se puso de pie para indicar que la reunión había terminado—. Roger te entregará las copias de la documentación. Si tienes algún problema con las pruebas, por favor, resuélvelo con él. Ha sido un placer conocerte, señorita McCabe.

Erin se incorporó y asintió.

—El placer ha sido mío. Gracias por tu tiempo. Hablaremos pronto, estoy segura.

Cuando Erin y Roger se marcharon, Bárbara reprodujo en su mente la última parte de la conversación con McCabe. "Es extraño", pensó. Era obvio que McCabe estaba más preocupada por el lugar en que se encontraba retenido su cliente que en discutir una rápida resolución del caso. Bárbara tenía una experiencia de casi veinte años, suficiente para haber aprendido por las malas a no subestimar a un adversario, pero estaban hablando de un posible caso de pena de muerte. ¿Por qué McCabe no había aprovechado la posibilidad de evitar un juicio largo? Tomó el teléfono y marcó la extensión de Thomas Whitick, jefe de detectives de la Oficina de la Fiscalía.

—Hola, Tom. Soy Bárbara.

—Hola, Barb. ¿Cómo estás?

—Hazme un favor, Tom. Necesito toda la información que puedas conseguir sobre una abogada llamada Erin McCabe. Tiene la oficina en Cranford y, según la Guía de Abogados, empezó a ejercer en 1996.

—¿Algo en particular?

—No, acabo de conocerla. La contrataron para representar a Barnes y me generó una sensación extraña. Además, estoy segura de que Townsend va a querer saber todo sobre ella.

—De acuerdo. Parece que tienes prisa.

—Sí, gracias. Ah... y ya que estás —agregó y contempló la carta de presentación de McCabe & Swisher, RSL—, investiga también al socio, un sujeto llamado Duane Swisher.

Sentada en la pequeña sala de conferencias de abogados en el juzgado, Erin examinaba la caja de pruebas que acababa de entregarle Carmichael. El informe de investigación de veintidós páginas no contenía demasiadas sorpresas. El cuerpo de Townsend había sido encontrado por una mujer de la limpieza, María Tejada, alrededor de las 8:45 de la mañana en el Bay View Motel. El cartel NO MOLESTAR estaba colocado en la puerta, pero después de golpear varias veces, la señora Tejada abrió la puerta con su llave maestra. La mujer llamó varias veces para ver si había alguien en la habitación y al no recibir respuesta, entró y descubrió el cuerpo en el extremo alejado de la cama. Llamó al 911 y después al gerente. La policía de Tuckerton llegó al lugar en menos de diez minutos. A su vez, la policía de Tuckerton llamó a la Oficina de la Fiscalía del condado de Ocean y, para las 9:34, los investigadores ya estaban en la escena. La identidad de la víctima se estableció de manera preliminar a través de su licencia de conducir y se notificó a Lee Gehrity, fiscal del condado de Ocean. Se llamó al cuerpo forense y se levantaron las huellas dactilares de la escena. También se recolectaron muestras de sangre y de vómito, varios cabellos y ropa interior femenina y se enviaron al laboratorio estatal para los análisis de ADN. La búsqueda en el registro vehicular reveló que la víctima era dueño de un BMW 545i modelo 2004, y se emitió una orden de búsqueda del coche.

A las 14:15, la Oficina de la Fiscalía recibió una llamada del Departamento de Policía de Filadelfia. Habían hallado un automóvil abandonado que coincidía con la descripción del vehículo de la víctima.

Erin volteó la página. A las 16:35 de la tarde del 18 de abril de 2006, la Oficina de la Fiscalía tenía una coincidencia de ADN preliminar: el sospechoso era Samuel Emmanuel Barnes, alias Sharise Barnes, alias Tamiqua Emanuel.

Erin hojeó el informe del médico forense. La causa de muerte había sido una herida de arma blanca de 127,8 milímetros de profundidad que había perforado el ventrículo derecho y provocado un taponamiento. Al parecer, la herida había sido infligida por un cuchillo, posiblemente una navaja.

Después de revisar el resto de las pruebas para ver qué más había, Erin llevó la caja al automóvil de Duane y se dirigió a la prisión para sumarse a la reunión entre su socio y Sharise.

—¿Qué piensas? —preguntó, mientras Duane aceleraba y se sumaba al tránsito de la autopista Parkway North de regreso a la oficina.

—¿De veras?

—No, miénteme y hazme sentir mejor —replicó—. Por supuesto que de veras.

—Su historia parece verosímil.

—¿Verosímil? No suenas muy convencido. ¿Le crees?

—¿Acaso importa?

—Sí. Si no logra convencerte a ti, que estás de su lado, ¿qué posibilidades puede tener con un jurado de extraños... probablemente doce extraños de piel blanca?

Duane se rascó la cabeza.

—Seré honesto contigo, E. No le encuentro sentido a nada de esto. ¿Por qué un tipo atractivo de veintiocho años —un tipo *soltero* de veintiocho años cuyo padre es muy rico— se levantaría una prostituta negra en Atlantic City y después la llevaría al condado de Ocean? Por Dios, sería lógico pensar que podía conseguir sexo oral cuando quisiera y la policía está cansada de detener a chicos blancos de los suburbios que deambulan en coches caros por los barrios de alta criminalidad, generalmente para comprar drogas. A propósito, ¿viste el informe toxicológico? ¿Había algo allí?

—Nada. El nivel de alcohol en sangre era de 0,04, el equivalente a un par de cervezas. No tenía otra cosa en el cuerpo.

—Carajo —masculló Duane—. Simplemente no cierra. No parece haber sido un tema de sexo… fue otra cosa. Casi como si él hubiera planeado matarla desde un principio.

Erin volteó con rapidez hacia él.

—¿Hablas en serio? ¿Que él la levantó con la idea de asesinarla?

—Sé que suena como una locura, pero sí, eso es exactamente lo que estoy pensando.

—Swish, sé que no conoces mucho sobre la comunidad trans, pero las mujeres trans, y en particular las de color, suelen ser víctimas de violencia cuando el tipo que está con ellas descubre su secreto. Se llama pánico trans. Los hombres se vuelven locos porque piensan que el hecho de haberse sentido atraídos por una mujer con un pene de alguna manera los hace homosexuales.

Duane le lanzó una mirada furtiva.

—¿Sabes? Tendrás que mejorar eso de "una mujer con un pene". Lo siento, no tiene sentido.

—Sí, ya lo he descubierto —dijo Erin. Duane lucía confundido—. Te lo explicaré más tarde —agregó—. A propósito, no estoy segura de que tenga alguna importancia, pero la hora de muerte es alrededor de las dos de la mañana del 17 de abril, ¿verdad?

—Sí, ¿por?

—El domingo 16 de abril fue Domingo de Pascuas. —Erin hizo una pausa—. No estoy segura de que signifique algo, y no tengo ni idea de si la familia Townsend es religiosa, pero es una manera extraña de terminar las Pascuas: "Creo que saldré a buscar una puta".

Se volvió hacia la ventana del pasajero y contempló el paisaje que se deslizaba a toda velocidad. Cuando era niña, solían venir de vacaciones a la costa de Jersey. En ese entonces, el lugar parecía muy diferente de donde vivían. Recordaba la arena a los lados de la autopista, las interminables extensiones de pinos y, por supuesto, las playas. Era un sitio que la gente escogía para pasar las vacaciones o jubilarse, pero no para vivir. Ahora se veía igual que el norte de Jersey, con urbanizaciones, centros comerciales y parques industriales. Sin duda, las playas todavía lo hacían diferente, pero el lugar había perdido algo de su encanto rural.

Tal vez ella no era la persona apropiada para este caso. ¿Quién diablos se creía para pensar que podía llevar adelante una causa de pena de muerte? Esto era diferente de los casos de homicidio que había manejado como defensora pública. Desde luego, estaba toda la perspectiva trans, pero Erin de verdad creía que Sharise había actuado en defensa propia. Tampoco era la primera vez que creía en la inocencia de uno de sus clientes, aunque en sus tres juicios previos por homicidio, la evidencia en contra había sido bastante abrumadora. De manera que esta presión por defender a alguien en un caso de pena de muerte, que ella realmente creía que era inocente, era algo que nunca había experimentado antes. Y ahora, comenzaba a tomar conciencia de que la vida de Sharise podría literalmente depender de sus habilidades como abogada.

—No me contestaste. ¿Le crees? —volvió a preguntarle a Duane.

—No sé. Hay algo también en su historia que me molesta. No sé bien qué es. Quizás después de ver el informe de la autopsia se me aclaren un poco las cosas. —Se volteó hacia ella—. ¿Eres consciente de que si está diciendo la verdad, tomó una decisión muy mala?

—Sí. Me di cuenta cuando le pediste que volviera sobre sus pasos y explicara el momento en que el tipo fue apuñalado. Si lo que ella dijo es verdad y lo único que hizo fue esquivar el intento de él de apuñalarla, sus huellas no estarían en la navaja, estarían solo las de él.

—Exacto. Pero después ella tomó el arma, así que nunca lo sabremos, ¿verdad?

—No, supongo que no —respondió Erin.

"Swish no podía tener razón", pensó. No tenía ningún sentido que Townsend hubiera ido allí a matar a Sharise. ¿Por qué haría eso?

—¿Vienes el próximo sábado? —preguntó Duane, interrumpiendo el hilo de su pensamiento.

—Sabes que no me perdería el cumpleaños de Austin.

—El año pasado no viniste.

—Bueno, sí, fue bastante imposible, dado que estaba en una cama de hospital recuperándome de una cirugía —dijo, y sonrió cuando vio que Duane se encogía ante la referencia a su cirugía.

—Sabes que Lauren estará allí, ¿no?

Erin rio.

—Sí, eso supuse; es la madrina de Austin.

—Su esposo estará allí también.

—Qué descarada, llevar a su esposo.

—No quería que te tomara por sorpresa.

—Gracias. —Tenía la vista fija en la carretera, pero su mente todavía intentaba procesar la idea de volver a ver a Lauren—. Tal vez llegue un poco tarde. —Hizo una pausa—. Recibí un correo electrónico de Patrick y Brennan —agregó. Su voz era apenas poco más que un murmullo—. Me invitaron a ver su partido de fútbol el próximo sábado por la tarde.

Duane se volvió hacia ella.

—¿Invitaron a tío Ian o...?

—A tía Erin.

—¿Sean y Liz lo saben?

—Por lo que dijeron los chicos en su correo, no —respondió y continuó antes de que él pudiera decir nada—. Los niños saben buscar en Internet. Encontraron la página de la firma con mi información de contacto y me hicieron la invitación. Nunca faltaba a ninguno de sus partidos.

—¿Vas a ir?

Erin esbozó una sonrisa cálida.

—No me lo perdería por nada del mundo. No te preocupes —añadió de inmediato, al advertir la incomodidad de él—, iré de incógnito. Y los chicos no les van a contar a Sean y a Liz que estaré ahí. Todo estará bien.

Duane rio.

—Eres lo más.

—Anda, vamos —respondió, como restándole importancia—. Volvamos al tema de Sharise. ¿Qué puedes decirme de la evidencia de ADN?

—¿Te refieres al índice que utiliza el FBI... el CODIS?

—Exactamente.

CAPÍTULO 5

DE PIE EN LA PUERTA de entrada de su casa, Will Townsend observó a Lee Gehrity, Bárbara Taylor y Tom Whitick avanzar por el sendero. Townsend era alto y de cabello entrecano corto, y daba la impresión de que todavía podía caber perfectamente en el uniforme del ejército que había guardado treinta y cinco años atrás. Townsend ponía mucha dedicación a su apariencia, y eso incluía levantarse todas las mañanas a las cinco para hacer su rutina de ejercicios.

—Me gusta que la gente sea puntual —comentó y les indicó que pasaran. Les estrechó la mano a medida que entraban y cerró la puerta a sus espaldas.

Luego los guio hacia la cocina, situada en la parte posterior de su residencia de verano, una casa estilo Tudor de mil metros cuadrados sobre el océano en Mantoloking. La cocina era luminosa y aireada, y una variedad de croissants, bagels, jugo y café aguardaban sobre la isla central.

—Me imaginé que un sábado tan temprano tendría que ofrecerles al menos algo para comer —añadió y señaló a un hombre sentado a la mesa de la cocina—. No estoy seguro de que todos conozcan a mi abogado personal, Michael Gardner. Michael fue mi segundo comandante cuando estuvimos en

Vietnam y trabajó durante años con el gobierno. Cuando dejó el gobierno, lo contraté para que me mantuviera lejos de problemas.

El hombre se puso de pie y se acercó a saludarlos. Era delgado como un alfiler, con mechones de cabello gris a ambos lados de su cabeza calva. Sus rasgos marcados, mandíbula cuadrada y labios finos no parecían conocer el concepto de sonrisa.

—Michael, él es Lee Gehrity, fiscal del condado de Ocean; la primera fiscal adjunta Bárbara Taylor y Thomas Whitick, jefe de detectives. —Mientras el hombre estrechaba manos y saludaba a cada uno, Will insistió de nuevo con la comida—. Por favor, sírvanse café y algo para comer. Tenemos lugar suficiente para estar cómodos en la mesa.

Caminaron alrededor de la isla mientras tomaban algo para comer y se servían café. Luego, uno por uno, se dirigieron a la mesa.

—Lee, aprecio mucho que hayan hecho el viaje hasta aquí esta mañana —dijo Will—. Estoy seguro de que todos tienen mejores cosas que hacer un sábado por la mañana.

—Ah, vamos, Will. No seas tonto. Necesitábamos hablar y agradecemos tu hospitalidad. ¿Cómo está Sheila?

Townsend respiró hondo y meneó la cabeza.

—Todavía está devastada. Casi no sale de la habitación en casa. No estoy seguro de que alguna vez vaya a recuperarse de haber perdido a su Billy. Esta casa siempre fue su sitio favorito, pero no estuvo aquí ni un solo día en verano. Queda muy cerca de donde Billy fue asesinado. Parecería que no solo perdí a un hijo, también perdí a mi esposa.

—Lo siento, Will. De veras lo siento.

El silencio reinó en la cocina.

—Tenemos que hablar del caso, Lee —interpuso Michael finalmente—. Te agradezco que tu oficina haya mantenido a Will al tanto de lo que ha ocurrido en las últimas semanas, el arresto, etcétera, pero ¿cuál es la situación ahora?

—Sí, claro —comenzó Lee—. El sospechoso es…

—Aguarda —lo interrumpió Michael—, es más que un sospechoso. Tengo entendido que su ADN y sus huellas dactilares estaban por toda la habitación y en el automóvil de Bill. ¿Es él, no?

—Sí, Michael. No tenemos ninguna duda de que la persona que fue arrestada es el homicida, pero para evitar incumplir con lo que está permitido decir éticamente, a fuerza de costumbre solemos referirnos a la persona en cuestión como "sospechoso" o "presunto agresor". En cualquier caso, la persona que asesinó a Bill es Samuel E. Barnes. Lo que sabemos del señor Barnes es que al parecer se disfrazaba de mujer y trabajaba como prostituta en Atlantic City. Sin contar sus antecedentes juveniles, tiene ocho arrestos previos, uno por agresión, otro por agresión agravada, tres por sustancias peligrosas… drogas y tres por prostitución. En algunas de estas ocasiones, logró acuerdos extrajudiciales. Casi todos los cargos se resolvieron en el tribunal municipal de Atlantic City. En uno de los cargos por drogas se le concedió la libertad condicional, y en el caso de la agresión agravada, que ocurrió cuando atacó a un oficial de policía encubierto, el cargo se redujo a agresión simple.

"Hemos entrevistado a otras prostitutas que estuvieron con él la noche del crimen y sabemos por ellas que iba vestido de mujer. Creemos que el motivo del asesinato de Bill fue el robo. —Lee hizo una pausa y paseó la vista alrededor de la habitación—. Uno de los principales motivos por los que queríamos hablar contigo, Will —continuó— es que el viernes ocho, Barnes será sometido a la lectura de cargos y se le dictará un auto de procesamiento. En ese momento, estamos obligados a notificar a la defensa si tenemos intenciones de solicitar la pena de muerte. En caso de ser así, tendremos que notificar a la defensa los factores agravantes en los que nos fundamentaremos conforme a la legislación. Creemos que tenemos dos factores agravantes: que el asesinato ocurrió durante la comisión de un robo, y que el asesinato se cometió para evitar la detención.

—El segundo parece débil —acotó Michael.

—Estamos de acuerdo —convino Lee—. Sin duda es el más débil de los dos. Pero en el tema del robo, el éxito está casi asegurado. A Bill le robaron la tarjeta de débito y el coche. Después de la hora de muerte, alguien extrajo trescientos dólares de su cuenta bancaria con su tarjeta. Tampoco había efectivo en su portamonedas, así que suponemos que también le robaron el efectivo. En vista de todo esto, creemos que tenemos un caso sólido para pedir la pena de muerte. Ya preparamos todos los documentos, pero obviamente queríamos hablar contigo antes de hacerlo público.

Will estaba sentado a la cabecera de la mesa, perdido en sus pensamientos.

—Las encuestas indican —pronunció finalmente— que el setenta por ciento de los votantes de New Jersey están en contra de la pena de muerte, incluido el cincuenta y tres por ciento de los republicanos afiliados. Muy pronto, tal vez en diciembre, mi buen amigo y futuro exgobernador Neil Rogers, emitirá una moratoria para prohibir la ejecución de toda sentencia de muerte hasta que un panel designado por él estudie si New Jersey debería prohibirla por completo. Si a eso le sumamos el hecho de que la Corte Suprema revoca alrededor de tres cuartos de las sentencias de muerte que llegan a ella, nadie ha sido ejecutado en este estado desde 1962. ¿Qué hacemos, entonces? —inquirió y miró alrededor de la mesa—. Imaginen cuán magnánimo me veré cuando la prensa se entere de que me opuse a la pena de muerte incluso en el caso que involucra el asesinato de mi propio hijo. Daré la cara por muchos republicanos que se oponen a la pena de muerte, y ni qué hablar del gobernador, quien estará en deuda conmigo cuando proceda a prohibir la pena capital. Tenemos que usar esto para sacar ventaja política y creo que asumir una postura ejemplar nos dará el mayor provecho. ¿Qué me importa si Barnes muere por una inyección letal o en la cárcel? De cualquier forma estará muerto.

Nadie habló. Por fin, Lee aventuró:

—¿Estás diciendo que quieres que anunciemos que nos has pedido que no solicitemos la pena de muerte?

—Por supuesto. No voy a dejar que se hagan cargo de mi decisión. Tiene que ser de público conocimiento que fui yo quien tomó la decisión, de lo contrario no le podré dar un uso político. No se preocupen, mi gente redactará la declaración para que ustedes la emitan.

—Ah… bueno… de acuerdo —balbuceó Lee.

—Miren, tengo que hacer algo para desviar la atención del hecho de que mi hijo levantó a una puta transformista y la llevó a un motel. Aun si los medios no hacen demasiado hincapié en eso por temor a enfadarme, por el amor de Dios, tampoco se puede ocultar lo que hizo… es la razón por la que el muy idiota está muerto. Con suerte, esto ayudará a desviar un poco la atención de su estupidez.

—Supongo que es demasiado temprano para saber si Barnes tiene interés en declararse culpable a cambio de una reducción de pena, ¿verdad? —sugirió Michael.

Bárbara tomó la palabra.

—Tuve una breve conversación con su abogada, pero no dio ningún indicio en ese sentido.

—Solo estoy pensando en voz alta, Will —interpuso Michael— pero si dejáramos la opción de la pena de muerte un tiempo más sobre la mesa, tal vez forzaríamos a Barnes a llegar a un acuerdo para evitarla.

Will asintió con la cabeza y bebió un poco de café.

—No. Hagámoslo a mi manera. Tengo que adelantarme al gobernador. Miren, no hemos tenido un gobernador republicano tan popular como Neil Rogers desde Tom Kean. Lo ayudé a ser electo y espero que me devuelva el favor.

—¿Qué sabemos del abogado de Barnes? —preguntó Michael.

Lee rio.

—Esto te va a divertir mucho. Adelante, Tom, te concedo el honor.

Whitick era un hombre imponente. Su cabeza completamente calva lo hacía todavía más intimidante. Había estado cinco años en el cuerpo de la Policía Militar del ejército antes de incorporarse a la Oficina de la Fiscalía del condado de Ocean como investigador en 1975. Durante los siguientes veinticinco años, había escalado posiciones hasta convertirse en jefe de detectives cinco años atrás. Ahora, abrió una carpeta y se colocó las gafas.

—En realidad son dos abogados. Empecemos por el más fácil —comenzó—. Duane Abraham Swisher. Afroamericano, treinta y cinco años, casado con Corrine Swisher, apellidada Butler de soltera. Viven en Scotch Plains y tienen un hijo, un varón de dos años llamado Austin. Swisher se crio en Elizabeth, New Jersey, y fue una estrella del baloncesto en el bachillerato St. Cecilia, que en ese entonces era un semillero nacional. Asistió a la Universidad de Brown con una beca académica completa. Jugó al baloncesto para Brown y fue miembro del equipo elegido dos años como el mejor de la Liga Ivy. Al parecer probó en varios equipos de la NBA pero no fue reclutado, y luego fue a la Facultad de Derecho de Columbia. Después, entró en el FBI. Estuvo allí siete años. Aquí es donde las cosas se ponen un poco turbias para el señor Swisher. Por lo visto, tres años atrás renunció al FBI voluntariamente y con todo en regla, pero según nuestras fuentes, se marchó porque fue objeto de una investigación interna que todavía podría estar en curso.

—¿Qué clase de investigación? —interrumpió Michael.

—No estamos seguro, pero por lo que nos dicen nuestras fuentes, parece haber una investigación penal en curso por la filtración de información confidencial relacionada con escuchas telefónicas a musulmanes poco después del 11 de septiembre. —Whitick levantó la cabeza y miró a Michael—. Estamos tratando de conseguir más información.

Michael asintió.

—Gracias. Por favor, continúa.

—Después de que se marchó del FBI, abrió un estudio con Ian McCabe y hace tres años, crearon la firma jurídica McCabe & Swisher.

—Espera. Creí que el abogado de Barnes, esta tal McCabe, era una mujer —señaló Will.

—Te dije que esto te iba a divertir —insistió Lee. Sonrió, puso los ojos en blanco y le hizo un gesto a Whitick para que continuara.

—La firma jurídica McCabe & Swisher queda en Cranford y se dedica principalmente a la defensa penal. ¿Alguna otra pregunta sobre Swisher antes de que pase a McCabe?

Nadie dijo nada hasta que Michael declaró:

—Sigue.

—Erin Bridget McCabe era previamente conocida como Ian Patrick McCabe.

Will entornó los ojos mientras intentaba procesar esta información, pero asintió con la cabeza para que Whitick prosiguiera.

—Ian Patrick McCabe, caucásico, treinta y cinco años, divorciado, casado previamente con Lauren Schmidt, sin hijos. Vive en Cranford, creció en Union, New Jersey, asistió al bachillerato Cardenal O'Hara y formó parte del equipo de fútbol del condado. Luego fue a Stonehill College en North Easton, Massachusetts, y de allí pasó a la Facultad de Derecho de Temple. Trabajó como asistente legal del juez Miles Foreman en el condado de Monmouth y después entró en la Oficina de la Defensoría Pública del condado de Union. Estuvo allí algo más de cinco años y se marchó para abrir su propio estudio jurídico. Poco después, formó la firma con Swisher.

"Como dije, dos años atrás, cambió legalmente su nombre por el de Erin Bridget McCabe y comenzó a ejercer la abogacía como mujer. Al parecer, todos sus documentos legales han sido modificados para reflejar su nombre y género nuevos. Desde entonces, ha continuado practicando la profesión pero ha mantenido un perfil bajo con respecto a su cambio de sexo. —Alzó la cabeza para mirar a Michael y a Will—. Me parece que aquí tenemos bastante material para desviar la atención de las partes de la causa que no favorecen exactamente a su hijo, señor Townsend. Tenemos un abogado bajo investigación y el otro que está tan loco como el acusado.

—Gracias, Tom, sin duda es información muy interesante —indicó Will con lentitud mientras se frotaba la barbilla con el pulgar y el índice—. Tenemos que pensar cómo sacarle el mejor provecho.

—Asumiendo que el sospechoso no se declare culpable, ¿cómo creen que sus abogados defenderán el caso?

Bárbara volteó hacia Lee, pero el fiscal asintió en dirección a ella, puesto que si la causa llegaba a juicio, ella sería la que estaría a cargo.

—La única defensa lógica sería defensa propia. En otras palabras, alegar que Bill perdió el control cuando descubrió que Barnes no era una mujer y que en el intento por defenderse, este lo apuñaló.

—Pero si mal no recuerdo —intervino Michael—, no se hallaron rastros de que hubiera habido una pelea en la habitación. ¿Es correcto? —No dio tiempo a que ninguno respondiera—. Y Bill murió por una única puñalada en el pecho. De nuevo, otro indicio de que no hubo forcejeo.

—Tienes razón en ambas cosas, Michael —dijo ella—. Así que aun cuando apelen a defensa propia, creemos que la evidencia es mucho más consistente con un robo.

—Gracias, Bárbara —declaró Will—. Ya tenemos un buen panorama —agregó y cortó cualquier otra conversación posterior—. Pondré a mi director de comunicaciones a trabajar en la declaración para ti, Lee... el viernes ocho, ¿verdad?

—Sí —respondió Lee—. Para producir el máximo impacto, tendría que emitirla justo después de la lectura de cargos.

—Haré que la recibas un par de días antes por si tienes alguna duda. Te agradezco todo el trabajo que ha realizado tu oficina para resolver esto. Espero que la condena a este bastardo nos ayude a Sheila y a mí a encontrar algo de paz.

Luego de acompañarlos afuera, Will regresó a la cocina y se sirvió otra taza de café.

—Mierda —exclamó mientras tomaba asiento frente a Michael en la mesa—. Juro por Dios que si Barnes no lo hubiera matado, yo lo habría hecho. ¿Cuál es la situación?

Michael lo miró con fijeza.

—No te preocupes. Ya te dije, nos hemos ocupado de todo sin infringir ninguna ley. Varios amigos del señor Barnes que trabajaban en el mismo vecindario han encontrado carreras nuevas lejos de Atlantic City, y su proxeneta fue arrestado por cargos de droga y prostitución, así que ya está fuera de circulación. Si llega a haber un juicio, el señor Barnes tendrá que tratar de convencer a un jurado que actuó en defensa propia. ¿Y por qué lo atacaría Bill? ¿Porque enloqueció cuando descubrió la verdad sobre el señor Barnes? Ese sería el peor de los escenarios. No hay evidencia para respaldar nada... absolutamente ninguna.

Will se puso de pie y miró a través de la ventana de la cocina, mientras bebía su café.

—No sé si Sheila sobrevivirá si este caso llega a juicio. El testimonio de cómo su Billy levantó a una puta transformista la mataría... —Apoyó la frente contra el vidrio—. Y si el otro escenario resultara cierto... —Respiró hondo y se volteó. Miró a Michael con ojos entrecerrados—. Carajo, no necesito esto políticamente en este momento. Lo que necesito es que este caso se resuelva pronto. Cuánto más se dilate, mayor será el riesgo de que algo salga mal —precisó con enojo y exasperación crecientes—. Veremos qué sucede, pero si Barnes no se declara culpable con rapidez, tendremos que reconsiderar nuestras opciones. Para el resto del mundo, pueden faltar tres años para la elección de gobernador, pero yo necesito organizarme ya mismo. —Dejó escapar un gemido gutural—. No necesito esto ahora. Mientras sea el pobre padre acongojado, nadie se meterá conmigo, pero si esto llega a juicio, quién sabe… ¡Mierda!

—Tú ocúpate de lo que tengas que hacer y déjame todo esto a mí —aseguró Michael—. Todavía tengo muchas fuentes en la justicia. Averiguaré qué está pasando con Swisher. Y también chequearé si McCabe tiene algún otro trapo sucio, aunque tal como están las cosas, tenemos suficiente para darles de comer a los medios. No te preocupes. Les haré la vida imposible a los dos. Cuánto más enfocados estén en sus propios problemas, menos tiempo tendrán de defender a Barnes.

Townsend asintió.

—Bien. Vigílalos de cerca. Quiero saber qué traman.

CAPÍTULO 6

La pelota salió del campo de juego. Cuando llegó donde estaba Erin, la levantó sobre su pie y la lanzó suavemente al aire para tomarla con las manos. El defensor de Westfield corrió hacia ella y ella le arrojó la pelota. Después de agradecerle con el aliento entrecortado, el niño se volteó y corrió hacia la línea lateral, solo para ver que el árbitro indicaba que era saque lateral para Princeton.

Faltaban diez minutos para el final y aunque había dominado durante casi todo el partido, el equipo de Patrick y Brennan, Las Cobras de Princeton, se aferraba a una ventaja de uno a cero.

Erin advirtió que Patrick se acercaba desde su posición en el centro del campo para recibir el saque lateral. Se colocó cara a cara con el defensor de Westfield y luego, con un pequeño movimiento que Erin le había enseñado, levantó la pelota con destreza por encima de la cabeza del defensor, se movió hacia la izquierda con rapidez, retomó el control de la pelota y continuó por la línea lateral izquierda, con la cabeza en alto y estudiando el campo. Cuando se encontraba a unos trece metros del arco, realizó un pase bajo al centro, hacia donde Brennan estaba llegando.

Erin observaba en tanto su mente ya estaba triangulando. Se dio cuenta de que Brennan llegaría a la pelota una fracción de segundo antes que el portero, pero que no tendría tiempo de patear. De pronto vio con estupor que Brennan, quien corría a toda velocidad hacia la pelota, la dejaba pasar entre sus piernas para su compañero de equipo, quien, diez metros a su derecha, corría paralelamente a él. El portero, preparado para reaccionar a un disparo de Brennan, quedó totalmente descolocado cuando el otro jugador redireccionó la pelota hacia el arco ahora vacío.

¡GOL!

La pelota ni siquiera había tocado el fondo de la red antes de que Brennan y su compañero giraran hacia Patrick. Los tres saltaron abrazados, mientras el resto del equipo se acercaba corriendo para sumarse a la celebración. El grupo de jugadores comenzó a dispersarse, pero antes de que Patrick y Brennan regresaran al centro del campo, se volvieron hacia la línea lateral y guiñaron un ojo hacia donde Erin permanecía de pie con una enorme sonrisa, aplaudiendo.

Mientras los observaba festejar, Erin sintió un dejo de pena. Se había perdido dos años de sus vidas. Dos años en los que ambos habían crecido varios centímetros. Los cambios sutiles en el físico de Patrick le recordaban que estaba rayando la pubertad. El pequeño niño que ella recordaba era ahora casi un adolescente, y Erin sabía que jamás podría recuperar el tiempo perdido.

Cuando terminó el partido, se mantuvo al margen y observó a los jugadores y sus padres cruzar la calle hacia el aparcamiento frente al campo. Luego echó a andar en dirección contraria; había dejado el coche en un estacionamiento al otro lado del parque. Cuando había comprado el Miata tres años atrás, Sean se había burlado de ella por haber elegido un coche de mujer. Ahora, lo que menos le preocupaba eran las burlas.

De pie delante del ropero, mientras pensaba qué ponerse, la alegría de ver a sus sobrinos comenzó a mezclarse lentamente con la ansiedad de encontrarse con Lauren y su esposo. A pesar de que habían pasado cuatro años desde que se habían separado y tres años desde el divorcio, la tristeza persistía. Por muy tonto que ahora pareciera, Erin había abrigado la esperanza de que siguieran juntas. Incluso había conservado su esperma, y se había engañado a sí misma con la posibilidad de que el hecho de que pudieran tener hijos juntas convencería a Lauren de que podían salvar la relación. Pero no había sido así.

Al final se decidió por un vestido largo color té. Tenía un aire hippie de los años sesenta, con un escote fruncido, unas tiras sencillas que se ataban en los hombros y bolsillos tipo canguro. Un par de sandalias color café completaban el atuendo. Se soltó la cola de caballo con la que había ido al partido y usó la plancha de rizado para darle cuerpo a su cabello. Estudió su rostro en el espejo. Sabía que era más afortunada que muchas mujeres trans. Había podido costearse una cirugía facial que le había dado a su rostro contornos más femeninos, y entre las hormonas y la electrólisis, tenía un lindo cutis que no requería demasiado maquillaje. Un poco de rubor, algo de rímel, un labial coral de un tono claro, y ya estaba lista. Antes de salir, tomó un abrigo; sabía que estarían al aire libre en la terraza de Duane y Corrine.

Al avanzar por el sendero de entrada, el ruido de la fiesta que provenía del patio trasero le dio la bienvenida. Duane y Corrine vivían en una calle sin salida, tranquila y arbolada en Scotch Plains, que habían comprado cuando Duane trabajaba en el FBI. En ese entonces, habían creído que esta sería la primera de muchas casas en las que vivirían, ya que la carrera de Duane los obligaría a mudarse de un lado a otro alrededor del país. Pero cuando la carrera en el FBI llegó a su fin de manera abrupta, de pronto la casa se convirtió en un hogar.

Erin dio la vuelta y buscó rostros familiares. No disfrutaba de la incomodidad inevitable que la acompañaba cuando se encontraba por primera vez como Erin con alguien a quien había conocido como Ian. Por lo general, los viejos conocidos encontraban con rapidez una excusa para terminar la conversación.

Ni bien divisó a Duane de pie junto a la parrilla, con una cerveza en una mano y una espátula en la otra, se encaminó hacia él.

—Hola, Swish —dijo. Lo abrazó y lo besó en la mejilla.

—¡Viniste! —exclamó él con una gran sonrisa.

—Te dije que lo haría.

—Me alegro mucho. ¿Cómo les fue a los jugadores de Princeton?

—Ganaron, dos a cero —respondió ella con orgullo.

—¡Ey, qué bueno! —Duane la estudió—. ¿Algún problema?

—No, Sean y Liz ni se enteraron de que estuve allí. Todo bien.

—Bueno —dijo Duane con tono aliviado—. Las cervezas están en la nevera roja, el vino en la azul, los refrescos en la tina allí —explicó e hizo un gesto con la espátula—, y los vasos están en la mesa. Creo que Corrine está en la cocina dándole algo de comer al cumpleañero. La comida estará lista pronto.

—Gracias.

—Ey, E., lo dije en serio. Gracias por venir.

Ella sonrió.

—Gracias por invitarme.

Se acercó a la mesa, tomó una copa y se sirvió un poco de pinot grigio. Aunque había detectado un par de rostros familiares, la falta de reacción delataba que no la habían reconocido. Abrió la puerta trasera y vio a Corrine sentada a la mesa de la cocina. Estaba hablando con una mujer que se encontraba de espaldas a la puerta. En un instante, Erin supo quién era la segunda mujer.

—Ey, hola —exclamó Corrine antes de que Erin pudiera retroceder—. Qué suerte que viniste —continuó con un destello en sus suaves ojos color café.

Corrine y Lauren habían compartido habitación en Brown. Corrine era una mujer muy pequeña, de cabello afro corto y una sonrisa ancha que realzaba sus pómulos altos. Pero a pesar de su diminuta estatura, parecía al mando de cualquier situación. Al ver la expresión en la cara de Erin y tomar conciencia de lo que estaba a punto de suceder, no vaciló.

—Pasa, estábamos hablando de ti.

La otra mujer giró en la silla y volteó la cabeza. El cabello rubio, los ojos azules, la hermosa simetría de su rostro… nada había cambiado. Paralizada, Erin se las ingenió para sonreír.

—Hola, Lauren —murmuró con voz muy queda—. Qué bueno verte.

Lauren se puso de pie; el vestido de verano floreado resaltaba su figura bronceada y atlética. Caminó hacia Erin y esbozó una lenta sonrisa.

—Menos mal que te vi en la página de Internet de tu firma, porque no te hubiera reconocido. —Arrojó los brazos alrededor de Erin y la abrazó—. Es tan lindo verte. Te ves genial —le susurró al oído.

Erin estaba empezando a lamentar su decisión de ponerse rímel; ya podía sentir las lágrimas que amagaban con llenar sus ojos.

—Gracias —respondió con voz quebrada—. Me agrada verte también.

Lauren se apartó y la tomó del brazo.

—Ven, siéntate con nosotras.

Erin se acercó a Corrine, se inclinó y la abrazó.

—¿Cómo estás?

—Hoy solo pienso en cosas lindas, así que me siento genial.

—¿Dónde está el cumpleañero?

—No sé. La última vez que lo vi, las abuelas se lo estaban disputando —explicó Corrine y soltó una risa fuerte antes de que un repentino gemido proveniente de otra habitación la hiciera ponerse de pie—. Parece que las abuelas adoptaron un principio salomónico y lo están dividiendo en dos —añadió y se apresuró fuera de la cocina.

—Es increíble lo hermosa que te ves —declaró Lauren por fin con una sonrisa genuina.

—Gracias. Tú también luces muy bien. ¿Cómo está tu familia?

—Todos bien. ¿La tuya?

Era la típica pregunta que se intercambiaba en una conversación, pero por la expresión en el rostro de Lauren, fue evidente que ni bien la pronunció, se arrepintió de haberlo hecho.

—Mi mamá está bien. Tratamos de vernos una vez por semana. Nada ha cambiado con Sean ni con papá.

—Lo siento, E. Quiero decir, Erin.

—Me puedes seguir llamando E. No hay problema.

Lauren le dirigió una sonrisa triste.

—No, prefiero Erin. E fue un tiempo diferente en nuestras vidas.

La puerta trasera se abrió.

—¡Ah! Ahí estás. Te he estado buscando.

Lauren levantó la vista hacia el atractivo hombre de cabello y ojos color café de pie en el vano de la puerta y lo invitó a entrar.

—Steve, me gustaría que conocieras a mi amiga Erin. Erin, él es Steve, mi esposo.

Erin no pudo evitar advertir que Steve y su propia encarnación previa como Ian tenían muy poco en común. Steve parecía medir alrededor de un metro ochenta, tenía espaldas anchas y mandíbula cuadrada.

—Hola, Steve Campbell, es un gusto conocerte.

Erin sonrió.

—El gusto es mío —respondió, evitando decir su apellido.

—Lo siento. No quise interrumpirlas —dijo Steve y se volvió hacia Lauren.

Lauren sonrió con cortesía.

—No, solo me estaba poniendo al día con Erin. Hace unos años que no nos veíamos.

—¿Eres parte del contingente de Brown? —preguntó Steve a Erin.

Ella alzó la vista, agradecida por el anonimato.

—Oh, no, no estoy en esa categoría. Lauren y yo nos conocemos del bachillerato.

—¿Steve, te importaría dejarnos solas un minuto? Necesito hablar algo con Erin.

—Por supuesto. Estaré en la terraza. Un gusto conocerte, Erin —añadió con calidez.

—Lo mismo digo —respondió ella.

Luego de que Steve se marchó, Erin se volvió hacia Lauren.

—Parece un tipo muy agradable, y muy guapo también —comentó, con un ligero movimiento de la cabeza—. Me alegro mucho de que hayas encontrado a alguien.

—¿De veras? —preguntó Lauren, con voz nerviosa.

Erin la miró y se mordió el labio inferior.

—Por supuesto que sí, Lauren. Espero que sepas que lo único que siempre quise fue que fueras feliz.

—Gracias. —Hizo una pausa—. Este… la verdad es que hay algo que debo contarte.

Por más que lo intentara, Erin no podía leer el rostro de Lauren, era una expresión que nunca había visto. Había cierta vacilación en su mirada, pero también una alegría que bullía debajo de la superficie.

Lauren pareció armarse de valor antes de hablar.

—Voy a tener un bebé, Erin. Estoy embarazada.

La sensación fue tan extraña, casi como una experiencia fuera del cuerpo. ¿Cómo describirla? No era felicidad, no era dolor; era como retroceder al principio del fin. Ambas habían querido tener hijos, pero Lauren había insistido en que Ian viera a un terapeuta antes de que lo intentaran. "Te amo, E., le había dicho, pero no quiero empezar una familia y que luego decidas que tienes que hacer la transición para sobrevivir. Ve y explora tus verdaderos sentimientos antes de que avancemos con una familia".

—¿Estás bien? —inquirió Lauren.

Erin no estaba segura. Todavía estaba perdida. Perdida en un mundo en el que ella y Lauren estaban casados, planeaban su futuro, planeaban una familia. Se obligó a sonreír.

—Es grandioso. Estoy muy feliz por ti.

Lauren todavía parecía preocupada.

—¿En serio?

—Por Dios, claro que sí. Sé lo mucho que deseas una familia. Estoy emocionada por ti. —Y eso era cierto, en su mayor parte—. ¿Para cuándo esperas?

—Para el día de San Valentín.

Erin sonrió.

—Serás una mamá fabulosa.

—Gracias —respondió Lauren con voz temblorosa—. ¿Sabes...? —No pudo proseguir.

—Lo sé —replicó Erin. Cerró los ojos; la imagen de un tiempo y un lugar diferentes todavía persistía allí—. Lo sé.

Ambas se pusieron de pie y se abrazaron.

—En serio, me alegro por ti —susurró Erin—. Sabes que siempre tendrás un lugar especial en mi corazón.

—Lo sé. Y tú en el mío.

—A propósito, me imagino que Steve no sabe quién soy.

—Le comenté que tal vez vinieras, pero no le dije tu nombre. Pensé que podría ser incómodo para todos que él supiera quién eras. Créeme, no lo adivinará hasta que yo se lo diga.

—Gracias.

—Olvídalo. Será interesante ver su reacción —añadió con una carcajada.

—¿Qué hace?

—Es editor metropolitano del *New York Times*.

—Qué bien. ¿Y tú... cómo anda el mundo editorial?

—Loco, pero bien. Me ascendieron hace un año. Ahora soy editora. Me encanta, y hay una posibilidad de que mi proyecto más reciente resulte un *bestseller*. ¿Y tú? ¿Cómo va la abogacía?

—Una locura —concedió Erin y meneó la cabeza.

—Cori me contó lo que le está pasando a Duane. ¿Estará bien?

—La verdad es que no lo sé.

—Bueno, tengo entendido que tiene un equipo legal de primera.

—Al menos la mitad de él lo es —respondió Erin con una sonrisa.

Se abrazaron una última vez, se despidieron, y luego Lauren salió a buscar a Steve. Erin se demoró en la puerta; contempló a su exesposa abrazar a su nuevo esposo y tuvo que hacer un esfuerzo para no dejarse abrumar por situaciones hipotéticas. Por fin, se forzó a sí misma a moverse y abrió la puerta para ir a buscar algo para comer.

Tomó una hamburguesa de la mesa y se estaba sirviendo otra copa de vino cuando oyó una voz conocida a sus espaldas.

—¡Eh, tú!

Erin se volvió, con el rostro ya iluminado.

—J.J. —exclamó, y se acercó a Jamal Johnson. Aunque tenía las manos ocupadas, le dio un beso en la mejilla cuando él se inclinó hacia delante. Con su metro noventa y cinco, era varios centímetros más alto que Duane. Llevaba la cabeza rapada y numerosos tatuajes en los brazos, lo que le daba un aspecto algo amenazante para quienes no lo conocían. Pero a pesar de su apariencia, su sonrisa era irresistible y su carácter, amable y social.

—¿Cómo estás, linda?

—Si me fuera mejor, sería un pecado —respondió ella.

J.J. había sido base del equipo de baloncesto de la escuela St. Cecilia un año antes que Duane. En su último año del bachillerato, había sido capitán del equipo, que en ese entonces ocupaba el segundo puesto en el país. El plan era ir a Notre Dame por un año, con una beca completa, y luego jugar profesionalmente. Sin embargo, durante el primer año, se rompió el ligamento cruzado anterior y el colateral medio cuando fue a buscar una pelota fuera de la cancha, agravado por el hecho de que uno de sus admiradores se cayó sobre él y le fracturó la tibia. Pasaron siete meses hasta que pudo volver a caminar sin cojear. Al cabo de otros seis meses de rehabilitación y terapia física intensas, quedó claro que había perdido un par de pasos, y nunca más volvió a jugar para Los Luchadores Irlandeses.

—Conociéndote, cariño, sospecho que es un pecado —retrucó con una sonrisa traviesa—. ¿Conoces a Mark Simpson? —preguntó, con un gesto hacia el hombre de pie junto a él.

—No —respondió Erin y volteó la cabeza. Mark parecía tener la misma edad que ellos. Como de un metro ochenta, su cabello negro azabache estaba despeinado de esa manera perfecta que sugería que se lo peinaba con la punta de los dedos. Tenía una barba incipiente en la medida justa para lucir sexy sin parecer sucio, y los ojos verdes parecían brillar—. Un gusto conocerte —aventuró.

—Igualmente —respondió él con una sonrisa que confirmaba sus palabras.

Sin quererlo, Erin le devolvió la sonrisa.

—¿Cómo va la terapia, J.J.? —preguntó y tuvo que hacer un esfuerzo para apartar la mirada de Mark. Después de su lesión, J.J. había obtenido una maestría en trabajo social y además de atender su consultorio privado, trabajaba en un hogar comunitario para niños LGBT sin techo. J.J. había sacudido los cimientos de su propio pequeño mundo cuando se declaró homosexual en su último año de la universidad. Cuando Erin finalmente decidió hacer la transición, J.J. había sido una de las primeras personas en saberlo, y se convirtió en una fuente constante de apoyo cuando ella estremeció su propio universo con la noticia.

—Demasiado trabajo —respondió—. Sobre todo en el hogar. Swish me contó que están con un caso de homicidio.

—Ajá. De hecho, tal vez necesitemos un experto en niños LGBT sin techo. ¿Ya testificaste antes como perito, no?

—Sí, lo hice. Avísame si puedo ayudarte en algo. —Se volvió hacia Mark—. Iré a buscar una cerveza. ¿Quieres una?

—No, gracias. Estoy bien.

—¿Quieres algo, Erin?

—Otra mano —sugirió ella y levantó una mano con un plato de papel, que parecía que se estaba por doblar en dos por el peso de una hamburguesa y una ensalada de papas, y la otra con la copa de vino.

—Allá hay una mesa —indicó Mark y señaló en dirección de varias mesas vacías en el patio—. ¿Te ayudo?

—Gracias. Te sigo —dijo Erin y le entregó su copa de vino—. ¿Me vas a dejar comiendo sola? —le preguntó cuando llegaron y ella apoyó el plato sobre la mesa. "¿Por qué dije eso? Suena como si estuviera coqueteando", pensó.

—Me temo que sí —respondió Mark—. Tengo que ir a cenar a casa de mi madre en un rato. —Colocó la copa frente a ella y tomó asiento al otro lado de la mesa.

—¿Dónde vive tu madre?

—En Roselle Park.

—Ah, yo vivo en Cranford.

—Yo en Clark —replicó él—. Por lo que dijo J.J., deduzco que trabajas con Swish.

—Sí, Duane y yo somos socios. ¿Y tú? ¿Cómo llegaste a este festejo?

—Juego al baloncesto en una liga con Swish y J.J., en general los martes por la noche.

—Debes ser bueno, si Duane te deja formar parte de su equipo.

—Créeme, estoy en otra categoría. Creo que me dejan jugar para reírse un poco.

Erin sonrió.

—Conozco a mi socio. Cuando se trata de baloncesto, no hay lugar para la risa. Apuesto a que jugabas en algún equipo universitario.

—Universidad de Nueva York.

—Te lo dije, conozco a mi socio.

—Créeme, tengo que estar al cien por ciento solo para ser suplente.

—¿A qué te dedicas cuando no estás esforzándote por estar a la altura de Swish en la cancha de baloncesto?

—Soy profesor de inglés en la escuela Westfield.

—Inglés fue siempre mi asignatura favorita.

"¡Dios mío! ¿De verdad acabo de decir eso?"

—Qué curioso, la mía también —respondió él con una enorme sonrisa—. ¿Hace cuánto tiempo que te dedicas al derecho penal?

—Desde siempre. Fui asistente legal de un juez penal durante un año. Luego trabajé cinco años en la Oficina de la Defensoría Pública y Duane y yo iniciamos la firma hace algo más de tres años. ¿Y qué me dices de ti? ¿Siempre enseñaste inglés en el bachillerato?

Mark esbozó una sonrisa afable.

—No, he tenido un pasado algo irregular. Trabajé en Wall Street un par de años y me marché cuando todavía me quedaba un pedacito de alma. Luego, supongo que a modo de penitencia, estuve dos años en el Cuerpo de Paz en

Nicaragua. Y después me fui de mochilero a recorrer América del Sur durante un año. Cuando regresé hace seis años, entré en Westfield.

—¿Te gusta enseñar?

—Sí, me gusta. No me enloquece tomar exámenes ni toda la parte burocrática, pero disfruto mucho de los niños. —Erin advirtió los ojos de él sobre su mano izquierda—. Mmm... ¿hay un señor McCabe? —arriesgó con cierta timidez.

—Ajá —se apresuró a responder ella—. En realidad, hay dos. —Observó la expresión desconcertada en el rostro de él—. Mi padre y mi hermano —agregó—. Soy divorciada. ¿Tú? —preguntó a su vez.

—Nunca me casé. Me comprometí una vez, pero a ella no le encantó que dejara Wall Street para unirme al Cuerpo de Paz. Lo intentamos una segunda vez, después de que regresé, pero para entonces la relación ya se había enfriado.

—No sé qué decirte... un profesor de inglés en un bachillerato que todavía incursiona en una importante liga de baloncesto suena más interesante que un magnate de Wall Street.

"¿Quieres cerrar la boca? Le vas a dar una impresión equivocada".

—Bueno, ella no pensó lo mismo —acotó él con una sonrisa triste—. Escucha, Erin, me tengo que ir a casa de mi madre, pero ya que somos casi vecinos, ¿aceptarías tomar un café conmigo uno de estos días y contarme un poco más sobre el derecho penal?

—Sí, claro, por qué no.

—Eso no sonó muy convincente.

—Lo siento. Todavía estoy en la etapa de desconcierto posdivorcio. Pero un café suena agradable.

—¿Has ido alguna vez a Fundamentos Legales en Cranford?

—Todos los días.

—¿Qué te parece el miércoles, a las siete de la tarde?

—De acuerdo.

Mark se puso de pie con lentitud.

—Hasta el miércoles, entonces —se despidió.

—Nos vemos. Saludos a tu madre —agregó Erin y rio.

Permaneció allí sentada después de que él se marchó. "Nos vemos. Saludos a tu madre… ¿en qué estaba pensando?". Dio un mordisco a la hamburguesa y bebió un trago de vino. "Creo que estuve coqueteando con un tipo. Debo estar totalmente loca". Sus pensamientos se vieron interrumpidos por J.J., quien se dejó caer junto a ella con una cerveza y un hot dog en la mano.

—Bueno, debo confesar que estoy impresionado —declaró.

—¿Qué quieres decir?

—Ah… no te hagas la evasiva conmigo, señorita McCabe. Soy inmune a tus encantos. Pero creo que el señor Simpson ha caído en tus artimañas femeninas.

—¡Nada que ver! Solamente fui amable con un amigo tuyo y de Duane.

—¿En serio? Es curioso, porque parecía muy entusiasmado con tomar un café contigo el miércoles por la tarde.

—¿Cómo sabes eso?

—Porque cuando se estaba yendo me preguntó si creía que tú podrías interesarte en alguien como él.

Erin miró a J.J.

—Mierda. ¿En serio? ¿Qué voy a hacer?

—¿Cuál es el problema? —preguntó confundido.

—No conoce mi historia, J.J. Además ni siquiera me atraen los hombres. Carajo, ¿qué voy a hacer?

J.J. sonrió.

—Vas a tomar un café, no te vas a fugar con él. Ya tendrás tiempo de contarle tu pasado, si es que quieres hacerlo. Y con respecto a que no te atraen los hombres, bueno, nena, tal vez debas revaluar tu posición sobre eso, porque te veías muy interesada.

Más tarde, mientras conducía de regreso a su casa, Erin no podía parar de pensar en que había sido una tarde muy curiosa. Por un lado las emociones contradictorias al volver a ver a Lauren y enterarse de que estaba embarazada. Y luego la conversación con Mark. "¿En qué diablos estaba pensando? Coquetear con un tipo... ¿estoy perdiendo la cabeza? Pero es lindo. Lindo, escúchate. ¿Desde cuándo los hombres son lindos?"

Se sorprendió intentando comprender sus emociones. ¿Por qué le había gustado Mark? Nunca se había sentido atraída por los hombres. Aunque, en realidad, si era honesta consigo misma, tampoco había tenido tantas experiencias con mujeres... una, para ser exacta. Lauren y ella se habían conocido en el bachillerato y se habían enamorado. En ese punto en su vida, a pesar de que Erin sentía secretamente que debería haber sido una mujer, estaba decidida a ser un verdadero hombre, con la certeza de que su amor por Lauren mantendría a raya sus sentimientos femeninos. "Bueno, ya sabemos cómo me fue con eso", pensó. En los cuatros años posteriores a su divorcio, no había salido con casi nadie, y en las pocas ocasiones en que lo había hecho, siempre había sido con una mujer. Eso hacía todavía más difícil entender sus sentimientos hacia Mark. Era como si hubiera arrojado sus emociones dentro de una batidora y las hubiera hecho girar hasta convertirlas en una mezcla nueva. Como quiera que fuera, no podía negar que una parte de ella sentía curiosidad por saber qué sentiría si él la besara. Se obligó a volver a la realidad. La vida ya era bastante complicada y no había necesidad de complicarla más saliendo con un hombre. Aunque como bien había señalado J.J., era solo un café.

CAPÍTULO 7

—Tienes el cabello más largo. Me gusta.

—Gracias. Todavía estoy aprendiendo a hacer cosas con él —respondió Erin y sonrió a su madre. Peggy McCabe le devolvió la sonrisa. Los pliegues que se formaban en las comisuras de su boca al sonreír eran las únicas arrugas en su rostro. Había cumplido sus sesenta y cinco años tres meses atrás, pero podía pasar perfectamente por alguien de cincuenta.

—Sí, bueno, cuando domines la plancha de rizado ven a darme unas lecciones —dijo su madre con una sonrisa y se apartó el cabello corto color café de la frente—. Debes estar muy ocupada, para adelantar nuestro desayuno a las siete y media.

—¿Más café, señoras? —preguntó la camarera al pasar.

—¡Sí, por favor! —respondieron ambas al unísono.

Cuando la camarera se marchó, Erin aventuró:

—La verdad, mamá, es que sí estamos muy ocupados; es una de las cosas que quería hablar contigo. Se trata de un caso nuevo que tomamos con Duane.

Peg estudió a su hija al otro lado de la mesa y deslizó un dedo alrededor del borde de la taza de café. Parecía temer lo que vendría.

—Te escucho —dijo con voz cauta.

—Se trata de un homicidio.

Su madre frunció el entrecejo.

—Has tenido varios casos de homicidio. ¿Por qué debería preocuparme por este en especial?

"A mí me preocupa que tengas que lidiar con las posibles reacciones de Sean y de papá en relación con el caso. De la misma manera que has tenido que enfrentar los ataques por mi culpa después de que salí del clóset, y que sin embargo has sabido sobrellevar siempre con una gracia y una dignidad calladas".

—Pasó hace poco más de cuatro meses —empezó Erin con la mirada fija en su madre—. La víctima tenía veintiocho años y era hijo de un personaje muy importante del sur de Jersey. Se llamaba William Townsend, hijo. Supuestamente lo mató una prostituta que recogió en Atlantic City.

—¿Estás tratando de decirme que este caso va a generar publicidad y que esa publicidad podría involucrarte?

Erin se sintió como una tonta. ¿Por qué andaba con tantas vueltas? Díselo.

—Mamá, la prostituta en cuestión…

—Tu clienta —precisó Peg.

—Sí, mamá, mi clienta es una mujer transgénero. Y dada la importancia de la víctima… bueno, si los medios se enteran de que soy transgénero, entonces sí, me preocupa que pueda haber cierta publicidad.

Su madre rio.

—Lo siento —se apresuró a disculparse—. El caso no tiene nada de gracioso. Lo gracioso es que todavía te preocupe que *pueda haber cierta publicidad* —añadió, haciendo caras al repetir la frase de Erin—. Cariño, lo que estás tratando de decirme es que este caso va a estar en todos los medios y que si… —Hizo una pausa para mirar a su hija— Si tu pasado sale a la luz o *cuando* lo haga, te verás involucrada en todo el maldito caos que vendrá después. ¿Estoy en lo cierto? —concluyó y ladeó la cabeza.

Erin bajó la vista a su café.

—Sí, bastante.

—Y cuando todo esto suceda, tu padre y tu hermano se volverán locos y yo tendré que enfrentar eso. ¿Sí?

Erin asintió y levantó la mirada despacio para toparse con los ojos color avellana de su madre.

—Algo así —susurró.

—¿No podrías haberte dedicado al derecho corporativo o tributario? ¿Cualquier cosa que no te llevara a aparecer en la primera plana del *Star Ledger*?

Erin se encogió de hombros.

—No es mi intención arruinarte la vida.

Peg meneó la cabeza.

—¿Y cuándo estallará todo esto? Conociéndote, es muy probable que esta misma tarde.

Erin esbozó una sonrisa débil.

—No, el viernes. Así que tienes un poco de tiempo.

—Las cosas que le haces a tu pobre madre. Y yo que solía creer que no tenía ningún problema. Un buen esposo, dos niños perfectos, un buen pasar… y de pronto…

—¿Pasa algo con Sean? —inquirió Erin, con expresión impasible, observando la reacción de su madre.

—Eras una niña tan buena —continuó su madre—. Así que… en serio. ¿Qué tan malo…? —se interrumpió en mitad de la oración—. No importa. Puedo imaginar los titulares. De acuerdo, les contaré lo que es probable que suceda.

—¿Cómo lo manejarás con papá?

Peg frunció el entrecejo.

—No lo sé, tal vez cerveza y sexo.

—¡Mamá!

—¿Qué? La cerveza es para él. El sexo es para mí. Tengo que sacar algo de provecho de todo esto. —Miró a su hija y leyó la expresión en su rostro—. No te preocupes, cariño, en algún momento se le va a pasar, y a tu hermano también. Sobreviviremos a esto.

La camarera deslizó los platos frente a ellas y les preguntó si deseaban algo más. Luego se marchó.

—¿Y qué otra cosa te está pasando? —preguntó su madre.

Erin hizo una pausa con el tenedor a medio camino hacia su boca.

—Eh… hablando de Sean… Patrick y Brennan me mandaron un correo electrónico.

Su madre apoyó el tenedor en el plato.

—¿Tus sobrinos te enviaron un correo?

—Ajá.

—¿A su tío Ian? —susurró su madre.

Erin meneó la cabeza.

—De hecho, a su tía Erin. —Buscó dentro de su bolso y le entregó una copia de los tres correos electrónicos que habían intercambiado.

Peg recogió sus lentes de la mesa, se los colocó y empezó a leer. Cuando terminó, dobló el papel y se lo devolvió a Erin.

—¿Fuiste al partido?

—Sí.

—¿Sean o Liz te vieron?

—Creo que no. Me alejé lo más posible. Y no olvides que ninguno de ellos me ha visto desde entonces.

—Sí, pero al igual que los chicos, estoy segura de que miraron tu fotografía en tu página de Internet. En realidad, sé que Liz lo hizo porque un día me comentó que te veías muy bien. Y no subestimaría a tu hermano —agregó.

Erin nunca lo había subestimado. De pequeña, había idolatrado a Sean, el hijo mimado de la familia, cuatro años mayor que ella. Con algo más de un metro ochenta de altura, el cabello rubio, la mandíbula angular y ojos color avellana, las mujeres se desvanecían a sus pies. Había sido siempre el mejor de la clase, durante la licenciatura en Princeton y en la Facultad de Medicina de la Universidad de Pensilvania. Hoy era considerado uno de los cirujanos ortopedistas más sobresalientes de New Jersey, y su reputación crecía año tras año.

Liz, su esposa, era alta y delgada, y su cabello rubio y largo enmarcaba un rostro de una belleza pasmosa. Al igual que su esposo, era egresada de la Liga Ivy, una mujer independiente que manejaba su propia firma de relaciones públicas.

Como todas las personas en la vida de Erin, Sean había quedado impactado cuando ella le había declarado su condición. "Pero eres un tipo tan normal", había argumentado. "Y estás casado con una gran mujer. Siempre has sido deportista. ¿Estás seguro de que quieres hacer esto? ¿Has intentado con terapia?".

Erin le había explicado con paciencia que había asistido a terapia durante más de un año, pero que la terapia no podía cambiar el hecho de que siempre hubiera sentido que era una mujer. Había intentado hacerle entender que por mucho que amara a Lauren, no podía sobrevivir si eso implicaba seguir viviendo como todo el mundo la veía… como un hombre.

Era justo reconocer que, a diferencia de la mayoría de los hombres con quienes Erin había tenido una amistad y quienes, después de que salió del clóset, simplemente no volvieron a dirigirle la palabra, Sean había dado la impresión, si bien no de aceptar del todo lo que iba a suceder, al menos sí de comprender la situación. De modo que Erin se había quedado atónita cuando seis meses más tarde, inmediatamente después de que se sometiera a la cirugía facial y comenzara a vivir como mujer, su hermano dejó de comunicarse con ella. La explicación que él había dado a su madre era que tenía que proteger a Patrick y a Brennan de lo que había ocurrido. Porque los chicos habían tenido una relación tan estrecha con su tío Ian, que Sean no estaba seguro de cómo reaccionarían a la noticia de que su tío era ahora su tía. Cuando Erin se enteró por su madre del argumento de Sean, se sintió devastada. ¿Proteger a los niños de ella? Como si fuera a contagiarlos, o peor, como si fuera alguna clase de depredadora sexual. Sin embargo, a pesar del dolor, se había aferrado a la esperanza de que algún día las cosas volverían a la normalidad entre ella y Sean. No había tenido otra opción más que aferrarse a esa esperanza, porque la alternativa, una vida sin él, Liz y los niños era tan dolorosa que ni siquiera podía imaginarla.

—Estoy casi segura de que no me vieron, mamá. Ni siquiera tenían un motivo para sospechar que yo estuviera ahí.

—¿Y los chicos?

—Sí, ellos sí.

—¿Cómo lo sabes?

—Porque Princeton anotó cuando faltaban diez minutos y cuando Patrick y Brennan celebraron, me miraron y me guiñaron el ojo.

—Esos niños son increíbles. ¿Quieres que les diga algo a Sean o a Liz?

Erin negó la cabeza.

—No, dejémoslo así y veamos qué pasa —dijo y se interrumpió, sin saber si continuar o no—. A propósito, vi a Lauren.

—¿Ah, sí? —acotó su madre con tono casual—. ¿Cómo está?

—Está muy bien. —Erin vaciló—. Eh… es más, está embarazada.

Su madre asintió.

—Lo sé —respondió con una sonrisa amable.

—¿Cómo?

—Todavía hablamos de tanto en tanto. Siempre pensé en Lauren como la hija que nunca tuve… es decir, hasta que apareciste tú, por supuesto, la hija que no sabía que tenía. Ella y yo siempre fuimos unidas, y supongo que teniendo en cuenta el motivo por el que el matrimonio se acabó, mantuvimos el vínculo. Me refiero a que fue un tiempo muy triste para las dos. Se amaban mucho. Así que en ese sentido, no fue la típica separación.

Erin sonrió.

—Me alegra oír eso.

Bebió un trago de café, sin poder más que admirar a su madre, una de las personas más genuinas que conocía. Nada en ella era fingido. Erin recordaba cómo había luchado inicialmente con la noticia de que su hija era transgénero, preguntándose si ella habría hecho algo para causarlo. Pero con el tiempo, mientras iban hablando, su madre había llegado a entender que Erin no había elegido ser transgénero, simplemente era quien ella era, y Peg se había convertido en su mayor apoyo, siempre allí para ella. Poco antes de la cirugía facial, habían salido a cenar. Sentadas allí, conversando sobre el viaje en el que Erin estaba a punto de embarcarse, su madre se había estirado a través de la mesa, había tomado la mano de Erin entre las suyas y le había dicho: "La verdad es que no comprendo esto, y estoy preocupada por ti y por lo que sucederá. Pero quiero que sepas que eres mi hija y que siempre te amaré". Y aun después de que Sean y su padre dejaron de hablarle, su madre se mantuvo firme en su amor y su apoyo. Ahora, al observarla, se sintió feliz, porque de todas las cosas que habían cambiado en su vida, la relación entre ellas se había transformado en algo especial: un vínculo entre madre e hija.

Después del desayuno, Erin fue caminando al estudio y llegó a las ocho y treinta en punto. Cheryl, la recepcionista, secretaria y asistente jurídica todo en uno, la saludó con el mismo entusiasmo de todos los días. Al pasar por la oficina de Duane, lo vio trabajando con gran concentración. Se detuvo en la puerta.

—Buenos días —saludó—. ¿Cómo estás?

Duane alzó la cabeza; su expresión desconcertó a Erin.

—¿Todo bien? —agregó.

—No lo sé —respondió él.

—¿Qué pasa, Swish?

Duane bajó la mirada.

—Anoche jugamos un partido —comenzó a decir en voz baja—. Cuando terminó, Mark se me acercó y me contó que hoy va a tomar un café contigo…

—Sí. ¿Y cuál es el problema?

—No lo sé. No sabía que… hombres… tú sabes —balbuceó—. Pensé que te gustaban las chicas. Maldición, es un amigo mío.

Erin entrecerró los ojos y ladeó un poco la cabeza.

—¿Qué estás diciendo? ¿Qué no puedo tomar un café con un amigo tuyo? ¿Es eso?

—No, quiero decir, por supuesto que puedes. Pero… bueno, él lo ve desde la perspectiva de un hombre que va a tomar café con una mujer —titubeó—. Vamos, sabes a qué me refiero. Le gustas.

Erin se quedó mirando a su socio con fijeza.

—¿Y…?

—Vamos, hombre, sabes lo que quiero decir. ¿Cómo crees que se sentirá cuando se entere? No quiero que se enoje conmigo por no haberle contado sobre ti.

—No, *hombre*, no sé cómo se va a sentir —retrucó Erin—. Disculpa, no sabía que necesitaba tu permiso para tomar un café con alguien que conoces.

Se volteó con rapidez, caminó hasta su oficina y dio un portazo. Guardó el bolso en la gaveta del escritorio y se dejó caer sobre la silla. Las lágrimas brotaron antes de que pudiera siquiera intentar procesar lo que había pasado.

No estaba segura de qué le dolía más. Si las palabras de Swish o el hecho de que resonaban tan profundamente con su propio sentir de ser una mujer de imitación… una mujer que nació con un pene. Jamás sería solo una *mujer*. Siempre sería una mujer *transgénero*, con el adjetivo después del sustantivo.

¿Qué sentido tenía reunirse a tomar un café? ¿En qué demonios estaba pensando? ¿Para qué darle falsas esperanzas?

Alguien llamó a la puerta con suavidad y la entreabrió.

—¿Por favor, puedo pasar, E?

—No —gimió ella, mientras seguía tratando de contener las lágrimas.

Duane abrió la puerta despacio y se quedó de pie allí.

—Lo siento, E. Por favor, créeme, eres una de las últimas personas en el mundo a quien querría lastimar. No quise decir las cosas de esa manera. No fue mi intención insultarte. Espero que me creas. Supongo que estoy confundido.

Erin agitó las manos frente a ella.

—Olvídalo. Tienes razón. No sé en qué estaba pensando. —Tomó unos pañuelos de papel de una caja sobre el armario y se sonó la nariz—. Fui una estúpida, pretender ser una mujer de verdad.

—Por favor, nunca digas que no eres una mujer de verdad. Lo eres. Te entiendo. Es solo que muchos hombres no pensarían lo mismo si conocieran tu pasado. Vamos, tú misma me explicaste acerca del pánico trans y de cómo los tipos se vuelven locos. Quiero decir… eh, bueno, no quiero que te lastimen.

—Tienes razón —repitió ella en voz baja—. No sé en qué estaba pensando. No quiero lastimar a tu amigo.

Duane cruzó la habitación con lentitud y se detuvo junto a la silla. Se inclinó y abrazó a Erin con gentileza.

—Me preocupo por ti —admitió.

Erin alzó la cabeza y se enjugó los ojos.

—Te entiendo, Swish. No sé, es que me hizo sentir bien que un hombre me encontrara atractiva y solo me preguntaba cómo sería… —Respiró hondo—. No te preocupes. Hablaré con él y daré por terminado el asunto. No hay motivo para no hacerlo.

"Escucha, Mark, debo decirte algo. No puedo tener hijos. ¡Oh, Dios, linda manera de empezar! El tipo te invita a tomar un café y tú le explicas que no puedes ser la madre de sus hijos. Si eso no lo espanta, enterarse de que eres trans será pan comido".

Se contempló en el espejo de cuerpo entero que colgaba en la parte trasera de la puerta de su habitación. Había decidido vestirse de manera informal, así que se había quitado el traje sastre de oficina y se había puesto unos jeans y una blusa celeste de estilo campesino. No tenía ningún sentido preocuparse por cómo se veía cuando estaba evaluando cómo decirle al tipo a quien estaba tratando de impresionar que era una mujer trans. Por más que se pusiera un bikini diminuto, una vez que él escuchara su historia, le daría lo mismo que ella fuera Angelina Jolie.

Bajó los escalones del edificio todavía envuelta en un furioso debate interno acerca de si debía confesarse con Mark y cómo. Era un tipo apuesto y, según lo que Duane le había contado, la encontraba atractiva. Eso de por sí ya le resultaba extraño, pero lo que más le costaba comprender era que se sintiera atraída por él, algo totalmente nuevo para Erin. Había salido con unas pocas mujeres desde que había realizado la transición, pero siempre había terminado comparándolas con Lauren. Y ninguna había estado a su altura. Y tampoco se había sentido obligada a revelarles su pasado. ¿Entonces, qué tenía esto de diferente? ¿Por qué sentía que no contárselo a Mark lo antes posible sería una falta de honestidad?

¿A quién estaba tratando de engañar? Erin sabía el motivo. Solo tenía que preguntarle a Sharise. Para muchos hombres, ella no era una verdadera mujer, y cuando se enteraban de la verdad, se desataba el infierno. No le preocupaba que Mark pudiera volverse violento, no parecía esa clase de hombre. Pero igual sentía que estaría mal no decírselo.

Salió a la cálida tarde de fines de septiembre todavía perdida en sus pensamientos. Fundamentos Legales quedaba a menos de treinta metros de la puerta de su apartamento, así que no le quedaba tiempo para elaborar un plan. "Ah, bueno, terminemos con esto de una vez".

Respiró muy profundo, empujó la puerta y entró. Saludó con rapidez a Donna, la camarera de la noche, y miró a su alrededor. Allí, sentado en un rincón trasero del bar, estaba Mark. Le hizo un ligero gesto con la mano y se dirigió a su mesa.

—Hola, qué bueno verte —dijo él.

Erin se deslizó frente a él en la silla.

—Lo mismo digo.

—¿Qué quieres tomar?

La sonrisa amable de Mark la tomó desprevenida.

—Un capuchino descafeinado sería genial. Gracias.

—Enseguida te lo traigo. ¿Quieres compartir algo dulce? —agregó y se puso de pie.

—Sí, claro. Sorpréndeme.

Erin clavó la mirada en la pared posterior y trató de ordenar sus emociones. "No le digas nada. Esto no es una cita. Una taza de café, un poco de charla, nada serio. No hay ninguna razón para mencionarlo".

—Espero que te guste el chocolate —aventuró Mark y deslizó un plato con un muffin de chocolate cortado en dos prociones hacia el centro de la mesa para luego volver al mostrador a buscar las bebidas.

"No, tienes que decírselo. Es un amigo de Duane. Tienes que ser sincera. ¿Pero qué tiene de no sincero ser tú misma? ¿Eres una mujer o no lo eres?".

—Aquí tienes… un capuchino descafeinado —dijo él y apoyó un tazón alto rebosante de crema batida y canela sobre la mesa, colocó su taza de café frente a su silla y tomó asiento.

—Gracias —dijo Erin—. Y sí, me encanta el chocolate; elegiste bien —añadió. Permaneció sentada mirando su capuchino y con el ceño fruncido, todavía indecisa sobre qué hacer.

—Para alguien que le encanta el chocolate, no pareces muy entusiasmada con mi elección. ¿Te pasa algo?

Erin alzó la cabeza y lo miró.

—N-no, en s-serio —tartamudeó—. Es solo que hace mucho tiempo que no… —"No digas cita", gritó una voz en su cabeza. "Esto no es una cita. ¡Es solo un café!"—. No, está todo bien.

—¿De veras? Pareces incómoda.

—No, no, para nada. —"¡Oh, al carajo con esto! No des más vueltas y díselo"—. Lo siento, Mark. En realidad no tiene nada que ver contigo, sino conmigo.

Ahora fue el turno de Mark de mostrarse totalmente desconcertado.

—Mira —prosiguió Erin e inhaló profundo—. Hay algo que tienes que saber acerca de mí.

—De acuerdo —concedió él y bebió un trago de café.

—¿Has escuchado la palabra *transgénero*?

—Sí, claro —respondió. Parecía no estar seguro del rumbo de la conversación.

—¿Conoces alguna persona transgénero?

—Creo que no. ¿Por qué?

Erin levantó la vista de su capuchino y de alguna manera se las ingenió para sonreír.

—Ahora conoces una. Soy una mujer transgénero —declaró con un poco más de convicción de la que sentía.

Mark inclinó la cabeza hacia un lado.

—De acuerdo. Eso sí que no lo vi venir. ¿Significa que quieres ser un hombre? —preguntó con tono vacilante.

Erin no pudo contener una risita.

—Eh… no exactamente —respondió, su tono de voz fue ascendiendo y sonó como una pregunta—. En mi caso, significa que a pesar de que se me asignó el sexo masculino al nacer y viví parte de mi vida como un varón, siempre sentí que era una mujer.

Mark permaneció inmóvil por lo que pareció ser una eternidad.

Erin lo miró y esbozó una sonrisa valiente.

—Te pido disculpas, Mark. Debí decírtelo cuando me invitaste a tomar un café.

Mark la miraba con expresión perpleja. De improviso, empezó a reír.

—Erin, sospecho que tu historia no es un tema que sueles sacar durante una conversación casual: "Hola, me llamo Erin, pero no nací chica". Así que no estoy molesto porque no me lo hayas contado en los cinco minutos que conversamos el sábado en la fiesta. Es solo que es algo muy nuevo para mí, así que estoy tratando de procesar el hecho de que esta hermosa mujer sentada frente a mí no fue siempre una mujer. Pero supongo que eso tampoco es correcto —continuó antes de que ella pudiera decir algo—. Probablemente siempre supiste quién eras.

Erin estaba sorprendida. ¿De veras lo entendía?

—Sí, siempre lo supe —replicó, casi en un susurro.

—Debió haber sido difícil.

Ella asintió con la cabeza.

—Lo fue.

Ambos se quedaron callados.

—¿Estás bien? —preguntó Erin finalmente.

—Sí, creo que sí.

—Podemos irnos si quieres —sugirió.

—¿Por qué? —reaccionó él con sorpresa—. Te invité a tomar un café para que me contaras de tu trabajo. ¿Sigues ejerciendo el derecho penal? —inquirió con una sonrisa amable y genuina.

—Eh... sí, por supuesto. Lo siento, ¿qué te gustaría saber? —preguntó, nerviosa por la sonrisa.

—Erin —comenzó Mark con voz suave—, ¿qué te parece si hacemos a un lado esto que te preocupa tanto? Tal vez te sentirías menos incómoda.

Ella asintió y bajó la cabeza, como si el evitar los ojos verdes pudiera suavizar el golpe. Mark se estiró a través de la mesa y le levantó la barbilla con un dedo.

—Como te dije, todo esto es nuevo para mí. No conozco a nadie que sea transgénero, o al menos no conocía a nadie hasta ahora. Y si no me lo hubieras dicho, nunca lo habría adivinado. Eres una mujer muy atractiva y pareces una persona interesante. ¿Por qué no habría de intentar conocerte mejor?

—No lo sé —respondió ella—. Muchos hombres no lo harían.

—No soy como muchos hombres —replicó con una sonrisa boba—. Prueba el *muffin*.

Sentados en el bar, conversaron sobre el ejercicio del derecho y después sobre el Cuerpo de Paz. Erin no había conocido a nadie que hubiera servido allí, y le fascinó escuchar la opinión de Mark sobre las cosas buenas y no tan buenas que sobrevenían cuando el Cuerpo de Paz se establecía en un país. Mark sonreía con facilidad, y su risa era suave y franca. Erin estaba como hipnotizada. Y al igual que el sábado cuando lo había conocido, su mente se enfrascó en un debate interno para tratar de reconciliar su atracción previa hacia las mujeres con esta repentina curiosidad sobre cómo sería que él la besara.

—Ey, Erin —exclamó alguien por sobre su hombro izquierdo—. Cerramos en diez minutos. ¿Quieren algo más?

Ella consultó su reloj… faltaban diez minutos para las nueve. ¿Habían estado allí sentados dos horas? Miró a Mark y él negó con la cabeza.

—Gracias, Donna, estamos bien.

Cuando se volvió, Mark la miró con fijeza.

—¿Puedo hacerte una pregunta antes de que nos vayamos?

—Claro.

—¿Tienes algún plan para el sábado por la noche?

Erin sonrió.

—No lo sé, ¿por qué? —dijo. Pero antes de que él pudiera responder, la sonrisa se borró de su rostro.

—¿Pasa algo malo? —preguntó Mark.

—No... bueno, sí, tal vez. El sábado es el día después de la lectura de cargos en la causa por homicidio que estamos llevando con Duane y... bueno, digamos que, por mucho que desee que no suceda, mi condición podría volverse un problema porque nuestra clienta es una mujer transgénero. Así que...

—Te preocupas demasiado —acotó Mark con una sonrisa reconfortante—. ¿Qué tal si vamos al cine y después comemos algo y me cuentas de este caso nuevo?

Erin inhaló y volvió la cabeza hacia un lado mientras trataba de descifrar si podía ser cierto que él se lo estuviera tomando con tanta calma.

—Suena genial —respondió.

—Perfecto. Te buscaré a las siete.

CAPÍTULO 8

—Abogados en la causa *El Estado contra Barnes*, la jueza desea verlos en su despacho —dijo la secretaria del tribunal.

Duane y Erin se pusieron de pie en la sala todavía vacía y se unieron a Bárbara y a Roger para seguir a la secretaria hacia el despacho de la jueza.

La jueza Anita Reynolds estaba de pie cuando entraron. Era una mujer alta que casi no usaba maquillaje y que parecía confiar en que su toga jurídica cubriera su falta de buen gusto para vestirse. Saludó a Bárbara y a Roger por sus nombres, y cuando Erin y Duane aparecieron tras ellos, la jueza extendió una mano y, con una sonrisa cálida, intercambió presentaciones antes de indicar las cuatro sillas frente a su escritorio.

—Gracias a todos por venir tan temprano. Pensé que si lograba que nos reuniéramos a las ocho y cuarto, con la sala todavía vacía, tendríamos tiempo para repasar algunos asuntos preliminares a puerta cerrada.

—Gracias, su señoría —expresó Erin.

—Veamos, señorita Taylor —continuó la jueza Reynolds—. Creo que todos estamos esperando saber si el Estado solicitará o no la pena de muerte en este caso. ¿Cuál es la posición del Estado?

—Su señoría, el fiscal brindará una conferencia de prensa después de la lectura de cargos, pero puedo adelantarles a usted y a los abogados de la defensa que no pediremos la pena de muerte.

Erin levantó una ceja y miró a Duane, quien se encogió de hombros.

—Eso es bastante sorprendente, señorita Taylor, habida cuenta de la prominencia de la familia de la víctima.

—Su señoría, como dije, el fiscal Gehrity se explayará sobre el asunto más tarde, pero obviamente, siempre que hay que tomar una decisión en una causa de pena de muerte potencial, se escucha a la familia de la víctima. Y si bien sus sentimientos no son determinantes, respetamos mucho su posición y, en este caso, a pesar de que el sentimiento en la Oficina de la Fiscalía es que la causa amerita la pena de muerte, acataremos el deseo de la familia de no solicitarla.

—De acuerdo. Por mucho que me sorprende la decisión —admitió la jueza Reynolds—, sin duda facilitará bastante el manejo del caso.

—Su señoría, haré la oferta formal de un acuerdo de declaración de culpabilidad a los abogados de la defensa en la sala de audiencias, que propone una declaración de culpabilidad de homicidio doloso premeditado, con una pena de treinta años de prisión a cadena perpetua. De manera que después de treinta años, el acusado podría pedir la libertad condicional.

La jueza Reynolds se volteó hacia Erin y Duane.

—Su señoría, estoy bastante segura de que este caso llegará a juicio —afirmó Erin—. Pero en vista de lo que hemos escuchado hasta aquí esta mañana, tenemos que tener una conversación seria con nuestra clienta.

Reynolds regresó su atención a Taylor.

—¿Se han puesto todas las pruebas a disposición, señorita Taylor?

—Sí, su señoría. La señorita McCabe recogió una caja con las pruebas a principios de semana y fuera tengo otra caja que en su mayor parte contiene fotografías y material forense, huellas dactilares, ADN, etcétera.

—Señorita McCabe, señor Swisher, sé que todavía no han visto la totalidad de las pruebas, ¿pero tienen previsto interponer alguna moción?

—Sí, su señoría —informó Duane—, solicitaremos un cambio de jurisdicción. Y también esperamos que la señorita Taylor autorice que un grupo de peritos médicos examine a nuestra clienta.

—¿Qué clase de peritos? —preguntó Taylor.

—Para la disforia de género de nuestra clienta.

—¿La qué de su cliente? —inquirió la jueza Reynolds.

Duane se volvió hacia Erin, quien tomó la palabra.

—Su señoría, nuestra clienta es una mujer transgénero —explicó en voz baja—. En otras palabras, a pesar de que se le asignó el sexo masculino al nacer, posee una identidad de género femenina y ha vivido como una mujer desde que tenía quince años. Sus problemas de identidad de género serán parte de nuestra defensa. Además, necesitaremos ese diagnóstico como parte de una moción que interpondremos para que sea trasladada a la cárcel de mujeres y reciba el tratamiento médico adecuado conforme a su diagnóstico.

Bárbara alzó la vista con exasperación.

—Su señoría, este caso tiene que ver con si Samuel Barnes asesinó a William Townsend. No hay ningún motivo para convertirlo en una especie de causa célebre sobre los derechos transgénero.

Reynolds volteó hacia Erin.

—¿Señorita McCabe?

Erin no tenía experiencia previa con Reynolds, así que no podía anticipar el rumbo que tomaría la conversación.

—Su señoría —comenzó—, solo estamos tratando de representar a nuestra clienta. Parte de nuestra representación implica intentar proteger su seguridad y asegurarle el tratamiento apropiado para su problema médico. Nuestra clienta se encuentra actualmente en prisión preventiva, lo que significa que está encerrada veintitrés horas al día. Esto responde, al menos en parte, al hecho de que después de tres años de tomar hormonas femeninas, su cuerpo posee ciertos atributos femeninos que hacen que resulte peligroso colocarla con reclusos masculinos. Y en vista de su situación, haber dejado la terapia hormonal le está ocasionando problemas físicos y emocionales negativos. Y para que quede claro, no es nuestra intención convertir este caso en una causa célebre. Sin embargo, el hecho de que mi clienta sea una mujer transgénero es sumamente relevante para la defensa de este caso.

—¿Se da cuenta, su señoría? —interpuso Bárbara.

Reynolds se volvió hacia ella.

—Señorita Taylor, aunque soy la primera en admitir que no tengo la más remota idea de qué se trata esta cosa transgénero, si estamos ante un problema médico reconocido y si de hecho el acusado padece este problema médico, entonces tiene derecho a recibir un tratamiento. No voy a entrar en el tema del traslado a otra prisión en este punto, pero todo reo, incluso aquellos acusados de homicidio, tiene derecho a recibir atención médica mientras se encuentra retenido. De modo que me inclinaría a firmar una orden que autorice que el acusado sea examinado por peritos adecuados, sujeto, por supuesto, al cumplimiento de las medidas de seguridad. Si la fiscalía desea oponerse a esta petición, podemos hacerlo formalmente, pero esta es mi postura en este momento.

Bárbara miró a Erin.

—Su señoría, no nos vamos a oponer a la petición, con la

presunción, desde luego, de que en caso de que nosotros solicitemos que el acusado sea examinado por su, entre comillas, "problema médico", se nos autorizará a hacerlo.

—Muy bien. Señorita McCabe, hágame llegar la orden apropiada para que la firme. ¿Siguiente punto?

—Su señoría —intervino Bárbara—. Entiendo que los abogados de la defensa han tomado el caso hace muy poco, pero querríamos solicitar a su señoría, como parte de la orden de calendario de la causa, que se establezca una fecha límite para las notificaciones de recursos de la defensa.

—Por supuesto —aseveró Reynolds.

—Su señoría —intervino Duane—, cursaremos notificación escrita al fiscal la semana entrante. Alegaremos defensa propia.

—Eso está perfecto, su señoría. Gracias —dijo Bárbara.

—¿Qué hay con el cambio de jurisdicción que mencionó, señor Swisher? ¿Cuánto tiempo supone que necesitarán para presentar la moción?

—Para ser honesto, su señoría, no lo sé. Obviamente, una moción de cambio de jurisdicción depende mucho de los hechos. En términos generales, diría que unos noventa días, pero eso nos acercaría demasiado a las fiestas, así que tal vez sería a principios de enero. Si podemos presentarla antes lo haremos, y si llegáramos a necesitar más tiempo, lo notificaremos.

—¿Qué es lo que les preocupa exactamente, señor Swisher? ¿Por qué piensan que el señor Barnes no obtendría un juicio justo en el condado de Ocean?

—Su señoría, no se trata solamente del condado de Ocean. En un principio, yo incluiría desde los condados de Mercer y Montmouth hacia el sur. No es un secreto que el señor Townsend padre es un hombre muy poderoso en esta área del estado. Sospecho que la mayoría de los jueces en el sur de New Jersey, ya sean demócratas, republicanos o independientes, han sido aprobados de alguna manera por el señor Townsend. Además, la muerte de su hijo estuvo en todos los medios y es difícil imaginar que los potenciales jurados no se hayan formado una opinión sobre nuestra clienta, en especial de la forma en que ha sido descripta por la prensa. Incluso aquí, todos se refieren al fallecido como la víctima. Como hicimos público esta mañana, alegaremos legítima defensa, así que seguramente argumentaremos que las acciones del señor Townsend hijo llevaron a su propia muerte. Por lo tanto, creemos que será imposible obtener un jurado justo e imparcial. —Aunque Swisher no dijo en voz alta "o un juez imparcial", quedó implícito.

Reynolds se movió con incomodidad en la silla.

—¿Señorita Taylor?

Bárbara se inclinó y le susurró algo a Roger.

—Su señoría, aunque consideramos que la moción es totalmente improcedente, no tenemos objeción con el momento de su presentación siempre que se nos concedan treinta días para responder —explicó Roger.

—¿Puedo abordar otro tema? —continuó Bárbara—. En varias ocasiones ya, la señorita McCabe y el señor Swisher han utilizado pronombres femeninos para referirse a su cliente. Quiero que quede claro que el acusado, Samuel Barnes, es un hombre, y que el Estado no se verá forzado a dirigirse a él como una mujer. Ignoro si los motivos de la defensa se basan en alguna extraña noción de corrección política o en una estrategia general destinada a lograr que el jurado piense en su cliente como una mujer. Pero el Estado no permitirá que el señor Barnes, un hombre con un amplio historial delictivo, sea presentado como una mujer débil e indefensa.

La jueza se volvió hacia Erin.

—Su señoría —respondió ella—, si los peritos determinan que el acusado es una mujer transgénero, como creo que sucederá, entonces no veo por qué no habríamos de referirnos a ella acorde a quién ella es.

—Ahí vamos de nuevo, su señorita. Le dije que la señorita McCabe intentaría convertir esta causa en un espectáculo políticamente correcto.

—Señorita Taylor —interrumpió Reynolds—. La única impresión que tengo es que la señorita McCabe está tratando de proteger a su cliente. Como dije antes, no sé cómo manejar estos temas correctamente, pero le pediré a mi asistente legal que investigue al respecto. Hasta entonces, y hasta no tener una justificación jurídica o médica para proceder en sentido contrario, el acusado será tratado como el señor Barnes. Cuando y en caso de que se me presente una solicitud formal para modificar el modo de dirigirme al acusado, lo consideraré a partir de ese momento. —Hizo una pausa y miró a Erin—. También pienso que, aun en ausencia de una moción, permitiré que los abogados de la defensa se refieran a su cliente de la manera que el cliente prefiera hasta que se realice la selección del jurado. No veo nada malo en permitir esto a la defensa.

—Gracias, su señoría —dijo Erin con una leve sonrisa.

—Para que no haya confusión, abogada, tengo entendido que además de los pronombres femeninos, su cliente también utiliza un nombre femenino.

—Así es, su señoría. Su nombre es Sharise Barnes. S-H-A-R-I-S-E.

—Gracias, abogada —respondió Reynolds y anotó el nombre en su bloc de hojas—. ¿Algo más? —agregó, primero en dirección a Bárbara y luego a Erin.

—No, su señoría —respondieron ambas al unísono.

—Bien. Son casi las ocho y cuarenta. Señorita McCabe y señor Swisher, si desean ver a su cliente en la celda de detención, le pediré a mi asistente que los lleve. Enviaré por ustedes y su cliente antes de que me siente en el estrado.

—Gracias, su señoría.

—Otros dos asuntos internos —añadió Reynolds—. Hemos recibido numerosos pedidos para filmar y fotografiar los procedimientos de este caso. Hace dos días, tuve una conferencia con todos los medios que solicitaron cubrir el proceso. Conforme a las directrices de la Corte Suprema, hoy habrá una cámara de video encendida y dos fotógrafos. Por lo que se habló en la conferencia, no creo que ningún canal de televisión tenga la intención de cubrir la totalidad del juicio, y créanme, no hice nada para alentarlos. La sensación que tuve fue que, en vista de la identidad de la víctima… perdón, de la persona fallecida… la mayoría de la prensa será muy respetuosa de la familia.

"Por último, pero no por eso menos importante, dado que la defensa ha indicado que interpondrá una moción para el cambio de jurisdicción, quiero recordarles a todos el Reglamento de Conducta Profesional con respecto a la publicidad previa al juicio. Si me levanto el lunes por la mañana y la veo en *Good Morning America*, señorita McCabe, tendrá un problema conmigo a la hora de que yo considere su moción. De la misma manera, señorita Taylor, sabemos por usted que el señor Gehrity dará una conferencia de prensa esta mañana acerca de la decisión de la Oficina de la Fiscalía con respecto a la pena de muerte. Si el fiscal hiciera algo para predisponer al grupo de potenciales jurados, tomaré nota de eso también. En otras palabras, les pido a todos que se comporten lo mejor posible. No creo necesario tener que imponer el secreto de sumario, pero lo haré si tengo que hacerlo. ¿Entendido?

—Sí, su señoría —respondieron todos.

Mientras el asistente de la jueza guiaba a Duane y a Erin al área de detención, pasaron por una puerta por la que se podía entrever la sala de audiencias. El corazón de Erin se aceleró cuando vio la sala atestada de gente, con dos fotógrafos y una cámara de televisión ya posicionados para registrar la lectura de cargos. Y allí, sentado en primera fila, justo detrás de la mesa de la Fiscalía, estaba William Townsend.

"¡Ay, mierda! ¿En qué te metiste?"

CAPÍTULO 9

El Motel Bay View no quedaba sobre la bahía ni tampoco tenía vista a ella, pero era el último lugar que William E. Townsend, hijo, había visitado en su breve paso por la vida. Escondido en una calle lateral a escasos metros de la Ruta 9, era casi invisible desde la carretera, de modo que si alguien terminaba allí, era porque probablemente sabía adónde iba. En algún momento de su historia, la hilera de once habitaciones y el pequeño edificio de oficinas separado habían sido pintados de blanco con detalles verdes. Ahora el blanco era color avena y las partes verdes estaban tan descascaradas que era difícil adivinar de qué color habían sido alguna vez.

Duane detuvo el coche frente a la habitación y aparcó. Abrió el maletero y ambos tomaron sus bolsos de deporte y se encaminaron a la puerta verde descolorida con el número ocho. Ligeramente torcido, el ocho coqueteaba con convertirse en un símbolo del infinito.

—¿Qué le dijiste? —preguntó Erin.

—Que estaba con una mujer fanática de la numerología que quería la habitación ocho... que era su número de la suerte. —Sonrió—. Me dio la llave y me dijo: "Bueno, ahora será tu número de la suerte también". —Señaló el bolso de Erin—. Espero que hayas traído algo sexy para ponerte.

—¿Te gustan las mujeres con ropa de cuero negra y zapatos de tacón aguja?

—¿A quién no?

—A mí —dijo ella—. Prefiero jeans y zapatillas de tenis. Si vamos a deambular por Atlantic City cuando salgamos de aquí, al menos quiero estar cómoda. —Se volvió y lo miró—. Me temo que no vas a tener suerte, campeón.

Duane esbozó una mueca y abrió la puerta. Lo primero que percibieron los sentidos de Erin fue el olor a alfombra nueva. Entraron en la habitación y se dejaron guiar por la luz del sol que se filtraba por el vano de la puerta abierta hasta que ella encontró un interruptor de luz y lo encendió. Duane cerró la puerta y corrió las cortinas.

—No es exactamente el Ritz-Carlton —dijo Erin.

—Más parecido a una galletita Ritz —insinuó Duane—. Es diminuto.

Erin alzó la vista con fastidio y empezó a inspeccionar el lugar. La habitación era en verdad muy pequeña. La cama matrimonial ocupaba tres cuartos del ancho de la habitación, y aunque había una mesa de noche en el lado izquierdo de la cama, no había suficiente espacio para otra en el lado derecho. Frente a la cama, había un pequeño nicho, y a la derecha de este, el baño.

Duane abrió su bolso y extrajo su cámara, una cinta de medir y copias de fotografías de la escena del crimen que se habían aportado como prueba.

—Sostén esto —pidió. Extendió la cinta de una pared a otra y luego midió la otra dimensión—. Guau, tres por seis. Este lugar es diminuto.

—¿Te importa si me cambio?

—No, adelante —dijo él.

Erin rio.

—A propósito, estoy grabando todo esto para mostrárselo a Corrine más tarde.

—Ten cuidado. Si me echa de casa, el único lugar que tendría para ir sería la tuya.

—Supongo que dormirías en la calle —retrucó Erin y cerró la puerta del baño.

Cuando salió, Duane había desparramado algunas de las fotografías de la escena del crimen sobre la cama.

—Observa esta —señaló una que parecía haber sido tomada con una lente gran angular para abarcar toda la habitación—. ¿Qué ves?

—La habitación.

Duane suspiró.

—¿Qué ves en la habitación?

—Nada excepto las huellas de manos sangrientas en la pared, que parecen ir en dirección al baño —respondió ella.

—Así es.

—No alcanzas a ver a Townsend porque queda escondido por la cama.

—A eso voy. Si Townsend perdió el control cuando se dio cuenta de que Sharise no era una... que no era una mujer de nacimiento... —Se interrumpió y miró a Erin.

—Que no le había sido asignado el sexo femenino al nacer —lo corrigió ella.

—Correcto, que no le había sido asignado el sexo femenino al nacer, ¿no piensas que debería haber algún indicio de lucha?

—Pero Sharise dijo que él estaba encima de ella, que deslizó una mano entre sus piernas, descubrió la verdad y después extrajo un cuchillo. ¿Tienes un escenario mejor?

—No estoy seguro de que sea un escenario mejor. Pero tampoco estoy convencido de que la historia que ella contó sea lo que realmente ocurrió. —Meneó la cabeza—. Hay algo que no encaja.

—Escucha, Sherlock, no estamos tratando de descubrir quién lo hizo. Ya lo sabemos.

—Lo sé, pero hay algo raro. Quiero decir, ¿cuántos chicos blancos de veintiocho años andan con navajas? Porque así describió Sharise el arma, como una navaja.

—No tengo ni idea. Llevo una vida muy tranquila en los suburbios.

—Exactamente, igual que el señor Townsend.

—¿Adónde quieres llegar?

—Los jóvenes blancos que viven en los suburbios no llevan navajas consigo... las trabajadoras sexuales en la ciudad sí lo hacen, por una cuestión de protección. Además, ¿por qué venir hasta un motel de mala muerte y apartado que cualquiera pasaría por alto si no supiera dónde queda? La trajo al condado de Ocean a propósito. ¿Cuántos hoteles pulgosos crees que hay en y alrededor de Atlantic City? ¿Veinte, treinta? ¿Por qué traerla aquí? Quizás porque quedaba lejos, y en el patio trasero de papito.

—Pero ¿por qué? ¿Aunque hubiera planeado asesinarla por la mera emoción de matar, qué hubiera hecho con el cuerpo? Y si era un asesino despiadado, entonces no era un chico blanco tranquilo de los suburbios, así que tal vez sí llevaba una navaja consigo. Pero si no llevaba un arma, ¿cómo iba a matarla?

Duane indicó una fotografía del cuerpo de Townsend que estaba sobre la cama.

—Allí. Sus manos. Iba a estrangularla. Un *modus operandi* bastante frecuente en los asesinos que matan por placer. Después tomaría su cuerpo, lo metería en el coche y lo arrojaría en los pantanos.

—Digamos que tienes razón. El señor Townsend la trae aquí para asesinarla. Va a estrangularla. De alguna manera, de algún lugar, nuestra clienta se las ingenia para tomar una navaja y matarlo de una puñalada en defensa propia. El hijo de uno de los hombres más importantes del estado es un psicópata asesino y nuestra clienta, una trabajadora sexual trans de diecinueve años, lo mata en legítima defensa. Seguro, me lo creo. ¿Cuál sería el problema en venderle esta historia a un jurado? —concluyó con sarcasmo. Caminó hasta un rincón de la habitación y se sentó en la única silla—. Dios santo, ¿sabes qué es lo que más me preocupa?

—¿Qué?

—Que empiezo a creerte, a pesar de que la versión de Sharise es mucho más fácil de vender… el tipo que se vuelve loco cuando se entera de la verdad.

Duane recogió las fotografías que estaban sobre la cama.

—No es más fácil si la versión tiene fallas. Acuéstate.

Ella frunció las cejas.

—Basta, Erin —la regañó—. Anda, acuéstate. Quiero probar algo.

Ella se acercó y se dejó caer en el lado de la cama más cercano a la pared a la derecha. Duane se aproximó y se montó a horcajadas sobre ella.

—De acuerdo, vamos a recrear lo que sucedió tal como lo describió nuestra clienta.

—Adelante —respondió ella—. Solo recuerda que tú eres el que terminará muerto.

Duane sonrió.

—Bien. Así que estoy furioso porque he descubierto tu secreto. En primer lugar, ¿de dónde saco la navaja?

Erin lo miró con expresión perpleja.

—¿De tus pantalones? —aventuró con vacilación.

—Mira esta fotografía. No tiene los pantalones —dijo Duane y observó a su alrededor en un intento por ensamblar las piezas—. Bien. Pongamos por caso que yo me aparto de ti de un salto, tomo la navaja del bolsillo de mi pantalón, te empujo sobre la cama y salto encima de ti. Tú estás luchando. Desbloqueo la hoja de la navaja, que sostengo en mi mano izquierda. Llevo mi brazo izquierdo hacia atrás a la altura del hombro. —Simuló ser Townsend y llevó su brazo hacia atrás—. Luego te ataco. —Comenzó a bajar el brazo en cámara lenta hacia el cuerpo de Erin—. Tú logras levantar el brazo derecho. Sharise dijo que lo hizo con la mano derecha, e interceptas mi brazo cuando está bajando. —Erin movió su brazo derecho para tratar de simular que atajaba el golpe, pero mientras lo hacía, se dio cuenta de que aun cuando podía moverlo, el brazo estaba en una posición demasiado incómoda para evitar algo—. Al mismo tiempo que empujas tu brazo hacia arriba con toda tu fuerza —continuó Duane—, haces girar la navaja, y cuando caigo sobre ti con el impulso de tratar de apuñalarte, me clavo mi propia arma.

Erin alzó la vista y lo miró; se había dado cuenta de que no podía redirigir el brazo de él hacia atrás de la forma en que había descripto Sharise.

—Mierda —masculló. Frunció los labios y el entrecejo—. Pero Sharise es más corpulenta que yo, y tú eres más corpulento que Townsend, así que no es... no es concluyente —declaró, tratando de sonar optimista.

—¿De veras? —preguntó Duane—. ¿Y en esto basas tus esperanzas?

—Sé que Sharise dijo que él usó la mano izquierda, ¿y si se equivocó?

—No, ya lo verifiqué. Townsend se graduó en el bachillerato de Moorestown en 1995, donde jugó al béisbol. Era lanzador y jardinero.

—Déjame adivinar. Bateaba y arrojaba con la izquierda.

Duane asintió.

Erin meneó la cabeza.

—No sé. ¿Qué otra cosa tenemos? —Exhaló mientras trataba de procesar el significado de todo aquello—. Eh... a propósito, ya puedes quitarte de encima.

—Lo siento —dijo Duane, y se deslizó al borde de la cama.

—¿Qué tenemos, entonces? Ella es culpable; lo mató porque él intentaba matarla; o sucedió como ella lo describió, que no suena muy probable.

—Un caso difícil. Estoy de acuerdo contigo en que la mayoría de la gente, y en especial los hombres heterosexuales blancos, estarían dispuestos a aceptar que el tipo perdió la cabeza cuando descubrió lo del sexo. Será mucho más difícil convencerlos de que el hijo de uno de los hombres más poderosos del estado intentó asesinarla porque era un psicópata.

—Así es —murmuró ella.

—Bien, hora de levantarse —exclamó y le hizo un gesto para que dejara la cama. Recogió su cámara, que había dejado en el suelo, y empezó a tomar fotografías de la habitación desde todos los ángulos posibles. Cuando terminó, se volvió hacia Erin.

—Creo que terminamos, ¿no?

—Sí, y me siento peor ahora que cuando empezamos.

—Tal vez deberíamos haber recreado la situación desde el momento en que llegaron a la habitación —sugirió Duane con una mueca.

—O haberla continuado hasta el final —agregó Erin con los ojos entrecerrados y mirada amenazante.

—Tienes razón.

—¿Trajiste el grabador? —inquirió ella.

—Obvio. ¿Por qué?

—Quizás cuando devuelvas la llave puedas averiguar si el recepcionista sabe algo de Townsend o del asesinato.

Duane rio.

—No te olvides que esto no es el Ritz-Carlton. Cuando pagas en efectivo, no tienes que devolver la llave. La dejas en la mesa de noche y te marchas.

—Disculpa mi falta de experiencia en moteles sórdidos. Eres un agente especial capacitado. Piensa en algo. Quién sabe, tal vez el tipo sepa algún dato más.

Erin esperó en el coche mientras Duane regresaba a la oficina. Si su socio estaba en lo cierto, entonces Sharise les había mentido acerca de lo que había ocurrido. ¿Mentía también con respecto a otras cosas? ¿Había sido un mero robo frustrado, como creía Bárbara Taylor? Pensándolo bien, eso sonaba mucho más probable que la hipótesis de que William Townsend hijo fuera un asesino.

—¿Y? ¿Averiguaste algo? —preguntó cuando Duane regresó.

—Sí, claro.

—Estuviste ahí dentro casi quince minutos. ¿Qué dijo el recepcionista, estuvo aquí esa noche?

—No, pero el recepcionista, que se llama Ray, y el dueño, que *sí* estuvo aquí esa noche, han hablado bastante de lo que pasó. Y Ray estuvo aquí la mañana en que la mujer de la limpieza descubrió el cuerpo.

—¿Algo que valga la pena?

—Quizás más prometedor que otra cosa.

—Te escucho.

—Vinny, el dueño de este magnífico establecimiento, le contó a Ray que cree que Townsend estuvo en el Bay View hace un año atrás. Vinny dijo que no podía asegurar que fuera la misma persona, pero que por cierto se le parecía.

—¿Por qué Vinny recordaría a un sujeto que solo estuvo aquí una vez?

—Porque esa noche los visitó la policía. Al parecer, el tipo que estuvo aquí había empezado a usar a la mujer que lo acompañaba como un saco de boxeo. Por suerte para ella, logró llamar al 911. La policía se apersonó pero la mujer se negó a presentar cargos y simplemente pidió que alguien le pagara un taxi para regresar a Atlantic City. Unos quince minutos después, llegó una limusina negra, hubo una breve conversación con el resto de los oficiales de policía y se llevaron al agresor. Más tarde esa noche, aparecieron otros dos tipos y uno de ellos se llevó el coche del agresor.

—La llamada al 911 debería haber quedado registrada.

—Puede ser. Pero sin una fecha, podría resultar tan fácil de encontrar como la proverbial aguja en un pajar.

—¿Vinny siempre trabaja en el turno noche?

—Mayormente. Hay otras tres personas que hacen los turnos cuando Ray o Vinny se toman tiempo libre. Ray suele entrar a las seis de la mañana y trabaja hasta las cuatro de la tarde, mientras que Vinny lo hace desde las cuatro de la tarde hasta las dos de la mañana. Entre las dos y las seis tienen un sistema automatizado. Las llamadas externas van a un contestador automático. Y las llamadas a la oficina desde un teléfono del motel se reenvían a un empleado de guardia. Hay un total de seis personas de limpieza, tres trabajan de seis de la mañana a dos de la tarde, y tres de las seis de la tarde a la medianoche.

—Interesante. Todo encaja —aseveró Erin.

—¿A qué te refieres?

—Ellos se registraron poco antes de las dos de la madrugada, mientras todavía había alguien en la recepción. Si presumimos que Townsend conocía el horario de trabajo, habría sabido que después de las dos la oficina estaría vacía. De modo que si planeaba sacar un cuerpo de la habitación a las tres, no corría el riesgo de que alguien en la oficina lo viera porque no habría nadie allí hasta las seis.

Duane asintió.

—Parece que empiezas a estar de acuerdo conmigo.

—Es eso o ella lo asesinó. ¿Cómo conseguiste que Ray hablara?

Duane esbozó una ancha sonrisa.

—Le dije que resultó que la loca que estaba conmigo no era fanática de la numerología. Que se había enterado de que habían asesinado a un sujeto en esta habitación y quería tener sexo donde había muerto un tipo. Entonces le pregunté: "¿Es cierto que asesinaron a alguien en la habitación 8?". Su rostro se iluminó como un árbol de Navidad y después de eso ya no paró. Estuve astuto, ¿no crees?

—¿La loca que estaba contigo? —Erin se volvió hacia él con una mueca de fastidio—. ¿Eso es todo lo que soy para ti?

—¡Mujeres! —murmuró Duane y meneó la cabeza.

Erin contemplaba por la ventana mientras transitaban las carreteras secundarias de regreso a Atlantic City. Su mente procesaba con lentitud lo que probablemente sobrevendría en las próximas veinticuatro horas.

—¿Por qué estás tan callada? —preguntó Duane por fin.

—Escuchaste las preguntas de los periodistas cuando salimos del juzgado. Es obvio que alguien me expuso con la prensa. Hicieron tantas preguntas sobre mí como sobre la causa.

—Me di cuenta —admitió—. Pero tú sabías que tarde o temprano esto iba a pasar.

Erin resopló.

—Sí, no puedo decir que no me lo advertiste. Aunque supongo que pensé que sería algo más gradual, más lento, y no este tsunami de entrada. —Se interrumpió y meneó la cabeza—. Esto pareció algo coordinado. Los periodistas sabían todo. Como si alguien les hubiera informado sobre mí.

—¿Estás bien? —le preguntó.

—No lo sé.

Erin volvió a guardar silencio y trató de imaginar qué dirían los medios. Atenta a la advertencia de la jueza Reynolds, había respondido "Sin comentarios" a todas las preguntas. Pero las preguntas en sí mismas anticipaban cómo serían los artículos en la prensa. Se sintió mal por su madre: sabía que su padre y Sean no estarían contentos de ver su rostro en los periódicos, en particular en estas circunstancias.

—¿Quieres cenar en casa mañana? ¿Que hagamos algo? ¿Para despejarnos un poco?

De pronto se dio cuenta de que no le había contado a

Swish que tenía una cita con Mark. Oh, Dios, ¿cómo reaccionaría Mark si la cara de ella aparecía en la primera plana de los periódicos locales?

—Gracias pero... eh... tengo planes para mañana por la noche.

—Ah, bueno. No hay problema.

—Sí, bueno, para que sepas, en realidad tengo una cita con Mark mañana por la noche —reveló con cierta timidez—. Sí, se lo dije —afirmó cuando él se volvió para mirarla, con un tono defensivo y a la vez desafiante—. Y sí, igual me invitó a salir.

—No es asunto mío —respondió Duane.

—No, pero deberías saberlo. Es tu amigo y no quiero que te sientas incómodo.

—Si no es incómodo para él... —Se interrumpió, avergonzado—. Lo siento. Mejor me callo.

—Buena idea —dijo Erin y trató de perderse en los paisajes que iban atravesando.

Más tarde, deambularon por las calles de Atlantic City en busca del lugar en el que Sharise había dicho que estaba trabajando la noche en que Townsend la recogió en su coche. "Qué lugar más extraño", pensó Erin. Las entradas de los casinos daban al paseo marítimo. Esa era la parte de la ciudad que todos veían, con sus luces brillantes, hoteles elegantes y vida nocturna que salpicaban el océano Atlántico. Pero en avenida Pacific, literalmente a la sombra de los casinos, existía otro mundo. Un mundo en el que las personas luchaban por sobrevivir: gente sin hogar, prostitutas, niños indigentes que nadie quería.

Tal vez hubiera potenciales clientes dentro de los casinos, pero a las tres de la tarde, en la esquina de Pacific y South Providence, casi no había señales de vida.

—Me parece que tendré que volver alguna noche más tarde —especuló Duane.

—¿Todavía tienes permiso de portación?

—Ajá.

—Entonces úsalo. Este lugar me da escalofríos, y eso que es una tarde muy agradable. No me imagino lo que será a la madrugada.

Cuando regresaron al automóvil, Swish comentó:

—Escucha, lamento lo que dije antes sobre Mark.

Erin giró la cabeza y lo miró.

—No es eso. Mira este lugar, Swish. No puedo imaginar lo que debe ser para una chica de dieciséis o diecisiete años estar en la calle, prostituyéndose para vivir. Y sabiendo que no importa lo que hagas, vendrá un proxeneta y te quitará casi todo. Por Dios, me dio miedo estar ahí de pie a plena luz del día. Sharise tenía que ganarse la vida ahí fuera noche tras noche, siempre con el miedo a algún cliente psicópata, o a que alguien descubriera que es una mujer transgénero, o a que la arresten. ¿Qué clase de vida de mierda es esa? ¿En qué estaban pensando su padre y su madre? ¿Enviar a tu propia hija a ese infierno solo porque piensas que quien ella cree que es va en contra de la ley de Dios? ¡Por favor! Deberían venir aquí y ver cómo tenía que vivir su hija. —Extrajo un pañuelo de papel de su bolso y se enjugó los ojos—. Espero que podamos ayudarla. Se merece una oportunidad.

CAPÍTULO 10

"TARDE O TEMPRANO SERÁS NUESTRA, puta".

Sharise estaba sentada en su litera, haciendo un esfuerzo para no quebrarse. Si lloraba ahora, podría no parar nunca. ¿Cómo había llegado a este infierno? ¿Era este el castigo de Dios por creer que era una mujer? Su madre le había advertido que recibiría la retribución divina por su abominación, pero esto era mucho más de lo que jamás se había imaginado. Aunque para el caso, nunca se había imaginado que se convertiría en una prostituta. Ni que estaría presa. Ni que mataría a alguien. Extrañaba Lexington, extrañaba a Tonya, también a su madre y a su padre. ¿Cómo había llegado aquí?

"Anda, marica, sabes que lo quieres".

Las burlas eran constantes cada vez que dejaba su celda. Era como si todos los reclusos supieran quién era ella, y nunca perdían la oportunidad de sugerir lo que iba a sucederle. A veces eran incluso los guardias. No importaba: guardias, reclusos, todos se burlaban de ella. Mientras era conducida por los pasillos, los hombres la tocaban, la manoseaban y le tomaban los pechos.

"¿Crees que eres una chica? Te mostraremos lo que les hacemos a las chicas, puta".

Dos días antes, los guardias la habían arrastrado fuera de la celda y le habían dicho que la llevarían con la población carcelaria general. La condujeron al Ala A mientras un grupo de reclusos gritaban a su paso y pedían a los guardias que la pusieran en sus celdas. Los guardias se reían. Al cabo de diez minutos, la regresaron a su calabozo de dos por dos y medio, la empujaron al interior y cerraron la puerta, sin dejar de reír. Se reían del terror de Sharise a que la atacaran, la violaran y la mataran.

"Vamos, puta, no te hagas la que no quieres".

Se llamaba prisión preventiva, pero en realidad era apenas otro nombre para confinamiento solitario, y aunque se suponía que brindaba protección, estaba lejos de eso. Sharise pasaba sus días en soledad, mirando las paredes de bloques de hormigón. No tenía televisor, ni radio, nada para leer excepto alguna novela barata espantosa… no había nada salvo la puerta metálica con una rendija por donde le pasaban la bandeja con la comida.

No tenía a nadie con quien hablar. Pasaba veintitrés horas sola dentro de esa celda. Le permitían salir una hora, una maldita hora, para caminar en una cinta de correr y darse una ducha… nuevamente, sola. Y luego de regreso a la celda, otra vez a la litera… sola.

Cuando era joven, le gustaba mucho la soledad, ya que le daba la oportunidad de soñar despierta con un mundo en el que ella era la hermanita menor de Tonya. Podía llegar a fantasear durante horas acerca de la ropa que usaría y las cosas que harían juntas. Ahora, esta soledad agobiante le mostraba una realidad que jamás podría cambiar.

"Sal de ahí, nena. Te haremos la operación de cambio de sexo gratis".

Y después llegó el día en que la descubrieron. Habían transcurrido cinco años desde entonces, cinco años muy largos.

Su madre lo había estado esperando ni bien llegó de la escuela. Sam la había visto enojada en otras ocasiones, así que enseguida se dio cuenta de que estaba en problemas. Pero había algo en la mirada de su madre que nunca había visto: una furia que daba miedo.

—Vamos para arriba, jovencito. ¡Ahora mismo! —le ordenó.

Sam no tenía ni idea de qué había hecho, pero no se atrevió a preguntar. Siguió a su madre escaleras arriba y la observó girar hacia su habitación. Después de entrar primera, su madre retrocedió para que él pudiera ver.

Cuando llegó al vano de la puerta, pensó que se le detendría el corazón. Allí, extendida sobre la cama, estaba la ropa que él había escondido en el rincón del fondo de su armario. Había dos pares de bragas, un par de pantis, un vestido, un sostén y un par de zapatos con tacones. Eran prendas que había acumulado en los últimos dos años, que había quitado a hurtadillas de donaciones que hacía su madre y, otras veces, como la ropa interior, que le había robado a su hermana. Ahora contempló la ropa extendida sobre la cama y rezó para que la casa se derrumbara sobre su cabeza.

Su madre daba golpecitos con un pie en el suelo.

—¿Qué significa esto? —exigió saber con mirada penetrante.

Sam permaneció en silencio, incapaz de encontrar la voz o las palabras para responder.

—Te hice una pregunta, muchacho. ¿Qué es todo esto?

—Puedo explicarte —respondió, en un intento desesperado por encontrar una excusa para la ropa sobre la cama.

—Estoy esperando.

La mente se le puso en blanco. Jamás se había preparado para esta posibilidad. Su cerebro de catorce años le había dicho que estaba a salvo, que nadie encontraría nunca esa ropa. ¿Cómo podía explicarlo? No podía decir la verdad. No estaba seguro de qué ocurriría, pero sabía que no sería bueno.

—Era para hacer una broma en la escuela —farfulló con brusquedad.

—¿Para qué clase de broma necesitas ropa de chica? —retrucó ella—. Nunca me contaste nada sobre ninguna broma. ¿Y para qué necesitarías dos pares de ropa interior? —El interrogatorio era rápido y devastador.

—Yo no… no quería que te enojaras conmigo.

El golpe con la mano abierta impactó en un lado de la cabeza de Sam.

—Me estás mintiendo, muchacho. Y lo único que estás consiguiendo es que me enoje más.

—Por favor, mamá. —La súplica de pronto se mezcló con las lágrimas—. Solo quería ver qué se sentía ponerse un vestido. Lo lamento.

—Claro que lo lamentarás. Cuando tu padre llegue a casa, le explicarás todo esto a él. Y no se te ocurra ni por un minuto que me creo esa historia. Tienes al diablo dentro de ti.

La angustia de Sam se convirtió en terror de inmediato.

—Por favor, mamá. Por favor, no se lo digas a papá. Por favor.

—Deberías haberlo pensado antes de decidir averiguar qué se sentía ponerse un vestido. Ahora quítate la ropa y ponte eso para que tu padre vea bien qué clase de hijo tiene.

—Ay, no, mamá. Por favor, no…

—¡Haz lo que te digo! ¡Ahora! —Esta vez, la bofetada en la nuca lo empujó hacia delante—. ¡Ahora!

Sam se apresuró a quitarse la camiseta por encima de la cabeza. Se sentó en la cama, se quitó el calzado y lo colocó junto a la cama. Luego se desabrochó el cinto y se bajó los pantalones, todo eso bajo la mirada intensa de su madre. Tomó el vestido que estaba sobre la cama y se dispuso a ponérselo.

—¿Qué haces? —lo interrumpió ella—. Te vas a poner todo.

Sam quiso salir corriendo de la habitación, huir de su casa, correr y no regresar nunca. Pero tenía catorce años, ¿adónde iría? En última instancia, lo obligarían a volver, y entonces la paliza sería aun peor.

Dejó el vestido y se quitó la ropa interior, mortificado. Se puso la braga y el sostén lo más rápido posible, y se aseguró de luchar con el sostén para intentar ocultar el hecho de que no era la primera vez que se ponía uno. A continuación, se colocó las pantimedias. Por último, tomó el vestido de nuevo y lo levantó por encima de su cabeza, deslizó los brazos por cada manga y luego jaló del vestido hacia abajo para acomodarlo. Las lágrimas se sentían calientes sobre sus mejillas, la humillación era casi completa.

—Los zapatos también —ordenó su madre.

Como un autómata, Sam tomó los zapatos y se sentó. Se puso un zapato y luego el otro.

—Levántate y mírame —exigió su madre.

Se puso de pie, pero no podía mirarla.

—Será mejor que reces. Reza para que el Señor Nuestro Dios te perdone. Reza para que yo te perdone. Y sobre todo, reza para que tu padre sea misericordioso y te dé otra oportunidad de ser un hombre; de ser nuestro hijo. —Se colocó detrás de él y lo condujo hacia el espejo que colgaba sobre el tocador—. Mírate. Eres una vergüenza. Deberías avergonzarte.

Sam no podía ni siquiera alzar la vista.

De pronto, sintió que su madre lo tomaba de la nuca y le levantaba la cabeza.

—¡Mírate! —gritó—. No eres digno de llamarte un hombre.

Sam abrió los ojos. Allí, en el espejo, no veía a la muchacha que con frecuencia trataba de imaginar. Veía a un niño humillado, a un niño asustado; solo veía a un niño con un vestido.

—Siéntate en la cama y no te muevas. Cuando tu padre llegue a casa, se encargará de ti.

Su madre se volteó y salió de la habitación, cerrando la puerta a sus espaldas. Varias horas más tarde, oyó llegar a su padre. Transcurrieron otros diez minutos antes de que la puerta se abriera de un golpe y lo sobresaltara. Su padre entró en la habitación con paso decidido. Llevaba un cinto doblado en dos en una mano, que golpeaba con suavidad contra la otra palma.

—Levántate —le ordenó. Sam se puso de pie. Su padre se acercó y descargó el primer golpe de cinturón sobre la piel desnuda de su brazo—. Si alguna vez te sorprendo o me entero de que andas contaminándote con ropa de mujer, te echaré de la casa. ¿Entiendes?

Los golpes empezaron a llover sobre él. Sam levantó los brazos para tratar de proteger su rostro, de manera que su padre apuntó más abajo, provocándole ardor en las piernas desnudas. Luego lo tomó de un brazo, lo arrastró hacia arriba y le quitó el vestido por encima de la cabeza. Y entonces siguió descargando los azotes, ahora sobre la parte trasera de los muslos y las nalgas; las ronchas se iban extendiendo y los golpes continuaban.

Sam gritaba, desgarrado por el dolor.

—Por favor, papá. No... *zas* por... *zas* favor... *zas* papá *zas*. ¡Por favor! ¡Para!

Pero su padre blandía el cinto sin inmutarse.

—Voy a hacer de ti un hombre o lamentarás el día que naciste, muchacho. Ningún hijo mío será un marica. ¿Entiendes? —Lanzó varios golpes más y luego se detuvo.

Sam yacía con medio cuerpo sobre la cama y medio cuerpo fuera, entre gemidos, incapaz de moverse.

—Quítate esa ropa, ponla en esa bolsa y arrójala a la basura. Te lo juro, Samuel, si esto vuelve a suceder, renegaré de ti. ¿Entiendes?

—Sí —susurró entre sollozos.

Después de que su padre se marchó, Sam se dejó caer al suelo. No sabía qué le dolía más, si las heridas ocasionadas por el cinto o la humillación de que hubieran descubierto su secreto y saber que nunca encontraría aceptación ahí.

Se tensó de manera instintiva cuando su hermana lo tocó con gentileza en la parte superior de la cabeza.

—No te asustes, Sam. Soy yo —dijo Tonya. Se sentó en el suelo junto a él y acomodó la cabeza de su hermano sobre su falda, sin dejar de acariciarlo con suavidad—. Lo siento tanto, Sammy, no lo sabía —continuó. Su acento sureño proporcionaba una cadencia reconfortante a su voz—. Debí darme cuenta. Eres un alma gemela. No como los otros chicos —agregó mientras lo mecía con dulzura—. Vamos a lavarte un poco y te pondré ungüento en las heridas.

Sam giró la cabeza finalmente y levantó la vista hacia ella.

—Gracias —pronunció con voz ahogada.

—¿Quieres que hable con ellos?

—¡No! ¡No, por favor, no! —exclamó—. No, jamás volveré a hacer esto. Nunca.

—Vamos, Sam, deberías ser libre de ser quien tú quieras ser.

Sam se enderezó y se sentó para poder mirar a su hermana a los ojos.

—No, ellos jamás lo entenderán. Estaré bien. Tienen razón. Dios me hizo hombre y así es como son las cosas.

Tonya se inclinó hacia delante y lo abrazó.

—Sammy, Dios no te hizo como eres para castigarte. Tal vez te hizo de esta manera para que ayudes a que otras personas aprendan sobre la aceptación y el amor. —Lo besó en la coronilla—. Siempre podrás contar conmigo, hermana, hermano… me da igual. Te amo, Sammy. Siempre.

"¿Por qué estás tan callada, nena? ¿Te estás poniendo bonita?"

Pero lo había vuelto a hacer. Y entonces llegó el día en que la sorprendieron por segunda vez. Su padre probablemente la habría matado. Pero su madre se había interpuesto entre ellos y le salvó la vida. Habría sido mejor que él la hubiera matado. No, habría sido mejor si se hubiera suicidado. ¿Quién era ella para pensar que podía vivir su vida como una mujer? Qué estúpida. Qué estúpida de mierda. Ahora, aquí estaba, pagando por sus pecados.

"Mataste al tipo equivocado, nena. Te quieren muerta".

Nadie jamás le creería lo que había ocurrido. Ni ella misma podía creerlo. Y no había manera de que estos dos abogados locos pudieran convencer a un jurado de lo que había pasado. Estaba destinada a pudrirse en prisión. No, eso tampoco era cierto. De una manera u otra, su vida en la cárcel sería corta. Los reclusos acabarían con ella, o ella acabaría consigo misma. Era una sentencia de muerte, solo que con otro nombre.

CAPÍTULO 11

ERIN SE RESTREGÓ LOS OJOS para quitarse el sueño, tomó su teléfono móvil de la mesa de noche y miró la pantalla antes de atender la llamada.

—Debe haber pasado algo muy malo para que me llames un sábado a las siete de la mañana.

—Sí, eso y mucho más —respondió Duane.

—Mierda —dijo ella, de improviso totalmente despierta—. ¿Estás bien?

—Sí, estoy bien. La que no va a estar bien eres tú.

—Gracias. Será mejor que me entere por mí misma. —Cerró la tapa del móvil y salió de la cama. Sabía que no tenía ningún sentido tratar de volverse a dormir.

Cuando terminó de ducharse, la luz en el contestador automático estaba parpadeando. Se acercó y oprimió el botón de reproducir.

—Erin, soy mamá. No sé si ya has visto los periódicos esta mañana, pero nada como entrar al local de 7-Eleven y ver la fotografía de tu hija debajo del titular ABOGADA TRAVESTI PARA ASESINA TRAVESTI. El *Jersey Post-Dispatch* fue un poco más amable contigo. Pero estoy segura de que tu padre y tu hermano no van a estar muy contentos. Traté de hablar con tu padre anoche, y aunque nos fuimos a dormir en buenos términos, no avanzamos nada con respecto a ti. Llámame al móvil cuando te despiertes. Te quiero.

Erin meneó la cabeza y se preguntó si estaría haciéndole algún favor a Sharise. La mayoría de los abogados no se preocuparían por los problemas que pudieran surgir de un cliente trans, se limitarían a defender el caso. Y tal vez, si Sharise tuviera otro abogado, el caso no estaría en la primera plana de los periódicos.

Sin poder evitar que su mente funcionara a toda máquina, se puso unos jeans y una camiseta, se sujetó el cabello con una cola de caballo y encontró un sombrero y un par de gafas de sol para usar como camuflaje. Se miró en el espejo y se rio. Como si Max, quien atendía el mostrador de la tienda local donde compraba los periódicos, no fuera a reconocerla. Buscó algo de dinero y sus llaves en el bolso, los guardó en su mochila y salió.

—Buen día, Max —saludó, y le entregó un billete de diez dólares para pagar el *Times*, el *Mirror*, el *Jersey Post-Dispatch* y el *Ledger*.

No estaba segura de si era su paranoia o qué, pero Max, que era siempre tan sociable, estaba bastante callado.

—Buen día —fue todo lo que dijo y le dio el cambio.

Caminó sin prisa por North Avenue y se alegró que Fundamentos Legales estuviera casi desierto. Llevó su vaso grande de café a la misma mesa que había compartido con Mark unas noches antes, dejó caer los periódicos sobre la mesa y se sentó, una vez más, de cara a la pared trasera, con los recuerdos de esa noche todavía frescos en su memoria. "¿Cómo reaccionará Mark a mis quince minutos de fama?".

Trató de desterrar esos pensamientos enseguida y abrió el *Post-Dispatch*, con la certeza de que el artículo allí sería el más sensacionalista de todos. En términos de centímetros de columna, el más grande estaba en el *Ledger*, que minimizaba el hecho de que Erin fuera trans. Por desgracia, aun cuando lo minimizaba, la referencia estaba allí. No le alivió demasiado que el artículo del *Times* no mencionara su condición; el daño ya lo habían hecho los otros periódicos.

Cuando acabó de leer, juntó todo y lo guardó en su mochila. El bar comenzaba a llenarse, así que pidió otra taza de café para llevar y decidió ir a la oficina, desde donde llamó al móvil de su madre.

—Hola —respondió Peg.

—Hola, mamá, soy yo.

—Hola, Beth, ¿cómo estás? Le estoy preparando el desayuno a Pat. Te llamo en diez o quince minutos, ¿sí?

—Sí, claro, mamá. Llámame al móvil —añadió. Temía que a pesar de que era sábado, los periodistas llamaran al teléfono de la oficina.

—De acuerdo. Hablamos en un rato.

Genial. Las cosas estaban tan mal que su madre tenía que fingir que llamaba otra persona cuando su padre estaba en la habitación.

Se volvió hacia el teléfono de la oficina y advirtió que la luz del contestador automático estaba encendida. Ingresó el número de extensión y la contraseña y empezó a escuchar los veintiséis mensajes, que clasificó en distintas categorías a medida que lo hacía: periodistas, ciudadanos indignados, canales de televisión, publicaciones legales, su terapeuta y amenazas de muerte.

Copió los nombres y los números de todas las llamadas relacionadas con los medios y almacenó las de los ciudadanos enfurecidos y amenazas de muerte... con qué propósito, no estaba segura.

Luego fue hasta el rincón de la oficina donde había dejado la segunda caja de las pruebas que había recogido ayer. Examinó rápidamente varios sobres de papel manila hasta que encontró el que tenía la etiqueta "ADN". Como sospechaba, se habían analizado numerosas muestras de sangre para determinar si todas correspondían a la víctima. Además, se habían tomado muestras del vómito sobre el cuerpo y de varios cabellos sobre la ropa de cama. Se habían obtenido dos muestras de semen en la ropa interior femenina y aunque ambas estaban contaminadas, de todas maneras se las había analizado. También se había extraído una muestra de referencia de la víctima para fines de comparación.

Toda la sangre encontrada pertenecía a la víctima. Un conjunto de ADN encontrado en el fluido seminal en la ropa interior coincidía con el de Samuel E. Barnes; el otro, que también estaba bastante degradado, con apenas siete *loci* presentes, coincidía con el de la víctima. El ADN hallado en el cabello y el vómito pertenecía a Barnes.

Erin ahora sabía lo que necesitaba saber. El ADN de William Townsend figuraba en la base de datos de New Jersey como víctima, lo que significaba que no estaba disponible para otros organismos del orden público. Erin se imaginaba la reacción que se desataría cuando ellos solicitaran que la muestra de referencia se procesara a través del sistema CODIS, la base de datos estatal y federal conjunta operada por el Departamento de Justicia, para ver si el ADN del joven Townsend ya existía en la base de datos como autor no identificado de un hecho delictivo.

Estaba a punto de abrir otro sobre cuando sonó su teléfono móvil.

—Hola, ma.

—Hola, querida. ¿Ya pasaste a la clandestinidad?

—Todavía no. Mi solicitud para el Programa de Protección de Testigos ha sido rechazada… soy material inflamable.

—Fue una suerte que tu padre tuviera resaca esta mañana, porque de lo contrario creo que le habría dado un derrame cerebral.

A pesar de sí misma, Erin dejó escapar una risita nerviosa.

—Estaría bueno que notifiques a la comunidad médica que las resacas evitan los derrames cerebrales. No creo que esté muy difundido en la literatura médica.

—No te pases de lista, señorita Abogada Travesti.

Erin se estremeció.

—¿Puedo pedirte un favor? Por favor, no uses la palabra *travesti*. Es como usar la palabra N; es ofensivo.

—Ah… —vaciló su madre—. Lo siento. No lo sabía. Pero lo vi en la primera plana de un periódico esta mañana… creo que en el *Mirror*. ¿Por qué usarían ese término?

—No estoy segura de elevar ese periodicucho a la categoría de periódico. Digamos que tienen una cierta imagen que mantener, y lo hicieron.

—Lo siento. ¿Cómo estás? Me imagino que no lo estás pasando bien.

—La verdad que no. Creo que no comprendí bien en qué me estaba metiendo.

—¿Quieres que nos encontremos a charlar?

—No, gracias. Estoy en la oficina haciendo unas cosas y más tarde tengo que ir a Princeton. Los chicos me enviaron un correo el otro día; tienen un partido a las dos de la tarde al que intentaré ir.

—¿Te parece prudente? Quiero decir, tu fotografía está en la primera plana de varios periódicos.

—Me pondré el cabello debajo de un sombrero, usaré una sudadera bien grande y me ocultaré detrás de unas gafas de sol. No debería haber problema.

—De acuerdo. Tu hermano no estará aquí esta semana; está haciendo algo con Médicos Sin Fronteras.

—Es un buen hombre.

—Sí, lo es. Si pudiera lograr que abriera un poco su cabeza y te aceptara, todo sería genial.

—Pero todavía tendríamos que lidiar con papá.

—Ya te lo dije, tu padre lo entenderá llegado el momento. Una vez que convenzamos a Sean, me pondré más firme con él. Ya verás cómo cambia de idea enseguida.

Erin rio.

—Hablas como si pudieras conseguir cualquier cosa de papá a través del sexo.

—Pareces sorprendida.

—Lo estoy.

—Creo que deberíamos tener una conversación madre-hija. Hay dos maneras de llegar al corazón de un hombre, y solo una de ellas es a través del estómago.

—Gracias por el dato —respondió Erin y rio entre dientes—. De hecho, hablando de hombres… —su voz se quebró, delatando sus nervios—. Tengo una cita esta noche.

Hubo una pausa momentánea.

—Espera, ¿tienes una cita con un hombre?

—Ajá.

—Qué interesante. Pensé que te gustaban las mujeres.

—Me gustan… o me gustaban… no lo sé, mamá. Es todo muy confuso.

—¿Te resulta confuso? Bienvenida al club.

—En serio.

—Solo estoy bromeando… Eres una mujer atractiva. ¿Por qué no ver lo que el resto de nosotras tenemos que soportar? Tal vez decidas volver con las mujeres. —Se interrumpió un momento—. ¿Puedo hacerte una pregunta delicada?

—Él sabe sobre mí.

—¿Qué te hace pensar que te preguntaría eso?

—¿No ibas a hacerlo?

—Bueno, sí. ¿Y aun así quiere salir contigo?

—Gracias, mamá.

—Lo siento. Pero me imagino que eso debe ser algo decisivo para muchos hombres.

—Lo es con frecuencia. Veremos qué pasa.

Eran las cinco de la tarde cuando Erin subió corriendo las escaleras de su apartamento. Princeton había ganado 5 a 2; Patrick había marcado un gol y Brennan había hecho una asistencia. Le encantaba verlos jugar. Aunque no tenía muchos buenos recuerdos del bachillerato, siempre le había gustado jugar al fútbol. Mientras regresaba del partido de sus sobrinos, contempló la posibilidad de averiguar si había alguna liga de adultos mixta. Hacía poco se habían inaugurado un par de canchas de fútbol de salón; tal vez podría echarles un vistazo... *después* de que el caso de Sharise hubiera terminado.

Todavía faltaba un par de horas para que Mark la pasara a buscar, pero quería ponerse linda. Se quitó la sudadera y los jeans y los arrojó sobre la cama, luego dejó correr el agua del baño, porque tenía que esperar al menos tres minutos a que se calentara. Lo bueno era que una vez que se calentaba, se podía dar una ducha de media hora sin que se enfriara. Mientras se desabrochaba el sostén, miró hacia el contestador automático y vio que la luz estaba parpadeando. Tocó el botón de reproducir y fue a buscar dos toallas al armario de la ropa blanca.

—Hola, Erin. Soy Mark. Escucha, lo lamento mucho, pero surgió algo y tendré que cancelar lo de esta noche. Espero que no te importe que lo pospongamos. Te llamaré para combinar otro día. Que tengas una buena noche. Adiós.

Se quedó junto a la puerta, con las toallas en la mano y la mirada clavada estúpidamente en el contestador sobre la mesita de noche. Caminó despacio hacia allí y volvió a oprimir el botón de reproducir. El mensaje seguía siendo el mismo.

Se dejó caer sobre la cama y se quedó allí sentada, haciendo un esfuerzo para no desmoronarse. "Tal vez tuvo un problema con su madre". Sí, claro, ¿pero entonces por qué no lo dijo? "Dijo que llamaría". ¿De verdad crees eso? "Él sabía sobre mí, no fue por eso". Desde luego, sabía sobre ti, la diferencia es que ahora todo el mundo sabe sobre ti... eres la abogada travesti en la primera plana de los periódicos. "Pero a él no le importa eso, él tiene sus propias ideas". Cariño, es un hombre que tiene que mirar a los ojos a otros hombres. Sus amigos nunca se lo perdonarían. "¡No!". Sí, es así. "¿Dios mío, cómo fui tan estúpida de creer que un hombre querría salir conmigo?".

Rodó hacia un lado y, en cámara lenta, adoptó una posición fetal. Mientras permanecía allí sobre la cama, hecha un ovillo, sin moverse, podía oír el sonido del agua corriendo de fondo. Al principio no hubo lágrimas, solo un entumecimiento envolvente. Si hubiera podido apagar su cerebro, se habría quedado dormida. Pero su cerebro nunca era tan bueno con ella. Le encantaba burlarse de sus fracasos.

Las lágrimas sobrevinieron. Mark la había dejado plantada. Lauren estaba embarazada. Su fotografía estaba por todos lados. Jamás dejaría de ser la abogada travesti. Era una paria.

No estaba segura de cuánto tiempo lloró. En algún punto, se arrastró fuera de la cama y cerró el grifo del baño. Estaba sola. No tenía a quién llamar. Ningún hombre para llorar. Excepto Duane, todos sus amigos hombres habían desaparecido cuando había hecho la transición, y en verdad todavía no tenía amigas mujeres cercanas. Lo único a lo que podía aferrarse, la única cosa que le impedía caer en el abismo, era Sharise. Erin tenía que resistir. Sharise lo estaba pasando peor, y si Sharise podía resistir, ella también tenía que hacerlo.

Sharise la necesitaba. Y ella necesitaba a Sharise.

CAPÍTULO 12

Sharise se inclinó hacia atrás en la litera y se apoyó contra la fría pared de bloques de hormigón de la celda. Había sido tan bueno ver a Tonya, pero el hecho de que habían estado separadas por una mampara de vidrio solo reforzaba la distancia que existía entre sus vidas. La posibilidad de que podría pasar el resto de su vida en la cárcel y nunca tener la oportunidad de compartir tiempo con su hermana hacía que se preguntara por qué estaba siquiera intentando sobrevivir.

Se inclinó hacia abajo y levantó la documentación que le habían enviado sus abogados. No estaba segura de lo que pensaba acerca de lo que sus abogados querían hacer. Aunque tampoco estaba segura de qué sentía con respecto a sus abogados. Tal vez habría sido mejor tener un defensor público, o quizás debería aceptar el acuerdo y terminar con todo. Sí, treinta años en una prisión de hombres… eso sí que terminaría con ella. ¿Cuánto podía durar? No. La pregunta correcta era: ¿cuánto tiempo duraría? Tarde o temprano, algún cerdo le metería un cuchillazo.

McCabe le había explicado que era poco probable que la moción prosperara, pero si resultaba ser que el ADN de Townsend ya figuraba en la base de datos como autor no identificado de un hecho delictivo, el caso podía dar un giro importante. Por supuesto, como todo lo que le decían estos jodidos abogados, había un lado negativo. Si existía evidencia incriminatoria que señalara a Townsend como un asesino, el hijo de puta de su padre podría intentar terminar rápidamente la causa. Y la forma más segura de que el caso terminara con rapidez era que la vida de Sharise terminara con rapidez. ¿Estaba dispuesta a arriesgarse a tocarle el culo al poderoso señor Townsend? Era su decisión, le habían dicho. Sharise rio para sí. ¿Cuál era el riesgo? "Que me maten ahora, que me maten después, da lo mismo, igual estaré muerta". Era solo una cuestión de tiempo. Como solía pasarle en estos días, su mente la condujo a un rincón oscuro donde terminar con todo parecía la única salida posible. En realidad, ¿qué sentido tenía querer vivir? ¿Para pasar su vida en prisión como un hombre? No, si la cosa llegaba a eso, encontraría la forma de acabar consigo misma.

Se concentró de nuevo en los documentos que sostenía en las manos. No entendía mucho la palabrería legal, pero entendía muy bien a qué apuntaban. El joven Townsend era un asesino frío y calculador. No había ido allí por el sexo, sino para matarla. Pero convencer a alguien de que ella había actuado en defensa propia tenía tantas posibilidades de éxito como sus esperanzas de ir algún día a la universidad: fantasías muy lindas pero muy poco probables. Le costaba imaginar que hubiera un grupo de jurados potenciales que fueran a creer que un chico blanco rico y apuesto había tratado de matar a una prostituta trans negra de diecinueve años.

—Vamos, Barnes —gritó el oficial Nelson—. Tus abogados están aquí de nuevo.

Sharise ya conocía el procedimiento. Tenía que colocar sobre la cama cualquier papel que quisiera llevar con ella. Luego debía voltearse, levantar los brazos y apoyar las manos contra la pared. Primero le ponían los grilletes en los tobillos; luego la obligaban a volverse para colocarle un cinturón de cadena alrededor de la cintura que se enganchaba a las esposas en las manos. Por último, le colocaban otra cadena que iba desde los tobillos hasta el cinturón.

Sus abogados ya estaban sentados en la habitación cuando los guardias la condujeron a la celda de detención y arrojaron los papeles sobre la mesa. Después de intercambiar las cortesías de rigor, McCabe explicó el motivo de la visita.

—¿Has leído la moción?

Ella asintió.

—¿Qué piensas?

—Vamos para adelante —replicó Sharise sin emoción.

—¿Estás de acuerdo con el riesgo? —inquirió McCabe.

—¿Me estás jodiendo, nena? Estoy acá en una cárcel de hombres, esperando que me juzguen por el asesinato del hijo de uno de los tipos más poderosos del estado y tú actúas como si esta moción fuera arriesgada. No me jodas. Lo único que significa es que mis posibilidades de terminar muerta suben del noventa y cinco por ciento al noventa y cinco punto cinco por ciento. Así que hagámoslo, nena.

—¿Conoces a Lenore Fredericks? —preguntó Swisher.

Sharise entrecerró los ojos y estudió a los dos abogados a través de la mesa. Al cabo de unos minutos, asintió.

—Sí. ¿Por qué quieres saberlo?

—Necesito que leas esto. Y después tenemos que hablar.

Duane extrajo unos papeles de un sobre de papel manila y los puso sobre la mesa frente a Sharise. El encabezado en la parte superior rezaba: TRANSCRIPCIÓN DE LA LLAMADA DE LENORE FREDERICKS.

Sharise levantó sus manos esposadas y las apoyó sobre la mesa para poder voltear las hojas.

LF: Hola. ¿Hablo con Duane Swisher?
DS: Sí, soy yo.

LF: *Mi nombre es Lenore Fredericks, señor Swisher. Un co-nocido mío en Atlantic City me dio su nombre. Lo llamo por Tamiqua, al menos ese era el nombre que usaba en la calle. Yo la conozco como Sharise. Oí que están buscando personas que la conozcan.*

DS: *Así es. ¿Conoces a Sharise?*

LF: *(risa) Sí, claro, nos conocemos. Trabajamos juntas... (pausa larga) Y también somos amigas. Sé que está metida en un problema jodido.*

DS: *¿Dónde estás ahora? ¿Podemos encontrarnos para hablar?*

LF: *No a menos que quiera subirse a un avión. Estoy en Las Vegas.*

DS: *Ah...*

LF: *Escuche, no tengo mucho tiempo, así que no daré vuel-tas. Conozco a Sharise desde que el día en que entró al refugio para los sin techo hace unos tres años. Todavía estaba como a medio camino... usted sabe a qué me refiero. Todavía no era Sharise, pero tampoco lo que era antes. Yo tenía veinte años entonces, y llevaba dos años en el oficio. Así que se convirtió en una especie de protegida y le enseñé cómo funcionaban las cosas. Ella era apenas una chica, no sé, creo que tenía dieciséis, me parece. Trató de conseguir un trabajo en McDonald's, en el paseo marítimo, pero nadie quería tomarla porque no tenía los malditos papeles. Así que al final, mi chulo la contrató y empezó a hacer la calle. Conozco a algunas de las chicas allí, y todas la ayudamos. Le conseguimos ropa, le enseñamos cómo detectar a la poli y cómo hacer para mantenerse con vida. Suave, así se llamaba el jodido de mi chulo, fue un hijo de puta con ella. La trató peor que a todas. No sé por qué. Bueno, ella sobrevivió y nos hicimos amigas. Como una semana antes de las Pascuas, conoció a este cliente que conducía uno de esos lujosos BMW. Más tarde, cuando la vi, le pregunté cómo le iba con el jodido del BMW y me contó que al tipo le gustaba que ella todavía tenía pene.*

DS: Espera, ¿él sabía que ella era trans y que todavía no se había operado?

LF: Parece sorprendido (risa). Hay muchos tipos, señor Swisher, a quienes les encantan las chicas con algo extra. ¿Entiende a qué me refiero?

DS: Lo siento. Continúa.

LF: Como sea. Recuerdo que era Pascuas y no podía creer que Suave nos mandó igual a la calle. Era tarde y ya nos estábamos por ir a casa cuando apareció un BMW que buscaba a Sharise.

DS: ¿Estás segura de que era el mismo?

LF: No estoy segura de nada. Pero no hay muchos tipos con un BMW que vuelvan a buscar a alguien. Así que estoy bastante segura de que era el mismo hijo de puta.

DS: De acuerdo.

LF: Sharise fue y se subió al coche y esa fue la última vez que la vi. A las diez u once de la mañana siguiente, Suave se puso como loco porque no aparecía. Entonces vino el jodido equipo de SWAT y nos arrestaron a todos. Solo después, cuando estaba encerrada, escuché que decían que Sharise había matado al tipo.

DS: ¿Te interrogó la policía?

LF: Sí, claro. Les dije que no la conocía. Pero seguro que Suave les había dicho que Sharise y yo éramos amigas, porque no me dejaban en paz. Al final les dije que no sabía dónde estaba, que además era cierto, y les dije que el señor del BMW había estado por lo menos una vez antes. Ahí, uno de los polis me pegó y me dijo que era una mentirosa hija de puta. Así que después de eso cerré la boca.

DS: ¿Sabes de dónde eran los oficiales? ¿Si de la policía local de Atlantic City o de la Oficina de la Fiscalía?

LF: Un poli es un poli. No tenían uniforme. No sé de dónde eran.

DS: ¿Cuándo te fuiste a Las Vegas?

LF: Un par de días después de que me arrestaron, vino un pastor de una iglesia y me dijo que me quería ayudar a redimir

mi alma y que tenía un trabajo en un hotel en Las Vegas para
mí. Todo lo que tenía que hacer era decir que sí y entonces iban a
retirar los cargos de prostitución, me pondrían en un avión a Las
Vegas, me darían quinientos dólares y podía empezar a trabajar
como mujer de limpieza. Me pareció bueno. Así que dije que sí.

DS: ¿Sigues trabajando ahí?

LF: (risa) No, duré un mes. Estoy de vuelta en la calle. Al
menos acá no hace frío.

DS: Me gustaría ir para allá y hablar contigo. ¿Cómo puedo
contactarte?

LF: (pausa larga) Llame al 702-396-0023 y dígale a la
persona que atienda que me avise que lo llame. ¿Por qué quiere
encontrarse conmigo? Le dije todo lo que sé.

DS: Podrías ser útil en el caso de Sharise. Tal vez te necesite-
mos como testigo.

LF: Eh… mire, Sharise es como mi hermana menor, pero no
creo que pueda hacer mucho. El pastor que me ayudó me advirtió
que no volviera a New Jersey.

DS: De acuerdo, veamos qué pasa.

LF: Escuche, dígale a Sharise de parte mía que se cuide. Me
tengo que ir. Adiós.

DS: Gracias. Adiós.

Sharise levantó la vista de los papeles. Habían encontrado a Lenore, o Lenore los había encontrado a ellos. Salvo
Tonya, Lenore era la única persona en su vida en quien había
confiado.

—Miente. Él no sabía sobre mí.

—Sharise, estamos tratando de ayudarte. Creemos que ella
está diciendo la verdad —agregó McCabe—. Lenore no tiene
ningún motivo para mentir y todo encaja.

—Ustedes dos son unos dementes. ¿De qué lado están?
¿Están tratando de que me encierren de por vida? Ya les conté
lo que pasó. Él descubrió que yo era trans y se volvió loco.

—¿Por qué había semen de Townsend en tu ropa interior? —preguntó Swisher—. Dijiste que lo único que hiciste fue practicarle sexo oral. Los forenses encontraron dos tipos de fluido seminal en tu ropa interior… tuyo y de él.

—¿Qué? —exclamó Sharise y frunció el ceño.

—En esa habitación pasó algo más que sexo oral, Sharise. Él sabía sobre ti, y si tenemos suerte con las muestras de ADN, todo cobra sentido.

—Sí, claro… ¿y si no, qué pasará entonces? Lenore jamás aceptará ser testigo. La chica no es tonta. Ya la escucharon. Le dijeron que se quede lejos de New Jersey.

—No lo sabes. Duane irá a encontrarse con ella. Tal vez venga.

Sharise rio.

—Genial, entonces seremos dos putas trans negras contra un chico blanco rico muerto. Siguen sin gustarme las probabilidades. —Deslizó los papeles hacia Duane—. Veamos qué sucede con la moción. Hasta entonces, él me descubrió y trató de matarme. Eso fue lo que ocurrió.

—Tenemos un problema.

—¿Qué pasa?

—Una de las colegas está hablando con Swisher.

—Me dijiste que todas estaban fuera de escena. Me lo aseguraste. ¿Sabemos quién es la que está hablando?

—Sí.

—Entonces…

—Nos ocuparemos…

—Gracias.

CAPÍTULO 13

—¿QUÉ CARAJO ESTÁN BUSCANDO? —EXCLAMÓ Lee. Se quitó las gafas de lectura con brusquedad y las arrojó sobre su escritorio—. ¡Esto es pura basura!

Bárbara lo conocía lo suficiente para saber que no debía interrumpirlo cuando se ponía a despotricar así. También sospechaba que su actual diatriba tenía que ver con el hecho de que debería informarle a Will Townsend acerca de la moción. Después de todo, Lee era un político, no un fiscal de carrera, y contrariar a Will Townsend no era un lujo que se podía dar.

Por fin, al cabo de varias frases más cargadas de insultos, hizo una pausa.

—¿Y bien?

—Está encuadrada como una moción de prueba, pero lo que en verdad están pidiéndole al tribunal es que ordene que el ADN de Bill Townsend, que se recogió en la escena, se procese a través del sistema CODIS para determinar si ya está registrado en el sistema como autor material no identificado de un delito.

—Dios santo, Bárbara, dilo en español, por favor.

—Ellos sostienen que Townsend atacó a Barnes. Basados en eso y en el hecho de que el dueño del motel supuestamente dijo que Bill podría haber estado involucrado en un ataque previo a una prostituta, quieren que se procese su ADN en el sistema como sospechoso potencial de otros delitos.

—Espera. ¿Alegan que Townsend podría estar en el sistema porque era un delincuente?

Bárbara asintió.

Lee permaneció sentado, meneando la cabeza.

—No podemos permitir que eso suceda —musitó. Su voz era tan baja que Bárbara no sabía si le estaba hablando a ella o a sí mismo—. ¿Crees que existe alguna posibilidad de que la jueza Reynolds lo autorice?

—No lo sé, Lee. En un intento por ser justa, podría exigírnoslo para ver si surge alguna coincidencia.

—No puedo dejar que eso pase. Sabes lo que ocurrirá cuando Will se entere de esta moción; se volverá loco de furia. Dios mío, si eso sucede, será el fin de mi carrera.

—Lee, aun cuando la jueza concediera la moción, no creo que haya nada de qué preocuparse.

El fiscal la estudió durante varios segundos antes de estirarse para recoger sus gafas del lugar donde habían aterrizado sobre su escritorio. De pronto, su actitud era calma y pausada.

—Tienes razón —respondió con una mueca—, pero Will y Sheila no deberían tener que soportar toda esta mierda. Ya es bastante duro haber perdido a su hijo para encima tener que aguantar que estos dos sugieran que era un criminal. Está mal. Tú ocúpate de preparar una respuesta apropiada y yo me encargaré del resto.

"Dios, hay veces que odio este trabajo", pensó Bob Redman, resignado a lo que tenía que hacer. Necesitaba tanto el caso Barnes como un disparo en su cabeza. Después de todo, era el juez a cargo de la Sala Penal del tribunal del condado de Ocean, y se había ganado sus condecoraciones de batalla a lo largo de los años con mucho mérito.

De todas maneras, sabía que no le convenía discutir con Carol Clarke, la jueza superior del condado, que le había dicho que había recibido un par de llamadas telefónicas privadas en las que le habían "sugerido" que la jueza Reynolds podría no ser la persona adecuada para juzgar el caso, y que él debía tomarlo.

Cuando su asistente le anunció que Anita Reynolds había llegado, Redman dibujó una sonrisa en su rostro y caminó hasta la puerta de su despacho para recibirla.

—Buenos días, Bob —dijo ella y le dio un abrazo ligero—. Feliz viernes. ¿Cómo está todo esta mañana?

Redman regresó detrás de su escritorio.

—No tengo ninguna queja —declaró, con total falta de sinceridad.

—¿Qué sucede? Por lo general no me invitas aquí a menos que haya metido la pata en algo —aventuró Reynolds con una risita.

—Anita, creo que te voy a alegrar el día. Acabo de encontrarme con Carol y me sugirió que me haga cargo de la causa Barnes. —Alzó una mano para impedir que ella dijera nada—. Déjame terminar —añadió con firmeza—. Eres una de mis mejores jueces. Siempre obtienes buenas evaluaciones tanto de abogados como de litigantes, lo que no es cosa fácil en el ámbito penal. Has sido jueza durante seis años; por lo tanto, el año próximo podrás presentarte para ser reasignada y luego convertirte en vitalicia. Sé que eres republicana, no has causado mayores dificultades, tus calificaciones son altas, lo que significa que el gobernador consultará con sus colegas senadores republicanos para ver si alguno se opone a que vuelvas a ser designada. ¿Y hacia quién se volverán todos? Hacia el senador William Townsend. Anita, si llegaras a tomar una decisión que a él no le guste en este caso, tus posibilidades de ser designada nuevamente desaparecerán. No puedo darme el lujo de perderte. Eres una buena jueza. ¿Cuántos años tienes? ¿Cuarenta y cuatro?

—Cuarenta y siete —respondió ella con una sonrisa, y la sospecha de que el error había sido deliberado.

—A lo que voy es que tienes una larga carrera judicial por delante. Es muy probable que llegues a presidente de sala o de sala de apelación. Pero te conozco, no harás cualquier cosa para dictaminar como el senador Townsend quiere que hagas. Llamarás a las cosas por su nombre. ¿Y sabes qué? Tarde o temprano, algunos de esos dictámenes le caerán mal a Townsend y será el fin de tu carrera —concluyó y chasqueó los dedos para dar énfasis a sus palabras.

—Aprecio tus palabras, Bob. Y claro que he pensado en el escenario que acabas de describir… cualquier cosa que haga enojar al senador y puedo ir despidiéndome de mi carrera. Pero soy una jueza. Y si quiero desempeñar bien mi trabajo, debo llamar a las cosas por su nombre, y si eso significa el fin de mi carrera, pues lo será.

—Es exactamente por eso que te estoy apartando del caso. Yo soy vitalicio. Will Townsend no puede acabar con mi carrera. En un año más, cuando vuelvas a ser designada y te conviertas en vitalicia, ya no tendrás que preocuparte por los Townsend del mundo. Y si para entonces sigo siendo juez, te daré todos los casos complejos. ¿Qué te parece? Pero por ahora, confía en mí, te estoy haciendo un favor.

—Dios santo, Bob… ni siquiera tuve tiempo de meter la pata. La lectura de cargos fue apenas hace poco más de un mes. —Hizo una pausa y lo miró con expresión intrigada—. ¿Carol recibió una llamada por la moción para el CODIS?

Redman asintió.

—La recibimos el miércoles y anoche la estuve estudiando. Debo reconocer el mérito de los dos abogados. Una moción interesante.

—¿Sabes qué decidirías sobre ella? —preguntó Redman.

—No. No he tenido tiempo para que Cara, mi asistente legal, se ponga a investigar un poco. No está prevista hasta mediados de noviembre. Puede ser una exageración basarse en un supuesto incidente para procesar el ADN de la víctima en CODIS, pero si la víctima hubiera sido un empleado de veintiocho años de una tienda de comestibles, ¿acaso no habríamos dicho: "Por qué no"? ¿O si la víctima fuera negro y el acusado blanco...? —Dejó la frase en suspenso—. No sé, Bob. Odiaría pensar que la identidad del padre de la víctima podría modificar mi decisión.

—Por eso mismo tengo que quitarte de esta causa. Porque la identidad del padre de la víctima no te haría cambiar de idea.

—No podemos hacer eso, Bob. Debemos garantizar un juicio justo.

—Le daré un juicio justo al acusado.

—A "la" acusada.

—¿La?

Anita rio.

—Será mejor que te vayas acostumbrando. El acusado piensa que es una mujer; su abogada también piensa que es una mujer. Hay todo un mundo nuevo allí fuera, Robert. ¿Estás seguro de que todavía quieres este caso?

Redman inhaló profundo.

—Nunca dije que quería esta causa. Dije que la iba a tomar para impedir que tú acabes con tu carrera. Confía en mí, si Carol no hubiera insistido en que yo la tomara, se la entregaría con mucho gusto a uno o dos de nuestros colegas y me sentaría a observarlos acabar con sus carreras.

—Vamos, vamos.

—Estoy bromeando, por supuesto —precisó con un guiño del ojo. Se puso de pie para indicar que la reunión había finalizado y acompañó a la jueza hasta la puerta del despacho—. Algún día me lo agradecerás —aventuró con una media sonrisa.

Reynolds le devolvió la sonrisa.

—Te agradezco que pienses en mi carrera, Bob. De veras. Ojalá no tuvieras que hacerlo, pero entiendo cómo funcionan las cosas.

Mientras ella se marchaba, Redman se volvió hacia su asistente legal.

—Greg, tomaré la causa Barnes. Aquí hay una moción para que el ADN de la víctima se ingrese en la base de datos para ver si estuvo involucrado en otros delitos. En primer lugar, emite una orden de oficio para sellar el registro sobre esto. Luego convoca los abogados de la defensa y a Bárbara Taylor a la Oficina de la Fiscalía y diles que la presentación de los argumentos orales sobre la moción ha sido fijada para el viernes 17 de noviembre a las tres de la tarde. Luego quiero que redactes un memorando jurídico en mi nombre para denegar la moción.

—Sí, su señoría. Eh... ¿qué fundamentos tiene en mente para denegar la moción?

—Para eso contrato abogados inteligentes como tú, Gregory. Yo te doy el resultado que quiero y tú encuentras la manera de conseguirlo sin que sea revocado por mis distinguidos colegas en la Sala de Apelaciones. ¿Alguna otra pregunta?

—No, su señoría. Todo muy claro.

—Ah... hay otra moción. Los abogados de la defensa quieren trasladar al acusado, que es un hombre, a una institución penitenciaria para mujeres. No hará falta demasiado para denegar eso.

Greg rio.

—No, su señoría. Me ocuparé.

—Lee me envió esto por fax esta mañana —dijo Townsend y le entregó los papeles a Michael, quien los leyó—. ¿Puedes creer que estos idiotas no aceptaron el acuerdo extrajudicial? Por el amor de Dios, hasta les ofrecimos una posibilidad de libertad condicional, aunque nunca se la hubieran concedido.

¿Qué diablos están intentando probar? —se volvió y arrancó los documentos de la mano de Michael antes de comenzar a pasearse por la oficina—. No me gusta el rumbo que están tomando las cosas. —Se detuvo y se volteó para quedar frente a Michael—. Esto no está relacionado con la llamada que recibió Whitick, ¿no?

—No, eso fue por una coincidencia parcial. Lo que buscan con esta moción es ejecutar el perfil de ADN completo de Bill en el sistema.

—¿Whitick se ocupó de la parcial?

—Sí, tanto él como Lee me aseguraron que la quitaron del sistema y que nadie conoce los detalles.

—Bien.

—¿Cómo quieres manejar esto? —preguntó Michael.

—Lee y yo estamos de acuerdo en que necesitamos un juez nuevo, alguien con un poco más de experiencia. Bob Redman tomará la causa.

Townsend se dejó caer detrás del escritorio y miró a su abogado. Habían pasado por mucho juntos desde la época de Vietnam, cuando él había salvado la carrera de Michael Gardner. Gardner había estado liderando un par de pelotones hacia una aldea para apresar a un sospechoso del Vietcong. Se suponía que sería algo muy sencillo. Sin embargo, fueron emboscados justo en las afueras de la aldea y Gardner perdió cinco hombres. Por lo que Townsend se enteró después, Gardner perdió la cabeza y ordenó quemar la aldea. Murieron más de setenta y cinco enemigos. Townsend había arriesgado su propia carrera para asegurar que nunca saliera a la luz que cincuenta de los Vietcong asesinados eran de hecho mujeres y niños. Después de retirarse del ejército, Gardner había estudiado derecho y luego había trabajado para el gobierno, primero en la CIA y luego en la Agencia de Seguridad Nacional. Durante todo el tiempo, Townsend había permanecido en contacto y cuando Gardner se jubiló, Townsend lo había contratado como su abogado y solucionador de problemas. No solo era un hombre confiable, sino que sus años en la CIA y la ASN le habían enseñado a leer entre líneas.

—Mira, Michael, tenemos que eliminar a estos dos idiotas del caso y forzar a Barnes a que acepte el maldito acuerdo. Es obvio que toda la prensa sobre la identidad transgénero de McCabe no los ha disuadido. Usemos ahora lo que averiguamos sobre el otro, a ver si podemos asustarlos un poco. Nada muy extremo, pero confío en tu discreción.

Michael asintió.

—Entendido.

—¿Ya se resolvió la otra situación?

—En eso estamos.

—Bien. Gracias.

CAPÍTULO 14

ERIN HABÍA EXTRAÑADO LOS PARTIDOS de sus sobrinos las últimas dos semanas, pero en su ausencia, Las Cobras habían seguido con su racha ganadora. Hoy, el partido se jugaba a apenas ocho kilómetros de su casa, de modo que Erin se había hecho tiempo para asistir a los cuartos de final contra Cannon de Colonia, en el campo de juego visitante.

Se ubicó entre los aficionados de Colonia con la esperanza de no ser vista por Liz ni por Sean. El partido fue muy parejo desde el comienzo, así que no fue una sorpresa que terminara con un empate cero a cero. El ganador se definiría por penales.

La tensión era casi insoportable cada vez que un jugador caminaba hasta el punto del penal para lanzar un tiro. De pie entre los simpatizantes de Colonia, Erin respiró con alivio cuando tanto Patrick como Brennan convirtieron. El marcador estaba 4 a 3 cuando el jugador de Princeton se acercó para patear. Cuando lo hizo, el tiro parecía perfecto, pero ya fuera porque tenía demasiado efecto, o pegó contra algo en el suelo —era difícil de decir— el categórico sonido de la pelota al golpear contra el poste de metal se escuchó en todo el campo, y los jugadores y aficionados de Princeton observaron con espanto cómo la pelota rebotaba en el poste y se alejaba del arco. Fin de partido. Los jugadores de Cannon invadieron el campo entre gritos y vítores; sabían que la semana siguiente jugarían la semifinal de la Copa Estatal. Los jugadores de Princeton, cabizbajos, se reunieron en el centro del campo.

Erin echó un vistazo a lo largo de las líneas laterales y decidió que pasar frente a los aficionados de Princeton para tratar de abandonar el lugar implicaría el riesgo de que Sean o Liz la vieran. Así que resolvió esperar, escondida en medio de los festejos de los seguidores de Colonia.

Con lentitud, los aficionados y jugadores de Princeton emprendieron la tediosa caminata hacia los automóviles. Los padres abrazaban a los jugadores, los jugadores gesticulaban, tal vez se quejaban por alguna decisión del referí que los había perjudicado, una oportunidad perdida. Erin esperó, deambulando entre los admiradores del equipo ganador.

Cuando pareció que todo el contingente de Princeton ya estaba en el aparcamiento, se sintió segura para marcharse. Se encontraba a mitad de camino cuando vio que sus sobrinos volvían a entrar al complejo y se dirigían hacia ella. "¿Qué están haciendo?". Erin se detuvo, dispuesta a voltearse y regresar a la seguridad de los aficionados de Colonia, cuando Brennan y Patrick empezaron a correr hacia ella.

—¡Tía Erin! —gritó Patrick.

Los chicos aceleraron el paso y comenzaron a agitar sus manos hacia ella.

—¡Tía Erin! —exclamaron al unísono.

Ella se paralizó. De pie allí, observó con estupor lo que estaba sucediendo frente a sus ojos. Los niños aminoraron el paso a medida que se acercaban, con claras sonrisas en sus rostros. Cuando llegaron a ella, la abrazaron, uno de cada lado.

—¿Qué están haciendo, chicos? ¿Dónde están mamá y papá?

Patrick tomó la palabra.

—Les contamos que estabas en el partido y que, como no sabíamos cuándo te volveríamos a ver, regresaríamos a verte.

—No nos importa si ahora eres nuestra tía, siempre has venido a nuestros partidos. Te extrañamos, tía Erin —agregó Brennan.

Ella se inclinó y los rodeó con sus brazos, mientras hacía un esfuerzo por contener las lágrimas.

—Me alegra tanto verlos, chicos, pero no quiero que tengan problemas con sus padres.

—No te preocupes, no los tienen —respondió una voz femenina conocida.

Erin alzó la cabeza y vio a Liz y a Sean de pie a tres metros de distancia, observando la reunión familiar que estaba teniendo lugar frente a ellos. Trató de no mirar a su hermano, el hermano que siempre había idolatrado, el hermano a quien nunca podría igualar.

Sus sobrinos la tomaron cada uno de un brazo y la forzaron a avanzar. Cuando estuvieron a centímetros de distancia, Erin sonrió con timidez.

—Hola, Liz. Hola, Sean —pronunció.

Liz dio unos pasos y la abrazó.

—Hola, Erin. Me alegra mucho verte finalmente.

Brennan se alejó del lado de Erin y se apresuró hacia su padre. Lo tomó de una mano y empezó a empujarlo hacia los demás.

—Hola —aventuró Sean.

—Hola —respondió Erin.

—Parece que mis hijos son mucho más flexibles de lo que creía.

—No debería sorprenderte, tienen padres muy especiales —replicó ella con una mueca.

Sean se encogió de hombros.

—¿Cómo estás?

—Bien. ¿Y tú?

—Bien. Estoy bien… —vaciló. Bajó la vista hacia sus hijos; ambos lo miraban con intensidad—. Me alegra verte —agregó por fin.

—Gracias —respondió ella, con lágrimas que rodaban por sus mejillas—, me alegra tanto verlos a todos.

—¿Esto significa que tía Erin puede venir a almorzar con nosotros? —sugirió Brennan con una mezcla de exuberancia juvenil e inocencia.

Liz se volteó hacia su esposo; luego bajó la mirada hacia su hijo y le sonrió:

—Si ella tiene ganas, nos encantaría que nos acompañara —respondió—. Y de paso, tú y tu hermano pueden explicarle a su papá cómo es que la tía Erin sabía dónde jugarían hoy —añadió, aunque con una expresión que delataba que ya conocía la respuesta.

Todos se volvieron hacia Sean.

—Eh… ¿quieres venir a almorzar? —preguntó él por fin—. Hay una pequeña pizzería en el centro comercial cerca de Home Depot. Comeremos algo ahí.

Erin miró los rostros suplicantes de sus sobrinos y luego a su hermano.

—¿Estás seguro?

Sean asintió.

—Me encantaría —respondió ella con una sonrisa titubeante—. Y espero que ustedes dos —continuó hacia sus sobrinos—, me cuenten dónde aprendieron a lanzar penales. Estuvieron increíbles.

Echaron a caminar despacio hacia la pizzería.

—¿Por qué no se adelantan, chicos, y piden una mesa para cinco? Puede que esté lleno —sugirió Sean a sus hijos.

Cuando los niños se alejaron, Sean se volvió hacia Erin.

—¿Cómo supiste del juego?

Erin vaciló, no quería meter en problemas a sus sobrinos. Pero antes de que pudiera decir nada, Liz interpuso:

—Está todo bien, Erin. Sé que los chicos te buscaron.

No pudo ocultar su sorpresa.

—¿Lo sabías?

—Sí. Aunque ellos están convencidos de que saben mucho más de computación que sus padres, solo tienen razón a medias —respondió y rio, volviéndose hacia Sean.

—No entiendo nada —intercaló Sean.

Erin miró a Liz, quien asintió con la cabeza.

—Antes del primer partido, los chicos me enviaron un correo electrónico y me invitaron. He ido a otros dos encuentros antes de este.

—¿Los niños te invitaron? —inquirió Sean.

—Ajá. Encontraron mi firma y me escribieron un correo para pedirme que fuera.

Sean se volvió hacia Liz.

—¿Tú sabías que él… eh… lo siento —agregó y miró a Erin con rapidez—, que ella fue a los partidos y no me lo contaste? ¿Por qué?

Liz frunció las cejas.

—Porque te estabas comportando como un idiota con respecto a todo el asunto así que me pareció mejor dejarlo así.

—Supongo que me lo merezco —masculló él.

Erin le sonrió a Liz. Siempre se habían llevado bien, pero ahora presentía que iban a tener una relación mucho más cercana.

—¿Puedo saber cómo te enteraste, Liz? —le preguntó.

De pronto, ella pareció avergonzada.

—Yo fui quien les abrió las cuentas de correo electrónico, y cuando lo hice, puse la opción de que se me enviara una copia de todos los correos. Quiero decir… una nunca puede estar segura.

Caminaron en silencio hasta que Sean se detuvo sin aviso y tomó a Liz del brazo.

—También abriste mi cuenta. ¿Recibes copias de mis correos?

Liz esbozó una sonrisa malvada.

—¿De veras crees que te haría algo así? —respondió con inocencia.

Erin miró a su hermano mayor; no estaba segura de haberlo visto nunca tan desconcertado como en ese momento, y la mejor parte era que eso parecía distraerlo del hecho de estar con ella. Recordó una frase del pasado que ambos usaban a veces cuando una conversación se volvía incómoda.

—¿Cómo van Los Yankees? —aventuró con inocencia.

CAPÍTULO 15

Andrew Barone estiró la mano de manera instintiva y oprimió el botón de repetición de la alarma antes de darse cuenta de que lo que estaba sonando no era la alarma sino el teléfono.

—Hola —respondió mientras lidiaba con el auricular.

—Parece que te desperté.

—No —respondió y reconoció la voz de Ed Champion en el otro extremo—. Tuve que levantarme para atender. ¿Qué hora es?

—Las seis y media.

—¿Las seis y media? Mierda, es domingo por la mañana. Más vale que alguien esté muerto. ¿Qué pasa?

—Tienes que levantarte y salir a comprar los periódicos.

—Me los traen a casa. ¿Por qué? ¿Qué está sucediendo?

—Solo te leeré el titular: Abogado de sospechoso de homicidio es investigado por el Departamento de Justicia por filtración de información.

Barone se despertó de golpe.

—¿Qué? ¿Swisher?

—Ajá.

—¿Quién publicó el artículo?

—Este es del *Times*.

—¿A qué te refieres con este? ¿Hay más?

—Síp, hay artículos en otros tres periódicos.

—¡Mierda! ¿De dónde sacaron la historia?

—No lo sé. Pero parece que hay una filtración en tu investigación sobre la filtración.

—¿Algún indicio de que Swisher sea la fuente?

—No, el artículo está pensado para avergonzarlo a él. Explica por qué se creyó que Swisher era el origen de la filtración sobre las escuchas telefónicas secretas del FBI a los musulmanes después del 11 de septiembre y que por eso se fue de la agencia.

—Carajo. ¿Nadie puede guardar un puto secreto?

—Parece que no.

—¿Perna escribió el artículo del *Times*?

—No, fue Cynthia Neill. No la conozco. ¿Tú?

—No. ¿Se te ocurre quién puede ser la fuente?

Champion rio.

—¿Estás jodiendo, no? O sea, sé que a ustedes en el Departamento de Justicia les gusta creer que están llevando a cabo una investigación clandestina de Swisher muy reservada, pero casi todo el mundo en Newark sabe que algo está pasando. Vamos, hace tres años nos pusieron la Oficina de la Fiscalía y la oficina del FBI en Newark patas arriba. La mayoría pensaba que Swisher era un buen agente y que lo presionaron. Y no es ningún secreto que ustedes empezaron a husmear de vuelta cuando se publicó el libro de Perna. Así que podría ser cualquiera.

—¿Por qué el artículo, entonces? Es obvio que Swisher no le cae bien a alguien.

—El caso de homicidio que se menciona en el artículo...

—¿Sí?

—La víctima era el hijo de un político muy importante de New Jersey.

—¡Espera! ¿El caso del hijo de Will Townsend, al que mató una prostituta?

—Exactamente.

—No entiendo. ¿Qué tiene que ver el caso de homicidio con la investigación de la filtración?

—No estoy seguro. Pero Swisher es uno de los abogados que representan al sospechoso del homicidio, y Townsend no es alguien con quien se pueda joder.

—Dímelo a mí —respondió Barone con un tono que delataba su cansancio—. ¿Estás sugiriendo que Townsend está tratando de neutralizar a Swisher?

—No tengo ni idea. No he seguido la causa para nada. Estoy dedicado a la Operación Jersey, viendo a cuántos políticos podemos atrapar por corrupción. Sé que han tratado de pescar a Townsend, hasta le mandaron un soplón con un micrófono oculto.

—¿Tuvieron suerte?

—Todavía no, y no es que no lo hayan intentado. Quiero decir, ¿qué mejor manera para el jefe de despejar el camino al capitolio que descalificar al político más importante de tu propio partido? Es una manera de eliminar la competencia.

—¿Quieres un consejo? No te expongas. El señor Townsend tiene muchos amigos en esta ciudad. Fue presidente de campaña en New Jersey y prácticamente repartió el estado.

—Ah, créeme, lo sé. Tiene muchos amigos aquí también.

—Bien —dijo Barone—. Pero volviendo a nuestro amigo el señor Swisher. Déjame chequear con la Oficina de Responsabilidad Profesional. Le han intervenido el teléfono. Veré si han levantado alguna conversación.

—De acuerdo.

—Y a modo de aviso, cuando le cuente al delegado del fiscal general sobre la filtración de la investigación de la filtración, estoy seguro de que me dirá que apriete a Swisher.

—Gracias. Esperaré la llamada.

—Bien. Estaré en contacto.

—¿Quieres que haga algo más?

—No, quédate quieto hasta saber de mí.

—Perfecto. No es que pueda hacer mucho.

Erin aceleró hacia Scotch Plains. Corrine había llamado poco antes de las nueve de la mañana con una voz que oscilaba entre la preocupación y el pánico absoluto. Duane había salido a las siete y media a comprar unos bagels y los periódicos del domingo y no había regresado, ni respondía el teléfono. Luego, hacía quince minutos, Ben había llamado y le había dicho a Corrine que era importante que Duane le regresara el llamado lo antes posible.

Erin había llamado a Ben ni bien se subió al coche, e intercambiaron conjeturas a medida que ella conducía. A Erin le parecía una locura, pero Ben especulaba con que el FBI se había llevado a Duane para interrogarlo acerca del artículo. Convinieron en que Ben se contactaría con Ed Champion, primer fiscal adjunto de los Estados Unidos, a quien conocía, y que Erin vería qué podía averiguar en Scotch Plains.

Encontró el automóvil de Duane estacionado en una calle lateral a pocas calles de la casa. Telefoneó a Corrine para contarle la teoría de Ben y luego se detuvo en una tienda para comprar el *Times* y leer el artículo. Después de hojearlo, llamó a Ben.

—Encontré el coche —dijo.

—Yo encontré a Duane —respondió Ben.

—¿Dónde?

—Exactamente donde pensé que estaría. Estoy yendo a buscarlo en este momento.

—¿Quieres que nos encontremos en algún lugar?

—No, me voy a encontrar con Champion en la oficina del FBI en Newark. Una vez que me junte con Duane, nos encontraremos en la casa de él. Tú ve y cuéntale a Corrine lo que está pasando y asegúrate de que esté bien.

Dos horas más tarde, Ben y Duane entraron por la puerta trasera de la cocina, donde Corrine y Erin estaban sentadas a la mesa. Corrine se puso de pie de un salto y lo abrazó. Cuando por fin se separaron, Duane se volvió hacia Erin meneando la cabeza.

—Hola, campeón —dijo Erin antes de que él pudiera hablar—. Como te perdiste cuando fuiste a comprar bagels, te traje algunos. Sírvete —añadió y señaló la bolsa en el mostrador—. También traje copias del *Times*, el *Mirror* y el *Herald*. No es cosa de todos los días que tu socio figure en la parte superior de la página seis del *Times*. Supongo que te molestó que yo fuera la única que recibiera mala publicidad en este caso. Y quisiste compartir protagonismo. —Hizo una pausa, con los ojos en Duane y Ben, esperando que dijeran algo—. ¿Entonces...? —aventuró por fin, cansada del silencio.

—Sinceramente, E —comenzó Duane mientras se servía una taza de café—, Ben y yo lo hemos discutido en el camino hacia aquí. Creo que todos sabemos quién filtró las historias, pero ¿por qué?

—Está tratando de espantarnos para que nos reemplacen por alguien dispuesto a aceptar el acuerdo extrajudicial.

Duane inclinó la cabeza hacia un lado.

—¿No te parece que nos estás sobrestimando demasiado? Quiero decir, no somos lo que se dice un equipo de ensueño. ¿Por qué deshacerse de nosotros? Está lleno de buenos abogados.

—La moción. Creo que tu instinto era correcto. El joven Townsend fue allá a matarla y nuestra moción revolvió el avispero.

—¿Les importaría contarme de qué demonios están hablando? —interpuso Ben—. Si escuché bien, ¿ustedes creen que William Townsend recogió a su cliente con la intención de matarlo… eh… matarla?

Erin se volvió hacia Duane y ambos se encogieron de hombros.

—Sí, esa es nuestra teoría —respondió ella—. Queremos procesar su ADN en el sistema CODIS.

Ben estudió a ambos.

—Lo siento, Corrine, por favor, no lo tomes mal, pero me gustaría hablar con Swish y Erin en privado. ¿Hay algún lugar donde podamos hacerlo? —le preguntó a Duane.

—No, quédense aquí —señaló Corrine—. Yo llevaré a Austin arriba a dormir la siesta.

Después de que Corrine se marchó, Ben los miró con fijeza a los dos y se frotó la mano contra la frente.

—¿Presentaron una moción alegando que Townsend intentó asesinar a su cliente y que él ya ha matado antes?

Erin respiró hondo; tenía el estómago revuelto. Ben era el mejor abogado defensor penal que conocía y no le gustaba cómo sonaba.

—Sí —admitió con la voz entrecortada.

—Saben bien que Townsend es uno de los hombres más poderosos del estado. Si ustedes tienen razón, o si él está preocupado porque ustedes puedan tener razón con respecto a su hijo, no se detendrá ante nada para asegurarse de que la verdad nunca salga a la luz.

—Ben, no estoy segura de qué estás sugiriendo que deberíamos haber hecho —indicó Erin—. Me refiero a que… ¿y si tenemos razón y Townsend trató de asesinar a nuestra clienta? Sharise podría ser condenada a treinta años. ¿Se supone que tenemos que limitarnos a pedirle que se declare culpable?

—No —replicó en voz baja—. Jamás les diría eso. Tienen que hacer absolutamente todo lo que puedan para salvar a su clienta. Lo entiendo. Pero conozco a Townsend. —Se interrumpió y respiró profundo—. No subestimen lo que este hombre es capaz de hacer, y cuiden sus espaldas. Estoy preocupado por ustedes —hizo una pausa—. Y por su clienta. Ya han visto que Townsend puede obtener lo que desea en la prensa, y estoy seguro de que saben que más de un miembro del poder judicial debe su banca a su dadivosidad. Pero no es la mala prensa ni los malos jueces lo que me preocupa. Ustedes son buenos abogados, tienen grandes carreras por delante, pero son como mosquitos provocando a un león.

Era tarde cuando Erin finalmente regresó a su apartamento. Después de que Ben se marchó, se quedó con Swish, Cori y Austin viendo cómo Los Gigantes perdían con un gol de último minuto y, más tarde, ordenaron comida china.

Mientras subía las escaleras, reprodujo en su mente los hechos del día... extraños, incluso según sus normas. Cuando llegó a lo alto de la escalera, se detuvo con brusquedad. Buscó dentro de su bolso y extrajo su teléfono y el gas pimienta con la mano temblorosa.

—911. ¿Cuál es su emergencia?

—Hola, operadora. Mi nombre es Erin McCabe. Vivo en el 27A de North Avenue —hizo una pausa—. Acabo de llegar a mi casa y hay una nota amenazante clavada en la puerta de mi apartamento con una navaja.

—¿Hay alguien dentro?

—No lo sé, pero por la nota en la puerta, lo dudo. De todas maneras no entraré hasta que venga un oficial de la policía.

—¿Dónde se encuentra ahora, señorita McCabe?

—De pie frente a la puerta.

—De acuerdo. Tal vez sea mejor que salga del edificio. Enviaré a un oficial de policía en unos minutos para que revise el apartamento.

—Gracias.

Erin estudió la escena: una nota clavada en la puerta con una navaja similar a la que había descripto Sharise. La hoja de la navaja y el papel estaban manchados con una sustancia que parecía sangre. La nota, mecanografiada e impresa, estaba escrita en mayúsculas.

QUÉ LÁSTIMA QUE NO TE ENCONTRÉ,
PERO NO TE PREOCUPES, VOLVERÉ
QUIERO AVERIGUAR SI AHORA TIENES UNA CONCHA,
Y SI LA TIENES,
QUIERO ASEGURARME DE QUE LA USES.

Antes de guardar su teléfono, Erin tomó varias fotografías de la nota. Sabía que sería confiscada como evidencia y quería mostrársela a Swish.

Cuando terminó, se volvió y empezó a bajar las escaleras tan rápido como pudo. Para cuando llegó a la puerta de calle, un vehículo policial estaba frenado en la esquina, con las luces intermitentes prendidas. Erin salió del edificio y el oficial se bajó del coche y se acercó por la acera.

—¿Usted llamó al 911? —inquirió.

—Sí, oficial —respondió Erin, gratamente sorprendida por el hecho de que la oficial era una mujer de algo más de un metro setenta de altura y con aspecto de poder cuidar de sí misma—. Mi nombre es Erin McCabe. Hay una nota amenazante en la puerta de mi apartamento.

—¿Ha entrado en el apartamento?

—No —respondió—. Pero cuando vea la puerta, sospecho que entenderá por qué.

—De acuerdo. ¿Cuál es su apartamento?

—Hay que subir dos pisos… —vaciló Erin y miró la placa con el nombre de la oficial—, oficial Montinelli.

—¿Puede mostrarme alguna identificación, señorita McCabe, que confirme que usted vive aquí? —Montinelli anotó cierta información de la licencia de conducir y se la devolvió a Erin—. Muy bien. Quédese aquí que yo revisaré el lugar. ¿La puerta está con llave?

—Debería estarlo, pero no intenté abrirla. —Buscó en su bolso y entregó la llave a Montinelli.

—¿Tiene mascotas? —preguntó la oficial.

—No.

Unos diez minutos más tarde, Montinelli regresó y le entregó la llave a Erin.

—No hay nadie dentro —precisó—. Pero es obvio que alguien entró por la fuerza. Daré aviso y luego subiremos juntas para que usted pueda echar un vistazo, pero sin tocar nada.

Erin aguardó mientras la oficial llamaba por radio a la estación de policía.

—Central, acá 302.

—Sí, 302, acá Crammer. ¿Qué tienes?

—Parece una entrada forzada; hay una nota amenazante clavada en la puerta con una navaja de quince centímetros.

—¿Ubicación?

—27 de North Avenue, tercer piso. Envía un equipo forense para que examine el lugar y la nota.

—De acuerdo. Enviaremos ayuda.

—Comprendido.

—Hola, Swish. Soy Erin. Lamento molestarte pero alguien visitó mi apartamento hoy mientras estaba contigo y necesito un lugar donde pasar la noche… No, estoy bien, te explicaré cuando llegué allí. Pero entre lo que te sucedió hoy a ti y esto, tenemos que hablar, porque de verdad me estoy empezando a enojar.

CAPÍTULO 16

ERIN NO PODÍA EVITAR PREGUNTARSE si esta recién descubierta sensación de vulnerabilidad era alguna especie de venganza kármica por todos los años que se había pasado interrogando a las víctimas de los crímenes de sus clientes. ¿Cuántas veces había tratado de impugnar testimonios de que el sentimiento de haber sido violentado había persistido mucho tiempo después de que el crimen había sido cometido? Ahora comprendía cómo el hecho de que alguien invadiera tu espacio distorsionaba tu sensación de seguridad e infundía temor en el preciso lugar en el que una debería sentirse más segura… el propio hogar.

El domingo por la noche se quedó con Swish y Cori, mientras la policía registraba su apartamento en busca de pistas. El lunes por la tarde se reunió con dos detectives, uno del Departamento de Policía de Cranford y el otro de la Oficina de la Fiscalía del condado de Union. Conocía al tipo del condado, Nick Conti, de sus épocas de defensor público. Por supuesto, en ese entonces eran Ian, y el detective Conti no pareció muy entusiasmado con el rencuentro.

Salvo determinar que quienquiera que hubiera forzado la entrada había subido por la escalera de incendio y había roto la ventana del dormitorio, no encontraron nada —ninguna huella, ningún cabello, nada— lo cual apuntaba a un profesional. Tampoco era muy difícil entrar en el apartamento. La escalera de incendio estaba en un callejón trasero desierto lleno de contenedores de basura y era bastante sencillo subirla sin ser visto ni oído, en especial porque el otro apartamento en el edificio estaba vacío.

Erin les explicó que tenía que estar relacionado con la causa Barnes, aunque más no fuera por el hecho de que la nota estaba clavada en la puerta con una navaja que era casi idéntica a la que había matado a Townsend. Los detectives la escucharon con amabilidad y luego descartaron su "teoría" con actitud condescendiente, con el argumento que era más probable que se tratara de algún chiflado que hubiera leído alguno de los artículos en los periódicos. Cuando Erin señaló que pensaban que la persona que lo había hecho era un profesional, no parecieron impresionados con su lógica. Y cuando por fin se dio cuenta de que la investigación acabaría allí, solicitó copias de los informes policiales y se marchó.

Tras la entrevista con los detectives, Swish logró convencerla de que se quedara con ellos la noche del lunes para darle tiempo al dueño del apartamento a que el martes instalara alarmas y colocara un vidrio templado nuevo en la ventana. Cuando Erin se preparaba para regresar a su casa el martes, Duane fue a su oficina.

—¿Por qué no te mudas? Puedes quedarte con nosotros mientras buscas algo.

Erin le dirigió una sonrisa sardónica.

—Si quien hizo esto me busca de nuevo, lo hará de una manera diferente. Mientras nosotros nos protegemos de la última amenaza, los chicos malos ya están diseñando un plan distinto. Estaré bien. Pero creo que deberíamos instalar un sistema de seguridad en la oficina.

—Estoy de acuerdo.

—Y estoy preocupado por ti y por Cori. No sé qué tan loco es este hijo de puta, pero ya escuchaste a Ben. No se detendrá ante nada. Tienen que pensar en Austin.

—Estamos bien. Cori tiene un permiso de portación de cuando yo estaba en el FBI y a decir verdad, dispara mejor que yo —dijo Swish y se tomó el labio inferior con el pulgar y el índice—. Ya sé lo que piensas sobre las armas, pero tal vez quieras considerar la posibilidad de conseguir una.

—Swish, tú y yo sabemos que un arma no me servirá para una mierda. Para cuando logre tomarla, ya estaré jodida.

Duane frunció el entrecejo y cerró los ojos, pero no discutió con ella.

—¿Te vas para tu casa? —preguntó por fin.

—Sí.

—Te acompañaré. Buscaré unas cosas y te encontraré en la puerta de entrada.

—¿Qué es eso? —preguntó Erin, mientras caminaban hacia su apartamento.

—Me permitirá saber si hay algún dispositivo de escucha en tu apartamento.

—¿En serio? —exclamó ella con incredulidad.

Mientras subían las escaleras, Duane le pidió que estuviera atenta para ver si notaba algo fuera de lugar, algo que la policía pasaría por alto, pero que siguiera hablando con normalidad. Mientras él echaba un rápido vistazo en busca de dispositivos de escucha, Erin empezó a escudriñar a su alrededor.

—¡Dios santo, qué enfermo asqueroso! —exclamó, con la voz teñida de disgusto e indignación.

—¿Qué?

Levantó un consolador grande para que Swish lo viera.

—Esto no es mío —declaró—. ¡Jesús, que maldito enfermo! No solo entra a la fuerza en mi casa sino que hurga en la gaveta de mi ropa interior y me deja un consolador.

Él asintió con la cabeza y siguió utilizando el dispositivo en su mano, yendo del baño a la sala de estar y luego al dormitorio. Al acercarse al teléfono sobre la mesita de noche, las luces en el aparato empezaron a parpadear. Duane le hizo una seña para que continuara hablando, mientras desatornillaba el auricular. Luego se enderezó, verificó una lámpara y se dirigió a la cocina. Esta vez quitó el teléfono de su base en la pared y observó cómo el medidor en su dispositivo se iluminaba como un árbol de Navidad.

Cuando terminó de caminar alrededor del apartamento, señaló la puerta.

—No veo nada raro excepto tu nuevo juguete sexual —dijo—. ¿Tomamos un café? Todavía pienso que deberías quedarte con nosotros esta noche.

Erin asintió con la cabeza para indicar que entendía.

—Con respecto a otra noche de estadía en casa de los Swisher… paso. Pero te invitaré un café a modo de agradecimiento por tu hospitalidad.

Cruzaron la calle y se acomodaron en la mesa del fondo que ya se había vuelto familiar para Erin.

—Hay dos, en los teléfonos. Se activan cuando hablas por teléfono. Pero no registran las conversaciones en el apartamento. Así que solo asegúrate de no usar la línea fija a menos que quieras que alguien te escuche.

—¿Por qué intervenir mis teléfonos? —preguntó ella y bebió un trago de café.

—Supongo que para controlarte de cerca —se interrumpió de improviso y su expresión reveló enojo y preocupación.

—¿Qué? —inquirió ella.

—Carajo. ¿Cómo puedo ser tan estúpido?

—La oficina —aventuró Erin.

—Si intervinieron tus teléfonos, estoy seguro de que hicieron lo mismo con los de la oficina.

—Ay, mierda…

—Lenore —precisó Duane, completando el pensamiento de ella—. Me llamó ahí.

—¿Tienes el número que te dio?

Duane abrió su móvil y se desplazó por sus contactos.

—Sí, lo tengo.

La llamada pasó directamente a un correo de voz genérico.

—Hola, mi nombre es Duane Swisher. Soy un abogado de New Jersey. Lenore Fredericks me dio este número por si necesitaba ubicarla. Tengo que hablar con ella. Es urgente. Por favor, que me llame al 908-555-0137 lo antes posible. Es mi teléfono móvil. Por favor, que no llame al número de mi oficina. Gracias. —Colgó—. Mierda, ¿por qué no se me ocurrió antes?

—No te mortifiques, Swish. Ni siquiera sabemos si hay micrófonos ocultos en la oficina. Hace casi diez años que me dedico a esto y nunca se me ocurriría que alguien pudiera intervenirme los teléfonos. Es insólito. Así que no saquemos conclusiones apresuradas.

—Está bien… pero este no es cualquier caso, es diferente.

—¿Hace cuánto que hablaste con ella?

Duane hizo una pausa.

—Presentamos la moción hace diez días, así que habrá sido una semana antes de eso… unas dos semanas y media.

—Escucha, entraron en mi casa y me intervinieron los teléfonos recién el domingo, así que tal vez estemos a salvo.

—Puede ser, pero sospecho que intervenir las líneas no era el objetivo principal. Los dos sabemos que el objetivo principal era matarte de un susto.

—Misión cumplida —declaró Erin.

Duane empujó su silla hacia atrás.

—Si hay micrófonos en la oficina, necesito saberlo, y encontrar a Lenore lo antes posible.

—Iré contigo —se ofreció Erin y lo siguió fuera de Fundamentos Legales.

Dos horas más tarde, estaban sentados en la oficina de Ben, después de que Duane la hubiera registrado ni bien llegaron. Ya habían descubierto micrófonos ocultos en sus propias oficinas y teléfonos.

Ben entrelazó las manos detrás de la cabeza y se reclinó hacia atrás en la silla.

—A ver, están dando por sentado que los micrófonos están relacionados con el caso Townsend. Pero también existe la posibilidad de que el FBI los esté escuchando por el caso de la filtración.

—Vamos, Ben, eso no tendría demasiada lógica —replicó Duane—. Si hubiera una orden judicial, habrían ido directamente a la compañía telefónica. Había micrófonos en los auriculares de los teléfonos, en las dos oficinas, y en la sala de conferencias.

—Ajá, pero están suponiendo que sus colegas en el Departamento de Justicia respetan las reglas del juego.

Duane negó con la cabeza.

—No, la investigación sobre la filtración está siendo manejada fuera de Washington DC Pueden ser unos jodidos, pero suelen respetar las reglas.

—Ben, hazme un favor, busca a Lenore Fredericks en Internet a ver si obtienes algún resultado —le pidió Erin.

Ben se volvió, tipeó el nombre en Yahoo y esperó. Se desplazó de manera descendente por la lista de resultados y meneó la cabeza.

—Nada.

—Gracias —dijo ella, aliviada.

—Tengo que intentar encontrar a Lenore —insistió Duane—. ¿Puedo hacer una llamada desde tu sala de conferencias, Ben? En este momento, tu oficina es el único lugar que sé que está libre de micrófonos.

—Seguro.

Erin se estaba cepillando los dientes cuando oyó que sonaba su teléfono móvil.

—Hola. ¿Alguna novedad?

—Está muerta.

—¿Qué?

—Lenore está muerta.

Erin se deslizó con lentitud por la pared hasta quedar sentada en el suelo del baño.

—¿Cómo lo sabes?

—Hablé con un agente que conozco en la delegación de Vegas. Es a quien llamé desde la oficina de Ben. Acaba de devolverme la llamada. Ingresó como NN hace dos semanas. El Departamento de Policía de Las Vegas logró identificarla por las huellas dactilares.

—¿Causa de muerte?

—Cayó desde la terraza de un edificio de veinte pisos.

—Joder —musitó Erin, casi en silencio. Inhaló profundo y trató de ordenar sus pensamientos—. ¿Algún sospechoso?

—El Departamento de Policía de Las Vegas dictaminó que fue un suicidio.

—¡Qué! —exclamó—. ¿Cómo puede ser? Hay un error.

—Por lo que me contó mi amigo, no hubo testigos, y el médico forense hizo una revisión exprés y no halló signos visibles de nada raro.

—¿Cómo demonios iba a encontrar algo raro si la empujaron de un edificio de veinte pisos?

—El informe de toxicología estará recién dentro de quince o veinte días, pero apuesto que dará positivo para heroína. Le metes unas rayas, la llevas a la terraza y la empujas. Fin de la testigo.

Erin empezó a llorar. No conocía a Lenore, ni siquiera había hablado con ella, pero ahora estaba muerta y lo único que había hecho para terminar así era llamar a Swish para ayudar a Sharise. No podía parar de imaginar a esta mujer indefensa agitando los brazos mientras trataba desesperadamente de volar antes de chocar contra el suelo.

—Lo siento, Swish, no sé qué decirte. —Se estiró para tomar papel higiénico del rollo y se sonó la nariz.

—Nos están dando una paliza, E. Están jugando con nosotros. Son profesionales y nosotros meros aficionados. Y si de alguna manera logramos emparejar el partido, darán por terminado el juego. Sharise acabará igual que Lenore... muerta. Y lo peor es que no podemos hacer nada para detenerlo.

—Necesitamos un plan.

—Sí, claro, buena suerte con eso. Es difícil tener un plan cuando la otra parte tiene todas las cartas y además decide las reglas.

Después de que cortaron, Erin no logró encontrar fuerzas para levantarse del suelo del baño. El ventilador extractor continuó zumbando, mientras ella permanecía ahí sentada, con los brazos en las rodillas y la cabeza en las manos. Las piezas estaban allí, pero se sentía demasiado exhausta para deducir cómo hacerlas encajar. Los micrófonos en los teléfonos, la muerte de Lenore, los artículos en los periódicos, estaba todo allí, pero acudir al fiscal podía no llevarla a ninguna parte o, peor, podía llevarla directamente a Townsend.

CAPÍTULO 17

—Te ves horrible —señaló la madre de Erin.

Ella hizo una mueca; la franqueza de su madre siempre estaba a la orden del día.

—Gracias, mamá. Las últimas semanas han sido largas.

—Eso parece. Cancelaste dos desayunos seguidos y apareces esta mañana con cara de haber dormido tres horas.

—Dos, pero ¿quién lleva la cuenta?

La expresión de su madre cambió y las comisuras de sus ojos se arrugaron con temor.

—Me preocupas. ¿Qué está pasando?

—Hemos estado ocupados con el caso y hemos tenido algunos problemas. Pero antes de que te cuente, dime, ¿has hablado con mi hermano hace poco?

—Brevemente. Me llamó el domingo a la noche para saludarme.

—¿Y?

—Me contó que te vio en el partido y que los chicos estaban lo más bien contigo. En realidad, dijo que los chicos estaban muy contentos de verte y que hicieron que él y Liz se reunieran contigo después del partido. Comentó que le sorprendió lo bien que te veías y que parecías estar bien. Me dio la impresión de que le resultó un poco raro verte como Erin, pero que a la larga todo estará bien.

—Vaya. ¿Y por qué te dio esa impresión?

—Porque me dijo que le resultó un poco raro verte como Erin, pero que a la larga pensaba que todo estaría bien.

Erin cerró los ojos e inhaló.

—Eres lo más.

—Oh, vamos. Hablé con Liz durante un largo tiempo, eso sí, y también estaba muy feliz de verte. Me dijo que cuando tu hermano vio que los niños te aceptaban con tanta facilidad, se sintió hasta un poco avergonzado por cómo ha actuado. Según Liz, Sean estará bien.

—Me alegra oír eso.

—A mí también. Facilitará las cosas para el Día de Acción de Gracias.

Erin miró a su madre con expresión intrigada.

—¿Qué pasa con el Día de Acción de Gracias?

—Será la primera vez que estaremos todos juntos desde que hiciste la transición.

—¿Y cuándo pensabas contarme que nos reuniríamos para el Día de Acción de Gracias?

—Acabo de hacerlo.

—Tal vez tenga otros planes —aventuró. No estaba segura de estar preparada para enfrentar a su padre. Dos años atrás, él había dejado dolorosamente en claro que no quería verla, y aun cuando ahora estuviera listo, lo cual Erin dudaba, no sabía si ella lo estaba.

Peg la miró con fastidio.

—¿Cómo reaccionó papá a esta reunión familiar? —prosiguió Erin, todavía con la esperanza de que hubiera una salida.

—No reaccionó. Todavía no le dije nada.

—¿Vas a hacerlo o voy a aparecerme y sorprenderlo?

Su madre hizo una pausa momentánea, lo que hizo pensar a Erin que de hecho estaba contemplando esa posibilidad.

—Todo a su debido tiempo, querida.

—No te quiero apresurar, mamá, pero faltan dos semanas para el Día de Acción de Gracias.

Peg sonrió a su hija.

—La cena estará a las seis. Así que puedes llegar a las cinco para un cóctel.

—¿Cómo piensas convencer a papá, con sexo y cerveza otra vez?

Su madre hizo otra pausa.

—Quizás con sexo y tequila.

—No sabía que papá tomaba tequila.

—No toma. El tequila es para mí. —Sonrió a su hija—. A propósito, ¿cómo te fue con la cita?

Erin bajó la cabeza.

—No me fue —murmuró—. Canceló.

No levantó la cabeza, pero podía sentir la mirada de su madre.

—Lo siento, no lo sabía.

—No tienes que disculparte —respondió, con un esfuerzo para que su mueca pasara por una sonrisa—. No lo sabías porque no te conté. Supongo que entiendo por qué la canceló. Quiero decir, ¿quién quiere salir con alguien que todo el mundo sabe que es trans? Tiene lógica.

Peg se estiró a través de la mesa y le tomó la mano con gentileza.

—Eres una hermosa mujer, por dentro y por fuera. Y ya sea con un hombre o con una mujer, espero con todo mi corazón que encuentres a alguien a quien no le importe nada toda esa basura y te ame por quien eres.

Erin se mordió el labio y trató de no quebrarse.

Después de todo lo que había atravesado en los últimos cuatro años, se jactaba de poder lidiar con cualquier cosa; ahora no estaba tan segura. Entre la falta de sueño, el estrés del caso y todo lo que estaba pasando a su alrededor, sentía que empezaba a desmoronarse. Su fachada de piedra se había convertido de pronto en arcilla endurecida, y se disolvía con cada segundo.

Estaba tan perdida en sus pensamientos que ni siquiera se dio cuenta de que su madre se había deslizado junto a ella en el cubículo. Peg la rodeó suavemente con los brazos y la atrajo contra su hombro.

—Me parece que estás más sobrecargada de lo que estás dispuesta a admitir. Cuéntame… por favor.

Despacio, Erin empezó a describir lo que había sucedido en las últimas semanas, aunque decidió restar importancia a la entrada forzada en su apartamento y no comentar sobre la nota. En última instancia, también decidió no mencionar la caída de Lenore de un edificio de veinte pisos; su madre ya estaba bastante ansiosa como para sumarle más motivos.

—Han sido semanas difíciles —concluyó—. Ah, a propósito, debes llamarme únicamente al móvil. Todos mis otros teléfonos están intervenidos.

Su madre se quedó mirándola con intensidad tanto tiempo que Erin empezó a sentirse incómoda.

—Lamento mucho que estés pasando por todo esto —manifestó por fin—. Y adivino que hay cosas que no me has contado.

—Gracias, mamá. Estaré bien.

—Sospecho que ninguna de las dos cree eso.

—No creo que ninguna de las dos tenga otra opción —retrucó Erin.

Más tarde, mientras caminaba los doscientos metros que separaban el restaurante de su oficina, Erin se devanaba los sesos para encontrar opciones que no los perjudicaran a ellos ni a Sharise. Si recurrían al fiscal general del estado o a la Oficina de la Fiscalía, Townsend seguramente se enteraría, y ya había demostrado ser capaz de mandar asesinar a alguien. ¿Y si había hecho matar a Lenore, por qué no a Sharise?

El FBI tampoco era una alternativa viable. Por empezar, estaban investigando a Duane, y eso justamente no los convertía en un socio muy atractivo. Y ni qué decir que el fiscal general Jim Giles era un republicano como Townsend. Y aun cuando lograran llegar a alguien, el único delito federal que podían alegar era la violación de los derechos civiles de Sharise. Giles era un conservador reconocido, por lo que Erin no imaginaba que su oficina se tomara muy en serio el calvario de una prostituta transgénero, en especial cuando enfrentaba un cargo de homicidio. Si Townsend les había intervenido los teléfonos, siempre tenían la posibilidad de acusarlo de violación de la Ley de Escuchas, ¿pero acaso Giles usaría eso para ir tras Townsend? No era probable.

Le quedaba una última idea, pero considerarla remota era ser generosa.

—Hola —exclamó al entrar en la oficina de Duane.

Él levantó la cabeza, con la mirada en blanco por la falta de sueño.

—Hola —respondió—. Te ves horrible.

—Parece haber mucho consenso con respecto a eso. Pero vamos, el muerto se ríe del degollado. Tú te ves bastante horrible también.

Duane trató de sonreír, pero su fuerza de voluntad no quiso cooperar.

—Me siento peor de lo que me veo —admitió, con tono decaído y resignado.

—¿Se te ocurrió algo? —preguntó ella.

—Nada. ¿A ti?

—Una posibilidad remota que requiere mucho esfuerzo de tu parte; es todo lo que tengo.

—Te escucho.

—¿Recuerdas que había dos muestras parciales de semen, una que coincidía con Sharise y la otra con Townsend?

—Ajá...

—Bueno, supongamos que las introducimos en la base de datos como muestras no identificadas.

Una pequeña sonrisa se dibujó en el rostro de Duane.

—Tienes razón, sería una tarea larga y tediosa pero... —Empezó a reírse—. Dios mío, hablando de posibilidades remotas.

—¿Cuántos asesinatos hubo cerca de donde vivía Townsend?

—Seis en los últimos cinco años —dijo Duane. Se volvió hacia su computadora y abrió la hoja de cálculo—. Ahora todo lo que tenemos que hacer es esperar que se haya recuperado ADN del sospechoso en alguna de esas investigaciones.

—Y que ese ADN coincida con el semen encontrado en la ropa interior de Sharise —agregó Erin—. Como el ADN del semen es solo parcial, no será concluyente, pero sí podría ser suficiente para exigir que el perfil completo del ADN de Townsend se ingrese en el sistema. Vamos, Swish, he oído decir que eres famoso por tener éxito con posibilidades remotas.

CAPÍTULO 18

Había momentos en que Erin se preguntaba qué la había llevado a convertirse en una abogada defensora penal. Tal vez fue el sueño de habitar el mundo de Atticus Finch y Clarence Darrow, aunque su realidad no se correspondía con las quijotescas batallas legales que se libraban en aquellos procesos judiciales ficticios y no ficticios.

No, el mundo real de un abogado defensor no era para los débiles del corazón, ni tampoco particularmente bueno para el ego. Erin podía contar con los dedos de una mano las veces en que había entrado en un tribunal esperando ganar. La balanza siempre parecía inclinarse en contra de su cliente. Por supuesto, estaban los "derechos" constitucionales de los que supuestamente gozaban los acusados: el derecho de permanecer callado, el derecho a la defensa, la presunción de inocencia... ¿pero acaso alguien alguna vez presumía de verdad que un acusado era inocente? Después estaba el tema de los recursos, de los que la mayoría de sus defendidos carecía. Incluso en un caso como el de Sharise, quien contaba con recursos, estaban los factores intangibles, como jueces que habían sido fiscales en los inicios de sus carreras o que estaban en deuda con políticos que habían contribuido a su designación.

Solo por una vez, Erin quería saber qué se sentía cuando las posibilidades se inclinaban a su favor. Revisó sus notas por última vez antes de que el juez Redman tomara el estrado; sabía que hoy no sería ese día.

Sharise estaba sentada junto a ella con el habitual uniforme naranja. Si llegaban a juicio, se le permitiría usar ropa normal, pero hasta tanto, debía comparecer en el juzgado con el uniforme con *S. Barnes* bordado en la espalda.

Erin observó a su clienta y advirtió que hacía rebotar su pierna derecha nerviosamente hacia arriba y hacia abajo, como si marcara el ritmo de una canción que solo ella podía escuchar.

Había decidido no contarle sobre Lenore. ¿Qué ganaría con eso? En vista de lo que sentía Sharise con respecto a sus probabilidades de sobrevivir, ¿para qué darle más motivos para pensar que sus días estaban contados? Mejor dejarla aferrarse a la poca esperanza que tuviera de que podría existir una manera de salir de la cárcel con vida.

—Todos de pie. El Tribunal Superior de New Jersey entra en sesión. Preside su señoría, el juez Robert Redman.

Redman, con una calva incipiente y sobrepeso, caminó sin prisa hasta el estrado con un montón de papeles en la mano.

—Tomen asiento —entonó antes de siquiera llegar al escalón superior. Dejó caer los papeles en el estrado y se sentó con lentitud—. ¿Hay alguien en la sala que no sea abogado o parte en la causa *el Estado contra Samuel Barnes*?

Erin se volvió para mirar por sobre su hombro y reparó en un individuo con expresión muy severa sentado en la primera fila detrás de Taylor y Carmichael.

—Su señoría —comenzó Taylor y se puso de pie—. Justo detrás de mí se encuentra Michael Gardner. Es el abogado personal de William Townsend, padre de la víctima. El señor Townsend no podía estar hoy aquí presente pero solicitó que se autorizara la presencia de su abogado.

—No hay problema, señorita Taylor. De acuerdo, oficial de sala, por favor, cierre la puerta del recinto. Como los abogados ya saben, he emitido una orden para sellar el registro sobre esta moción, y esta audiencia permanecerá cerrada al público, puesto que considero que la necesidad de proteger la privacidad de la familia de la víctima de esta moción frívola excede por mucho el derecho del público a saber.

Las palabras "moción frívola" fueron como un cachetazo en la cara; sin embargo, la expresión de Erin no se inmutó. "Tienes que asegurar el mejor auto apelable que puedas", se recordó a sí misma y esperó a que Redman continuara hablando.

—Comparecientes, por favor.

—Bárbara Taylor y Roger Carmichael por el Estado, su señoría.

—Erin McCabe por el acusado, quien ahora responde al nombre de Sharise Barnes, su señoría.

Redman se quitó los lentes y miró a Erin.

—¿El señor Barnes ha cambiado su nombre legalmente, abogada?

—No, su señoría, todavía no. Ya ha iniciado ese proceso. Pero la jueza Reynolds había estado de acuerdo en que, por lo menos fuera de la presencia del jurado, honraría el nuevo nombre de la *señorita* Barnes.

—Bien, abogada, en caso de que no se haya dado cuenta, la jueza Reynolds ya no está a cargo de esta causa. Yo lo estoy.

"Claro que me he dado cuenta".

—Y —continuó el juez—, acostumbro referirme a los acusados por su nombre legal y el que se utiliza en el auto de procesamiento. De modo que ante mí comparece el señor Samuel Emmanuel Barnes, y así es cómo será llamado en mi juzgado. ¿Soy claro, abogada?

—Sí, muy claro, su señoría —replicó, con la esperanza de que su desprecio no fuera demasiado obvio.

Erin tomó asiento y Redman prosiguió:

—Tengo ante mí dos mociones. Una es para que ordene a la Oficina de la Fiscalía que entregue muestras de sangre de la víctima tomadas de la escena del crimen para que sean procesadas en el Sistema de Índice Combinado de ADN a fin de determinar si la víctima figura en el sistema como autor de un hecho delictivo. El acusado ha manifestado que actuó en defensa propia; la declaración de un empleado del motel que afirma que la víctima estuvo antes en el motel y, por último, tengo un análisis de homicidios no resueltos de… —se interrumpió y dibujó unas comillas en el aire— "prostitutas transgénero" que fueron asesinadas en los últimos cinco años en sitios cercanos al lugar donde vivía la víctima de este crimen.

"La segunda moción solicita el traslado del acusado, un masculino de diecinueve años, a una prisión de mujeres. El acusado también solicitó recibir tratamiento médico en forma de hormonas femeninas. Se han presentado informes de Mary O'Connor, doctora en medicina, y de Jamal Johnson, un asistente social, en los que se alega que el acusado padece "disforia de género" y que en realidad es una mujer a pesar de que le fue "asignado el sexo masculino al nacer". En oposición, el Estado ha presentado un informe del doctor Sydney Singer, quien examinó al acusado y determinó que se trata de un masculino biológico que sufre de delirios, ya que cree ser una mujer a pesar de que es, en todo sentido, un hombre. El doctor Singer opina que sería inapropiado alojar al acusado en una prisión de mujeres y que proveer hormonas femeninas a un masculino podría derivar en mala praxis y no resulta médicamente necesario ni conveniente.

"En primer lugar, una pregunta procesal. ¿Señorita Taylor, a los efectos de esta moción, usted representa a la Oficina del Alguacil?

—Sí, su señoría.

—Gracias. Señorita McCabe, como dije, he asumido esta

causa recientemente. Sin embargo, en los días cercanos a la lectura de cargos, leí artículos en los medios que indicaban que usted también es transgénero. ¿Es eso correcto?

Erin esperó que su suspiro no fuera audible. Se puso de pie y miró directamente a Redman.

—No estoy segura de que sea relevante, pero sí, soy una mujer transgénero, su señoría. Y la palabra *transgénero* es un adjetivo, no un sustantivo.

—Gracias. Quiero ser claro. Entiendo que usted ha cambiado legalmente su nombre, su matrícula profesional y todo lo demás. De manera que tiene derecho a ser llamada señorita McCabe en este juzgado. Sin embargo, en lo que respecta a su cliente, según el doctor Singer, es un hombre biológico, es decir, posee genitales masculinos. Y eso es lo único que importa.

—¿Y cómo sabe que yo no, su señoría?

Redman pareció desconcertado e irritado por la interrupción.

—¿No qué?

—Que no tengo genitales masculinos —respondió Erin.

El rostro de Redman empezó a encenderse:

—¿Qué? —exclamó, subiendo el tono de voz—. Lo que usted tenga, señorita McCabe, no es de mi incumbencia. Usted no es la persona detenida. Su cliente es un hombre… fin de la discusión. Por lo tanto, aun cuando tuviera la autoridad para decirle al alguacil dónde alojar a su cliente, que creo que no tengo, jamás podría ordenar que el acusado fuera trasladado a una cárcel de mujeres. También concuerdo con la conclusión del doctor Singer en cuanto a que el condado no tiene ninguna obligación de pagar la cuenta de los delirios de su cliente y proveer hormonas al acusado.

—Solicito ser escuchada con respecto a esta moción, su señoría.

—No, ya me he expedido.

—¿Puedo al menos hacer una propuesta a los efectos de la apelación?

—No, abogada. Ya he dictaminado.

—Su señoría…

—Abogada, no quiero oír ni una palabra más de su parte, de lo contrario el alguacil decidirá en qué celda pasará usted la noche. Ya me he pronunciado. ¿Soy claro? —Erin lo miró con fijeza; su lenguaje corporal revelaba su desdén—. ¿Va usted a responderme, abogada?

—Su señoría me ordenó no pronunciar ni una palabra más. Solo intentaba seguir las instrucciones.

Redman la miró con furia.

—Si está intentando provocarme, abogada, lo está haciendo muy bien.

—No es mi intención en absoluto —hizo una pausa—. Solo intento acatar lo que su señoría me pidió —dijo. "Y vete a la mierda tú y tu madre que te parió".

Redman inhaló y revisó sus notas.

—En cuanto a lo que denominaría la moción CODIS, abogada, la escucho.

—Muchas gracias, su señoría —respondió Erin—. Antes de ir al fondo de la cuestión, quisiera hacer constar en actas que en sus observaciones de apertura, su señoría se refirió a la muerte del señor Townsend como un homicidio y se refirió a él como la víctima. Con todo el debido respeto —añadió, sabiendo que ya no sentía ningún respeto por él—, si el señor Townsend fue o no asesinado es lo que esta causa intenta determinar. Asimismo, si el señor Townsend fue o no una víctima es parte de lo que esta moción intenta establecer. Por último, usted ha señalado que debía proteger a la familia de la víctima de esta moción frívola, lo que por cierto parece indicar que su señoría ya ha decidido sobre el fondo de la moción. —Hizo una pausa y miró a Redman, pero el juez se rehusó a establecer contacto visual con ella—. Como espero que su señoría pueda apreciar —prosiguió, convencida de que no existía ninguna posibilidad en el mundo de que eso fuera posible—, mi clienta afirma haber actuado en defensa propia.

—Cliente —interrumpió Redman.

Erin entrecerró los ojos, desorientada por la interrupción.

—Lo siento, ¿su señoría?

—Se refirió a su cliente como "clienta". Ya he dictaminado que su cliente es un cliente.

Erin esbozó una sonrisa atónita. "Vamos por todo".

—Su señoría, entiendo que ya se ha pronunciado, pero eso no cambia quién es mi clienta, del mismo modo que afirmar que usted me tratará como una mujer no cambia quién soy yo. A ambas nos fue asignado el sexo masculino al nacer. El hecho de que yo haya podido beneficiarme de ciertas intervenciones médicas no eleva mi condición por encima de la de ella. Las cirugías no hacen que las personas sean más o menos transgénero. Lo que determina el género es lo que hay aquí —agregó y señaló un lado de su cabeza— y no lo que hay entre las piernas de las personas. Lo único que puede hacer una cirugía es modificar la apariencia externa de alguien. Y salvo por las afectaciones sociales que todos desplegamos a diario, las cirugías son irrelevantes para quien yo soy y para quien es mi clienta. Somos iguales. Así que del modo como la trate usted a ella, así debe tratarme a mí. Si va a insistir en que cuando yo me refiera a mi clienta utilice pronombres masculinos que no reflejan quien es *ella*, pues entonces insistiré en que el tribunal se refiera a mi persona con pronombres masculinos también, aun cuando no reflejen quien soy.

Redman deslizó los dedos por su cabello ralo y alzó la mirada al cielorraso con exasperación.

—No voy a entrar en esto ahora. Por favor, continúe.

Erin bajó la vista a sus notas y al hacerlo, advirtió que Sharise la miraba con una sonrisa.

—Gracias, su señoría. Como indiqué, mi clienta sostiene que actuó en legítima defensa —expresó Erin, con un énfasis especial en la palabra *clienta*—. En consecuencia, considero que su señoría está prejuzgando el fundamento de la causa. La defensa sostiene que la señorita Barnes es la víctima de un intento de homicidio por parte del señor Townsend.

Erin desarrolló su argumento con los ojos clavados en Redman, con la esperanza de que el juez estableciera contacto visual con ella. No obstante, él se aseguró de mantener los ojos enfocados en los papeles y, de tanto en tanto, aparentar que tomaba nota. Erin describió el incidente previo en el motel y el hecho de que donde fuera que Townsend viviera, aparecían prostitutas transgénero muertas.

—Seré la primera en admitir que no tenemos prueba definitiva de que el ADN del señor Townsend figura en el sistema CODIS —continuó Erin—. Pero hay muchas razones por las que podría no figurar. Y si el tribunal ordena que se procese la muestra y no se obtiene ninguna coincidencia, no habremos causado mal a nadie. Por otra parte, si no se procesara y, de hecho, el ADN de Townsend estuviera allí registrado como autor de un hecho delictivo, se estaría denegando a mi clienta un elemento clave para establecer su argumento de defensa propia.

"Por último, su señoría, la moción también busca que se ordene a la Oficina de la Fiscalía que entregue toda información que posea con respecto a cualquier coincidencia del ADN del señor Townsend con otros delitos. Este aspecto no debería ser controversial, puesto que toda evidencia que posea la Oficina de la Fiscalía de que el señor Townsend haya cometido otros delitos sería material exculpatorio que debe ser provisto a la defensa conforme *Brady contra Maryland*. Gracias, su señoría.

—Señorita McCabe, sospecho que si el fiscal intentara ingresar el ADN de su cliente en la base de datos, usted pondría un grito en el cielo y exigiría la existencia de causa probable. ¿Estoy en lo cierto?

—No, su señoría. Si se encuentra el ADN de una persona en la escena de un crimen, no es necesario que haya causa probable para entregar la muestra a fin de que sea analizada. Todo lo que se encuentra en la escena que es desconocido debe ser entregado.

Redman giró en la silla para quedar frente a Taylor y Carmichael.

—¿Señorita Taylor, tiene usted algo que agregar a sus documentos? —inquirió el juez. La expresión que utilizó solía ser una forma abreviada de: "Usted va a ganar, así que mantenga la boca cerrada".

Cosa sorprendente, Taylor se puso de pie y argumentó que la moción era frívola, que no existía motivo para entregar las muestras, que era ofensivo para la víctima y su familia, y que la moción era una búsqueda especulativa, el argumento favorito que usaban los abogados preocupados por la posibilidad de que dicha búsqueda arrojara resultados concretos.

Mientras observaba argumentar a Taylor, Erin notó que Michael Gardner la miraba con intensidad, y luego al juez. Había algo inquietante en él, pero más allá de su expresión increíblemente seria, no lograba descifrar qué era.

Cuando Taylor terminó su argumento, Erin se incorporó despacio.

—¿Puedo responder brevemente, su señoría?

Redman la miró, luego pareció volverse en dirección a Taylor... o a Gardner, Erin no estaba segura.

—No, abogada, ya he escuchado suficiente. Estoy listo para decidir sobre este asunto. Como dije en un principio, considero que esta moción es frívola. —Comenzó a leer de los papeles que había llevado consigo al estrado—. Tal como señaló la fiscal adjunta Taylor en sus documentos y argumento, esto no es más que una búsqueda especulativa. Entiendo que el acusado no ha presentado evidencia competente que justifique que se invada la privacidad de la víct... del señor

Townsend al requerir al Estado que entregue su ADN para ser procesado en la base de datos. Aun muerta, debemos respetar la dignidad de una persona. Asimismo, dispongo que en caso de haber otras mociones relacionadas con esta moción, o que ataquen al señor Townsend, deberán ser presentadas con anticipación al tribunal para que yo pueda determinar si deben ser presentadas bajo sello. —Levantó la vista de los papeles en sus manos—. En cuanto al argumento de la defensa de que he prejuzgado el fondo de la cuestión, me expresé mal anteriormente. Debería haber dicho que el acusado está imputado por homicidio y que, por supuesto, como a todos los acusados penales, se lo presume inocente. Por lo tanto, que quede bien claro que no he prejuzgado el fondo de este asunto en modo alguno y que si el acusado decide ir a juicio, obtendrá un proceso justo con todas las garantías.

Redman continuó leyendo su decisión y cuando terminó, preguntó:

—¿Algo más?

—Ni la señorita Taylor ni su señoría han abordado el tema de las coincidencias de ADN en posesión de la Oficina de la Fiscalía.

El juez, quien ya estaba recogiendo los papeles del estrado, inhaló y deslizó una mano sobre su boca.

—¿Señorita Taylor?

—Su señoría, la Oficina de la Fiscalía tiene muy en claro sus obligaciones conforme a *Brady*.

—Gracias, señorita Taylor.

—Discúlpeme, su señoría, pero eso no constituye una respuesta con respecto a si la Oficina tiene o no dicha información.

—Señorita McCabe, quizás no le guste la respuesta; sin embargo, yo la encuentro pertinente. Abogados, por favor, a mi despacho. —Colocó los papeles debajo de un brazo y comenzó a apartarse del estrado.

—Disculpe, su señoría —volvió a decir Erin y Redman

se detuvo—. ¿Me concedería cinco minutos para discutir la decisión de su señoría con mi clienta antes de que la regresen a su celda?

Redman frunció el ceño como sugiriendo que quería decir que no, pero en vez, suspiró.

—Cinco minutos, abogada —dijo, y se alejó pesadamente hasta desaparecer dentro de su despacho.

Erin se sentó y miró hacia su izquierda. Taylor y Carmichael estaban inclinados y conversaban con Gardner en la primera fila.

Cuando volteó, miró a Sharise. Su rostro reflejaba una variedad de emociones: desilusión, enojo y algo más que Erin no alcanzaba a identificar.

—Gracias —dijo Sharise antes de que Erin pudiera decir algo—. Eres la primera persona en mi vida que se puso de pie y me defendió por quien soy. Y una abogada brava que no se deja pisotear por un tipo. Eres una perra guerrera.

—Gracias —respondió Erin—. Cuando nos conocimos la primera vez, te dije que teníamos algo en común. No sé cómo es estar en una cárcel de hombres y no pretenderé saberlo, pero me imagino que no ha de ser nada divertido. Así que brava o no, no me voy a rendir. Y mira, las probabilidades son escasas, pero me gustaría considerar lo que se llama una apelación contra sentencia interlocutoria, que no es más que una apelación antes del fin de la causa. A pesar de lo que dijo el juez, creo que todavía tenemos una oportunidad.

Sharise inclinó la cabeza hacia un lado y la movió de arriba abajo muy ligeramente.

—Si te parece que hay una oportunidad, estoy de acuerdo. Pero por favor, no andes gastando el dinero de mi hermana. Son buena gente y no quiero que se fundan por culpa de una perdedora como yo.

Erin se inclinó hacia delante y la abrazó.

—No eres ninguna perdedora, muchacha. Aguanta. Podemos ganar esto.

Sharise la miró y esbozó una sonrisa sarcástica.

—Me alegra que una de las dos crea eso.

Esperaron durante unos quince minutos en el área donde la secretaria de Redman estaba sentada antes de que él hiciera zumbar el timbre eléctrico para que pasaran. Cuando entraron en el despacho, Redman estaba de pie detrás del escritorio. Saludó tanto a Taylor como a Carmichael por sus nombres de pila y les estrechó las manos. Cuando Erin se acercó, estrechó su mano también.

—Es un gusto conocerla, señorita McCabe. Siéntese —dijo, señalando una silla vacía—. A ver gente, permítanme ir al grano. Según me transmitió la jueza Reynolds, la propuesta de la fiscalía es de treinta años a perpetua, pero el acusado estaría en condiciones de salir en libertad condicional después de treinta años. Me parece una oferta muy razonable, señorita McCabe. Dado que usted ejerce en el norte, déjeme contarle que esta Oficina de la Fiscalía suele hacer su mejor propuesta al inicio de la causa y que, en determinado punto, si usted continúa interponiendo mociones, la oferta terminará siendo perpetua, sin posibilidad de libertad condicional. Así que tal vez su cliente quiera aceptar el acuerdo mientras aún está sobre la mesa.

—Gracias, su señoría. Le haré saber a mi clienta que la propuesta actual tiene fecha de caducidad. Pero hasta ahora, no ha mostrado interés en declararse culpable y ha insistido en que actuó en legítima defensa.

Redman se inclinó apenas hacia delante en su silla.

—Mire, señorita McCabe, deje de llamar clienta al acusado. No sé mucho de todo este asunto del transgénero y esté segura de que la trataré con todo el respeto al que cualquier abogado que comparezca en mi tribunal tiene derecho, pero no me gustó su pequeño discurso allá fuera y no permitiré que me provoque para crear un problema con respecto a su condición.

En lo que a mí respecta, usted es una mujer, su cliente es un hombre, y trataré a ambos de conformidad.

—Su señoría, con todo el respeto, no dejaré de hacer hincapié en esto, y no lo hago para incitarlo a cometer un error sino para crear conciencia de que mi clienta es igual que yo y merece ser tratada con el mismo respeto. Si este caso llega a juicio, o cuando lo haga, es mi intención insistir en que se le permita vestirse como la mujer que es.

—Señorita McCabe, le recuerdo que esta es mi sala de audiencias y yo decidiré cómo se llevará a cabo el juicio —aseveró Redman con tono sombrío.

—Entiendo, su señoría, pero doy por sentado que querrá llevarlo a cabo conforme a derecho y sin discriminar a mi clienta sobre la base de su identidad de género.

—No tengo ni idea de qué está hablando, señorita McCabe. Por supuesto, no discriminaré a ningún acusado.

—Eso pensé, su señoría. Y es por eso que debería estar al tanto de que actualmente hay un proyecto de ley pendiente en la legislatura que agregaría la identidad de género a la clase de personas protegidas en virtud de la Ley contra la Discriminación de New Jersey. De manera que si llegamos a juicio, puesto que un juzgado es un establecimiento público, creo que mi clienta tendrá derecho a presentarse conforme a su identidad de género.

Por el rabillo del ojo, Erin creyó ver sonreír a Taylor. Redman se volvió hacia Taylor y Carmichael como esperando que intervinieran, pero no lo hicieron. Por fin, el juez declaró:

—No voy a preocuparme por eso ahora. Señorita McCabe, le sugiero encarecidamente que considere la oferta sobre la mesa. —Bajó la vista a un papel sobre su escritorio—. Veo que la jueza Reynolds fue notificada de que la defensa interpondría una moción de cambio de jurisdicción. ¿Eso está aún en proceso?

—Sí, su señoría. La jueza Reynolds nos dio hasta el 5 de

enero de 2007 para presentar la moción, y esperamos hacerlo a tiempo.

Redman observó el calendario sobre su escritorio.

—De acuerdo. Programaré una conferencia para debatir el estado de la causa y del acuerdo extrajudicial para el viernes 15 de diciembre. Si podemos resolver el caso antes, sería fantástico. De lo contrario, discutiremos las mociones restantes. —Se puso de pie—. Gracias, abogados. Que tengan un buen Día de Acción de Gracias.

Mientras salían al juzgado vacío y comenzaban a recoger sus papeles, Taylor se inclinó hacia Carmichael:

—Ve yendo, Roger. Quiero hablar unas palabras con la señorita McCabe —le dijo, y luego se volvió hacia Erin, quien terminaba de guardar sus cosas en el bolso que utilizaba para los juicios—. Eres desconcertante, ¿lo sabías?

—No sé bien a qué te refieres pero…

—¿De veras crees que actuó en defensa propia?

Erin frunció el entrecejo.

—¿Acaso importa lo que yo creo?

—Sí, claro. Te estás enfrentando a uno de los hombres más poderosos del estado. Presentaste una moción que básicamente sostiene que su hijo es un asesino serial. Vas a terminar como un insecto en el parabrisas. ¿Eres consciente de eso?

—¿Acaso me estás amenazando?

Taylor soltó un bufido.

—Por Dios, no. Muy por el contrario. Estoy tratando de advertirte, porque pareciera que no lo entiendes.

No estaba segura de por qué lo hizo, pero Erin hurgó en su maletín y extrajo la copia del informe policial sobre la entrada forzada en su apartamento y se lo entregó a Bárbara. Ella lo tomó con expresión intrigada.

—Espera, ¿es tu apartamento?

Erin asintió con la cabeza.

—No entiendo. ¿Por qué me muestras esto?

—Sigue leyendo.

Mientras se acercaba al final del informe, Taylor dejó escapar un resuello audible y se cubrió la boca con la mano izquierda. Cuando terminó, alzó la vista hacia Erin.

—¿Han descubierto quién fue?

Erin meneó la cabeza.

—No.

Bárbara se pasó una mano por la frente.

—¿Y la nota estaba clavada en la puerta con una navaja?

Erin cerró los ojos e inhaló.

—Ajá, el mismo tipo de arma que el forense cree que se usó para matar a Townsend.

—¿Por qué me muestras esto?

—Porque dijiste que querías advertirme con respecto a quién estoy enfrentando —explicó con los ojos fijos en Bárbara—. Sé a quién estoy enfrentando. Pero pensé que te debía la cortesía de devolverte el favor.

CAPÍTULO 19

Erin había decidido mantener su apariencia lo menos llamativa posible, de manera que se vistió de manera muy informal: pantalones flojos, un suéter, zapatos sin tacón escaso maquillaje y joyas. Iba a ser una noche difícil de por sí, y tenía miedo de que su padre perdiera el control si la veía llegar con un vestido y tacones.

Llegó tarde a propósito, y se preguntaba cómo haría para tragar la cena de Acción de Gracias cuando tenía el estómago en la garganta. Patrick y Brennan, que estaban jugando a un videojuego en la sala de estar, saltaron del sillón cuando la vieron.

—¡Llegó la tía Erin! —gritaron al unísono en dirección a la cocina.

—Hola, chicos —los saludó ella cuando se acercaron y la abrazaron—. Qué bueno verlos otra vez.

Liz entró en la sala de estar y la abrazó.

—¿Cómo estás? —preguntó con tono premonitorio, como diciendo: "No sé cómo te sentías antes, pero te vas a sentir peor".

Erin percibió el dejo ominoso en la voz de Liz.

—No sé —vaciló—. ¿Cómo crees?

—No estoy segura. En un esfuerzo por prepararse para verte, tu padre bebió unos tragos. Digamos que está muy locuaz.

—¿Mi padre? ¿El hombre cuya idea de una conversación durante la cena es: "¿Me pasas la sal, por favor?"?

—El mismo —sentenció Liz.

—Ay…

—Hola, cariño —interrumpió Peg al entrar en la sala, mientras se secaba las manos en el delantal—. Qué alegría que viniste.

—Gracias —respondió Erin. Se inclinó y besó a su madre—. Acabo de enterarme que papá ha bebido para no sentir nada.

—Confieso que ha intentado anestesiarse. Todo lo que podemos hacer es tener esperanza.

Peg envolvió su brazo en el de su hija y la guio hacia la cocina. Sean estaba de pie junto al fregadero y su padre estaba sentado a la mesa con una cerveza en la mano.

—¡Llegó Erin! —anunció la mujer cuando entraron en la cocina.

Sean dio un paso tímido hacia delante y extendió su mano con una sonrisa cauta.

—Ey, qué bueno verte.

El apretón de manos en vez de un abrazo le produjo un escalofrío, pero Erin alargó su mano y estrechó la de su hermano.

—Lo mismo digo —respondió antes de voltearse hacia la mesa—. Hola, papá —agregó, y su voz se entrecortó apenas.

Su padre levantó la mirada de la mesa, pero cerró los ojos. Cuando los abrió y ella seguía allí, le echó un vistazo rápido de arriba abajo. Volvió a cerrar los ojos y esta vez exhaló.

—¿Qué quieres que te diga, qué bueno verte? Pues no. Así, no —sentenció, gesticulando con los brazos. Apartó la silla de la mesa y se marchó al estudio.

Erin se quedó paralizada, sonrojada, sin saber bien qué decir.

—Bueno, no estuvo tan mal —masculló Sean.

Peg se volvió hacia Liz.

—Hazme un favor, querida, revuelve la salsa —le pidió, le entregó la cuchara y tomó a Erin de la mano. Se encaminó al estudio, con Erin detrás y cerró la puerta tras ellas. Prácticamente empujó a su hija sobre la poltrona frente al sillón donde su esposo había buscado refugio. Luego quedó de pie frente a él—. Mírame, Patrick McCabe.

El padre de Erin levantó la mirada hacia el rostro furioso de su esposa.

—Escúchame bien. Esa no es manera de tratar a nuestra hija.

—Peg, este no es momento para...

—¡Un carajo! —gritó ella—. Hace dos años que vienes haciéndole el vacío a tu hija y ya es hora de que termines con esta tontería.

—No tengo una hija —retrucó él a la defensiva.

—Tengo noticias para ti. Sí, tienes una hija. Así que o aceptas eso o celebrarás la noche de Acción de Gracias en McDonald's... ¡solo!

—Escucha, Peg, no puedes obligarme a que lo acepte —insistió, con un esfuerzo por evitar mirar en dirección a Erin.

—Claro que puedo.

—Ustedes dos son conscientes de que estoy aquí, ¿verdad? —interpuso Erin.

—Usted se calla la boca, señorita. Esto no es sobre ti —replicó su madre con brusquedad.

Erin rio de manera instintiva.

—De hecho, mamá, creo que sí. —Su madre y su padre se volvieron hacia ella—. Miren —continuó—, los dos, basta. No quiero que se peleen por mí. No quiero que se peleen, ¡y punto! Hoy es el Día de Acción de Gracias.

Siempre fue mi fiesta preferida porque tenía que ver con la familia y con estar todos juntos. —Respiró profundo, con la esperanza de que su estómago dejara de retorcerse—. No quiero causar problemas —hizo una pausa y se volvió hacia su padre—. Lo cierto es, papá, que no creí que estuvieras listo para verme así. Pero mamá pensó que todo iba a estar bien. Y es obvio que no.

Su padre dejó escapar una risa incómoda.

—No sé por qué alguien pensaría que yo no tendría problema con esto. Un día mi hijo decide que es una mujer y se supone que yo debería decir: "Ah, bueno, no tengo ningún problema con eso". Bueno, sí, lo tengo. Quieres fingir que eres una mujer, adelante, hazlo. Pero no me pidas que me crea tu fantasía.

Erin se quedó mirándolo con fijeza, herida por sus palabras lacerantes.

—No, papá —murmuró—. No decidí un día ser una mujer. Es lo que siempre he sido. Nací así. No sé por qué. —Bajó la cabeza y clavó la mirada en el suelo—. Siempre me esforcé mucho por ser el hijo que tu querías que fuera; honestamente, el hijo que te merecías. Lo único que quería era complacerte, que te sintieras orgulloso de mí, ser un hombre para ti. Me odié a mí misma durante mucho tiempo porque sabía que te decepcionaría si te contaba la verdad. Así que fingí ser la persona que tú veías. —Se enjugó una lágrima de la mejilla antes de asegurarse de mirarlo a los ojos—. No podía ser esa persona. Entonces estaba fingiendo, papá, no ahora.

Luego, se levantó de la poltrona y se plantó frente a él. Su voz adoptó un dejo desafiante.

—Mírame bien, papá. No estoy fingiendo ahora. Y, más importante todavía, por primera vez en mi vida, soy feliz de ser quien soy. No elegí ser una mujer, del mismo modo en que mamá o Liz no lo eligieron. Esto es lo que soy. —Le sonrió con tristeza—. Espero que sepas que, sea como sea, no podría haber tenido un mejor padre. Lo único que deseo es que algún día lo entiendas y podamos volver a ser una familia. —Se interrumpió; estaba luchando desesperadamente para no quebrarse—. Feliz Día de Acción de Gracias, papá. Te amo —concluyó, le lanzó una mirada pensativa y salió del estudio.

Entró en la cocina y se topó con las miradas de sus sobrinos, Liz y Sean.

—¿Está todo bien, tía Erin? —preguntó Patrick, aunque parecía darse cuenta de que no era así.

—Claro que sí —le dijo a su sobrino y luego se volvió hacia Sean y Liz—. Solo estaba conversando con Nana y el abuelo. Por desgracia, no me puedo quedar —añadió y le despeinó el cabello—. Nos veremos pronto.

Brennan la miró con ojos suplicantes.

—¡Pero si acabas de llegar! ¿No te puedes quedar a cenar con nosotros? —dijo y se volteó hacia su madre, con la esperanza de que ella intercediera.

—Me encantaría, Bren, pero me surgió una emergencia que tengo que atender. —Se inclinó y abrazó a su sobrino—. Arreglaré con su mamá y su papá para ir a visitarlos, chicos. Lo prometo.

Entró en la sala de estar, seguida de cerca por Liz, para buscar su abrigo y su bolso.

—¿Hay algo que podamos hacer? —preguntó Liz.

—No, no está listo todavía. No pensé que lo estuviera, pero mamá insistió.

—Si te vas, va a ser horrible. ¿Por qué no te quedas?

—Gracias, Liz —respondió y rodeó con sus brazos a su cuñada—. Si me quedo va a ser todavía peor.

—¿Estarás bien? —quiso saber Liz cuando se apartaron.

Erin asintió con la cabeza pero sin convicción.

—¿Qué vas a hacer?

—No sé. Salir a correr, supongo. Ya encontraré algo. Hazme un favor, trata de mantener la paz aquí —titubeó—.

Tengo un presentimiento de que está por estallar la Tercera Guerra Mundial. Quizás puedas desactivarla antes de que se vuelva nuclear. No quiero que tus hijos vean eso.

—Lo intentaré —prometió Liz, tragándose las lágrimas—. Ya se solucionará. Tu padre necesita tiempo.

La expresión de Erin delató su duda.

—Eso espero —declaró y le apretó ligeramente el brazo. Luego se volvió, se marchó de la casa en silencio y cerró la puerta a sus espaldas.

Era la primera cena de Acción de Gracias que Tonya había compartido con su familia en cuatro años. Lo que había sucedido con Sharise había generado una grieta entre ellos, y a Tonya le resultaba difícil no culpar a sus padres. Sharise era su hija, carne de su carne, eso debía ser más importante que el orgullo o la religión o cualquiera que fuera el motivo de su enojo. Pero con todo lo que estaba pasando, decidió que era importante que intentara convencerlos de que debían volver a ser una familia. Sabiendo cómo sentía su padre con respecto a Sharise, Tonya agradecía el apoyo de Paul. Esperaba que el hecho de que fuera un jugador de la NBA tuviera alguna influencia sobre su padre.

La conversación en la mesa había girado en torno a todo salvo al elefante en la sala. Por fin, cuando ella y su madre empezaron a levantar los platos, Tonya trajo a colación el tema.

—¿Podemos hablar de Sam? —preguntó con vacilación.

Su padre, que había ido hasta la sala de estar para chequear el marcador del partido de fútbol, se puso tenso.

—Prefiero que no —dijo con frialdad.

—Papá, por favor, no abandones a Sam.

Su padre cerró los ojos; su ira amenazaba con filtrarse a la superficie.

—Ya te dije, prefiero no hablar de eso. Tengo una hija y tuve un hijo. Pero mi hijo está muerto.

Tonya se volvió a su madre, quien estaba de pie en el vano de la puerta.

—Sam no está muerto, mamá. Pero podría acabar pasando el resto de su vida en prisión. Los necesita, a ti y a papá.

Su madre sostuvo su mirada.

—Samuel está recibiendo lo que se merece. Tu padre y yo le dimos la oportunidad de arrepentirse y alejarse de sus caminos pecaminosos. Sin embargo, eligió apartarse de Dios.

—¿No lo entienden? Sam no eligió ser quién es. ¿De veras creen que Dios hizo a Sam de esta manera solo para que sufra?

Su padre la atravesó con la mirada.

—No te atrevas a cuestionar los motivos de Dios. Dios nos llama a todos a sobrellevar cargas. Tu hermano escogió el camino fácil, el camino pecaminoso, para lidiar con lo que Dios le ha dado. Si Dios hubiera querido que yo tuviera dos hijas, me habría dado dos hijas.

—¿No lo entiendes, papá? Te dio dos hijas. Tal vez Dios no le está dando una carga a Sam, quizás solo quiere ponerlos a prueba a ustedes dos para ver si pueden amar a su hija aun cuando ella no se ajuste a sus creencias.

Su padre abrió bien grandes los ojos y Tonya se tensó, pensando que la abofetearía. De pronto, su esposo se interpuso entre ella y su padre.

—No, Frank —pronunció con una voz que resonaba desde cada centímetro de su metro noventa y cinco—. No vinimos para confrontar. Vinimos a hablar de cómo ayudar a Sam.

Franklin Barnes retrocedió un paso; la imponente figura de su yerno había frenado su enojo.

—No hay nada de qué hablar.

—Sabes que Tonya y yo hemos contratado abogados para Sam.

—Eso corre por cuenta de ustedes.

—No vinimos a pedirte ayuda para pagar los abogados,

Frank. Pero ellos piensan que cuando el caso llegue a juicio, sería bueno que tú y Vi estuvieran allí para brindar su apoyo y tal vez incluso para testificar acerca de su relación con Sam.

—No —respondió sin vacilar—. No tengo ninguna intención de que un abogado, que por lo que leí está tan loco como Sam, me convierta en un villano desalmado.

Tonya y Paul se miraron, sorprendidos por el hecho de que Frank estuviera siguiendo el caso por Internet.

—Nadie quiere convertirte en nada —explicó Tonya—. Sus abogados quieren que el jurado sepa que Sam tiene una familia que lo quiere y lo apoya.

—Samuel tenía una familia que lo quería y lo apoyaba. Pero quienquiera que sea esta persona, no es Samuel.

—Papá, sabes que Sammy solo se estaba protegiendo. Jamás lastimaría a nadie a propósito.

Una vez más, el mal genio de su padre lo desbordó y su voz se volvió más fuerte y más potente.

—Es una ramera, una puta cualquiera. ¿Sabías eso de tu hermano? Tiene sexo con hombres por dinero. No me vengas a hablar de lo inocente que es. Está padeciendo la ira de Dios por sus pecados, y no levantaré ni un dedo para ayudarlo.

Tonya bajó la cabeza; las lágrimas asomaban en las comisuras de sus ojos. Caminó hasta el armario en el vestíbulo y quitó los abrigos de las perchas.

—Creo que deberíamos irnos —aventuró en voz baja y entregó a Paul su abrigo. Luego se volvió y dio un beso ligero a su madre en la mejilla—. Gracias por la cena —susurró. Miró a su padre—. Lo siento, papá, pero Jesús nunca trató a nadie como tú tratas a tu propio hijo. No sé qué sucederá, pero Paul y yo apoyaremos a Sammy. Es mi hermano… —se interrumpió—. No, es mi hermana, y no la abandonaré. Pase lo que pase.

CAPÍTULO 20

Erin abrió las cortinas y entornó los ojos para contemplar el centro de Cranford antes de hurgar en su bolso en busca de ibuprofeno. Sentía como si pequeños demonios tocaran un tambor dentro de su cabeza, y ese último vaso de vino, que en su momento había parecido tan buena idea, no le había caído bien.

Después de dejar la casa de sus padres, había decidido tratar de reemplazar el dolor de Acción de Gracias con el dolor de una larga corrida. Para su consternación, correr le había resultado doloroso, pero no la había ayudado con la herida emocional. Su plan B había sido el vino rosado, que lo único que hizo fue intensificar su melancolía y hacerle recordar cenas de Acción de Gracias pasadas y el motivo por el que era su fiesta favorita.

Al cabo de media hora de deambular por el apartamento con aire deprimido, resolvió vestirse, comprarse un café e ir a la oficina, donde planeaba pasar el día dedicada a otros clientes cuyos casos estaban desatendiendo como consecuencia del tiempo que estaban destinando a la causa de Sharise.

Cuando entró en la oficina, advirtió que la luz en el teléfono estaba parpadeando. "Por el amor de Dios. ¿A quién se le ocurre llamar el día después de Acción de Gracias?". Trató de ignorarla, pero al final, la irritante luz pudo más que ella.

La voz era profunda y sonaba amortiguada, como si la persona intentara disfrazarla.

—Señorita McCabe —comenzaba—, usted no me conoce, pero la llamo porque en algún momento del día de hoy, viernes 24 de noviembre, sacarán a su cliente de prisión preventiva y lo trasladarán con la población carcelaria general. No sé de qué otra manera comunicarme con usted. Espero que reciba este mensaje antes de que sea tarde.

Erin se quedó mirando el teléfono, estupefacta. Y entonces, de pronto, se dio cuenta: al margen de que esto fuera cierto o no, otras personas habían escuchado el mensaje también.

Tomó su bolso y su teléfono móvil y salió corriendo del edificio para empezar a hacer llamadas. Primero, llamó a Duane para contarle lo que estaba pasando; luego, como era feriado judicial, se puso a buscar números de emergencia. Cuando llamó al número de emergencia de la Oficina de la Fiscalía y explicó que necesitaba hablar con Bárbara Taylor, no le prestaron demasiada atención, por lo que se sorprendió cuando su móvil sonó diez minutos después.

—Hola —respondió Erin con indecisión, sin saber quién estaba llamando.

—¿Hablo con la señorita McCabe?

—Sí, Bárbara. ¿Eres tú?

—Sí. Acabo de recibir una llamada del oficial de guardia que me dijo que te llamara de inmediato. ¿Por qué me llamas, Erin? ¿Qué puede ser tan urgente que no podemos esperar hasta el lunes?

Erin respiró hondo.

—Bárbara, recibí una llamada anónima para decirme que sacarán a mi clienta de prisión preventiva y la trasladarán con la población general. ¿Estás al tanto de eso?

—¿De qué estás hablando, Erin? Una llamada telefónica… eso suena como una locura. ¿Por qué trasladarían a tu cliente? Me parece que alguien está jugando contigo.

—Tal vez tengas razón, pero quienquiera que dejó el mensaje sonaba fiable. ¿Por favor, podrías llamar a la cárcel y averiguar?

Se hizo una larga pausa.

—De acuerdo. Enseguida te llamo.

Cinco minutos después, Taylor llamó:

—Erin, no sé quién te llamó, pero quien haya sido sabía de lo que estaba hablando. Está programado trasladar a tu cliente esta misma tarde.

—¡Tienes que detener esto, Bárbara! Sabes que no estará a salvo con la población general.

—Espero que me creas… lo intenté. Pero el jefe de guardia me dijo que era una orden directa del alguacil. No tengo autoridad para revocarla.

Erin evaluó sus opciones con rapidez.

—Bárbara, buscaré al juez de guardia y presentaré una solicitud urgente para que se ordene la suspensión del traslado. Cuando averigüe quién es el juez, tendré que presentar los documentos. ¿Participarás si consigo llamar a una audiencia urgente? ¿Hay alguna manera en que te pueda hacer llegar los papeles?

—Erin, mi hija vino a casa de la universidad. Se suponía que íbamos a salir de compras. —Se produjo un silencio prolongado, seguido de un suspiro—. La jueza Sylvia Wolfe está de guardia hoy. Puedes enviarme los documentos por fax a este número.

—Gracias, Bárbara. De veras te agradezco.

Mientras Erin intentaba comunicarse con la jueza, Duane procedió a preparar los documentos necesarios, lo cual consistía principalmente en copiar y pegar de la moción que habían interpuesto para que Sharise fuera trasladada a una cárcel de mujeres. Parte del argumento consistía en el peligro potencial que entrañaría sacar a Sharise de prisión preventiva. Para alivio de ambos, la jueza Wolfe accedió a escuchar la solicitud por teléfono al mediodía y proporcionó a Erin un número de fax para que le enviara los papeles. Erin le transmitió la información a Bárbara y ahora todo lo que podía hacer era rezar para que el traslado no se hubiera concretado aún.

Ed Champion revisó la pantalla de su móvil antes de responder.

—¿Qué es esto, una venganza? ¿Como te desperté un domingo por la mañana ahora me llamas un Viernes Negro?

—Muy gracioso. Pero no —replicó Andrew Barone.

—¿Qué pasa?

—¿Tu gente tiene intervenidos los teléfonos de Swisher o de su socia?

—¿Qué? Por supuesto que no. ¿Por qué habríamos de hacer eso? Además, si lo hiciéramos, ustedes lo sabrían. El otro día me dijiste que estaban escuchando a Swisher. No entiendo.

—Acabo de recibir una llamada del agente que está a cargo de la investigación sobre la filtración. Dice que hace como una hora, Swisher recibió una llamada de su socia, al borde del pánico. Parece que alguien llamó a la oficina y dejó un mensaje urgente de que sacarían a Sharise de prisión preventiva.

—¿Quieres explicármelo en español?

—No puedo. Pero luego la socia le dice a Swisher que como la llamada fue a la oficina y la línea está intervenida, ahora Townsend sabrá que ellos saben que la van a trasladar.

La línea permaneció en silencio durante varios segundos.

—Mira, no tengo ni idea de qué significa todo eso. Quizás el Estado les intervino los teléfonos y Townsend tenga conexiones lo bastante buenas para averiguar qué diablos están hablando. Tenemos enlaces con los condados y con la Oficina del Fiscal General. Puedo chequear con los canales extraoficiales la semana que viene y averiguar si tienen algo que ver.

—De acuerdo. Pero hay más. El agente también dijo que hubo otras dos llamadas inusuales hace cosa de una semana. Una con un agente que Swisher conoce en Las Vegas y la segunda con su socia inmediatamente después de esa llamada. Si estás cerca de una computadora, te las enviaré.

—Sí, claro.

—¿Cuál es tu correo electrónico privado?

—EQChampion1952@home.com.

—¿Qué diablos significa la Q?

—Quincy.

—¿Quién carajo le pone Quincy de segundo nombre a un hijo?

—John y Abigail Adams.

—Muy gracioso.

—En serio, mi madre era profesora de historia en Rutgers. Le encantaba Abigail Adams.

—Como sea. Ahí te las estoy enviando. Llámame después de que las leas.

El correo electrónico apareció en su bandeja de entrada y abrió los adjuntos. La primera conversación era entre Swisher y el agente especial Terrance Johnson, a quien no conocía. La segunda era una llamada de Swisher a su socia, que ocurrió enseguida después de que él cortara con Johnson. Cuando llegó al final, Champion volvió para atrás y releyó todo. ¿Cómo se conectaba esto con Townsend? ¿Por qué estaban seguros de que Townsend sabría sobre la llamada a la oficina? A pesar de que lo único que tenía era una transcripción estéril, podía sentir el temor en la voz de Swisher. Champion lo entendía perfectamente. Sabía qué se sentía cuando un testigo clave desaparecía de manera repentina. Era pánico profesional, claro, pero si uno tenía una pizca de humanidad, también estaba el temor de que uno pudiera haber hecho algo mal y eso le hubiera costado la vida a alguien.

Leyó de nuevo la transcripción de la llamada de Swisher al agente Johnson: "Es una prostituta de Las Vegas y necesito encontrarla, porque creo que su vida puede estar en peligro. La he llamado a un número que me dio pero no me atiende nadie…". Y luego tomó su móvil y empezó a marcar. Mientras lo hacía, sus ojos se enfocaron en otra parte de la transcripción. "Nos están dando una paliza, E… Y si de alguna manera logramos emparejar el partido, darán por terminado el juego. Sharise acabará igual que Lenore… muerta".

—¿Qué crees? —preguntó Barone, después de responder al primer tono.

Se hizo una larga pausa.

—¿Sabemos quién es Lenore?

—Ajá. Mi gente lo chequeó con el Departamento de Policía de Las Vegas. El nombre de la persona era Lenore Fredericks, también conocida como Leonard Fredericks. Por lo visto, lo habían arrestado varias veces por prostitución en el Strip, y según el informe, saltó de un edificio de veinte pisos.

—De acuerdo, pero no logro atar los cabos.

—Tuve acceso a sus antecedentes. Parece que Fredericks era originalmente de New Jersey. Se dedicaba a la misma profesión en Atlantic City. Fue arrestado cuatro veces por prostitución, dos veces por drogas. Unas cinco horas antes de la llamada entre Swisher y Johnson, Swisher hizo una llamada a un móvil registrado a nombre de un tal L. Fredericks para tratar de comunicarse con él con urgencia. Le dejó un mensaje diciéndole que no lo llamara a su oficina y le dejó el número de su móvil.

—¿Y me estás contando todo esto… por qué exactamente?

—La orden que emití sobre Swisher se vence la semana que viene y no tengo ningún argumento para extenderla. No ha hablado con nadie acerca de la filtración. Dios santo, hasta que sucedió esto, creo que no habíamos grabado ninguna llamada completa porque obviamente no estaban relacionadas con nuestra investigación. Tú y yo sabemos que tal vez deberíamos haber minimizado las llamadas que te envié, pero eso lo puedo arreglar. Lo que no puedo resolver es el hecho de no tener nada para fundamentar una extensión.

—¿Y entonces?

—Mira, sé que estás con la Operación Jersey.

—Sí. ¿En qué te puede ayudar eso?

—¿Quién está a cargo de la investigación?

—Phil Gabriel, de Corrupción Pública. Se reporta directamente conmigo y con el jefe. Pero el jefe es quien está manejando la cosa.

—Tal vez me puedas ayudar manteniéndome informado sobre Swisher y, a cambio, te tendré al tanto de todo lo que me entere que pueda serte útil.

—¿Cuál sería la idea?

—Veamos si funciona…

Luego de tomarles sus nombres y los de sus representados, la jueza enseguida preguntó a Bárbara Taylor si tenía autoridad para hablar en nombre de la Oficina del Alguacil y de la cárcel.

Cuando Taylor vaciló, la jueza Wolfe señaló:

—Señorita Taylor, los abogados de la defensa indicaron en su presentación que durante la moción que interpusieron ante el juez Redman para que su cliente sea trasladado a la cárcel de mujeres usted representaba al alguacil y a la cárcel. ¿Es eso correcto?

—Sí, su señoría.

—¿Ha cambiado algo en ese sentido?

—Bueno, su señoría, no he tenido oportunidad de hablar con ellos al respecto.

—Señorita Taylor, permítame que le explique de la manera

más sencilla. Esto es una solicitud de urgencia para evitar que el acusado Samuel Barnes, también conocido por el nombre de Sharise Barnes y quien ha sido diagnosticado como transgénero, sea sacado de prisión preventiva y trasladado al pabellón de población general de una cárcel de hombres el día después de Acción de Gracias sin posibilidad de interponer oposición al traslado y... al menos según el documento presentado por la señorita McCabe... a riesgo de exponer su seguridad física. Me gustaría saber si usted tiene alguna objeción a que yo conceda la orden judicial temporaria requerida hasta que se complete el registro y se celebre una audiencia. En otras palabras, ¿hay alguna razón por la que no debería preservar el *statu quo*? De hecho, se lo preguntaré de otro modo. ¿Qué perjuicio podría acarrearles a la Oficina del Alguacil, al Departamento Correccional o a la Oficina de la Fiscalía que el señor Barnes no fuera trasladado hasta que tengamos un registro completo?

Erin contuvo el aliento, lista para escribir cada palabra de la respuesta de Taylor.

—Ninguno, su señoría.

Erin exhaló.

—Bien —respondió la jueza Wolfe—. Firmaré la orden para que no se modifique el estado del señor Barnes y ordenaré que permanezca en prisión preventiva hasta nueva orden del tribunal. Señorita Taylor, cuando terminemos aquí, quiero que llame al oficial de rango que esté de guardia en la prisión... el jefe de guardia, supongo... y le dé instrucciones para que el señor Barnes permanezca en prisión preventiva. Si por algún motivo ya hubiera sido trasladado al pabellón de población general, quiero que se lo regrese al estado de prisión preventiva de inmediato. Por favor, avísele que recibirá una copia de mi orden por fax en los próximos cinco minutos. ¿Alguna pregunta?

—No, su señoría.

—Muy bien. ¿Algo más, señorita McCabe?

—Sí, su señoría. Querría permiso para visitar a mi clienta hoy y asegurarme de que está bien. Como hoy es feriado estatal, necesitaría una orden de su señoría.

—¿Alguna objeción, señorita Taylor?

—Mmm… si asumimos que… eh…

—A ver, permítame colaborar. Señorita Taylor, cuando hable con el jefe de guardia, notifíquele que he ordenado que la señorita McCabe puede visitar hoy a su cliente entre… ¿en qué horario piensa ir, señorita McCabe?

—De inmediato, su señoría. Calculo que estaré allí alrededor de las dos de la tarde.

—Perfecto. Que puede visitar a su cliente en cualquier momento entre las dos y las cuatro de esta tarde. Si el jefe de guardia se pone difícil, llámeme. De lo contrario, daré por sentado que no habrá problemas. ¿Algo más?

—No, su señoría —entonaron al unísono.

—Gracias, señoras. Disfruten del resto del día.

Por lo general, tomaba una hora ir de Cranford a Toms River en coche, pero hoy, el trayecto parecía tomar una eternidad. Erin le había dicho a Duane que fuera a su casa y se quedara con Cori y Austin, pero ella necesitaba ver a Sharise para asegurarse de que estaba bien.

Más tarde, sentada en la sala de visitas, Erin se estaba poniendo nerviosa. El sargento en la recepción había llamado para que trajeran a Barnes, pero ya habían pasado veinte minutos. Estaba a punto de levantar el teléfono y llamar a la sala de control cuando vio a Sharise que se acercaba por el pasillo escoltada por dos oficiales.

El oficial que guio a Sharise dentro de la sala dirigió una mirada fulminante a Erin.

—Vaya, miren quién está aquí… si son dos gotas de agua —pronunció y empujó a Sharise sobre la silla—. Ya conoce el procedimiento —agregó, salió de la celda y cerró la puerta.

—¿Qué haces aquí hoy, nena? Es el día después de Acción de Gracias. ¿No tienes nada mejor que hacer?

—Solo quería asegurarme de que estás bien.

Sharise ladeó la cabeza y frunció el entrecejo.

—¿Y por qué no estaría bien? ¿Tuviste una pesadilla o algo así?

Erin le explicó lo que había sucedido más temprano ese día, sin mencionar el hecho de que tenían los teléfonos intervenidos. Cuando terminó, Sharise meneó la cabeza.

—¿Quién te llamó para advertirte?

—No tengo ni idea. De verdad que no. No sé quién podía saber a las nueve de la mañana que iban a trasladarte, pero alguien lo supo y nos puso sobre aviso.

—Debe ser mi ángel guardián. Quizás se despertó por fin y dijo: "Mierda, esa pobre de Sharise está en un lío tremendo. Será mejor evitar que la maten". —Soltó una carcajada sarcástica. Cuando paró, adoptó una expresión seria—. Gracias —concluyó y observó la sala a su alrededor con aire cómplice—. Sé que perdimos la moción, y no estoy diciendo que lo que Lenore le contó a tu socio sea verdad, ¿pero de veras crees que Lenore testificaría? ¿Y si lo hiciera, eso mejoraría mis posibilidades?

Por una fracción de segundo, Erin bajó la cabeza. Levantó la vista enseguida, pero antes de que pudiera decir nada, Sharise lo sabía.

—¿Está muerta, no?

Erin cerró los ojos y asintió.

—Oh, Dios, no —exclamó Sharise y se balanceó hacia delante y hacia atrás en la silla—. Dios mío, por favor, no. No Lenore.

Las normas de la cárcel no permitían tocar a un recluso, pero Erin se estiró a través de la mesa y apoyó su mano sobre la muñeca esposada de Sharise.

—Lo siento mucho.

—¿Cómo? —preguntó entre sollozos, incapaz ya de contener sus emociones.

Erin estudió la celda a su alrededor. ¿Estaba siendo paranoica? No lo creía, cuando era evidente que estaban en el mira de alguien. Decidió que existía por lo menos un cincuenta por ciento de posibilidades de que alguien estuviera escuchándolas, así que omitió la parte de que tenían los teléfonos de la oficina intervenidos. Le contó a Sharise que un amigo de Duane en la delegación de Vegas le había informado sobre la muerte de Lenore.

Sharise apoyó la cabeza sobre sus brazos encadenados y lloró. Por fin, alzó la cabeza, con los ojos hinchados por las lágrimas.

—Fue por mí, ¿verdad?

—Todavía no lo sabemos, Sharise. Están investigando —mintió—. Podría haber sido un suicidio.

—No, no Lenore —meneó la cabeza—. Ella era la fuerte. No, alguien la empujó de ese edificio. Jamás habría saltado. Era como tú, una perra guerrera, así era Lenore.

Diez minutos más tarde, cuando Erin atravesó el último conjunto de puertas cerradas con llave en su camino fuera de la sala, el teniente Rose la esperaba de pie, con otro oficial junto a él.

—Teniente —dijo Erin cuando lo vio.

—Señorita McCabe, las normas establecen que está prohibido tocar a un recluso. Es una violación grave del reglamento. Podría prohibirle las visitas a su cliente.

—Vamos, teniente. A menos que esté equivocada, el derecho a recibir asistencia legal todavía está vigente en el condado de Ocean. —Sonrió—. ¿Y qué le hace pensar que toqué a mi clienta? ¿Nos estaba observando, teniente?

El hombre se ruborizó.

—Tenemos autorización para observar por una cuestión de seguridad —replicó con tono desafiante.

—No me diga. ¿La grabación también tiene sonido? Quizás deba mirar la grabación con usted, teniente. No recuerdo haber tocado a mi clienta, pero si usted quiere mostrarme…

El hombre tensó los labios y luego los frunció en una mueca.

—Considere esto como una advertencia, *señorita* McCabe. La próxima vez, se le impondrá una acción disciplinaria.

—Muchas gracias, teniente. Y por favor, asegúrese de conservar esa grabación. Tal vez quiera mirarla en el futuro. —Tomó su documento de identidad de manos del sargento en el mostrador de recepción—. Que tenga un buen día —murmuró, y se esforzó por contonear el trasero mientras caminaba hacia la puerta; tratar de excitar al muy transfóbico teniente Rose le producía un placer perverso.

Llegó de regreso a Cranford poco antes de las cinco. Había llamado a Duane durante el viaje de vuelta para hacerle saber que Sharise estaba bien, pero que había tenido que contarle acerca de Lenore. Ahora, en tanto subía las escaleras hacia su apartamento, decidió que la soledad del edificio había pasado de ser tentadora a francamente aterradora. Había comprado temporizadores para las lámparas en la sala de estar y el dormitorio para no tener que entrar en un apartamento oscuro, pero estaba empezando a pensar que Swish tenía razón: por mucho que le gustara caminar a la oficina, quizás era hora de empezar a buscar un sitio más seguro.

Las luces estaban encendidas cuando entró, y al observar a su alrededor, con el gas pimienta en la mano, todo parecía normal. El teléfono en el dormitorio tenía tres mensajes. Oprimió el botón de reproducir.

—Mensaje recibido a las 9:28. Erin, querida, soy mamá. Lamento mucho lo de ayer. Fue mi culpa. De verdad creí que tu padre estaba listo. Por favor, no te enojes con él. Por favor, llámame. Estoy preocupada por ti.

—Mensaje recibido a las 15:05. Erin, soy mamá de nuevo. Por favor, llámame.

—Mensaje recibido a las 16:14. Erin, soy Mark. Mmm... mira, sé que te debo una disculpa. Me gustaría verte para poder explicarte en persona lo idiota que soy. Si tienes ganas de compartir otro café o lo que sea, por favor, llámame.

Erin cortó y marcó el número de Duane.

—Ey —dijo cuando él atendió.

—¿Sharise está bien?

—Sí, muy bien. No sabía nada del traslado.

—Perfecto. Escucha, Cori y yo estamos por cenar, ¿podemos hablar el lunes?

—Sí, claro. Mándale saludos a Cori de mi parte.

—Lo haré.

Se quedó mirando el teléfono, sabiendo que alguien más había estado escuchando, y luego colocó el auricular en la base. "Tal vez eso nos dé un poco de tiempo", pensó. Buscó su teléfono móvil y llamó.

—Hola, mamá. Estoy bien. Tuve un día largo. Eh... a propósito, ¿recuerdas que te pedí que no me llamaras a la línea fija?

CAPÍTULO 21

MARK ESBOZÓ UNA LEVE SONRISA cuando Erin se deslizó en el cubículo de un restaurante llamado Cranford Hotel, uno de sus lugares favoritos.

—Hola, Mark —saludó sin ninguna emoción y apoyó la chaqueta de cuero y el bolso en el asiento junto a ella—. Siento haber llegado un poco tarde.

—No hay problema. Me alegro de que hayas venido. Pensé que tal vez habías decidido no hacerlo.

—Lo pensé. Así que… ¿puedo saber por qué me llamaste? —preguntó y se dio cuenta de que su tono había sonado más estridente de lo que había querido—. Quiero decir, gracias por llamar, pero la verdad es que no tienes que disculparte por nada. Me imagino lo que pasó.

Mark bajó la vista para evitar la mirada aguda de Erin.

—Supongo que la principal razón por la que te llamé es porque siento que te debo una disculpa. Actué como todos los demás. Ojalá no lo hubiera hecho, pero lo hice.

La sonrisa de Erin era débil, y habló con resignación.

—Mark, te entiendo, en serio. Una cosa es que sepas en privado acerca de mi pasado, y honestamente me sorprendió cómo te lo tomaste, pero otra cosa muy distinta es que sepas que todo el mundo lo conoce. De un día para el otro, todos saben que la mujer con quien estás es transgénero y... digamos que entiendo qué es lo siguiente que suelen pensar las personas...

—Pero no debería importar —arriesgó él, desafiante.

—Pero los dos sabemos que importa. Desde que aparecí en la primera plana de los periódicos, hay personas en algunas tiendas de la ciudad que han dejado de dirigirme la palabra a pesar de que he sido clienta durante dos años. Así que no tengo ninguna duda de que importa. —Le dirigió una sonrisa triste.

—¿Quieren tomar algo, chicos? —los interrumpió la camarera.

Erin se dio cuenta de que tenía que tomar una decisión. Si pedía algo, tendría que quedarse al menos el tiempo suficiente para terminar un trago. O podía ponerse de pie y decir "me alegro de haberte visto otra vez" y marcharse.

Lo miró a través de la mesa; los ojos de Mark le suplicaban que se quedara. Erin respiró hondo y cerró los ojos por un instante.

—Yo quiero una Corona —pidió.

La mirada de Mark reflejó alivio y agradecimiento.

—Una Brooklyn Ale para mí —agregó él y se frotó el labio inferior entre los dedos—. Gracias por quedarte.

—Más que tomar la decisión de quedarme, creo que sería grosero venir y no escuchar lo que tienes para decir.

—Me parece bien.

Permanecieron sentados en medio de un silencio incómodo durante lo que parecieron minutos.

Erin se apartó el cabello del rostro y preguntó:

—¿Por qué estamos aquí, entonces? Podrías haberte disculpado por teléfono.

Mark esperó a que la camarera, que estaba cerca, les dejara las bebidas.

—Mira —respondió—, desde el momento en que nos presentaron en la casa de Swish, he deseado conocerte mejor. Eres una mujer soltera, inteligente, atractiva y las pocas veces que hemos hablado, he disfrutado mucho de nuestras conversaciones. —Se interrumpió y bebió un trago de su cerveza con expresión seria y genuina—. Nada de eso ha cambiado.

—Mark, esto no terminará bien para ninguno de los dos. Te dije cuando llegué que entendía por qué habías cancelado nuestra cita, pero eso no significa que haya sido fácil para mí... no lo fue. Lloré mucho esa noche. Sé honesto conmigo; si tu familia o tus amigos se enteraran alguna vez de que saliste conmigo, tendrías que soportar un montón de basura, ¿verdad? Algunas personas que te conocen probablemente te llamarían marica o algo peor. No lo pasarías nada bien. Y cuando decidieras que no vale la pena tolerar todas esas tonterías, yo no lo pasaría bien. Así que lo mejor que podemos hacer para ahorrarnos tiempo y evitar que las cosas empeoren es no dejar que suceda nada.

—Supongo que tenía la esperanza de ser lo bastante hombre para que toda esa mierda no me importara. —Bebió un trago más largo de su cerveza—. Ojalá pudiera jurar que no me importa, pero no lo sé. Tal vez tengas razón. Pero estoy aquí porque quiero estar aquí. Estoy aquí porque conocí una mujer a quien me gustaría conocer mejor. Estoy aquí por ti.

Erin meneó la cabeza.

—Mira, pareces un buen tipo y mereces conocer a una buena mujer que no venga con el bagaje que cargo yo.

—Metí la pata, Erin, lo admito. —Sus ojos verdes la traspasaban—. Y tienes todo el derecho de decir: "Gracias, Mark, pero no estoy interesada". Pero por favor, no lo hagas parecer como si me estuvieras protegiendo de ti. Soy un chico grande. Sé cuidarme solo.

Erin deslizó su dedo por el borde del vaso de cerveza.

—De acuerdo —convino—. Pero he visto cómo reacciona la gente. —Cerró los ojos y respiró hondo, con el día de ayer todavía fresco en su mente—. No compartí la cena de Acción de Gracias con mi familia porque mi padre no puede aceptarme como su hija. Mi hermano, que es uno de los mejores tipos que conozco, volvió a dirigirme la palabra recién después de dos años. Así que digamos que mis experiencias con los hombres más cercanos en mi vida no reflejan perspectivas alentadoras.

—No sé qué decirte. Yo solo te conozco de esta manera —precisó e hizo un gesto hacia ella—. Lamento que tengas que enfrentar eso. No me imagino lo que debe ser.

—No es chiste… —hizo una pausa—. No entiendo. ¿Por qué yo? Está lleno de mujeres allí fuera. No comprendo por qué estarías interesado en mí.

—¿Por qué te cuesta tanto creer que un hombre te encontraría atractiva y se interesaría en conocerte mejor?

—Porque conoces mi pasado y eso lo cambia todo para los hombres.

—¿Les dejo los menús, chicos? —interrumpió la camarera.

—Por supuesto —respondió Mark.

La mujer dejó dos menús sobre la mesa y se marchó. Erin ladeó la cabeza.

—¿Tal vez un poquito presuntuoso?

—En absoluto, no tenemos que pedir nada. ¿Ya comiste?

—No, pero no sé si tengo hambre.

Mark esbozó una sonrisa resignada.

—Te propongo lo siguiente. Comamos algo y compartamos una hora. Si cuando nos vamos de aquí no quieres verme nunca más, lo habré intentado. Y si resulta que yo no quiero volver a verte nunca más, al menos habrás comido algo. ¿Te gusta el plan?

—Sí, claro —respondió ella y bebió un trago de cerveza.

—Bien —dijo él—. Lamento lo de tu papá y lo de Acción de Gracias. Estoy seguro de que debe ser muy difícil para ti.

—Me siento mal por mi madre. Es una gran mujer y lo único que quiere es que volvamos a ser una familia. Y sé que para ella es duro. Bueno, ahora cuéntame tú, ¿cómo pasaste Acción de Gracias?

—Bien. Los últimos años fueron difíciles. Mi padre murió hace tres años de un paro cardíaco. Tenía apenas sesenta y tres años. Y mi madre todavía está tratando de acomodarse.

—Lo siento.

—Gracias —respondió él y se encogió de hombros—. Era una buena persona y lo extraño. —Se quedó callado durante un rato—. En fin, mis hermanos mayores vinieron con sus esposas y sus hijos, y también mi hermana y su amiga. Estuvo lindo.

Erin intentó evaluar lo que él acababa de decir sin ahondar demasiado.

—¿Puedo hacer una pregunta estúpida?

Mark le dirigió una sonrisa astuta:

—La amiga de mi hermana es su novia.

—¿Y cómo toma tu familia el hecho de que tu hermana sea lesbiana y tenga una novia? —aventuró Erin con cautela, y con miedo por la posible respuesta.

Mark dio un respingo.

—La cara de póquer te sale muy mal —dijo ella.

—Eso me han dicho.

—¿Y?

Mark la miró, sus ojos delataban su deseo de evitar esta conversación.

—Digamos que al venir de una tradición católica, mi familia no se puso muy contenta cuando Molly salió del clóset. Fue un impacto fuerte. Molly era una porrista muy popular y salía con chicos, así que cuando trajo a Robin a casa hace un par de años, fue un poco un escándalo. —Erin rio—. Lo sé. Acabo de revelar mi ignorancia sobre las lesbianas… como si no pudieran ser porristas bellas y populares. Pero tengo que confesar que eso era lo que todos sentían.

—¿Tú también?

—Sí —admitió con vergüenza—. Yo también.

—¿Por qué?

Mark asintió con la cabeza.

—Es complicado.

—¿Y crees que yo no puedo entender lo complicado?

—*Touché* —declaró él con un breve resoplido que pretendió ser una risa. Bebió un largo trago de cerveza—. Molly es dos años más pequeña que yo y hemos tenido siempre una relación muy cercana. En mi último año del bachillerato, ella empezó a salir con mi mejor amigo, Leo. Fueron pareja durante todos los años de universidad y se casaron al año siguiente de que Molly se graduara. Yo me marché para unirme al Cuerpo de Paz poco tiempo después del casamiento y para cuando regresé, ya se habían separado y se estaban divorciando. Bueno, cuando me enteré de que el motivo era que Molly era lesbiana, estoy seguro de que mi reacción no fue la que Molly esperaba. —Se interrumpió y tomó otro trago—. Poco tiempo después me fui de mochilero durante un año. Cuando volví, Molly se había mudado a Washington DC y estaba trabajando en Salud y Servicios Humanos.

—¿Y qué pasó entre ustedes dos?

—En el camino a casa de regreso de Chile, me detuve en DC. Puedes hacer mucha introspección en un año de mochilero, y al cabo de una semana de estar allí, todo ha estado genial entre nosotros.

—¿Cuándo se lo contó Molly a tu familia?

—Creo que hace unos dos años. Ella y Robin se fueron a vivir juntas hace cuatro años, cuando Robin estaba terminando su doctorado en Georgetown. Dos años atrás, Robin comenzó a trabajar en la Universidad de Nueva York. Eso fue cuando mi hermana les contó a todos que no eran solo compañeras de habitación y que por eso seguían viviendo juntas. Ahora viven en Jersey.

Erin levantó una ceja.

—¿Y cómo se lleva tu familia con Robin?

—Al principio fue difícil. Sé que a mi mamá le costó. Y a Jack y a Brian… mis hermanos… les llevó un tiempo. Pero creo que todos han comenzado a adaptarse.

Erin bajó la vista a su cerveza.

—Sé lo que estás pensando —sugirió Mark.

—¿No es bastante obvio?

—Lo sé, si les costó tanto aceptar a una hija y hermana lesbiana, ¿cómo harían contigo?

Erin suspiró.

—¿Listos para otra ronda? —preguntó la camarera, quien se había materializado sin aviso junto a la mesa—. En unos minutos estará la comida.

Mark hizo un gesto con la mano para dar a entender que era decisión de ella.

—Eh… bueno —respondió.

—Sí, gracias —añadió Mark en dirección a la camarera. Y luego le respondió a Erin—. No sé cómo harían, pero nos estamos adelantando mucho. Ni siquiera hemos cenado.

—Tienes razón —rio ella.

La tensión previa comenzó a desvanecerse en tanto conversaban sobre libros y restaurantes favoritos. Como casi todos los viernes por la noche, para las nueve, el Cranford Hotel estaba lleno y el ruido era ensordecedor. Erin contempló el salón abarrotado.

—¿Puedo hacer una sugerencia? —propuso—. Tal vez podamos continuar esta conversación en otro lugar. No tengo Brooklyn Ale, pero sí algunas Sam Adams, o podría preparar café.

Mark sonrió.

—Un café suena perfecto.

La noche estaba callada mientras caminaban los metros que separaban el restaurante del edificio donde vivía Erin. Las luces de la calle iluminaban el rostro de Mark en breves destellos a medida que avanzaban, y Erin se preguntó en qué estaba pensando al invitar a un hombre apuesto a su apartamento. Meneó la cabeza de manera casi imperceptible, todavía desconcertada con respecto a cuándo había empezado a sentirse atraída por un hombre.

—Tú eres el profesor de inglés… así que, dime, ¿cuáles son tus novelas favoritas?

—Me gustan muchos libros, pero si tuviera que elegir, dos de mis favoritos serían *Trampa 22* y *Matadero cinco* —respondió Mark.

Erin rio.

—Más bien del lado oscuro y lo absurdo… eso explica mucho.

—¿Los leíste?

—Por supuesto. Me encantaron los dos.

—¿O sea que tú también tienes un lado oscuro y absurdo?

—Soy abogada —retrucó ella con un guiño del ojo.

—Cierto. ¿Algo más que debería saber sobre tus hábitos de lectura?

—Uno de mis favoritos es Douglas Adams.

Fue el turno de él de estudiarla, de pie en una esquina mientras esperaban el semáforo.

—No hay duda de que eres una mujer compleja.

Erin levantó una ceja.

—Creí que eso ya había quedado establecido.

Cruzaron North Avenue y ella abrió la puerta de entrada que conducía a los pisos de arriba.

Cuando subían las escaleras hacia el segundo piso, Mark comentó:

—Ahora entiendo por qué corres. Para estar en forma solo para poder llegar a tu apartamento.

—Todavía falta otro piso —respondió Erin.

—Bueno, espero que te guste la soledad, porque este lugar es en verdad sombrío.

—¿Qué te puedo decir? Era accesible y queda muy cerca de la oficina.

Erin giró la llave en la puerta y se detuvo antes de abrirla. ¿Qué pensaría Mark? Ella llevaba una vida bastante espartana y él podía pensar que no era lo bastante femenina. ¿Existía tal cosa como el apartamento "de una mujer" en contraposición al apartamento "de un hombre"? Erin solía sorprenderse batallando contra estereotipos de feminidad que no parecían coincidir con sus sentimientos. ¿Tenía que vestirse o actuar de determinada manera para ser una mujer? ¿Se preocupaba por cumplir con ciertas normas de feminidad porque era transgénero o era apenas una víctima de actitudes sociales con las que todas las mujeres tenían que lidiar?

Empujó la puerta y encendió la luz.

—Es humilde, pero es mi hogar —arriesgó y trató de evaluar la reacción de Mark. "Diablos, es tu apartamento. ¿Qué te importa lo que piense? Relájate", se ordenó a sí misma. Depositó el bolso sobre el escritorio y encendió otra luz—. ¿Todavía tienes ganas de un café o preferirías una Sam Adams?

—Si no es mucho trabajo, prefiero café.

—Ningún trabajo. Ven, pasa —lo invitó y entró en la cocina. Abrió el armario, extrajo el contenedor cerámico hermético y volcó los granos en el molinillo; sabía exactamente cuánto necesitaba para dos tazas. Luego encendió el aparato.

—Estoy impresionado. Mueles tu propio café.

—Es uno de mis pocos vicios: el café recién molido.

—Veo que los discos de vinilo son otro —agregó él señalando con la cabeza en dirección al tocadiscos.

—Así es —dijo Erin con una sonrisa—. Una de las mejores cosas de estar sola en el edificio es que puedo poner la música bien fuerte sin molestar a nadie.

—¿Te importa si echo un vistazo?

—Adelante —dijo ella. Se acercó y prendió el amplificador y el preamplificador—. Lo único que tienes que hacer para encender el tocadiscos es mover el brazo por encima —explicó y regresó a la cocina—. ¿Tomas con leche o azúcar?

—Nada, solo negro.

Cinco minutos después, en tanto los parlantes lanzaban las notas iniciales de *Mercy Mercy Me*, Erin llevó dos tazas de café a la sala de estar y los colocó sobre la mesa.

Mark se acercó y se sentó junto a ella en el sillón.

—Buena elección —dijo ella.

—Hice trampa. Ya estaba en el tocadiscos. Aunque me gusta Marvin Gaye —agregó con una sonrisa. Tomó su taza y bebió un trago de café—. Está rico.

—Gracias.

Permanecieron allí sentados, conversando incómodamente sobre música.

—¿Puedo hacer un comentario? —preguntó Mark. Bajó su taza y movió su cuerpo para quedar frente a ella.

Erin asintió.

—Para ser dos treintañeros, nos estamos comportando como un par de chicos nerviosos del bachillerato. —Se acarició la barba incipiente con una mano—. ¿Por qué será?

Erin rio.

—¿Lo dices en serio? ¿Por qué? Tal vez porque… —Nunca terminó su pensamiento, porque en ese momento Mark se inclinó hacia delante y la besó.

No fue un gran beso, en especial porque la sorprendió en la mitad de la oración, pero sí evitó que siguiera hablando. Y cuando la besó de nuevo, Erin se relajó despacio, dejó que los labios de él cubrieran su boca y le rodeó el cuello con un brazo para atraerlo hacia ella. Se sorprendió por lo diferente que era. No se trataba de su primer beso. Le había encantado besar a Lauren y debió de haberla besado miles de veces, pero mientras empujaba a Mark hacia ella, su olor, la sensación de su piel sobre la de ella, el sabor de sus labios, todo parecía mucho más intenso. Era como si de golpe se hubiera despertado en la Tierra de Oz: el mundo estaba ahora lleno de colores. Cerró los ojos y le acarició la nuca con lentitud, disfrutando de la reacción de Mark. Su propio cuerpo reaccionaba de una manera que jamás había experimentado; la tibieza de los labios de Mark se extendía por todo su cuerpo, que se estremecía de un modo desconocido, pero maravilloso.

Más tarde, cuando él se marchó, Erin se arrastró debajo del cubrecama de plumas y trató de descifrar sus sentimientos. Eran tan estereotipadamente femeninos que no podía evitar preguntarse si acaso no estaría tratando de hacer realidad alguna fantasía muy arraigada acerca de lo que significaba ser mujer. ¿Cómo podía haber pasado de sentirse sexualmente atraída por las mujeres a sentirse tan a gusto con el abrazo y el beso de un hombre? ¿Habían estado esos sentimientos siempre ahí, latentes? No, estaba segura de que nunca se había sentido así antes. La aspereza de la barba incipiente, la fuerza en sus brazos, la calidez de la boca sobre sus labios... todo era tan nuevo y tan extraño que tenía la impresión que de alguna manera sus sentimientos no podían ser reales y, sin embargo, sabía que lo eran.

CAPÍTULO 22

La rutina de domingo de Erin era tan precisa como una ciencia exacta: comprar el *Sunday Times*, prepararse una taza de café recién molido, por lo general de una mezcla de Costa Rica, chequear sus correos electrónicos y luego acomodarse en el sillón y leer el periódico. Luego de este inicio sin prisa, salía a correr.

Pero esta mañana era diferente. Había tratado de convencerse de que Mark no la había llamado el sábado porque no quería parecer demasiado ansioso, pero la sensación en la boca de su estómago le decía que era otra cosa. Todavía en pijama, apoyó el taza de café junto a su computadora portátil y abrió su correo electrónico. Ni bien vio msimpson1791@ home.com y el asunto "Necesito más tiempo", cerró los ojos y respiró profundo. Luego abrió el correo.

Querida Erin:
Lo siento tanto. Sé que cuando leas esto pensarás que tenías razón; que ningún hombre jamás te deseará. Pero eso no es cierto. Eres una mujer hermosa e inteligente. El problema no es contigo... soy yo y mis propias inseguridades. Sé que tu pasado no debería

importarme, pero no sería del todo honesto contigo si te dijera que en este momento no me importa. Necesito tiempo para entender mis sentimientos. Sé que es la segunda vez que te lastimo, así que no te culparía si me mandaras al diablo y no quisieras saber de mí nunca más, pero espero que no sea así. Por favor, no te subestimes. Eres una persona extraordinaria. Te prometo estar en contacto.

Mark

Fue hasta el sillón, tomó uno de los almohadones y lo abrazó contra su pecho. No sabía qué sentía, pero estaba resuelta a no llorar. No estaba enojada. Más sorprendente, ni siquiera se recriminaba a sí misma por pensar que alguien podía amarla. Solo estaba triste. Mark le gustaba. Parecía una buena persona. Le habría gustado la posibilidad de conocerlo mejor. Le habría gustado la oportunidad de explorar las extrañas emociones que la invadían. ¿Pero qué podía hacer? Ella era quien era y no podía cambiar eso.

Por fin, se levantó del sillón y se puso ropa deportiva. Necesitaba despejar su cabeza. Necesitaba hacer a un lado toda la mierda personal en su vida y concentrarse en Sharise y en la causa. Necesitaba mandar al carajo al resto del mundo y vivir su vida.

Cerró la puerta con llave y bajó las escaleras. Cuando salió a la fría mañana de noviembre, cerró con llave la puerta de entrada del edificio, tomó una respiración profunda y se dirigió hacia Nomahegan Park.

Sentados contra la ventana de Fundamentos Legales, dos hombres observaron salir a Erin.

—Vamos.

Cruzaron la calle y el que iba adelante extrajo las llaves que le había dado el agente inmobiliario. Abrió la puerta externa con rapidez y le entregó la llave al hombre detrás de él.

—Si por algún motivo vuelve antes de que hayas termi-nado, te llamaré para avisarte. Sal de su apartamento y finge que te perdiste mientras buscabas el apartamento en alquiler.

—No te preocupes, Karl. Regresaré antes de que termines el café.

Will se quitó las gafas de lectura y se pellizcó el puente de la nariz.

—Esto parece estar bien, pero te conozco, no estarías acá el domingo del fin de semana de Acción de Gracias a menos que necesitaras hablar de algo personalmente. ¿Qué te preo-cupa, Michael?

El abogado se apoyó contra la isla de la cocina.

—Bueno, para empezar, está el hecho de que alguien les avisó que Barnes iba a ser trasladado.

—¿Alguna idea de quién fue?

—Después volveremos a eso. —Se acercó a la mesa y se-ñaló la transcripción—. Esto es lo que me preocupa.

Will se volvió en su silla.

—¿Qué, la conversación que tuvo?

—Es una trampa, Will. Se pasó todo el día haciendo lo posible por evitar que Barnes fuera trasladado y cuando re-gresa a su apartamento tiene tres mensajes: dos de la madre, quien parece bastante alterada y preocupada por algo, y uno de un tipo que quiere verla para disculparse. ¿Y a quién llama primero? A Swisher. Nunca le responde el llamado a la madre por la línea fija, y tampoco al tipo.

—Debe haber usado el móvil.

—¡Exactamente! Así que la pregunta es: ¿por qué llamó a Swisher desde la línea fija y luego cambió al móvil para llamar a su madre y al tipo?

—Crees que ella sabe que alguien la está escuchando.

—Sí. Cuando recibe el llamado que la alerta sobre el traslado de Barnes, no llama a Swisher desde la oficina, a la única que llama es a la jueza. Sabemos que llamó a Taylor, pero desde el móvil. Regresé y escuché lo que teníamos de las líneas de la oficina de la semana pasada y es pura mierda. No discuten el caso. Honestamente, no están haciendo nada que tenga que ver con este caso ni con ningún otro.

—¿Cómo? Los únicos que lo sabemos somos tú, yo y Joe el fontanero.

—Swisher es exagente del FBI. Se me ocurre que registró el apartamento después de la entrada forzada y encontró nuestra mierda, y sumó dos más dos.

Will apretó los dientes:

—Maldición —murmuró.

—¿Qué más crees que saben?

—Supongo que saben lo de Las Vegas. Me contaron que hubo una escena muy emotiva en la prisión el viernes entre Barnes y McCabe, que podría concordar con que Barnes se enteró de la muerte de un amigo. Pero no creo que sepan lo otro. Al menos no todavía.

—¿Quién más sabe, además de Lee?

—Whitick. Él fue quien recibió la llamada en primer lugar.

—Es de confiar.

Michael empujó hacia atrás la silla al otro lado de donde Townsend estaba sentado:

—Tal vez.

Will abrió grandes los ojos y su cabeza se fue hacia atrás de manera involuntaria:

—¿Te preocupa Whitick?

—Volvamos a tu primera pregunta, Will. Me preguntaste quién creía que les avisó que Barnes iba a ser trasladado. Es cierto que varias personas lo sabían y pueden haber sido la fuente. Pero he escuchado la grabación de la llamada a la oficina de McCabe y aunque no estoy seguro de que sea Whitick, no puedo eliminarlo como sospechoso. Y si fue él, entonces tenemos un problema mucho más grande.

Townsend miró con fijeza a su abogado.

—O sea que no estás seguro de que él haya filtrado la información. Mira, conozco a Tom Whitick desde hace veinte años. No es una luz, pero es leal. Y además es el jefe de detectives del condado. Michael, sé que te ocupas de resolver mis problemas, pero tiene que haber otra manera de arreglar esto. Una cosa es que una puta en Las Vegas se suicide…

—Entonces tenemos que encontrar la manera de que la causa se resuelva con rapidez.

Will cerró los ojos y se masajeó las sienes.

—¿Cómo? Barnes sigue en prisión preventiva. Si hubiéramos podido colocarlo con la población general, habría sido fácil. Ahora hay una orden judicial de mierda que prohíbe el traslado.

—Necesitas poder alegar desconocimiento total sobre esto —dijo Michael—. Así que deja que yo me preocupe. Tengo algunas ideas, pero por ahora dejémoslo así.

Will asintió con la cabeza.

—No logro entender cómo ese idiota pudo haber tenido mis genes. —Alzó la cabeza y se topó con los fríos ojos color café de Gardner—. ¿Vamos para adelante? ¿Qué pasa si otros están mirando?

—Ya está arreglado.

—Esperemos que así sea —musitó, más como una plegaria que como una respuesta.

—También decidí sacar todo del apartamento de McCabe y de la oficina. Si saben, no quiero dejar ninguna evidencia.

—Me parece bien. No necesito más problemas; solo necesito que esto se termine.

—Hay otra buena noticia. Parece que la Oficina de Responsabilidad Profesional del Departamento de Justicia intervino el teléfono móvil de Swisher.

—¿Y?

La mueca de desdén de Gardner se asemejó a una sonrisa.

—No estuve todo ese tiempo en la Agencia de Seguridad Nacional sin desarrollar fuentes en el Departamento de Justicia. Me han prometido actualizaciones.

Will clavó la mirada en Gardner y meneó la cabeza.

—Me alegro de que estés de mi lado.

CAPÍTULO 23

Duane estaba de pie delante del reluciente y ultramoderno edificio de vidrio y acero de Seguridad Pública que albergaba al Departamento de Policía de Rhode Island, Providence, y pensaba en la última vez que había estado en la ciudad. En ese entonces, todavía trabajaba en el FBI y lo habían enviado a entrevistar a un sospechoso de "terrorismo", quien resultó ser un estudiante musulmán borracho de Johnson & Wales que había gritado "¡Allahu Akbar!" a pleno pulmón drente a una residencia de fraternidad. Salvo por la violación de la política universitaria sobre el consumo de alcohol, y tal vez de algún principio religioso, no se trataba de la siguiente ola terrorista por la que la policía del campus había llamado al FBI. En ese tiempo, el Departamento de Policía de Providence funcionaba en un edifico más apropiado para una novela de Dickens que para la sede de un departamento de policía. De sesenta años de antigüedad, decrépito y penosamente superpoblado, era apenas funcional.

"Cómo han cambiado los tiempos".

Duane se dio cuenta de que a veces todavía extrañaba ser parte de un organismo de seguridad. Pero sabía que no había marcha atrás. Sus antecedentes marcaban el límite. Para el resto del mundo, podría parecer que se había marchado del FBI voluntariamente, pero cualquier agencia de seguridad que quisiera contratarlo indagaría un poco más profundo y una vez que lo hiciera, apenas un viso de la verdad sería suficiente para que reencauzara la búsqueda en otra dirección. *C'est la vie.* Trabajar del lado de la defensa al menos lo mantenía involucrado en algunos casos interesantes.

Finalmente llegó a la Oficina de Detectives y cumplió con el papeleo para registrar su ingreso. Al cabo de diez minutos, un hombre de unos cincuenta años y aspecto cansado, vestido con un traje gris arrugado que, mirándolo bien, en realidad estaba compuesto por los restos de dos trajes grises arrugados, se acercó al mostrador.

—¿Swisher? —preguntó.

—Sí. Soy yo.

—Detective Vince Florio —se presentó—. Gracias por venir. Sígueme.

Se abrieron camino a través de un laberinto de cubículos y luego Florio hizo un giro repentino hacia la derecha y entraron en una oficina de buen tamaño. Sorprendido por el hecho de que Florio tuviera una oficina y no un cubículo, Duane enseguida tomó nota mental de todo cuanto pudo: fotografías de quienes parecían ser la esposa y tres hijos y varios premios que colgaban torcidos y sin orden en las paredes.

—Toma asiento —lo invitó Florio y señaló una silla frente a su escritorio antes de dejarse caer sin contemplaciones en su propia silla—. Brown, clase de 1993, ¿verdad?

Duane asintió con la cabeza.

—Ajá.

—Sí, mi hijo mayor tenía alrededor de trece años en ese entonces. Te vimos jugar, qué sé yo, tal vez una media docena de veces. Mi hijo era fanático de Providence College. Pero tú eras un muy buen Oso. Disfrutábamos viéndote jugar.

—Gracias. ¿Tu hijo juega?

—Jugaba —respondió, y hubo una sensación repentina de algo suspendido en el aire que se introduciría en la conversación—. Murió de leucemia en 1997. Todavía lo extraño.

Duane pensó de inmediato en Austin y trató de captar el dolor de perder a un hijo. No pudo. Era algo inimaginable.

—Lo siento. Sé que las palabras no sirven para nada, pero lo siento.

—Gracias. —Florio pareció perdido por un momento, como si el fantasma de su hijo estuviera cerca. Por fin, fingió una sonrisa y continuó—. Así que, mira, te agradezco que hayas venido. Como te dije por teléfono, parece que yo tengo información que tú estás buscando y tal vez tú tengas información que yo estoy buscando. —Se interrumpió y esbozó una sonrisa burlona—. ¿Quieres empezar tú?

Duane asintió con la cabeza y reconoció la mentalidad del policía de querer saber qué va a obtener antes de compartir lo que tiene. Sabía que la estrategia no obedecía a que él ahora era un civil; ya la había conocido antes, cuando era un agente, quizás hasta con más frecuencia entonces, porque la policía local no solía confiar en el FBI para compartirle nada, por lo general con razón. Despacio y de manera metódica, empezó a explicarle la causa y sus sospechas acerca de William Townsend, hijo, e incluyó quién era el padre de Townsend, siempre con la cautela de no decir nada que de ser repetido en un juzgado pudiera incriminar a Sharise de ningún modo. Florio no evidenció ninguna emoción mientras él se explayaba; permaneció sentado con los brazos cruzados sobre el pecho, escuchando.

Cuando Duane terminó, Florio descruzó los brazos y se balanceó hacia delante en la silla.

—¿De veras crees que Townsend era un asesino serial?

—No estoy seguro —respondió—. Pero es lo único que tiene sentido.

—¿Qué tal si tu cliente simplemente le robó y lo mató?

—Hay demasiadas piezas que no encajan para que eso sea cierto.

—O tal vez tú no quieres que encajen. ¿Cuál es el peor error que puedes cometer en esta profesión? Elaborar una teoría de lo que pasó y hacer que las piezas encajen en ella. Créeme, muchas otras teorías podrían llevar con más facilidad a un veredicto de inocencia, o incluso a un jurado en desacuerdo, que la que Townsend era un asesino a sangre fría. —Su risa fue profunda y cínica—. Me imagino que no soy el primero en sugerirte que tus posibilidades de un veredicto de inocencia son ínfimas.

—Puede ser. Pero por eso estoy aquí.

Florio abrió una carpeta de papel manila de alrededor de un centímetro y medio de grosor.

—Anthony DiFiglio, hijo —precisó con tono llano—. Fecha de muerte, 19 de septiembre de 2000. Lo encontraron en un contenedor de basura en Valley Street. Diecinueve años, vivía en la calle. Su padre lo había echado de la casa porque no podía aceptar a un "hijo marica"… palabras del padre, no mías. Causa de muerte, estrangulamiento. La muerte ocurrió unos cinco días antes de que se hallara el cuerpo. El cuerpo estaba en bastante mal estado y no se encontraron huellas dactilares. La única evidencia que se recuperó fue una mancha de semen en el vestido que llevaba Anthony.

Duane enseguida detectó el tono de familiaridad en la voz de Florio.

—¿Conocías a la víctima?

Florio asintió con la cabeza de un modo casi imperceptible, pero las palabras parecían atascadas.

—Sí —admitió casi en un susurro. Inhaló y luego sopló el aire con rapidez—. Conozco bien a su padre. Es un policía de Pawtucket. Fuimos compañeros en la academia. Él empezó aquí y después de cinco años se mudó a Pawtucket.

Permanecimos en contacto. —Cerró los ojos con lentitud—. Su hijo Tony siempre fue diferente. No era atlético, andaba siempre con chicas, volvía loco a su papá. Tony, el padre, es un tipo brusco y peleador. No me malinterpretes, no es una mala persona. Pero quería jugar al fútbol con su hijo, ir a los partidos juntos, tú sabes, las típicas cosas que los padres hacen con sus hijos. Pero su hijo no era ese tipo de niño y él no podía soportarlo. Cuando tenía alrededor de diecisiete, le dio un ultimátum: entraba en el ejército y se hacía hombre o se marchaba de la casa. El chico se fue de la casa. A ver, honestamente, ese muchacho tenía tantas posibilidades de adaptarse al ejército como Tinker Bell. —Dejó escapar un breve suspiro—. En cualquier caso, después de marcharse de su casa, vivía en la calle como una mujer. Lo mirabas y era imposible darte cuenta de que era un varón. Lo arrestaron varias veces por posesión de drogas y prostitución; ya sabes, delitos de supervivencia. Yo me aseguraba de que la gente supiera quién era su padre para que lo dejaran un poco en paz. También intenté hablar con él. Pero Jesús, nosotros los colegas podemos ser jodidamente tercos, y Tony es un terco. —Bajó la vista hacia los documentos en el expediente.

"Yo era jefe de Homicidios cuando encontramos el cuerpo. No tenía ninguna identificación encima y no hallamos nada alrededor del contenedor tampoco. Los detectives que fueron llamados a la escena no tenían ni idea de quién era. Apenas un pobre hijo de puta que había terminado en la basura. Suponían que el chico había tenido una sobredosis y que sus amigos se habían asustado y lo habían dejado tirado. Cuando leí los informes, tuve un mal presentimiento acerca de quién podría ser… un chico vestido de mujer, la edad estimada. Cuando el médico forense lo identificó y estableció la causa de muerte… —las palabras no le salieron. Se rascó una ceja; los ojos revelaban que el recuerdo seguía allí—. Fui a la casa a decirle a Tony. Ni bien me vio en la puerta, supo que yo no estaba allí porque habían vuelto a arrestar a su hijo. Sabía que yo estaba en Homicidios y que era horario de trabajo. Sus rodillas cedieron un poco cuando se lo dije, pero se aferró a la puerta y se estabilizó deprisa. Cuando entregamos el cuerpo, contrató a una compañía funeraria para que se hiciera cargo y lo enterrara junto a su madre. No hubo velatorio, ni funeral, ni servicio. Como dije, Tony no es una mala persona, pero en eso actuó con bastante frialdad, incluso según mis parámetros.

—¿De qué murió la madre?

—Ella y Tony se divorciaron cuando el niño tenía cuatro años. Unos tres años después, ella se enfermó: cáncer de mama en etapa cuatro. Creo que no duró ni un año. Cuando se puso muy enferma, el niño se mudó con su padre. A partir de allí, todo fue cuesta abajo.

—¿Hermanos?

—No, hijo único.

Duane tomó nota mental de jugar con su hijo cuando llegara a su casa.

—¿Qué reveló la investigación?

Florio estudió a Duane antes de continuar.

—Después de que el médico forense nos dijo que fue un homicidio, envié al equipo forense a hacer una revisión a fondo. Así fue como encontramos la mancha en el vestido. Pero como te podrás imaginar, no era una escena del crimen inmaculada y la muestra estaba bastante degradada. Lo único que teníamos era esa mancha. Ningún testigo, ninguna pista, nada. Así que la ingresamos en el sistema. Pero no arrojó ninguna coincidencia, aunque como la muestra estaba tan degradada, en realidad lo que buscábamos era algo parcial que nos pudiera dar una pista. Un año después, me trasladaron a otra división.

—¿Tú pediste el traslado? —quiso saber Duane.

Florio esbozó una sonrisa sarcástica.

—Sí, claro, pedí el traslado tanto como tú pediste el traslado del FBI. —Sus ojos parecían taladrar a Duane—. No, digamos que un día perdí la cabeza en la sala de interrogación.

—¿Dónde estás asignado ahora?

—No me mandaron detrás de un escritorio, si eso es lo que estás preguntando. Estoy donde estabas tú antes: Antiterrorismo.

A Duane le impresionó que Florio se hubiera tomado la molestia de indagar sobre él para una simple reunión.

—¿Entonces, si no estás más en Homicidios, por qué me enviaron a hablar contigo?

—Todos los que han estado alguna vez en Homicidios durante un tiempo determinado tienen una causa que los obsesiona... su propia Moby Dick. Estuve diez años en Homicidios. Tony DiFiglio es mi Moby Dick. A pesar de que a su padre no le importe, y sospecho que sí, les debo a ambos el encontrar al asesino.

Duane lo miró con desconcierto.

—¿Por qué estamos aquí entonces?

Florio se rascó la nuca.

—Todos los años, le pido a la gente de laboratorio que ingrese la muestra en el sistema CODIS y, todos los años, por cortesía hacia mí, lo hacen. Como dije antes, en vista del estado de la muestra, nunca creí que encontraríamos algo. Pero hace dos meses, les pedí que lo hicieran otra vez. Un par de horas más tarde, Andrea Peter, la encargada del laboratorio, llamó a mi puerta. "Tengo noticias para ti", me dijo. Y me contó que habían obtenido una coincidencia parcial. Si conoces CODIS, sabrás que no hay identificadores, solo el organismo que aporta la muestra. Así que naturalmente, llamé al organismo que aportó la muestra, la Oficina de la Fiscalía del condado de Ocean, y pedí por el jefe. Le expliqué quién era, qué estaba buscando y le di el número de la muestra. —Inclinó la cabeza para leer unas anotaciones manuscritas en el expediente—. El nombre del tipo es Whitick, Tom Whitick. ¿Lo conoces?

Duane negó con la cabeza.

—De todas maneras, podría haber sido más amable. Me dijo que le pediría a su gente que se ocupara y me llamaría de vuelta. Media hora después, me llamó para decirme que había habido un error terrible y que la muestra pertenecía a una víctima y que nunca debería haber estado en la categoría de sospechosos desconocidos.

”Y entonces le dije que qué mierda estaba diciendo. Que no me importaba si la muestra pertenecía a la Madre Teresa, que me diera el nombre. Y entonces me dijo que no, que como la muestra se había procesado sin seguir los protocolos apropiados, no me podía dar ninguna información. —Frunció el entrecejo, casi sin poder ocultar su enojo—. Mira —continuó—, yo sé cuando alguien me está mintiendo y ese tipo me estaba mintiendo. Después de hablar con él, llamé a un amigo mío en el FBI y le pregunté si había alguna forma de que pudiera conseguir la información y me dijo que si la agencia que procesaba la evidencia se negaba a proporcionarla, no se podía hacer nada. —Resopló de malhumor—. ¿Y sabes lo más curioso? Después de que pasó eso, durante dos semanas, me pasé las noches tratando de identificar a todos los asesinos en el condado de Ocean, cuyas víctimas fueran transgeneradas. Nunca pensé que podría ser al revés.

—Es transgénero.

—¿Qué? —preguntó Florio, con obvio desconcierto.

—Dijiste cuyas víctimas fueran transgeneradas. La palabra correcta es *transgénero*. Es un adjetivo —dijo. Y la expresión de Florio se volvió todavía más perpleja—. Lo siento —aventuró Duane—. Mi socia es una mujer transgénero y siempre me está enseñando el uso correcto de la terminología.

Florio se movió con incomodidad en la silla.

—Sí, claro. Como sea —respondió.

—Esto es lo que tengo sobre Townsend. —Duane abrió su portafolio y extrajo una hoja de papel—. Este es un perfil parcial de su ADN de una mancha de semen que encontramos en la escena. Lo que sucedió fue que la ropa interior de mi clienta quedó en la escena. De modo que la enviaron al laboratorio de la Policía Estatal para analizarla. Al parecer, no se dieron cuenta de que había manchas de semen en la ropa interior; pensaron que solo tenía sangre. Por lo tanto, cuando la Policía Estatal introdujo toda la evidencia en el sistema, las manchas de semen no se ingresaron como muestras de fuente conocida. Al igual que tu muestra, estas estaban bastante contaminadas y solo se pudo obtener resultados parciales de ambas. Una de las manchas correspondía a nuestra cliente, la segunda, según el informe, era del señor Townsend. Pero como no se había ingresado como muestra de fuente conocida, se analizó como sospechoso. Supongo que por eso cuando Andrea procesó tu muestra, obtuvo una coincidencia parcial. Interpusimos una moción para que nos autorizaran a procesar una muestra conocida completa de Townsend en la sección sin resolver de CODIS. Por desgracia, fue denegada.

Florio tomó el papel y lo miró.

—No entiendo esta jerga. ¿Te importa si le pido a Andrea que venga?

—Adelante.

Después de hacer el llamado, Florio volvió su atención a Duane.

—¿Puedes situar a Townsend en el lugar?

Duane le dirigió una mirada astuta.

—He investigado todo lo que he podido sobre el joven Townsend... registros postales, historial de voto, expedientes escolares... todo lo que pude recopilar legalmente. En agosto de 1999, alquiló un apartamento a dos calles de Providence College, al que asistió desde septiembre de 1999 hasta mayo de 2001, cuando obtuvo una maestría en Administración de Empresas. Así que puedo situarlo en tu ciudad cuando ocurrió el homicidio.

—¿Intentó estrangular a tu cliente? —interpuso Florio.

—No puedo responder a eso... entenderás que no puedo repetir lo que me contó mi clienta.

Florio asintió.

—Después de la maestría, se mudó a Boston —continuó Duane—, donde vivió durante dos años, para luego regresar a New Jersey, donde sus padres tienen casas en Moorestown y en Mantoloking. Moorestown es un suburbio de Filadelfia y Mantoloking no queda demasiado lejos de Atlantic City, donde mi clienta ejercía su profesión.

Florio le lanzó una mirada cómplice.

—¿Tienes otros, no?

Duane extrajo otra hoja de su portafolio.

—Qué curioso que mencionaras Pawtucket, porque hay un homicidio sin resolver de una mujer transgénero allí en marzo de 2001. No está confirmado si era o no una prostituta. Las demás eran todas prostitutas transgénero. Hubo una en Boston en febrero de 2002 y dos en Filadelfia; una en enero de 2003, la otra en marzo de 2005. El ataque a mi clienta fue en abril de 2006. —Le entregó la hoja de papel a Florio.

Cuando terminó de mirarla, Florio ladeó la cabeza.

—Interesante. Salvo por Tony, todas las muertes sucedieron en invierno.

—Lo mío es pura conjetura —arriesgó Duane—, pero si Tony fue el primero, y si las muertes están todas relacionadas, quizás él aprendió algunas cosas... hay menos testigos potenciales en las calles en invierno, y tal vez lleve un poco más de tiempo darse cuenta de que alguien ha desaparecido porque la gente no sale tanto. No es nada seguro, pero sí, parecería haber un patrón.

—¿Tienes información de ADN de alguna de las víctimas?

—No, me reuní con el detective Bradley en Pawtucket esta mañana. Un sujeto poco amigable. Miró el expediente y me dijo que no tenían muestras de ADN. Las evidencias de Boston se remiten al laboratorio de la Policía Estatal de Massachusetts, y se rehusaron a hablar conmigo. En Filadelfia me dijeron que habían procesado ADN del homicidio del 2005, sin ningún resultado, y que no habían rescatado ninguna evidencia en el caso de 2003.

—De modo que podría haber algo en Filadelfia y no sabemos acerca de Boston. —Hizo una pausa—. Calculo que al menos podré averiguar si Boston recolectó evidencia. Compartimos mucha información con Massachusetts. Si Boston procesó muestras en el momento, tal vez podríamos lograr que las vuelvan a procesar.

Hubo un golpe suave a la puerta y una mujer afroamericana atractiva, de unos cuarenta años, entró en la oficina.

—¿Me buscabas?

—Andrea, esta es nuestra muestra del caso DiFiglio y aquí tienes una copia impresa de una muestra de otro caso. ¿Qué opinas?

La mujer se puso las gafas que llevaba sobre la cabeza y estudió ambos documentos. Después de casi un minuto, levantó la cabeza y miró a Florio.

—Podría ser el mismo. Como te expliqué, necesitas trece *loci* para que haya una coincidencia. Nuestra muestra está tan degradada que lo máximo que podríamos obtener es una coincidencia de ocho, porque eso es todo lo que tenemos. Esta muestra tiene apenas siete *loci*, de manera que debió degradarse también, pero estos siete coinciden con los siete *loci* de nuestra muestra. Así que podría ser la misma persona, pero jamás sería admisible. Esta se parece a la que te traje hace dos meses.

—Es esa misma.

La joven mujer lo miró por encima de los lentes y luego se los quitó y los volvió a colocar en lo alto de su cabeza.

—Andrea Peters, él es Duane Swisher. Señor Swisher, Andrea Peters.

Después de que se estrecharon las manos, ella se volteó hacia Florio:

—¿Qué está pasando?

—Gracias al señor Swisher, tenemos un nombre e información de nuestro sospechoso. Tú tienes mucho trato con el laboratorio de la Policía Estatal de Massachusetts y Swisher tiene un caso en Boston. Aquí tienes la información. ¿Crees que podrías averiguar si rescataron ADN del homicidio allí y si obtuvieron alguna coincidencia? —preguntó y le entregó el papel.

Ella echó un vistazo al papel sin volver a colocarse las gafas.

—Por supuesto. ¿Algo más?

—No, gracias. Te agradezco la ayuda.

Luego de que Andrea se retiró y cerró la puerta, Florio cerró el expediente sobre su escritorio.

—No le caigo bien, pero es muy buena en lo suyo. —Pareció que no iba a agregar nada más, pero luego continuó sin esperar a que Duane preguntara—. El chico a quien golpeé en la sala de interrogación era un muchacho negro que fue arrestado como sospechoso en un tiroteo desde un vehículo en movimiento en el que murió una niña de siete años que resultó estar en el lugar equivocado en el momento equivocado. La cuestión es que el chico era totalmente inocente y yo actué como un estúpido. Por eso estoy acá, y no en Homicidios. La ciudad le pagó un dinero al chico para ocultar todo, pero Andrea y otros se molestaron mucho por las connotaciones raciales. Digamos que lo insulté con algunas palabras de las que no estoy orgulloso. Y cuando mi único castigo fue que me sentaran detrás de un escritorio noventa días y luego me trasladaran a Antiterrorismo, varias personas, Andrea incluida, se indignaron. Te cuento esto porque si estás pensando en usarme como testigo, tienes que saber que mi expediente contiene una investigación de Asuntos Internos y no es linda.

—Hablemos de tu posibilidad como testigo —aventuró Duane. Acto seguido, procedió a explicarle el estado de la causa, la moción que el juez ya había denegado y cómo esperaban usar esta información. También le sugirió que podría ayudar de otra manera, y mientras discutían esa posibilidad, Florio pareció muy interesado.

Duane acababa de tomar la autopista Garden State Parkway camino a su casa cuando sonó su móvil.

—Swisher —respondió.

—Ey, soy el detective Florio. Escucha, tengo buenas y malas noticias para ti.

—Te escucho.

—Parece que Boston tiene una muestra de ADN buena. Había células de la piel debajo de las uñas de la víctima, quien al parecer rasguñó al asesino.

—¿Y la mala noticia? —preguntó.

—No hubo coincidencias cuando la cotejaron hoy.

—Mierda —maldijo Duane.

—Hay más. Hoy pedí que volvieran a procesar nuestra muestra y no obtuve la coincidencia parcial que obtuvimos hace dos meses.

—El condado la quitó del sistema —afirmó Duane.

—Eso parece.

Ambos se quedaron callados.

—Te enviaré la declaración jurada por fax mañana para que la revises —expresó Duane por fin—. Pero antes de que presentemos una moción nueva, detective, me gustaría probar lo que estuvimos conversando.

—Intentaré llamarlo mañana.

Duane cortó la conversación con Florio y llamó a Erin enseguida para ponerla al tanto. Cuando terminó de hacerlo, le pareció extraño que ella no sonara más entusiasmada.

—¿Está todo bien? —preguntó.

—No.

—¿Qué pasó?

—Yo… no… entraron de vuelta.

—¿De qué estás hablando?

Erin permaneció callada por un largo tiempo.

—Ayer salí a correr y después que volví, tuve la impresión de que había algo raro. Me dije a mí misma que estaba siendo paranoica, pero de todas maneras desatornillé el teléfono en el dormitorio para chequearlo. El micrófono no estaba. Me fijé en la cocina y ese tampoco estaba. Me fui enseguida para la oficina y revisé los teléfonos y los lugares donde me dijiste que estaban los otros micrófonos y nada… no estaban.

—¿Por qué no me llamaste?

—Sabía que estabas viajando a Providence. Además, ¿qué podías hacer?

—No sé. ¿Llamaste a la policía?

—¿Qué? ¿Y decirles que alguien entró a la fuerza en mi apartamento y se llevó los micrófonos ilegales que había instalado en mi teléfono? Eso sí que hubiera estado bueno. Me podría haber puesto papel aluminio en la cabeza para que se dieran cuenta de que me faltaba un tornillo.

—¿Estás bien?

—¡No! Alguien entró en mi apartamento por segunda vez en… ¿cuánto, tres semanas? Y a propósito, no forzaron la puerta. Así que no, no me siento terriblemente segura estos días.

—Lo siento.

—Yo también. —Hizo una pausa—. Cómo me gustaría hacer mierda a estos bastardos. Espero que todos vivamos lo suficiente para hacerlo.

CAPÍTULO 24

Estaban reunidos en la oficina de Erin redactando el texto de la declaración jurada para que firmara Florio, cuando Cheryl llamó por el intercomunicador.

—Erin, es la primera fiscal adjunta Taylor y dice que necesita hablar contigo, que es urgente.

Erin se encogió de hombros al advertir la mirada inquisitiva de Swish.

—Gracias, Cheryl. Ponla en la línea.

Erin oprimió el botón de manos libres para que Duane pudiera escuchar.

—Hola, señorita Taylor. Te puse en altavoz porque estoy aquí con mi socio.

—No hay problema. Lo siento, tengo muy poca información en este momento, pero recibí una llamada del director de la cárcel hace unos cinco minutos. Tu cliente ha sido enviado al hospital. Parece que esta mañana, mientras lo trasladaban al área de ejercicio físico, se cayó por unos escalones y se lastimó.

—¿Qué tan graves son las heridas? —preguntó Erin.

—Me temo que no tengo información concreta, pero el director me informó que… que estaba inconsciente y que las heridas parecían graves.

Erin exhaló.

—¿A qué hospital la llevaron?

—A Bristol General.

—De acuerdo. Iré ahora mismo para allá. ¿Puedo pedirte que por favor me mantengas actualizada sobre su evolución?

—Desde luego —vaciló Taylor—. Eh… Erin, no tengo información de si el señor Barnes tiene familia, y si la tiene, de cómo comunicarme con ella. Pero tal vez debas hacerlo.

Ni bien cortó, Erin llamó a Tonya y le contó lo que sabían.

—Me subiré al primer avión que consiga. Te avisaré ni bien tenga el billete —le dijo Tonya.

Fueron en automóviles separados, ya que no estaban seguros de qué podrían tener que hacer. Ya en el hospital, les informaron que Sharise había sido llevada a la unidad de cuidados intensivos. Al acercarse a la estación de enfermeras, vieron a Bárbara Taylor que salía de una de las habitaciones acompañada por un médico. Cuando Taylor los vio, les hizo una seña con la mano para que se acercaran.

—Señorita McCabe, señor Swisher, él es el doctor Peter Ogden, a cargo del cuidado del señor Barnes. —Intercambiaron apretones de mano y Taylor volvió a tomar la palabra—. He hablado con el doctor Ogden acerca del hecho de que el paciente no tiene una familia local y que ustedes son los abogados del señor Barnes, y de cómo manejamos tanto la divulgación de información médica conforme a la Ley de Portabilidad y Responsabilidad de Seguros Médicos como las decisiones que deban tomarse para asegurar el cuidado apropiado del señor Barnes. Dado que el señor Barnes se encuentra bajo la custodia de la Oficina del Alguacil del condado, y que esta tiene no solo la autoridad sino el deber de tomar las decisiones médicas apropiadas en su nombre, me he comunicado con el alguacil, quien ha convenido que dadas las circunstancias presentes, ustedes deberían ser notificados de la evolución de su cliente y formar parte del proceso de toma de decisiones, a menos y hasta que un miembro de la familia pueda decidir en su nombre. Doy por hecho que están de acuerdo con eso.

Por unos instantes, las palabras de Taylor tomaron a Erin por sorpresa. Había anticipado que tendrían que luchar para conseguir información médica sobre Sharise.

—Gracias, Bárbara. Te agradecemos sinceramente que te ocuparas de eso por nosotros. Sharise tiene una hermana en Indianápolis. Ya hablamos con ella y se encuentra en camino.

El doctor Ogden tenía una expresión perpleja.

—Perdón. ¿Quién es Sharise?

Erin miró a Taylor.

—Es una larga historia —le dijo a Ogden—. Samuel Barnes también se hace llamar Sharise Barnes. Lamento la confusión.

Ogden asintió con la cabeza.

—No hay problema.

—Doctor, si no le importa, ¿podría decirles a la señorita McCabe y al señor Swisher lo que me acaba de informar a mí?

—Desde luego. El señor Barnes ha sufrido una fractura craneal basilar del hueso frontal como resultado de la caída. Cuando llegó, estaba inconsciente. En vista de la gravedad de la fractura, lo indujimos a un coma farmacológico con la intención de minimizar la inflamación del cerebro y, si sobrevive, cualquier lesión cerebral traumática a largo plazo. También sufrió fractura de clavícula y de tres costillas, además de otros hematomas y lesiones en los tejidos blandos. En este punto, se encuentra en estado crítico y lo estamos monitoreando en caso de edema cerebral, lo cual requeriría cirugía. Si pasa las próximas cuarenta y ocho a setenta y dos horas sin mayores complicaciones, tendrá una posibilidad razonable de sobrevivir. Pero por ahora es demasiado temprano para saberlo.

—Gracias, doctor. ¿Podemos verla? —preguntó Erin.

—¿Verla? —repitió Ogden.

—Como le dije, es una larga historia —afirmó Erin.

Ogden miró de Erin a Taylor y luego a Duane.

—Sí, claro, está bien.

—¿Podemos hablar en privado? —sugirió Taylor a Erin y a Duane.

Los tres caminaron hasta el final del pasillo y se detuvieron frente a una gran ventana que daba al estacionamiento del hospital.

—Miren —comenzó Taylor—. Soy fiscal, así que soy desconfiada por naturaleza. Obviamente, sé del intento de sacar a su cliente de prisión preventiva, y que después de que eso no ocurrió, sufrió una caída que le produjo heridas graves. No tengo ninguna duda de que si estuviera en sus zapatos, me estaría preguntando qué está pasando. Solo quiero que sepan que comparto su preocupación. Ya he hablado con el director de la cárcel para asegurar que se resguarden todos los videos. No creo que nada de esto cambie mi opinión acerca de su cliente, pero de la misma manera, si alguien está tratando de lastimarlo, es parte de mi trabajo procurar que eso no suceda. —Se detuvo y se llevó el labio inferior entre los dientes, como si dudara qué más decir.

—Gracias, Bárbara. Yo… te agradecemos mucho, en especial que resguardes el video. Lo único que puedo decir es que han sucedido otras cosas… cosas que no tenemos la libertad de discutir… que nos hacen estar prácticamente seguros de que esto no fue un accidente. Con suerte, Sharise saldrá de esta. Pero mientras tanto, cuando su hermana llegue aquí, nos reuniremos con ella para ver cómo podemos protegerla.

Taylor pareció confundida.

—Desde ya que todo el tiempo que permanezca aquí estará vigilada por personal armado de seguridad de la Oficina del Alguacil.

—Lo siento, pero no puedo dejar de recordar la escena de *El Padrino* cuando van a matar a don Corleone al hospital.

Y ni qué hablar del hecho de que está siendo vigilada por oficiales de la misma oficina que los que estaban con ella cuando... —dibujó comillas en el aire— *se cayó* por las escaleras. Así que perdóname si no me siento absolutamente tranquila acerca de su seguridad.

Taylor no dijo nada.

—Discúlpame —agregó—. No fue mi intención atacarte a ti ni a nada que hayas hecho. Estamos muy agradecidos de que nos hayas dado la posibilidad de hablar con Ogden. No es de ti de quien desconfiamos, sino de todos los demás que parecen querer muerta a nuestra clienta.

—Supongo que entiendo —concedió Taylor—. Ya he avisado a los oficiales del alguacil que ustedes y los miembros de la familia están autorizados a entrar en la habitación. Habrá dos hombres apostados afuera todo el tiempo y cuando haya visitas en la habitación, uno de los guardias estará dentro. —Respiró hondo—. Por favor, avísenme si necesitan algo más.

Tal como Taylor indicó, dos oficiales custodiaban la puerta de la habitación de cuidados intensivos. En el interior, Sharise estaba conectada a un ventilador y a varios monitores y tenía vías intravenosas en ambos brazos. Su rostro estaba hinchado y magullado. Sus manos estaban esposadas a la barandilla de la cama.

Erin miró las esposas y meneó la cabeza con disgusto. Tomó una de las sillas para visitas, la acercó a la cama y se sentó. Se inclinó hacia delante y habló suavemente.

—Ey, Sharise. Somos Erin y Duane. Estamos aquí contigo. Tu hermana está en camino. Con suerte, llegará en un par de horas. No aflojes, muchacha. Tú puedes salir de esta.

Se reclinó en la silla y alzó la cabeza hacia Duane para decir algo, cuando advirtió que el oficial de pie junto a la puerta estaba al alcance del oído. Se volteó hacia Sharise y meneó la cabeza.

—No aflojes —repitió en un susurro.

A solas en el pasillo, Erin se volvió hacia Duane.

—Tengo una idea. No estoy segura de que funcione, pero necesitamos convencer a Tonya y a Paul.

—Te escucho —dijo él con curiosidad.

Cuando ella terminó de explicar, Duane meneó la cabeza.

—Es una locura. ¿De verdad crees que lo aceptarán?

—Tú fuiste quien me contó que Paul está ganando más de cinco millones anuales y que está en el primer año de un nuevo contrato garantizado a tres años.

—Vale la pena intentarlo —cedió Duane con un resoplido.

Poco antes de las once, Tonya llamó para avisarles que el dueño de los Pacers pondría a disposición de ellos el avión de la compañía para que los llevara a Atlantic City y una limusina para trasladarlos al hospital. Mientras hablaban por teléfono, Erin le manifestó su sensación de que la caída de Sharise no había sido accidental y le explicó su plan para tratar de protegerla de otro intento.

Durante el resto de la mañana y principios de la tarde, se turnaron para sentarse junto a la cama de Sharise y hablarle. Alrededor de las dos y media de la tarde, alguien golpeó la puerta.

—Han llegado familiares para ver a Barnes —informó el oficial al otro, que estaba sentado en la habitación observando a Erin—. Ya los revisé, está todo bien.

A Erin siempre le había impresionado el tamaño y el físico de Duane, era más que obvio que se mantenía en muy buena forma, pero cuando Paul Tillis entró en la habitación, de pronto se dio cuenta de lo grandotes que eran los jugadores de la liga de baloncesto. No solo era más alto que Duane, sino que su figura corporal era imponente de una manera en que Duane no lo era.

Tonya, con su metro ochenta, parecía menuda en comparación. Era una bella mujer de piel oscura con cabello negro y rizado que caía sobre sus hombros. Tanto Erin como Duane habían conocido a Tonya cuando había visitado a Sharise en la cárcel, pero ninguno de los dos conocía a Paul.

Al cabo de unas breves presentaciones, Tonya se apresuró hacia la cabecera de la cama. Cuando contempló el rostro magullado de su hermana, se cubrió la boca con una mano y contuvo los sollozos que pugnaban desesperadamente por convertirse en un gemido. Paul se acercó a su esposa, le apoyó las manos sobre los hombros y la empujó con gentileza hacia él. Tonya se dejó abrazar, abrumada por la visión del cuerpo golpeado de Sharise.

Por fin, tomó asiento en una silla y se inclinó hacia delante para estar a unos pocos centímetros de su hermana.

—Hola, bebé. Paul está conmigo aquí. Sé que puedes oírme. Puedes superar esto. Te amo, hermanita.

Erin abandonó la habitación en silencio y esperó en el pasillo con Duane. Al cabo de unos quince minutos, Paul salió de la habitación.

—¿Hay algún lugar donde podamos tomar un café? —preguntó—. Tonya me contó acerca de la sugerencia que le hicieron y me gustaría discutirla con ustedes.

"Bueno, por lo menos no dijo que no".

—Sí, hay una cafetería en el primer piso.

—De acuerdo, le avisaré a Tonya dónde estaremos. Después de lo que he visto, quiero avanzar con esto lo antes posible.

CAPÍTULO 25

—Buen día, alguacil. ¿Qué puedo hacer por ti?

—Bárbara, he tratado de comunicarme con Lee, pero parece que está fuera de la oficina en una reunión muy importante. Te estoy llamando porque acaban de pagar la fianza de Samuel Barnes.

—¿De qué diablos estás hablando, Charlie?

—Su hermana acaba de estar aquí y entregó un cheque certificado por un millón de dólares. Ese es el monto de la fianza.

—¿Cómo carajo…? —Estaba a punto de decirle que no liberara a Barnes hasta que ella pudiera llegar al tribunal y elevar el monto de la fianza, cuando se dio cuenta de que Barnes estaba en coma y no podía ir a ninguna parte. ¿Qué demonios estaba haciendo McCabe?—. De acuerdo, Charlie, no hagas nada por ahora. Como sabes, Barnes está en coma en el hospital, así que podemos estar tranquilos de que no va a desaparecer. Déjame averiguar qué está pasando.

—Eh… ¿le avisas tú a Lee?

—Sí, claro. Trataré de encontrarlo y lo pondré al tanto.

Taylor cortó y llamó a Ángela, la asistente de Lee, pero la única respuesta que obtuvo era que se encontraba en una reunión con Will Townsend. Ángela prometió dejarle un mensaje para que se comunicara de urgencia con Bárbara.

Bárbara tomó su móvil y se desplazó por los contactos.

—Hola, Bárbara —respondió Erin al primer tono—. Supuse que me llamarías.

—¿Es verdad que la hermana de tu cliente acaba de pagar un millón de dólares en efectivo de fianza?

—Así es.

—¿Qué estás haciendo, Erin? Sabes que tu cliente no puede ir a ninguna parte. ¿Realmente voy a tener que ir al tribunal para detener esto?

—Espero que no. Mira, la hermana de mi cliente quiere asignar su propio equipo de seguridad para custodiar a Sharise y su propio equipo de enfermeras para que la atiendan. Dirás que estoy loca, pero me preocupa que alguna enfermera pueda inyectar algo accidentalmente en la vía intravenosa de Sharise y matarla. No tengo ningún problema si quieres apostar guardias al final de cada pasillo y en cada acceso de salida del hospital. Sabes que es imposible mover a Sharise. Solo queremos la posibilidad de asegurarnos de que estará a salvo. Algo que el condado no ha podido garantizar.

Se produjo un prolongado silencio.

—¿Sigues ahí, Bárbara?

Taylor hizo una pausa.

—Sí, estoy pensando.

—Para que sepas, estoy en el hospital, y Duane está con la hermana de Sharise ahora. También logramos que la hermana sea designada tutora temporaria. Y quizás quieras avisarle al alguacil que tendrá que reposicionar a sus oficiales porque insistiremos en que no estén apostados en la puerta. No es falta de confianza ni nada parecido —hizo una pausa—. Ah, y a propósito, pídeles que por favor le retiren las esposas. A partir de ahora, está bajo fianza.

—¿Erin, has pensado en las ramificaciones de lo que estás haciendo?

—Para ser honesta, probablemente no. Pero sí he pensado en las ramificaciones de no hacerlo, y la verdad es que no hay otra opción.

Bárbara suspiró.

—De acuerdo. Estaré en contacto —dijo. Se frotó los ojos y evaluó sus opciones. Tampoco era que Barnes pudiera ir a ninguna parte. En este punto, ni siquiera era seguro si lograría sobrevivir. Recogió el teléfono y marcó—. Charlie, soy Bárbara. Sí, lo confirmé, y por ahora, hasta que yo pueda hablar con Lee, limítate a pedir a tus hombres que monten guardia en los extremos del pasillo. Al parecer, la hermana ha contratado guardias de seguridad privada para proteger a Barnes. Así que por el momento, seamos amables. Tampoco es que la pueden... o lo pueden mover, ni nada de eso. Mantente atento y avísame si ocurre algo fuera de lo normal. Ah... y Charlie, dile a tus oficiales que le quiten las esposas. Gracias.

Quince minutos después, llamó Lee.

—Me dijeron que me estabas buscando y que era urgente. ¿Qué sucede?

—¿Todavía estás con Will Townsend?

—Sí, estamos terminando. ¿Por qué?

—La hermana de Barnes acaba de pagar la fianza.

—¿Qué?

—Esa reacción se ha vuelto muy popular.

—¿Cuánto es la fianza... no es un millón en efectivo?

—Correcto, y antes de que preguntes cómo, el cuñado de Barnes juega en la Liga Nacional de Baloncesto y es el origen de los fondos, así que ni siquiera podemos pedir una audiencia para la determinación del origen de fondos... es legítimo.

—Bárbara, tienes que ir ya mismo al juzgado y detener esto inmediatamente. Barnes no puede ser liberado.

—Lee, antes de que enloquezcas, déjame recordarte que Barnes está en coma y puede no sobrevivir. No va a ir a ninguna parte. Hablé con McCabe y la razón por la que lo hicieron fue para poner sus propios guardias de seguridad en la puerta y traer a sus propias enfermeras para que lo atiendan. En otras palabras, no confían en nosotros.

—Me importa un carajo que confíen o no en nosotros, no puedo permitir que esto suceda.

—Lee, déjame sugerir que desde un punto de vista de responsabilidad, tal vez sea mejor dejar esto así por ahora.

—¿De qué diablos estás hablando? ¿Responsabilidad? ¿Qué responsabilidad?

—Lee, Barnes está en una cama de hospital con una fractura de cráneo y tal vez no sobreviva. He visto el video de la cárcel y, si bien no es concluyente en cuanto a por qué, no hay ninguna duda de que hubo contacto entre el guardia penitenciario y Barnes y que eso causó que Barnes, que estaba esposado y con grilletes, se cayera por los escalones. El guardia dice que fue accidental, y no hay forma de contradecir eso, pero sospecho que en algún momento habrá una denuncia. Si Barnes sobrevive y sale del coma, entonces podremos preocuparnos de ir al juzgado y elevar la fianza. Pero ahora, en vista de la situación, podría parecer un poco malintencionado. Siempre podemos alegar que no hicimos nada ahora para que pudiera obtener la atención que su familia deseaba para él. Si disputamos ahora la fianza y ganamos, si Barnes no sobrevive, le echarán la culpa al condado.

Lee se quedó callado varios segundos.

—Tengo que hablar con Will y con Michael. Te llamaré más tarde.

La llamada se cortó y Bárbara se preguntó por qué Lee estaría reunido con ellos en primer lugar. Bárbara llevaba el tiempo suficiente haciendo esto para confiar en su instinto y su instinto le estaba diciendo que había algo raro. Lo que había comenzado como un caso fácil se había convertido poco a poco en algo mucho más complicado. Lee estaba actuando de manera extraña, los acontecimientos que habían precedido a la caída de Barnes corroían su mente. Su instinto le estaba diciendo a los gritos que alguien quería muerto a Barnes.

No necesitaba esta complicación. Sabía que aunque se las ingeniaba para disimularlo, había pagado un costo emocional por su divorcio de Dan y la venta de su casa. De modo que había albergado la esperanza secreta de que una vez que la causa terminara, Townsend le demostrara su agradecimiento ayudándola a ser nombrada jueza. Vicky se graduaría en la universidad en la primavera, así que sería el momento perfecto.

Bárbara giró en su silla, abrió la gaveta de expedientes y retiró el que correspondía a *El Estado contra Barnes*. Luego extrajo el mapa de Swisher que mostraba los homicidios de prostitutas transgénero cerca de donde vivía Townsend. Bárbara respiró hondo. "Maldición. Si Will se llega a enterar que investigué los antecedentes de su hijo, será el fin de mis posibilidades de llegar a jueza". Pero había cosas más importantes que convertirse en jueza… como mirarse en el espejo por la noche. No estaba convencida de que Bill Townsend fuera un asesino, pero ya no estaba convencida de que no lo fuera.

Will se paseaba de un lado a otro.

—Te dije que necesitaba que este caso se cerrara pronto —gritó—. No me quiero ni imaginar lo que podría suceder si Barnes sobrevive. La causa podría prolongarse durante meses mientras se recupera. No estoy nada contento, Michael.

—Bueno, me temo que tengo una noticia que te pondrá menos contento aun —dijo. Will ladeó la cabeza y lo observó con recelo—. Te conté que me prometieron mantenerme actualizado de las escuchas del móvil de Swisher.

—Ajá.

—Estuvo en Providence, Rhode Island, el lunes. Se reunió con el detective que había llamado a Whitick.

—¿El que tenía la coincidencia parcial?

—Exacto, el mismo. Se supone que Swisher obtendrá una declaración jurada de este tipo acerca de su conversación con Whitick. Todavía no han terminado de atar los cabos, pero están peligrosamente cerca.

Will cerró los ojos e inhaló despacio.

—Mierda —masculló—. ¿Qué hacemos ahora? ¿Ya tienen la declaración jurada?

—Por lo que tengo entendido, todavía no. Pero supongo que la tendrán dentro de las próximas veinticuatro a cuarenta y ocho horas.

Will se frotó el rostro con las manos.

—Entonces estamos acabados. Si el Departamento de Policía de Providence se entera, será una cuestión de tiempo que todo salga a la luz.

—Quizás no —sugirió Michael.

—Explícate.

—Por lo que sé, cuando Swisher llamó a McCabe, le explicó que el policía con el que se reunió había tenido problemas con Asuntos Internos y que por esa razón ya no está más en Homicidios. Al parecer, el homicidio con la coincidencia parcial es un caso cerrado sin resolver que este tipo se empeña en seguir de tanto en tanto. Así que es posible que sea el único que tiene la información o, al menos, el único a quien le importa. Recuerda que Whitick se ocupó de arreglar todo hace dos meses y Providence ni chistó. De modo que es obvio que el caso no les quita el sueño.

—Toda esta mierda se está complicando cada vez más —se quejó Will, de nuevo con voz airada.

—Nunca supe que te dieras por vencido en mitad de una misión —afirmó Gardner.

—Nadie dijo nada de darse por vencido —retrucó Townsend en voz alta—. Me fastidian los cambios en los objetivos de la misión. Si las cosas hubieran salido como lo planeamos, ni siquiera estaríamos teniendo esta conversación.

—La mayoría de las personas no hubiera sobrevivido a la caída. Y tal vez Barnes no lo haga. Solo tenemos que ocuparnos de las eventualidades.

—¿Tenemos? Pensé que ese era tu trabajo —dijo Will.

CAPÍTULO 26

La noche del miércoles fue una noche larga. El doctor Ogden había notificado a Tonya que Sharise estaba sufriendo una hemorragia cerebral. La llevaron a toda prisa al quirófano, donde le practicaron una craneotomía para intentar aliviar la presión en el cerebro. La cirugía había comenzado alrededor de las cuatro de la tarde y pasaron casi cinco horas hasta que Ogden apareció en la sala de espera para informarles que las cosas habían salido todo lo bien que se podía esperar. Lo que nunca se mencionó en todas las conversaciones era cuál sería el estado mental de Sharise en caso de que sobreviviera. Para cuando la regresaron a la unidad de cuidados intensivos desde la sala de recuperación, eran pasadas las once.

A las nueve de la mañana del día siguiente, Erin se arrastró hacia su oficina. Tanto ella como Duane habían estado ausentes durante la mayor parte de los dos últimos días y el trabajo se estaba amontonando. Mientras escuchaba los mensajes, sintió alivio de que no hubiera noticias de Taylor o Carmichael que indicaran que se presentarían en el juzgado para exigir el aumento del monto de la fianza.

Alrededor de las diez, Tonya la llamó para contarle las novedades. Sharise había tenido cuarenta grados de fiebre y le habían incrementado los antibióticos por vía intravenosa, preocupados por una posible infección producto de la cirugía. A pesar de los contratiempos, Ogden pensaba que Sharise tenía un cincuenta por ciento de posibilidades de sobrevivir. Aunque cuando Tonya le había preguntado acerca de un posible daño cerebral a largo plazo, el médico se había mostrado evasivo.

Duane apareció a eso de las diez y media, terminó la declaración jurada de Florio y la envió por fax. Más tarde, Erin se le unió en su oficina, donde solo atinaron a permanecer sentados y mirarse con fijeza. Las últimas cuarenta y ocho horas habían sido incontrolables; apenas habían tenido tiempo de lidiar con una crisis tras otra. Había sido una vorágine y ambos estaban física y mentalmente agotados.

—¿Crees que vivirá? —preguntó Duane.

Erin le dirigió una sonrisa triste.

—¿Sabes qué? Creo que sí. La echaron de su casa y sobrevivió en la calle durante cuatro años. No solo es fuerte, yo diría que es muy resiliente. Así que sí, apuesto a que sobrevivirá.

Duane asintió con la cabeza.

Mientras lo observaba, Erin no pudo evitar advertir que parecía estar muy incómodo. De hecho, no podía estarse quieto.

—¿Qué pasa? —preguntó por fin.

—El martes a la noche jugué baloncesto —respondió él.

—Genial. Yo me rompo el lomo juntando los papeles de la fianza en caso de que presenten una moción para elevarla y tú jugando baloncesto —acotó ella con un sarcasmo que más que ser real pretendía impresionar—. Por lo que imagino que tu confesión no se limita a hacerme saber que has pecado, ¿verdad?

—Ajá. Hay más —admitió Duane con timidez—. Hablé con Mark después del partido.

—¿Y? Es tu amigo, pueden hablar.

Duane bajó la vista y luego levantó la cabeza despacio para poder mirarla a los ojos.

—Esto es un poco incómodo, E, pero mira, sé que tú… bueno, que Mark te atraía. Y que las cosas no han salido exactamente como tú querías. Pero… me preguntaba si todavía tendrías la capacidad de recordar cómo era ser un hombre y ver las cosas desde esa perspectiva.

—¿De qué demonios estás hablando, Swish?

—Bueno, cuando eras un hombre, Lauren te resultaba muy atractiva, ¿no es cierto?

Erin inhaló; su impaciencia iba en aumento.

—Sí. ¿Y?

—Y me contaste que antes de Mark, nunca te sentiste atraída por un hombre, ¿verdad? —La mirada furibunda de ella fue suficiente respuesta para que Duane prosiguiera—. Bueno, supón que cuando eras un hombre, te atraía esta mujer, pero después descubrías que se le había asignado el sexo masculino al nacer. —Hizo una pausa y dio la impresión de querer sonreír por haber utilizado bien la terminología, pero la mirada penetrante de Erin lo disuadió—. En cualquier caso, si descubrías eso, ¿que sería lo primero que te preguntarías?

Ella lo miraba con incredulidad.

—¿Me estás hablando en serio? ¿Estás tratando de decirme que Mark está dudando porque no sabe qué tengo entre las piernas?

A pesar de la piel oscura, pudo ver que Duane se sonrojaba.

—Vamos, E. ¿Te parece tan difícil de entender? —arriesgó por fin.

—Bueno, gracias por avisarme. Si Mark me vuelve a invitar a salir, me aseguraré de que se entere.

—Mira, solo estaba tratando de ayudar. Pensé que si él sabía que… bueno… que todo era normal…

Erin suspiró y meneó la cabeza.

—¿Le contaste que me hice la cirugía?

Los ojos de Duane respondieron.

La perplejidad se borró al instante del rostro de Erin.

—¿Sabes? Hay una parte de mí que de verdad lo entiende. Y hay otra parte que se siente tan jodidamente ofendida que me gustaría empezar a lanzar cosas a través de la habitación. Básicamente, lo que estás diciendo es que si no me hubiera hecho la cirugía de reconstrucción, y él se sintió atraído por mí, tal vez le repugnaría el hecho de que besó a una mujer que todavía tiene un pene. Pero si tengo las partes que corresponden, las partes que se supone que tienen las chicas, y no soy una chica con un pene, entonces todo está bien en el mundo.

Se puso de pie, tomó su bolso y se encaminó hacia la puerta.

—Espera E. ¿Adónde vas?

Ella se detuvo y se volteó.

—Mira, Swish, te agradezco que trataras de ayudar. No estoy enojada contigo... en serio, no lo estoy —aseguró con aire de resignación—. ¿Y sabes qué? Hay una parte de mí que entiende por qué es importante. Pero Jesús, Swish, es tan degradante saber que a fin de cuentas, lo único que le importa a la gente es lo que hay entre mis piernas.

"Quiero decir, piénsalo. Es exactamente por eso que no logro que el juez o el fiscal acepten a Sharise como mujer. Carajo, ni siquiera puedo lograr que se *dirijan* a ella como una mujer. ¿Pero sabes qué? Sharise es tan mujer como yo. Y quizás ahí esté el problema: las personas me perciben como una mujer, así que me aceptan. Pero en cuanto esa percepción es cuestionada, entonces arde Troya. Y entonces soy igual que Sharise... sufro de delirios. ¿Sabías que Redman describió a Sharise de ese modo durante la moción, como alguien que sufría de delirios? Y no iba a ordenar que el condado pagara el tratamiento de sus delirios. Bueno, si ella sufre de delirios, entonces yo también. Soy un tipo loco que sufre del delirio de creer que es una mujer. —Tomó su abrigo del perchero en la esquina de su oficina—.

Regresaré. Tenemos mucho que hacer. Necesito un poco de aire fresco —agregó y se marchó.

—Gracias por venir —dijo Erin, mientras su madre se inclinaba para darle un abrazo.

—Lo menos que puedo hacer después de la debacle de Acción de Gracias.

—Ya te dije, mamá, no fue tu culpa. Papá entenderá cuando le llegue el momento o, como estoy descubriendo, tal vez no lo haga.

—Eso suena de mal agüero. ¿Quieres explicarte?

—La verdad que no. ¿Puedo hacerte una pregunta?

—Por supuesto, querida.

—De acuerdo. Supongamos, hipotéticamente, que yo no me hubiera hecho la cirugía de reconstrucción.

Su madre frunció el entrecejo.

—De acuerdo.

—Pero que, por lo demás, me viera exactamente como me veo hoy.

Su madre ladeó la cabeza como una indicación para que continuara.

—¿Dirías que un hombre que se sintiera atraído por mí es gay?

—¿Me arrancaste de la comodidad de mi oficina no para hablar de Acción de Gracias ni de tu papá ni de cómo estoy, sino para preguntarme si un hombre que te encuentra atractiva es gay?

—Básicamente, sí.

—Me imagino que esto tiene que ver con el tipo que te plantó no una vez sino dos.

—Ajá.

—Mi Dios, si alguna vez tuve alguna duda de que fueras una mujer, ya no tengo ninguna.

—¿Qué quieres decir? Eso suena increíblemente…

—¿Qué? ¿Sexista? ¿Estereotipado? Pues sí. Como estás descubriendo, las mujeres podemos ser nuestras peores enemigas. Nos pasamos culpándonos a nosotras mismas por los defectos de los hombres que nos gustan. Si tan solo fuéramos mejores esposas, madres, novias, amantes, lo que sea, ponle el nombre que quieras, ellos no tendrían los problemas que tienen. Y eso es exactamente lo que estás haciendo, Erin. Si este tipo que te gusta está tan obsesionado con el hecho de que en algún punto de tu vida viviste como un hombre, es su problema, no el tuyo. Te consideres o no una mujer, depende de ti sentirte a gusto con quien eres y al diablo con todos los demás.

Desconcertada por el tono severo de su madre, Erin guardó silencio.

—Escucha —continuó Peg—, tu padre puede ser un completo idiota a veces, como lo demostró el otro día. Pero yo no me culpo porque él es un idiota. Él tiene la culpa. Eso no cambia el hecho de que lo amo y que tengo que aprender a lidiar con sus defectos. Pero no puedo hacer eso si me hago cargo de sus defectos. Son suyos, no son míos. Así que no te alteres porque un tipo esté preocupado por lo que tienes entre las piernas. Es problema de él, no tuyo.

Erin se reclinó con los ojos muy abiertos.

—Bueno, me alegra haberme quitado eso de encima.

Su madre sofocó una risa.

—Lo siento. Supongo que estoy cansada de que te culpes a ti misma. De nuevo, es algo que las mujeres solemos hacer bien. —Sonrió a su hija, se extendió hacia delante y le tomó la mano—. Estoy muy orgullosa de quien eres. Y no es de sorprender que para muchos hombres heterosexuales tu historia pueda ser difícil de digerir. ¿Sabes qué? No hay nada que puedas hacer al respecto. Así que te sugiero que lo aceptes, aprendas a manejarlo y sigas adelante.

Antes de que Erin pudiera responder, su teléfono móvil empezó a sonar. Bajó la vista y vio que era Duane. Le hizo una seña a su madre para que no hablara y abrió la tapa del móvil.

—Hola. Estoy hablando con mi mamá.

—E, regresa a la oficina en cuanto puedas. Algo le pasó a Florio.

—¿A qué te refieres? ¿No va a firmar la declaración jurada?

—No, le dispararon.

—Ay, mierda. Voy para allá. —Miró a su madre a través de la mesa—. Lo siento, ma. Cuando se acabe esta pesadilla, iremos a algún lado y te explicaré.

—¿Duane está bien? —preguntó Peg con preocupación.

—Sí. Pero un testigo clave tal vez no lo esté.

Erin se alejó de la mesa, tomó sus cosas y abrazó a su madre.

—Ten cuidado —susurró su madre.

—Lo intentaré —respondió ella y se marchó deprisa.

Subió corriendo las escaleras al segundo piso y pasó por la puerta de la oficina de Cheryl en dirección a la de Duane.

—¿Qué pasó? —preguntó Erin casi sin hacer una pausa en la puerta.

—No sé. Llamé a su oficina para ver si había recibido la declaración jurada y cuando pregunté por el detective Florio, me pusieron en espera. Luego el sargento Brown tomó el teléfono y me preguntó por qué llamaba. Cuando le conté, me dijo que el detective Florio había recibido un disparo anoche y que él no tenía autorización para darme más detalles. Me conecté enseguida a Internet y busqué la página del *Providence Post*, que decía que Florio había recibido una llamada acerca de un posible sospechoso de terrorismo a eso de las cinco de la tarde y que él y otro oficial habían ido a investigar. Cuando llegaron al lugar, fueron emboscados. El otro oficial no sufrió heridas, pero Florio fue llevado al hospital en estado crítico.

Erin tomó asiento y ahuecó las manos detrás de su cabeza. Quería creer que esto no estaba relacionado, pero era casi imposible.

—¿Algún arresto?

—No.

—¿Crees que está relacionado con nosotros?

Duane asintió con la cabeza.

—¿Por qué? —preguntó Erin.

—El tiroteo tuvo lugar a una calle de donde se encontró el cuerpo de Tony DiFiglio, la víctima de homicidio en el caso de Providence. Es un mensaje para nosotros. Nadie más entenderá ni creerá la conexión. El mensaje fue entregado, alto y claro.

—Pero espera. No puede haber una conexión. ¿Cómo sabrían que te habías reunido con Florio y le habías dado información? Y aun si lo hubieran sabido, ¿por qué pensarían que asesinar a un policía cambiaría las cosas? Otros policías podrían seguir el caso.

—También pensé en eso. ¿Te acuerdas que cuando volvía de Providence el lunes te llamé y repasamos todo lo que había ocurrido?

—Sí —respondió ella y frunció el entrecejo con desconcierto.

—Bueno, recuerdo que te dije que Florio ya no estaba más en Homicidios y que esta causa era su Moby Dick, un caso sin resolver que lo obsesionaba.

El rostro de Erin se contrajo a medida que iba entendiendo lo que Duane estaba sugiriendo.

—¿Tu teléfono móvil?

Duane asintió.

—¿Pero cómo? Tendrían que haber intervenido tu móvil. Ni siquiera Townsend es tan poderoso.

—No, pero el Departamento de Justicia sí.

—Hay algo que no me cierra, Swish. Supongamos que tienes razón y que el Departamento de Justicia intervino tu móvil, presuntamente por la investigación sobre la filtración. ¿Cómo se conecta eso con Townsend? Tal vez estamos viendo fantasmas.

—Tienes razón, no sé cómo es la conexión entre el Departamento de Justicia y Townsend, pero no creo en las coincidencias.

Ninguno de los dos dijo nada durante un largo tiempo.

Por fin, Erin aventuró:

—Sé que esto va a sonar insensible, pero ¿hay alguien más que pueda firmar la declaración jurada?

—Tal vez —respondió él—. Conocí a la mujer que dirige el laboratorio. Ya la llamé. Todavía no me devolvió la llamada.

—¿Crees que Florio llamó a Whitick antes de que le dispararan?

—No sé. Me dijo que iba a intentar llamarlo ayer. Pero no sé si lo hizo.

Su computadora emitió un sonido de alerta para avisar que había un nuevo artículo sobre el tiroteo. Duane se volteó con rapidez y actualizó la página.

—Mierda —masculló y apoyó los dedos en su frente—. Se murió. —Cerró los ojos con una intensa expresión de dolor—. Tenía dos hijos. Y no puedo evitar sentirme responsable. Somos el beso de la muerte.

Erin inhaló con lentitud y asintió con la cabeza; la idea de dos niños ahora sin un padre era mortificante. Otra persona más estaba muerta a causa de ellos. Permanecieron sentados sin hablar, permitiendo que el silencio los envolviera como una mortaja.

—¿Te has preguntado por qué Townsend no nos ha eliminado? —preguntó ella finalmente.

—Sí.

—¿Y?

—Es un tanto irónico, pero no creo que valga la pena el riesgo. —Se encogió de hombros—. Lo de Lenore parece un suicidio. Sharise sufrió una caída accidental. Y ahora Florio muere en el cumplimiento del deber... todo bastante plausible. ¿Cómo haría para matarnos sin que parezca sospechoso?

Los ojos de Erin delataban su cansancio.

—No lo sé, pero espero que no lo descubra.

Más tarde, Duane entró en la oficina de Erin cuando ella se disponía a dar por terminado el día.

—El lunes iré de nuevo a Providence.

—¿Por qué? —preguntó ella mientras levantaba la vista del teclado y se masajeaba la nuca.

—Tengo que tratar de convencer a la directora del laboratorio de que firme la declaración jurada.

—No lo hará.

—No. Como dijo ella, este caso era la causa perdida de Florio y a ella en realidad no le importa que atrapen o no al asesino del trans.

—¡Uf! ¿Serviría de algo si te acompaño? Tal vez pueda hacer algo para mejorar la imagen de los trans —declaró con una mueca.

—No, gracias. No te ofendas, pero no creo que sirva de mucho. De todas maneras, hablaré bien de ti.

—Gracias. Buena suerte.

—Gracias. Me parece que la voy a necesitar.

CAPÍTULO 27

DUANE MIRÓ SU RELOJ POR tercera vez. ¿Acaso Andrea Peters lo estaba ignorando o era su modo de vengarse por haber pasado encima de ella y hablado con su jefe? Llevaba más de una hora esperando y su paciencia se estaba agotando. Justo cuando estaba a punto de pedir hablar con el jefe, un hombre joven, de algo más de veinticinco años, vestido con una bata de laboratorio, lo llamó por su nombre.

—Hola. Soy Richard Barbieri, uno de los asistentes de la doctora Peters —se presentó—. Me pidió que viniera a buscarlo y le pidiera disculpas por la espera.

—No hay problema —mintió Duane y advirtió con interés que Florio nunca había utilizado el título formal de Peters.

Cuando entraron en el laboratorio, Barbieri lo condujo más allá de una serie de personas que trabajaban en unas mesas largas hasta la puerta de vidrio de una oficina. Mientras se acercaban, Peters alzó la vista de lo que estaba leyendo y les hizo una seña para que pasaran.

—Gracias, Richard. Terminaremos las cosas después de que hable con el señor Swisher. Por favor, cierra la puerta al salir. —Peters dirigió su atención a Duane—. Por favor, tome asiento, señor Swisher.

Duane asintió.

—Gracias por tomarse el tiempo para recibirme.

Peters se llevó un dedo doblado hacia la boca, mostrando sus largas uñas color carmesí.

—Solo acepté porque mi jefe me lo pidió. De lo contrario... —se interrumpió y dejó el resto sin decir.

—Lamento muchísimo lo que pasó con el detective Florio.

Peters lo traspasó con la mirada.

—Señor Swisher, aunque no me gusta hablar mal de alguien que murió en el cumplimiento del deber, no es ningún secreto que no nos llevábamos bien.

—Me lo comentó. Y me dio una versión muy acotada sobre el motivo de tensión entre ustedes.

Peters soltó una risa sarcástica.

—No tengo ninguna duda de que fue acotada... y tal vez tamizada e inventada también. Déjeme darle la versión pura y dura. A mi entender, el detective Florio era un racista, así de simple —hizo una pausa—. ¿Le contó que el hombre era inocente y que durante el interrogatorio le pegó tan fuerte que le rompió la mandíbula y que mientras le pegaba le gritaba repetidamente negro de mierda? ¿Le contó eso?

—No con ese detalle, no. Sí me relató que la víctima del caso era una niña afroamericana de siete años que quedó atrapada en el fuego cruzado de un tiroteo desde un automóvil en movimiento.

—Estoy segura de que intentó hacer ver que no era prejuicioso, que simplemente perdió los estribos, ¿verdad? El bueno de Florio, indignado por la pérdida de una pobre e inocente niña negra. —Lo miró con fijeza—. Señor Swisher, investigué un poco sobre usted, así que sé que trabajó en el FBI. Me imagino que sabe lo prejuiciosas que pueden ser a veces las fuerzas del orden público y la seguridad. Para mí, las personas como el detective Florio son representativas de ese problema.

Duane asintió con lentitud.

—Tiene razón. Hay mucho prejuicio en los organismos de seguridad y lo he experimentado de primera mano. Cuando estaba en el FBI, un policía me detuvo mientras caminaba en mi propio vecindario. Después me contó que me detuvo porque le resultó sospechoso que un hombre de color estuviera caminando en un vecindario de gente blanca. La ironía es que él era negro. Así que sí, concuerdo con usted. Pero no hace falta ser un blanco ítalo-norteamericano para tener prejuicios en esta profesión.

Peters se apretó el labio inferior entre los dedos, todavía con expresión desconfiada.

—Tony DiFiglio era la obsesión de Florio, no la mía. Honestamente, el caso no me interesa, porque al final de cuentas, usted y yo sabemos que jamás podremos probar quién mató a DiFiglio sobre la base de un ADN. Usted le dio a Florio un sospechoso y eso es todo lo que tendremos: un sospechoso.

—¿Sabe que el padre de DiFiglio es un policía?

—Por favor, no me haga reír. Por lo que se dice en Pawtucket, comparado con él, Florio parece Martin Luther King.

—Mire, no puedo obligarla a hacer nada. Pero mi clienta es una prostituta transgénero afro-norteamericana de diecinueve años a quien echaron de su casa cuando tenía quince. Está acusada de haber matado al hijo de veintiocho años de uno de los políticos blancos más poderosos y renombrados del estado de New Jersey. Mi socia y yo estamos convencidos de que el muchacho a quien se la acusa de haber asesinado es de hecho un asesino serial. Ahora mismo, lo único que tenemos para seguir investigando es el homicidio de Tony DiFiglio y el perfil de ADN del que usted obtuvo una coincidencia y que ya no está más en el sistema. Y mientras estamos sentados aquí, ni siquiera estoy seguro de que mi clienta esté viva, porque cuando me marché anoche para venir para aquí, todavía estaba en coma, por haberse "caído" por unos escalones después de que un guardia de la prisión la golpeara "accidentalmente". De modo que a decir verdad, no me interesa si Florio era un miembro activo del Ku Kux Klan; esto no se trata de él, y usted tiene razón, tampoco se trata de Tony DiFiglio, se trata de Sharise Barnes y de intentar salvar su vida.

—Bueno, le deseo suerte con eso, señor Swisher, pero ese no es mi trabajo. Mi trabajo es ayudar a la policía del estado, del condado y local a resolver crímenes aquí en Rhode Island. Me parece que es tarea de otras personas resolver crímenes en New Jersey.

Duane deslizó la declaración jurada que había redactado para ella a través del escritorio.

—¿Qué es esto? —preguntó Peters.

—Es lo que me gustaría que leyera y, si es cierto, que lo firme.

Ella rio entre dientes.

—¿No me ha estado escuchando, señor Swisher? No tengo ningún motivo para ayudarlo.

La mirada de Duane era fría.

—Creo que sí.

Más tarde, sentado en su oficina, Duane sonreía como el Gato de Chesire mientras Erin revisaba la declaración jurada firmada.

—¿Hiciste que se contactara con Massachusetts mientras estabas ahí? —El tono de su voz se elevó con excitación—. Guau, hay una coincidencia parcial también en Boston. —Levantó la vista de los papeles—. Esto es increíble, Swish. Hay dos coincidencias parciales en lugares donde vivía Townsend en el momento de los asesinatos. Dios mío.

—Y Boston tiene un perfil completo de ADN de su sospechoso. Si logramos enviar el ADN completo de Townsend a Massachusetts, podríamos tener una coincidencia total —concluyó.

Erin se enjugó los ojos.

—¿Cómo conseguiste esto?

Duane resopló.

—En un momento sentí que regresaría con las manos vacías. La doctora Peters no quería ceder en lo más mínimo. Así que puse todo sobre la mesa… le conté de Lenore, la entrada forzada en tu apartamento y en la oficina, los teléfonos intervenidos, el intento de sacar a Sharise de prisión preventiva, la caída y, por último, nuestra sospecha de que Florio, quien tanto le desagradaba, había sido asesinado por este caso. Al principio se rio, pero a medida que le iba explicando todo, creo que empezó a darse cuenta de que era plausible.

—¿Y Boston?

—Peters hizo un trato conmigo. Me dijo que llamaría a un colega que conocía en el Departamento de Policía Estatal de Massachusetts y le enviaría los resultados de nuestro caso. Si había una coincidencia parcial, nos firmaría la declaración jurada y nos ayudaría a obtener una de Massachusetts.

Erin se puso de pie, dio la vuelta al escritorio hacia donde él estaba sentado, se inclinó y lo abrazó.

—Gran trabajo. Gran trabajo. Y hay más buenas noticias.

—¿En serio?

—Tonya llamó alrededor de las tres. La fiebre de Sharise cedió y no ha habido más inflamación ni sangrado en el cerebro. Todavía es demasiado temprano para saber si habrá daño permanente, pero Ogden piensa que sobrevivirá.

—Carajo, eso es genial. Tal vez su ángel de la guarda finalmente la está cuidando.

—Sí, esperemos que así sea —respondió Erin con una sonrisa cálida—. Ojalá que sí.

Ambos permanecieron callados por un rato, en un intento por disfrutar de un buen día… el primero en mucho tiempo.

—¿Cómo quieres manejar esto? —inquirió él—. Quiero decir, no dejan de ser dos coincidencias parciales, todavía no es juego, set, partido.

—Lo sé. Y con la orden de Redman que nos exige presentar una moción con anticipación, me preocupa que puedan seguir intentando ocultar cosas.

Erin pensó por un momento; se preguntaba cómo podían asegurar que la evidencia fuera preservada y llegara a los medios en caso de que quienes manejaban los hilos trataran de ocultarla.

—Prepararé una moción de reconsideración —dijo—, pero en vez de requerir que el perfil completo de Townsend se ingrese en el sistema, solicitaremos que su perfil de ADN completo sea enviado a Massachusetts para poder determinar si hay una coincidencia total. —Se quedó pensando—. Y a Filadelfia también. No hay razón para no incluirlos. Si hay coincidencia, diría que se acabó, ganamos.

Continuó dando vueltas las cosas en su mente y reflexionó sobre el respeto mutuo que sentía que estaba creciendo entre ella y Taylor.

—¿Qué te parece si la llamo a Bárbara y fijo una reunión para discutir evidencia nueva que hemos descubierto? Si logramos ponerla de nuestro lado, creo que ni Redman se negaría a enviar el ADN a Massachusetts y a Filadelfia.

—Me parece bien —dijo Duane.

Se extendió y marcó el número de la línea directa de la oficina de Taylor, que ya se sabía de memoria. Después de cuatro timbres, la llamada pasó al buzón de correo:

—Hola Bárbara, somos Erin y Duane. Te estamos llamando porque nos gustaría reunirnos contigo para discutir cierta evidencia nueva. Llámame mañana a la oficina. Gracias. —Colgó el teléfono y se volvió hacia su socio—: Sé que hace un frío del demonio, ¿pero qué dices si vamos a tomar una cerveza…? Iba a decir para celebrar, pero eso podría ser prematuro y no quiero atraer la mala suerte. ¿Qué tal si tomamos una cerveza porque sí?

—Buena idea —respondió él con una ancha sonrisa—. Yo invito.

CAPÍTULO 28

Mientras caminaba hacia su coche, Bárbara maldijo el frío de principios de diciembre. Los últimos tres días habían sido brutalmente fríos, y hoy, los vientos huracanados intensificaban la sensación. Arrojó el portafolio en el asiento trasero y arrancó el motor, luego subió la calefacción al máximo. Aunque sabía que solo arrojaría aire frío hasta que el automóvil se calentara, esperaba que eso al menos entibiara un poco el aire del interior.

Se quedó pensando un momento en qué quería cenar. Era lunes por la noche y no tenía ganas de cocinar. Desde el divorcio y con Vicky en la universidad, rara vez lo hacía. Se estaba frotando las manos para tratar de generar un poco de calor mientras decidía dónde quería llamar para pedir comida a domicilio, cuando sonó su móvil.

—Hola, Tom. ¿Qué pasa?

—¿Dónde estás, Bárbara? Tengo que verte.

El tono de voz de Whitick la desconcertó. Parecía dominado por el pánico. En todos los años que había estado en la Oficina de la Fiscalía, los últimos tres como primera fiscal adjunta, nunca había visto a Whitick nervioso.

—¿Estás bien, Tom? ¿Qué sucede?

—No puedo hablarlo por teléfono. Tenemos que reunirnos esta noche, lo antes posible.

—Mmm... estoy en el estacionamiento. Todavía no me fui. ¿Sigues en el edificio? Podemos juntarnos en mi oficina.

—¡No! —exclamó él—. Ahí no. Tiene que ser un lugar privado.

Bárbara se apartó el teléfono de la oreja y lo miró, preocupada por lo extraño de la conversación.

—De acuerdo. ¿Dónde te gustaría que nos encontremos?

—¿Puedes venir a mi casa... en unos veinte minutos?

Bárbara había estado en la casa de Whitick muchas veces, tanto socialmente como por trabajo, por lo general para que firmara alguna investigación en la que la Oficina de la Fiscalía estaba involucrada.

—Por supuesto. ¿Estás seguro de que estás bien?

—Sí, te veo en veinte minutos.

El trayecto entre la oficina y la casa de Whitick tomaba apenas quince minutos, de modo que se detuvo en un 7-Eleven a comprar una taza de café, con la esperanza no solo de que la calentara, sino de que la despertara.

La casa de Whitick quedaba en una urbanización construida en la década de 1970 y compuesta de casas modestas de dos pisos que solo se diferenciaban por el color. Cuando Bárbara detuvo el coche, no parecía haber luces encendidas en el interior y las luces exteriores estaban apagadas. La única iluminación provenía de un farol cercano en la calle y de una luz amarilla intermitente de un coche utilitario que estaba estacionado varias casas más adelante.

Al acercarse a la puerta de entrada, con el bolso y el café en la mano, la luz del porche se encendió y Tom abrió la puerta.

—Pasa —le dijo. Y ni bien ella entró en el vestíbulo, él se apresuró a apagar la luz exterior.

—Tu casa estaba tan oscura que pensé que se había cortado la luz.

—No, no sé qué pasa —respondió él mientras miraba hacia afuera con nerviosismo antes de cerrar la puerta deprisa—. Han estado trabajando allí desde ayer.

—¿Qué sucede, Tom?

—Lo siento, Bárbara. Sé que pensarás que estoy loco, pero tenemos que hablar… en privado. Por favor.

Atravesaron la cocina oscura y entraron en el estudio, iluminado apenas por una lámpara de escritorio. Bárbara dejó su café sobre la mesa, se quitó el abrigo y lo colocó en el respaldo de una silla mientras él se acercaba al escritorio, tomaba unos papeles y se dirigía a una poltrona frente a ella.

—¿Has visto esto antes? —le preguntó y le entregó una hoja.

—Tom, está tan oscuro aquí dentro que casi no puedo ver mi mano. ¿Puedes encender una luz?

Whitick se acercó a una lámpara a un lado del sillón y la encendió.

—Lo siento.

Bárbara estudió el documento antes de alzar la vista.

—Parece un perfil de ADN. Pero como no sé de quién es, no sé si alguna vez lo he visto.

—¿Alguna vez Lee te dijo algo sobre Providence, Rhode Island?

—¿Providence? No. ¿Por qué?

Whitick respiró hondo.

—¿Alguna vez Lee te contó sobre una coincidencia parcial en el caso Townsend?

—No. Por el amor de Dios, Tom, ¿de qué estás hablando? —preguntó; la frustración se colaba en su voz.

Whitick se quitó los lentes y se frotó el ojo derecho.

—Hace unos dos meses, un detective de Providence me envió la copia impresa que acabo de entregarte. Habían obtenido una coincidencia de siete *loci* con una muestra de semen de uno de nuestros casos, y querían el nombre del sospechoso para poder empezar a indagar y ver si podía colocar a la persona cerca de la escena del crimen. Como nosotros habíamos ingresado los datos al sistema, me pidió colaboración.

De pronto Bárbara entendió adónde iba todo eso.

—¿Townsend?

Whitick asintió de manera casi imperceptible.

—Tom —gritó por poco—. ¿Por qué nadie me dijo nada?

Whitick inhaló muy profundo.

—Fui a ver a Lee. Quiero decir, esto era... es potencialmente explosivo. Le expliqué lo que era y lo que podía llegar a significar. Me dijo que hiciera desaparecer la muestra de CODIS y que le dijera a este sujeto en Providence que había sido un error. Le dije a Lee que teníamos que decírtelo, pero él respondió: "No, esto debe quedar entre nosotros".

Bárbara se inclinó hacia delante en el sillón y se tapó la boca con las manos mientras trataba de poner en claro sus pensamientos.

—¿Por qué me lo dices ahora?

Incluso en la luz tenue, Whitick se veía pálido.

—El miércoles pasado recibí una llamada del detective de Providence. Me dijo que tenía información sobre Townsend y que lo podía ubicar en la ciudad en el momento del asesinato de una prostituta transgénero. Dijo que si no volvía a ingresar la muestra en el sistema, nos denunciaría para obtener la información.

—Aguarda, ¿tenía información sobre Townsend? ¿Cómo la consiguió?

—Recuerda, la mancha de semen se ingresó como de sospechoso desconocido. Estaba degradada, pero formó parte de las pruebas que se entregaron a McCabe y a Swisher.

—¿Pero cómo la conectó con...? —se interrumpió en la mitad de la pregunta.

—Por el documento de prueba de Swisher que establecía

conexiones entre los lugares donde había vivido Townsend con asesinatos de personas transgénero. Swisher debió de hablar con el detective en Providence.

Bárbara frunció el entrecejo en tanto ataba cabos.

—Mierda. Entonces tal vez McCabe y Swisher tienen razón. Puede que Townsend esté en la base de datos como sospechoso porque... —hizo una pausa—. Porque asesinó antes.

—Hay algo más de Providence que debes saber —aventuró Whitick—. Me quedé tan conmocionado con la llamada que me tomé el viernes y el lunes para decidir qué hacer. Cuando volví a la oficina hoy, me encontré con una alerta nacional en la base de datos del Centro Nacional de Información sobre el Crimen emitida por el Departamento de Policía de Providence en la que se notificaba a todas las oficinas de seguridad que estaban buscando a un sospechoso armado y peligroso que había emboscado y matado a uno de sus detectives. —Se detuvo y cerró los ojos—. El detective asesinado era el sujeto que me llamó.

Bárbara meneó la cabeza.

—¿No pensarás que está conectado, verdad?

—La verdad es que no sé qué pensar. Nadie más sabía de la llamada, así que quiero creer que es solo una terrible coincidencia, pero no estoy seguro porque todavía hay más.

—¿En serio?

Whitick respiró profundo.

—Creo que la caída de Barnes no fue un accidente. Que intentan matarlo para evitar que esta información salga a la luz.

—¿Por qué piensas eso? —inquirió ella en voz baja, temerosa de delatar sus propias preocupaciones.

Whitick la miró con fijeza.

—Barnes está en una unidad de cuidados intensivos con el cráneo fracturado. ¿De veras crees que fue un accidente?

—No lo sé —replicó Bárbara; era la primera vez que expresaba sus dudas a alguien—. Leí los informes, así que conozco la versión oficial. Un guardia lo estaba llevando de su celda al área de ejercicio físico. Se detuvieron en lo alto de unos escalones porque el guardia estaba esperando que su compañero se ubicara en la parte inferior. Un recluso que gritó detrás de él lo distrajo y cuando se volteó, golpeó a Barnes accidentalmente. Barnes perdió el equilibrio y cayó por los escalones —dijo, estudiando el rostro de Whitick—. Pero tú no crees eso, ¿verdad?

—No, no. Hace diez días trataron de sacarlo de prisión preventiva y llevarlo con la población general. Y ahora, después de que ese intento falló, se cae por las escaleras y puede que no sobreviva. Y al mismo tiempo, Swisher y McCabe están recabando evidencia potencialmente condenatoria. Bárbara, esas no son coincidencias sin relación.

Ella amagó con hablar, pero él alzó su mano.

—La noche de Acción de Gracias recibí un llamado del director de la cárcel —prosiguió—. Me dijo que acababa de hablar con Lee, que Lee quería que Barnes fuera trasladado junto con la población general al día siguiente… el día después de Acción de Gracias, cuando todos los tribunales estaban cerrados. El director estaba fuera de sí. Me dijo que Barnes estaría muerto el domingo por la noche y que toda la culpa recaería sobre él. Me rogó que llamara a Lee para ver si podía hacerlo cambiar de opinión. Así que lo llamé. Cuando empecé a hablar con él me di cuenta de que había estado bebiendo. Le comenté las preocupaciones del director y comenzó a gritarme y a decirme que no era asunto mío y que qué mierda sabía yo, que no era yo quien tenía que responder a Townsend. De más está decir que me quedé bastante helado porque nunca escuché a Lee comportarse de esa manera. —Bajó la vista a su regazo—. A la mañana siguiente, hice lo que pude para evitarlo.

Bárbara se reclinó en la silla, consciente de lo que Whitick acababa de admitir.

—¿Tú llamaste a McCabe?

—Tenía que hacerlo. Estaba convencido de que... —se interrumpió y respiró hondo—. Mira, Bárbara, tú sabes que pienso que Barnes y su forma de vida es algo totalmente enfermo, pero sabiendo lo que sabía, creí que sería cómplice de su asesinato si no intentaba detenerlo. Puedo ser muchas cosas, incluso un miserable hijo de puta, pero no soy un asesino.

—¿Por qué no me llamaste?

—Esperaba que McCabe recibiera el mensaje y lo evitara. También llamé al director de la cárcel y le dije que demorara el traslado todo lo que pudiera porque estaba intentando frenarlo. Por suerte, McCabe recibió el mensaje y lo detuvo. Si ella no lo hubiera logrado, te habría llamado. Pero honestamente, he intentado mantenerte fuera de esto. No quiero arruinar tu carrera. Si las cosas van bien para ti, tal vez Townsend te recomiende para fiscal o juez. Pero si lo haces enfadar, nunca tendrás esa oportunidad.

Ella esbozó una triste sonrisa de agradecimiento.

—Gracias, Tom. Es muy generoso de tu parte. Pero yo hice un juramento de hacer justicia, no de complacer a Will Townsend, y si eso significa no llegar a ser nunca fiscal o jueza, no lo seré.

—Bueno, ahora te involucré. Pensé que no tenía otra opción. Después de la caída de Barnes, y ahora toda esta mierda de Providence, no sabía a quién más recurrir.

Bárbara cerró los ojos, perdida en sus pensamientos. Su instinto había estado en lo cierto. Qué curioso, pensó, no le había pedido ayuda a Whitick para investigar el pasado de Bill Townsend porque no había estado segura de que podía confiar en él, por lo cual se había quedado sola para hacerlo. Y ahora resultaba que lo había subestimado.

—¿Estás bien? —preguntó él.

Ella hizo una mueca de pesar.

—Sí, genial —respondió—. Necesitamos hablar de esto. ¿Qué pasa si le contamos a Lee y nos despide antes de que podamos revelarle lo que sabemos a McCabe? Quiero decir, sé cuáles son nuestras obligaciones morales, ¿pero cuáles son nuestras obligaciones legales? ¿Has tenido alguna otra noticia de Providence?

—No, pero supongo que con un detective asesinado y un sospechoso prófugo tienen otras cosas de qué preocuparse en este momento.

—¿Dijiste que cuando te llamó la semana pasada tenía información sobre Townsend?

Whitick asintió con la cabeza.

—De manera que McCabe y Swisher deben estar investigando todos los lugares en el documento de prueba para tratar de encontrar una conexión con Townsend.

—Supongo que sí —hizo una pausa—. Tal vez sea mejor esperar y dejarlos que hagan el trabajo sucio por nosotros, ¿no?

Bárbara miró a su jefe de detectives con una sonrisa resignada.

—Adivino que ya contemplaste ese escenario antes de llamarme.

—Así es. Puede que esté loco, pero no me pareció que fuera mi trabajo hacer eso. Y si resulta que el asesinato del detective de Providence está conectado... bueno.

—Te entiendo —dijo ella. Sabía que él tenía razón, pero su instinto práctico no estaba del todo convencido de esperar a que las cosas se desenvolvieran. Consultó la hora y se preguntó si McCabe todavía estaría en su oficina a las seis y cuarto de la tarde. Levantó la cabeza y miró a Whitick—. Tengo que reunirme con los abogados de Barnes y notificarlos. ¿Estás de acuerdo?

A pesar de su expresión incómoda, Whitick asintió.

—¿Y qué hacemos con Lee? ¿Qué vas a decirle?

—La verdad. Y si me despide… —Bárbara se interrumpió y dejó escapar una risita—. ¿Quién sabe? Quizás los contrate a McCabe y a Swisher para que me representen cuando me acusen de delatora.

Se deslizó por sus contactos y decidió llamar a la oficina de McCabe en vez de a su móvil, con la esperanza de que ya no estuviera allí y eso le diera un poco de tiempo para decidir qué decirles. Después del cuarto timbre, la llamada pasó al buzón de voz.

—Erin, soy Bárbara Taylor. Llámame mañana. Me gustaría tener una reunión contigo y con el señor Swisher para discutir información nueva que he recibido. Estaré disponible después de las diez y media. Gracias.

—¿Quieres una cerveza o una copa de vino? Algo para tranquilizarte un poco —ofreció Whitick.

Ella pensó un momento.

—¿Por qué no? ¿Tienes vino blanco?

—Sí, tengo una pequeña bodega en el sótano debajo de los peldaños de entrada. Tiene la temperatura perfecta para mantener el vino.

—No, por favor, no abras una botella para mí.

—¿Quién dijo que la abriré para ti? —respondió él con lo más parecido a una sonrisa que había mostrado desde que ella llegó.

—De acuerdo, siempre que compartamos. ¿Puedo pasar al baño?

—Por supuesto, adelante.

Ambos se pusieron de pie, y mientras él cruzaba la cocina con paso pesado, ella se encaminó al pasillo y al baño de huéspedes.

Los movimientos de Whitick eran instintivos, estaban grabados en su memoria motora porque los había hecho cientos de veces antes. Pero tan pronto como abrió la puerta para encender la luz de la bodega, ella reconoció el olor.

—¡No...! —gritó. Pero la explosión resultante devoró su grito y también su cuerpo, y en esa fracción de segundo, Bárbara Taylor y Tom Whitick dejaron de existir. La bola de fuego que sobrevino envolvió la casa y sus cuerpos en igual medida y dejó atrás apenas un recordatorio dantesco de las personas que alguna vez habían sido.

Mientras Erin lavaba los platos y limpiaba después de la cena, prendió el televisor para ver Noticias 12. Cuando la imagen apareció finalmente, se encontró con la escena de una casa consumida por las llamas.

—Y tal como acaba de manifestar Lee Gehrity, fiscal del condado de Ocean, los funcionarios están preocupados no solo por la seguridad del jefe de detectives, Thomas Whitick, el dueño de la casa a mis espaldas, sino que se ha intensificado el temor por la primera fiscal adjunta Bárbara Taylor, cuyo automóvil se encontraba estacionado fuera de la casa del jefe Whitick y de quien no se ha tenido noticias desde la explosión.

Erin cerró el grifo de inmediato y trató de procesar lo que acababa de escuchar. Luego tomó su teléfono móvil y llamó a la línea fija de Duane, rezando para que no estuviera intervenida, y le contó lo que había visto en las noticias.

—¿Estás ahí? —preguntó él, después de que ella se quedó callada.

—No, no estoy segura de dónde estoy.

—Erin, el otro día me preguntaste por qué no nos habían eliminado y yo te respondí algo como que era demasiada molestia. Ya no pienso lo mismo. Después de esto, creo que voy a llevar a Cori y a Austin a un lugar seguro. Te sugiero que vayas a la casa de tus padres o de tu hermano. No te quedes ahí. Si eliminaron a Whitick y a Taylor, nosotros somos los siguientes.

—Sí, claro —respondió, con un tono casi robótico—. Tienes razón, lleva a Cori y a Austin lejos de Dodge y cuando regreses, veremos qué hacer.

Cerró la tapa del móvil y clavó la vista en el televisor sin sonido. El conocido mapa meteorológico adornaba la pantalla donde apenas unos minutos antes se habían mostrado imágenes de la pira funeraria de Bárbara y Whitick.

Se forzó a levantarse del sillón, se puso su pesado abrigo de invierno, se aseguró de tener todo lo que necesitaba en su bolso y salió a la oscuridad para dirigirse a la oficina.

Allí, hizo copias de la moción para reconsideración, reemplazó "Primera Fiscal Adjunta Bárbara Taylor" por "Fiscal Adjunto Roger Carmichael" en el campo CC de la carta de acompañamiento, pegó las etiquetas de correo certificado en cada sobre y se marchó. La ventaja de tener una casilla de correo era que el vestíbulo externo de la oficina postal estaría abierto hasta las nueve de la noche. No habría nadie trabajando, pero podía dejar los sobres en el buzón de correo saliente y sabía que los recogerían a las ocho de la mañana.

Faltaban apenas unos minutos para las nueve de la noche cuando Michael tocó el timbre. Will Townsend abrió la puerta y se hizo a un lado para dejarlo pasar. No articuló palabra mientras se encaminaban a la cocina, pero la furia en sus ojos lo decía todo.

—Pensé que te había dicho que no —aseveró en tanto se paseaba de un lado a otro—. Te dije que buscaras otra manera. Ahora, según las noticias, Whitick no estaba solo en la casa, Taylor estaba allí también. Te dije que he conocido a Tom Whitick durante más de veinte años. ¿Qué carajo estás haciendo?

La mirada de Gardner era fría y casi no reaccionó a la diatriba de Townsend.

—No había otra opción —declaró por fin—. Teníamos un micrófono en su casa. El utilitario tenía dos propósitos, y uno de ellos era escuchar. Whitick le contó todo a Taylor y planeaban juntarse con McCabe y Swisher. Will, si esto se desmorona, estaremos en problemas. Había que detenerlos.

Townsend dejó caer la cabeza.

—No —masculló, con la ira ya agotada—. Se nos está yendo de las manos. ¿Cuántos más? Primero era solo una puta. Después había que deshacerse de Barnes. Tengo la sensación de que ya todo se está desmoronando.

—Solo faltan dos. Y entonces sí será el fin.

—¡No! De ninguna manera. Imagínate cómo se vería eso. El fiscal y los abogados defensores terminan muertos y el acusado tiene el cráneo fracturado. ¿Por qué no ponerme bajo un reflector y gritar: "¡Ey, vengan a investigarme!"?

Michael estudió los ojos de Townsend y luego consultó la hora.

—Déjame ver qué puedo hacer —precisó y extrajo un móvil prepago—. Sé que puedo detener a los que irán tras Swisher, pero el tipo que visitará a McCabe… Digamos que tiene un interés retorcido por su anatomía. Es el que forzó la entrada en su apartamento dos veces—. Michael tipeó con rapidez "ABORTAR" y luego "CONFIRMAR", y presionó la tecla enviar—. Will, pase lo que pase, estarás a salvo. Todo está bajo control. No hay testigos. No te preocupes. Me diste tu apoyo; no dejaré que nada te suceda. Sabes que sería capaz de recibir un disparo por ti. Y si algo le ocurre a McCabe, parecerá que ella… que *él* fue víctima de un violador desquiciado. Que, irónicamente, es exactamente lo que es.

La había seguido desde el apartamento hasta la oficina. Casi había decidido sorprenderla allí. Pero sus instrucciones eran claras: esperar hasta las nueve de la noche.

Cuando ella se encaminó hacia el apartamento después de la oficina de correos, supo que era su día de suerte. "Perfecto". Con suerte, la calle estaría lo bastante desierta para que pudiera atraparla cuando abría la puerta del frente, pero si no era así, utilizaría la copia que había hecho de la llave de la inmobiliaria.

McCabe se encontraba a unos metros de la puerta cuando el teléfono de él vibró. "Mierda", pensó cuando leyó "ABORTAR". Por un instante, pensó en ignorarlo. Siempre podía decir que había apagado el teléfono y que no había recibido el mensaje a tiempo. Pero Gardner era un loco de mierda y no tenía ningún sentido hacerlo enfadar ahora. En última instancia, ya fuera por trabajo o por propia diversión personal, tendría la oportunidad de conocer a McCabe de cerca y personalmente.

"CONFIRMADO" tipeó, pulsó enviar, y giró para tomar una calle lateral.

CAPÍTULO 29

ERIN YACÍA EN LA CAMA, sin voluntad para levantarse. No tenía ninguna cita ni debía presentarse en el tribunal, y aun cuando hubiera tenido que hacerlo, no estaba segura de que le hubiera importado. Era más que falta de sueño, era todo: los artículos en los periódicos, los teléfonos intervenidos, las amenazas y ahora los asesinatos, todo sucedía con una regularidad más acorde a una película criminal en televisión que a la vida real.

No era que ella y Bárbara Taylor hubieran sido amigas, pero Erin sentía que habían empezado a forjar un respeto mutuo. Ahora estaba muerta. Trató de imaginar lo que le había pasado a Bárbara: se había levantado, había ido a trabajar, hecho planes para el día siguiente tal como había hecho Erin. Pero literalmente en un instante, todas sus esperanzas y planes se habían desvanecido. Simplemente desvanecido. Los pensamientos no cesaban y lo único que podía hacer era llorar. No era justo. Quería volver para atrás. Quería que todos estuvieran vivos de nuevo. ¿Por qué no podía despertarse de esta pesadilla?

El móvil la sobresaltó. Extendió la mano y lo tomó de la mesa de noche.

—Hola —dijo, con voz entrecortada y apenas audible.

—¿Dónde estás, E? ¿Estás bien? Te llamé tres veces a la oficina y Cheryl me dijo que no estabas y que no sabía dónde estabas.

—Estoy en la cama, Swish. Yo… yo…

—¿Está todo bien?

—¡No! —gritó—. La gente se está muriendo. Nuestra clienta está en cuidados intensivos. Por lo que sé, hay personas que están tratando de matarnos. No —agregó y su voz se fue apagando hasta convertirse en un susurro—, no está todo bien.

—¿Dónde estás?

—En mi apartamento.

Hubo una larga pausa.

—Te pedí que pasaras la noche en otro lado. ¿Por qué sigues allí?

—Porque estaba demasiado atontada para ir a otro lado.

—No estás a salvo ahí, E. Creo que anoche alguien entró en la oficina otra vez. Cuando hablé con Cheryl, me dijo que los papeles de la moción que preparamos ayer no están. No los puede encontrar.

—Los mandé por correo.

—¿Qué?

—Anoche fui a la oficina de correo después que vi… Fui y los envié por correo. Quería estar segura de que si algo nos pasaba, la moción estaría presentada.

—Espera, ¿los enviaste por correo al tribunal y a Bárbara?

—Los envié al tribunal, pero para entonces, ya sabía que Bárbara había muerto, así que se los mandé a Carmichael y a Gehrity. —Tomó un pañuelo de papel y se sonó la nariz—. ¿Dónde estás? Por favor, dime que tú, Cori y Austin están bien.

—Lo estamos. En un rato regresaré a Jersey. Obviamente no quiero decir por teléfono dónde estamos, pero Cori y Austin se quedarán aquí un par de días, solo para estar seguros de que todo está bien.

—De acuerdo. Bien. Me alegro de que estén a salvo.

—Escucha. Calculo estar allí alrededor de las cinco. ¿Por qué no cenamos juntos y decidimos los pasos a seguir?

—Sí, claro.

—Por favor, E, ten cuidado. Anoche, antes de irnos, llamé a un amigo que es policía de Scotch Plains y le pedí que vigilara mi casa. Hablé con él hace aproximadamente una hora. Anoche, a eso de las nueve, detuvo a un coche que pasaba frente a mi casa por segunda vez. Como vivo al final de una calle sin salida, le pareció un poco raro. Me dijo que había dos sujetos en el automóvil y que le dijeron que estaban perdidos. No tenía ningún motivo para hacerlos bajar del coche y registrarlos, así que los dejó ir. Pero sí ingresó el número de matrícula en el sistema y descubrió que correspondía a un automóvil alquilado en Woodbridge. En cualquier caso, le resultó un poco sospechoso.

—Tendré cuidado, te prometo.

Por fin se arrastró fuera de la cama y se encaminó a la oficina. Intentó concentrar su atención en otros expedientes, pero su mente no paraba de reproducir la escena de la casa en llamas de Whitick. Había comprado el *Ledger* y el *Herald News* en el camino y ambos tenían artículos sobre la explosión. El informe inicial apuntaba a una fuga de gas en el área. El fiscal Gehrity lamentaba la pérdida de dos "superestrellas" de su Oficina y prometía una investigación exhaustiva.

Duane llegó alrededor de las cinco como había prometido y se dirigieron al Hotel Cranford.

—Todavía no lo puedo creer —confesó Erin y bebió un trago de vino—. Me cuesta mucho procesar que Bárbara está muerta. Es extraño, hacia el final yo realmente sentía que teníamos un cierto vínculo. Que las dos sabíamos que estaban ocurriendo cosas fuera de nuestro control, pero que estábamos haciendo lo mejor que podíamos por nuestros respectivos clientes. Sé que es un disparate y que si nos hubiéramos enfrentado en un juicio es probable que nos habríamos odiado mutuamente, pero al menos por ahora, sentía que ella me aceptaba. Qué tontería, ¿no?

—No, E. No me parece ninguna tontería.

—Cuando llegué a la oficina esta mañana, había un mensaje de ella en el correo de voz.

—¿De Bárbara?

—Sí, de las 6:16 de la tarde de ayer. Decía que tenía información nueva y que quería reunirse con nosotros para discutirla.

Duane se frotó la barbilla.

—Uy, nos perdimos la llamada por muy poco. La habíamos llamado quince minutos antes. Acabábamos de irnos a tomar una cerveza.

—Lo sé. Lo pensé también. Debió haber llamado desde la casa de Whitick, así que supongo que hubiera dado lo mismo que hubiéramos estado allí para atender el teléfono. Hubiéramos estado hablando cuando ocurrió la explosión.

—Florio debe haber llamado a Whitick como me dijo que haría. Quizás estaban hablando de eso. ¿Crees que Bárbara estaba al tanto de la llamada de Florio a Whitick un par de meses atrás?

Erin pensó un poco.

—No estoy segura. Bárbara es… perdón, era una persona que daba la impresión de ser bastante directa. Creo que si hubiera sabido que Whitick ocultaba algo, habría hecho algo.

—Hizo girar el vino en su copa y deseó que de alguna manera todo esto fuera solo un mal sueño.

Ninguno de los dos dijo nada durante varios minutos. Todo lo que Erin podía ver era la casa de Whitick consumida por las llamas y su mente retrocedía una y otra vez a la última vez que habían estado juntas, cuando ella le había advertido acerca de con quién estaba tratando. En ese momento, nunca se le había cruzado por la cabeza que Bárbara terminaría muerta.

—Hoy hubo buenas noticias —manifestó finalmente—. Recibí una llamada de Tonya; Sharise abrió los ojos. Todavía no responde a órdenes verbales, pero Ogden está animado porque parece que está saliendo del coma.

—Esa sí que es una buena noticia —respondió Duane, demasiado cansado para siquiera sonreír.

—Tonya también me preguntó si representaríamos a Sharise en una demanda contra el condado. Aun si *fue* un accidente, piensa que deberíamos hacerlo.

—¿Qué le dijiste?

—Que ninguno de los dos se dedica al derecho civil y que le recomendaríamos a alguien. A lo que ella respondió: "Nadie se ha ocupado de mi hermana como ustedes dos, ni siquiera su propia familia. Quiero que ustedes lleven el caso. Si necesitan incorporar a alguien para que los ayude, no hay problema, pero no aceptaré un no como respuesta".

Duane resopló ligeramente.

—Bueno, supongo que aprenderemos a llevar adelante un caso civil. De hecho, actué en un par de casos de accidentes automovilísticos después de que dejé la oficina del Departamento de Policía. En ese momento, aceptaba a cualquiera que fuera lo bastante tonto para atravesar la puerta. Y la socia de Ben, Elizabeth Sullivan, se dedica mucho a causas civiles. Estoy seguro de que podríamos sumarla.

—Suena bien —asintió Erin asintió—. En este momento, una causa civil es la menor de nuestras preocupaciones. Averiguaré qué tenemos que hacer en términos de notificación y después veremos.

—A propósito, hoy me llamó Ben por mi investigación.

—Y...

—Me comentó que había recibido una llamada realmente extraña de Andy Barone del Departamento de Justicia y Edward Champion, primer fiscal adjunto de los Estados Unidos en la oficina de Newark. Ben dijo que parecían más interesados en lo que estaba sucediendo en el caso Townsend que en mí. Preguntaron si yo estaría dispuesto a reunirme con ellos después del feriado para discutir el caso.

—Espera, ¿discutir la investigación sobre ti o la causa de Sharise?

—La causa de Sharise.

—Qué extraño —arriesgó Erin—. ¿Cómo podrían saber algo acerca del caso de Sharise?

—Ben no sabía, y no se lo dijeron. ¿Tal vez la explosión? Ni idea.

—¿Qué vas a hacer?

—Después de que lo hablamos, Ben les dijo que mientras no me pregunten nada sobre la investigación de la filtración, nos tendríamos problema en reunirnos.

—Guau, ¿realmente crees que están interesados en Townsend o será algún tipo de táctica?

—Ben y Champion se conocen, no creemos que estén tramando nada.

—Quién sabe, tal vez Townsend obtenga lo que se merece después de todo.

Cuando terminaron de cenar, Duane insistió en acompañarla de regreso al apartamento.

—¿Conseguiste un arma como te sugerí? —preguntó.

—No, ya sabes que las odio.

—De verdad preferiría que te quedaras en otro sitio —reiteró Duane mientras subían las escaleras.

—Es un lugar seguro —afirmó Erin.

—Seguro una mierda —replicó él—. Eres la única en el edificio.

—Tomé algunas clases de defensa personal para mujeres y agregué seguridad adicional. —Abrió la puerta, encendió la luz y le hizo una seña para que pasara—. Después de que entraron por segunda vez hace una semana, le pedí al propietario que colocara un cerrojo de un solo lado —explicó y le mostró la cerradura, que estaba a la altura de sus ojos—. Las ventanas tienen alarmas. Esta puerta es de madera maciza y para cuando alguien lograra derrumbarla, habré llamado al 911 y la policía estaría aquí. Voy a estar bien —concluyó con una sonrisa triste. Luego se estiró hacia delante, lo abrazó y lo besó en la mejilla—. Pero gracias por preocuparte por mí.

Los ojos de Duane se abrieron un poco.

—¿Y eso? —preguntó con cierta timidez.

—Por preocuparte por mí y por ser mi amigo —dijo ella con un guiño—. ¿Dónde te quedarás esta noche?

—En casa. Pero no te olvides, tengo un arma y sé cómo usarla. Estaré bien.

—Más te vale que así sea —respondió Erin con énfasis—. No puedo soportar más mierda en mi vida.

CAPÍTULO 30

WILL APOYÓ LOS PAPELES DE la moción sobre su escritorio y respiró hondo, con los ojos entrecerrados. No era así como imaginaba pasar la mañana.

—¿Qué te parece? —le preguntó a Lee Gehrity, quien estaba sentado al otro lado del escritorio.

—Roger Carmichael piensa que podríamos lograr que el juez Redman deniegue la moción —aventuró Gehrity.

Will lanzó una risita sarcástica.

—Por mucho que estoy seguro de que a Bob Redman le gustaría ayudar, tanto Boston como Filadelfia tienen registrado un perfil completo de ADN de un sospechoso. Redman ni siquiera tiene que ordenar que se ingrese el perfil de Bill en CODIS, solo enviarlo a esos dos lugares.

—Eso no significa que el ADN de Bill arrojará una coincidencia concluyente. Después de todo, el de Rhode Island tenía apenas ocho *loci*. Bárbara dice... —Gehrity hizo una pausa—. Lo siento, todavía me cuesta acostumbrarme al hecho de que ya no está aquí. —Inhaló con lentitud y luego prosiguió—. Bárbara solía decirme que hacían falta trece *loci* para alcanzar una coincidencia concluyente.

Will asintió con la cabeza de manera casi imperceptible.

—Tienes razón, Lee, esto está lejos de ser una evidencia concluyente —vaciló—. ¿Cuándo considerará Redman esto?

—Hay una conferencia programada para dentro de una semana a partir de mañana, pero estoy seguro de que en vistas de lo que ha sucedido, podríamos retrasarla para después del feriado.

—Suponiendo que Redman envíe el perfil de ADN de Bill a Boston y a Filadelfia, ¿cuánto demorarían los resultados?

—Tengo entendido que, como es tan específico, no debería tomar más de unos pocos días —respondió Gehrity.

Will se frotó un lado de la cara con la mano.

—Déjame pensarlo, Lee. Tomaré una decisión durante el fin de semana y te haré saber qué quiero hacer. —Se puso de pie—. Te agradezco que trajeras esto personalmente. Sé que ha sido una semana increíblemente difícil para ti. Al igual que tú, me cuesta creer que Tom y Bárbara ya no estén. Una pérdida tremenda, tanto personal como profesionalmente. ¿Cómo está la hija de Bárbara?

—Me comentaron que lo está pasando bastante mal. Primero el divorcio y ahora esto… difícil de enfrentar para una joven.

Will dio la vuelta al escritorio y en vez de estrechar la mano que le ofreció Gehrity, le dio un abrazo y uan palmada en la espalda.

—Te veré mañana en el funeral de Bárbara, y el sábado en el de Tom. ¡Ánimo! —concluyó, y lo acompañó hasta la puerta de la oficina.

Después de despedir a Gehrity, Will se volteó y fulminó a Gardner con la mirada.

—Lo que ocurrió fue innecesario.

—No sabíamos lo de Providence en ese momento, Will. Sin embargo, sigue siendo importante que Taylor y Whitick hayan quedado fuera de escena. Recuerda, Whitick fue quien llamó a McCabe, así que no podíamos confiar en él. Nos habría causado muchos problemas en el futuro. Y a juzgar por la reacción de Taylor, estaba a punto de volverse contra ti también.

—Santo Dios, Michael, yo conocía a esas personas.

Sus ojos fríos se clavaron en Townsend.

—Todavía quieres ser gobernador, ¿verdad? —No esperó una respuesta—. Por supuesto que sí. Y quién sabe, quizás después te lances a nivel nacional. Me contrataste hace siete años para que arreglara tus problemas, y eso fue lo que hice. Había que hacerlo. Sabes muy bien que si resulta ser que tu hijo era un asesino serial y eso sale a la luz, no te votarán ni para manejar la perrera. Me salvaste la carrera, Will. Nunca olvidaré eso. Es mi turno de salvar tu carrera. Me pagas muy bien para que me encargue de los asuntos desagradables y yo me tomo mi trabajo muy en serio.

Will pasó junto a Gardner y se sentó en su silla.

—¿Y ahora qué? ¿Cómo hacemos para mantener esto en silencio?

—Pienso que lo mejor sería tratar de dilatar las cosas todo lo posible.

—¿Cómo nos ayudaría eso?

—Podría haber una manera legal de comprar su silencio.

Will giró la silla para mirar directamente a Gardner.

—Te escucho.

—En primer lugar, confirmemos nuestros peores temores. Intentaré conseguir una copia del resultado de ADN en Homicidios de Filadelfia, tengo algunas conexiones allí. Luego llevaremos la muestra conocida de Bill a un laboratorio forense que conozco para que nos digan si coinciden. Si coinciden, entonces lo sabremos. Y si no, podemos hacer lo mismo con el resultado de Boston. Mientras tanto, dile a Lee que solicite un aplazamiento de noventa días en vista de la necesidad de que otro fiscal experimentado se ponga al corriente de la causa.

—De acuerdo.

—Imagino que van a demandar al condado por negligencia por las lesiones de Barnes. Pero tendrán que esperar seis meses, ya que están legalmente obligados a cursar notificación al condado y darle tiempo para investigar o llegar a un acuerdo. Entonces, averiguaremos si el ADN coincide, y si coincide, harás que el condado llegue a un acuerdo. El acuerdo estará condicionado a que Barnes y sus abogados se comprometan a no divulgar nada del asunto… una cláusula de confidencialidad. La causa penal se cerrará, así que no se enviará ninguna muestra a Boston ni a Filadelfia. Por lo tanto, nunca habrá confirmación alguna de que Bill asesinó a nadie. Ellos obtendrán algo de dinero, la causa penal se cerrará, y nadie se enterará nunca de Bill.

Will esbozó una mueca.

—Hay unas cuantas piezas flojas en ese plan. Por ejemplo, ¿cómo van a llegar a un acuerdo en una causa civil, cuando es probable que ni siquiera sepan la severidad de las lesiones de Barnes?

—Coincido en que hay muchas cosas que podrían salir mal, pero es mejor que permitir que un juez envíe el ADN de Bill en un par de semanas. En cuanto al acuerdo, tú ocúpate de que el condado les dé mucho dinero. De todas maneras, la mayor parte provendrá de la aseguradora del condado. Dios santo, estamos hablando de lesiones graves.

—Sí, aunque por desgracia, no lo suficientemente graves —retrucó Townsend casi para sí mismo.

—Barnes se ha estado vendiendo a sí mismo durante años, ¿crees que rechazaría un millón de dólares?

Will cruzó los brazos sobre su pecho y se reclinó en la silla.

—Podría funcionar. Por cierto, todos los funcionarios del condado que tendrían que aprobar un acuerdo están en deuda conmigo —hizo una pausa—. ¿A quién carajo estoy engañando? Bill no me dejó ninguna puta alternativa —agregó con un gesto hacia la fotografía enmarcada de su hijo en la biblioteca.

—No quiero que nadie más me moleste —gritó Will en el teléfono a su secretaria después de que Michael se marchó. Se acercó a la biblioteca, tomó la fotografía enmarcada de su hijo del estante y la arrojó a través de la habitación. El vidrio se hizo añicos contra la pared. "Pendejo de mierda. Te di todo… las mejores escuelas, automóviles caros, un fideicomiso… y así es cómo me pagas. Me rompí el culo durante los últimos quince años para llegar adonde estoy hoy y no vas a estroperarlo todo. Cueste lo que cueste, ¡seré gobernador!".

Se dejó caer en una silla y clavó la mirada en los fragmentos de vidrio en el suelo, preguntándose cómo había hecho para meterse en este desastre.

CAPÍTULO 31

ERIN Y DUANE NO SE sorprendieron cuando la oficina de la fiscalía solicitó que se postergara el caso, ni cuando Redman aceptó suspender todo hasta marzo. El hecho de que Sharise todavía no estuviera fuera de peligro mitigaba un poco la frustración por la demora. De modo que con la causa suspendida y las amenazas personales disipadas, sus vidas retomaron cierta semblanza de normalidad justo a tiempo para Navidad.

Erin y su madre no se habían reunido desde hacía una semana, por lo que acordaron encontrarse para un almuerzo temprano el sábado antes de Navidad. Con temperaturas que oscilaban en los trece grados, Erin se sentía cómoda con una blusa de manga larga y su chaleco de plumón, mientras caminaba hacia el restaurante favorito de ambas.

—Se nota que has dormido bien —comentó su madre con una sonrisa irónica, mientras Erin se sentaba frente a ella.

—¿Es una manera amable de decirme que no me veo horrible?

—Como quieras —respondió Peg—. Es bueno verte, y en especial que no luzcas tan agobiada y agotada como las últimas veces que nos encontramos.

—Gracias. Con todo lo que ha sucedido, el juez suspendió el caso hasta principios de marzo, así que las cosas se han tranquilizado un poco. Hasta tuve oportunidad de jugar fútbol de salón en una liga mixta.

—¿Cómo se te ocurrió eso?

—No lo vas a poder creer. Me llamó una amiga de Lauren. Lauren tuvo que dejar de jugar hace unos meses porque está embarazada. Y parece que me recomendó a mí para sustituirla.

—Es un poco irónico —acotó su madre con una risita.

—Ni me lo digas.

—¿Te divertiste?

—Sí. Estoy algo fuera de práctica... bastante fuera de práctica, en realidad. Hace unos cuantos años que no jugaba. Pero fui mejorando a medida que avanzaba el partido.

—Es como andar en bicicleta... —precisó su madre con una sonrisa—. Pero hablando de cosas más serias, ¿cómo está tu clienta?

—Está mejorando —dijo Erin con mirada entusiasmada—. Ya responde a órdenes, lo cual, según los médicos, es una señal buenísima. Todavía no se comunica, pero los médicos son optimistas. Así que crucemos los dedos. Cuando terminemos de almorzar iré a verla al hospital.

—Es terrible lo que les pasó a esas dos personas de la Oficina de la Fiscalía.

—Sí —convino Erin y exhaló como si le hubieran dado una patada en el estómago—. No conocía a Whitick, pero Taylor era una buena mujer. Fue todo tan imprevisible que es difícil de digerir.

Podía sentir los ojos de su madre examinándola.

—¿Alguna vez me vas a contar todo lo que ha ocurrido?

—Te dejaré leer el primer borrador del libro. ¿Qué te parece?

—Muy gracioso. Sé que han pasado muchas cosas que no me has contado para no preocuparme. Bueno, ¿adivina qué? Soy tu madre, me preocupo de todas maneras.

—Ya lo sé, mamá. Y agradezco tu preocupación. Cuando haya terminado, te contaré toda esta sórdida historia.

—No me hago ilusiones —señaló Peg con sarcasmo.

Ella se encogió de hombros.

—¿Qué vas a hacer el lunes, Erin?

—¿Por qué? —preguntó entrecerrando los ojos.

—Porque es Navidad y me gustaría pasarlo con mis hijos y mis nietos.

—No puedo pasar por eso otra vez, mamá. Acción de Gracias ya fue bastante horrible. No pienso estropearle la Navidad a nadie.

—Estoy hablando del lunes, no de mañana. Aunque me encantaría que vinieras a cenar mañana a la noche, no volveré a cometer ese error. Como siempre, mi lado de la familia vendrá para la cena de Nochebuena, pero Liz y Sean tienen invitados el día de Navidad. Creo que tu papá irá a la casa de su hermana Rose. ¿Por qué no vamos juntas a la casa de tu hermano?

—¿Por qué no vas con papá?

—Porque no pienso pasar otra Navidad sin verte.

—¿Sean y Liz están de acuerdo con esto?

Su madre la miró.

—¿De verdad piensas que te invitaría sin consultar con ellos primero?

Erin se rio.

—Por supuesto que sí, no tengo ninguna duda.

—Bueno, para que lo sepas, señorita sabelotodo, hablé con los dos. Les encantaría que fueras y los chicos se mueren de ganas de verte.

—Parece una buena idea —respondió Erin con una sonrisa auténtica—. Me encantaría. Además así no tendré que darte los regalos de todos; los dejaré dentro del coche y los llevaré el lunes. —Se interrumpió y lanzó una mirada extraña a su madre—. ¿Puedo hacerte una pregunta? Necesito un consejo.

—Te escucho.

—Hace poco más de una semana me llamó Mark.

—¿El hombre que desapareció dos veces? —aventuró Peg con un tono que indicaba que ya conocía la respuesta.

—Sí, mamá, ese mismo.

—Solo quería confirmarlo.

—Bueno, hablamos por teléfono e intercambiamos correos electrónicos un par de veces desde entonces, y me invitó a cenar esta noche. —Inclinó la cabeza hacia un lado y la mueca de su boca reflejó sus sentimientos encontrados—. Me gustaría saber qué piensas.

—¿Si vas a salir esta noche no te parece que es un poco tarde para preguntarme qué pienso?

—No, si me convences de no ir, lo llamaré y cancelaré. Después de todo, me debe un par de cancelaciones.

Los ojos de su madre se iluminaron un poco ante esa posibilidad.

—Tienes razón —replicó—. ¿Entonces por qué aceptaste la invitación?

—Por curiosidad, supongo. Curiosidad por saber por qué me sigue llamando; curiosidad por mis sentimientos; curiosidad por ver qué pasa.

—¿Estás preparada para que te vuelvan a lastimar?

—Sí, creo que sí. Mis expectativas son bastante bajas de todas maneras. Así que… —Se encogió de hombros.

—Bueno, es obvio que le atraes, pero supongo que está tratando de asimilar lo que esa atracción le dice acerca de su propia sexualidad.

Erin se estremeció.

—Tú sí que sabes hacerme sentir bien conmigo misma como mujer.

—Lo siento. No te estaba culpando a ti; solo reconociendo la fragilidad del ego masculino. —Le dirigió una sonrisa tranquilizadora—. Anda, sal con él. Ve qué sucede. ¿Quién sabe?

—¡Te agradezco el aliento! —exclamó con una risita.

Después de despedirse de su madre, se detuvo en casa de Duane y Corrine para dejarle un regalo a Austin y desearles a todos una feliz Navidad. Después de la explosión, Duane había dejado a Corrine y a Austin en casa de los padres de ella durante una semana, pero cuando no sucedió nada más, los llevó de regreso a su casa para pasar las fiestas. Al menos por ahora, todo parecía bastante tranquilo.

Camino al hospital, Erin pasó por una panadería y compró unas galletas navideñas para las enfermeras. Había descubierto que ya fuera para obtener información sobre Sharise o quedarse un poco más allá del horario de visitas, siempre resultaba útil tener a las enfermeras de su lado. Había visitado a Sharise con la frecuencia suficiente para que la mayoría de ellas la reconociera.

Al acercarse al puesto de enfermeras, la enfermera de Sharise levantó la vista.

—Lo siento, señorita McCabe, pero el señor Barnes ya tiene dos visitas. Si desea esperar en la sala, le haré saber a la familia que usted está aquí.

—Gracias —respondió Erin y se preguntó cómo habría hecho Paul para llegar, ya que tenía un partido televisado en Nochebuena contra los Mavericks—. Esto es para ustedes. Felices fiestas —agregó y colocó las galletas sobre el mostrador de las enfermeras.

Unos minutos después, Tonya apareció en la sala con otra mujer que parecía tener unos cuarenta y cinco años. Era más baja que Tonya, pero por lo demás, el parecido físico era sorprendente.

—Hola, quiero que conozcas a mi madre, Viola Barnes. Mamá, ella es una de los abogados de Sammy, Erin McCabe.

Erin extendió la mano para disimular su sorpresa, pero cuando Viola la tomó, atrajo a Erin hacia ella y la abrazó.

—Gracias por todo lo que has hecho por mi hijo. Tonya me ha estado contando del caso y cómo están las cosas. No sé dónde estaría Sammy sin ti y tu socio.

Erin estuvo tentada de decir "posiblemente no en un hospital", pero sabía que su intento por poner un toque de humor podría parecer cruel.

—Gracias —respondió—. Duane y yo estamos haciendo todo lo que podemos.

—¿Te importaría esperar acá, mamá, mientras llevo a Erin a la habitación de Sharise? Me gustaría darle su regalo de Navidad.

—Vayan. Las esperaré aquí.

—¿Qué fue eso de un regalo? —preguntó Erin mientras Tonya la conducía a la habitación de Sharise. Pero enseguida entendió cuando Tonya se hizo a un lado para mostrar a Sharise sentada en la cama elevada.

—Hola —saludó Sharise con un tono de voz apenas por encima de un susurro.

—¡Oh mi Dios! —exclamó Erin y se acercó deprisa—. Este es el mejor regalo de Navidad que podría haber deseado, Sharise. Qué alegría oír tu voz.

—Es bueno que me oigan —respondió la joven con debilidad.

Erin se volteó hacia Tonya.

—¿Cuándo despertó?

Tonya pensó por un momento.

—Lo siento, he perdido la noción del tiempo. Mamá llegó el jueves por la tarde y cuando estábamos por regresar al hotel, Sharise alzó los ojos hacia nosotros y murmuró: "Mamá, ¿eres tú?".

Erin extendió su mano y tomó la de Sharise.

—Es una alegría inmensa que hayas despertado.

—Gracias —respondió y le apretó la mano.

—¿Te parece que podrías saludar a una persona más? —preguntó Erin y extrajo su móvil del bolso.

Sharise pareció desconcertada por un momento.

—¿Duane, verdad?

Tan pronto como él atendió, Erin le pasó el teléfono a Sharise.

—Hola, Duane —dijo, con un susurro involuntariamente seductor—. ¿Cómo que quién habla? Soy Sharise. —Observaron como Sharise escuchaba y luego una sonrisa se dibujaba en su rostro—. Gracias, Duane, feliz Navidad para ti también. Le devolveré el teléfono a Erin.

Erin tomó el móvil y caminó hacia la esquina de la habitación, mientras hablaba con Duane. Cuando regresó junto a la cama, Sharise cerró los ojos.

—Estoy muy cansada —musitó—. Dormiré una siesta.

Tonya se acercó, bajó la cabecera de la cama de hospital y reajustó las sábanas.

—Duerme un poco.

—¿Puedo hacerte una pregunta personal? —inquirió Erin cuando salieron de nuevo al pasillo.

—Por supuesto —respondió Tonya.

—Me sorprendió ver a tu madre aquí. Sharise me había contado que rechazaba por completo el hecho de que ella fuera trans. ¿Qué pasó?

Tonya asintió con la cabeza.

—Así es, mamá ha sido muy dura. Pero he estado hablando con ella desde que Sharise se cayó y la semana pasada me dijo que quería ver a Sam. Me puse muy contenta y le reservé un pasaje. Quiero decir, Sharise ha estado mejorando día a día, pero tan pronto como llegó mamá y empezó a hablar con ella, la recuperación se aceleró.

—Me alegra que haya venido tu mamá —vaciló—. ¿Y tu papá?

—No, mi padre es un hueso duro de roer. No creo que se deje convencer.

—Sé a qué te refieres. Ah, antes de que me olvide,

presentamos todos los papeles para que Sharise demande al condado. Tienen seis meses para investigar y si no sucede nada, Sharise podrá interponer una acción legal. También iniciamos el trámite para el cambio de nombre.

—Gracias —dijo Tonya—. ¿Quién sabe? Tal vez ustedes puedan sacarla de este lío y ella pueda hacerse de algún dinero para empezar una vida nueva. Se lo merece.

Se dirigieron a la sala de espera a buscar a Viola y bajaron a la cafetería a tomar un café. Después de una breve charla, Viola se volteó hacia Erin.

—Me contó Tonya que eres como Sam y que naciste hombre.

—¡Mamá! —exclamó Tonya, con un tono que era mezcla de vergüenza y reprimenda.

—No, está bien, Tonya —se apresuró a responder Erin—. Hasta cierto punto, es cierto. Nací con una anatomía masculina, pero nunca me sentí un hombre. Desde que tengo memoria, siempre sentí que debería haber sido mujer. Pero supongo que, al igual que Sam, tenía miedo de contárselo a la gente por temor a que pensaran que estaba loca o a que dejaran de quererme.

—¿Qué te hizo cambiar de idea? —preguntó la mujer.

—Me estaba cayendo a pedazos. No podía ser la persona que los demás querían que fuera.

—¿Crees que Sam es como tú y quiere ser una mujer?

Erin sonrió a Viola.

—No, sé que Sam es como yo y es una mujer. Sé que es difícil entenderlo. A mi familia le ha costado entenderlo. Pero nosotras no elegimos ser así. Es lo que somos y lo que siempre hemos sido.

—¿Tu familia te acepta ahora?

—Mi madre, mi hermano y mi cuñada sí, mi padre... no tanto.

—Gracias. —Viola bajó la vista a la taza de café de plástico en sus manos como si estuviera buscando respuestas—. No entiendo nada de esto y creo que nunca lo entenderé. Pero finalmente me senté y hablé con mi pastor sobre Sam y él me dijo que Dios no está castigando a Sam. Dios crea a las personas con todo tipo de problemas y aun así las ama. Así que aunque no comprenda por qué Sam es como es, es el hijo que Dios me dio. —Levantó la cabeza—. Y prefiero tener un hijo vivo que muerto.

Eran apenas pasadas las seis cuando Erin comenzó a subir las escaleras hacia su apartamento. Tenía poco más de una hora para prepararse para su cita con Mark. Le había dicho a su madre que tenía pocas expectativas para esta noche, pero no era exactamente cierto. La verdad era que estaba nerviosa y emocionada, y tenía la esperanza de que esta vez las cosas fueran mejor. Estaba casi en lo alto de las escaleras cuando una voz detrás de ella la sobresaltó.

—Encantado de conocerlo por fin, señor McCabe. He pasado a visitarlo varias veces pero por desgracia nunca lo encontré.

Erin volteó deprisa. Al pie de las escaleras, había un hombre de unos cuarenta años. Llevaba una chaqueta negra corta y jeans y tenía puesta una gorra de béisbol con la visera hacia abajo, por lo que resultaba difícil ver su cara con claridad. Sin embargo, cuando levantó su brazo izquierdo con lentitud, Erin vio que su mano enguantada sostenía una navaja. El chasquido de la hoja al abrirse y el crujido de los viejos escalones de madera resonaron en el hueco de la escalera cuando el hombre comenzó a subir despacio.

—Por favor, continúe hasta lo alto de las escaleras, señor McCabe... ¿o es señorita McCabe? —Hizo una pausa y una sonrisa malvada se extendió en su rostro—. Bueno, supongo que ya lo averiguaremos, ¿verdad? —agregó con calma.

Erin hizo un cálculo rápido y concluyó que nunca lograría

abrir la puerta antes de que él la alcanzara. "No retrocedas si tienes una ventaja táctica", recordó de su clase de defensa personal. "La navaja no es algo bueno, pero al menos no tiene un arma. Estás en el terreno más alto, así que no te muevas de ahí. Él tiene que venir a ti".

Ella le clavó la mirada y no se movió.

El hombre se detuvo en los escalones.

—Le dije que se moviera a lo alto de las escaleras, señor McCabe.

Los separaban ocho escalones. Si Erin lo atacaba, él tendría tiempo suficiente para reaccionar y usar el cuchillo a su favor. "Espéralo".

—Gracias, estoy bien aquí —respondió, con un esfuerzo por aquietar su respiración y ordenar sus pensamientos. "Mantén la calma. Concéntrate. Usa lo que aprendiste. Haz que venga hacia ti". Tal vez si se acercaba lo suficiente, podría quitarle la navaja de la mano con una patada.

La sonrisa del hombre desapareció.

—Eso no fue un pedido, señor McCabe, fue una orden. —En un único movimiento, cerró la hoja de la navaja y metió la mano en la cintura de sus pantalones. Cuando levantó el brazo derecho, sostenía una pistola 9 milímetros—. Lo diré por última vez. Muévase a lo alto de las escaleras. —Su voz era fría—. Preferiría divertirme con usted mientras está vivo, pero no tengo ningún reparo en matarlo ahora.

Erin había visto armas antes, pero siempre en una funda o como evidencia en una causa. Nunca antes le habían apuntado. Al mirar ahora el cañón dirigido hacia ella, le pareció inmenso, y por un momento le quitó el aliento. Cerró los ojos y respiró hondo. Luego subió los tres escalones restantes y mientras lo hacía, trató de deslizar una mano en su bolso para tomar el gas pimienta que llevaba consigo.

—Quita la mano del bolso —ordenó el hombre—. ¡Ya!

Erin retiró la mano y se detuvo cuando llegó al escalón superior.

El hombre frenó cuatro escalones más abajo, con el arma apuntándole al rostro.

—¿Viste qué fácil es cuando haces lo que te digo? Tenlo en cuenta a medida que nos conozcamos mejor. —Sus ojos, ahora claramente visibles mientras la miraba, transmitían todo lo que ella necesitaba saber acerca de lo que él tenía en mente—. Ahora retrocede despacio contra la puerta.

La mente de Erin iba a toda velocidad. Esto no iba a terminar bien. El sujeto no llevaba máscara, de manera que era identificable, y eso significaba que no tenía ninguna intención de dejarla salir con vida de la situación.

Retrocedió unos centímetros, sin quitar nunca los ojos del cañón del arma. Se detuvo cuando su espalda quedó contra la puerta.

—¿Dónde tienes las llaves? —preguntó él.

—En mi bolso —respondió con voz débil.

—Inclínate despacio y apoya el bolso en el suelo. Si intentas alguna estupidez, te dispararé *sin pensarlo* —afirmó, con énfasis en las últimas dos palabras.

Erin dobló las rodillas y se inclinó para seguir las instrucciones, sin dejar de intentar idear algo, cualquier cosa, que le permitiera escapar. Dejó el bolso en el suelo frente a ella, cerca de sus pies. Al incorporarse, pensó que si él se inclinaba hacia delante para tomar el bolso, tal vez podría patearlo o quitarle el arma con una patada.

El hombre lanzó una risa fría.

—¿De veras crees que voy a inclinarme a tomar el bolso para que puedas patearme? Quiero que hagas lo siguiente...

Mientras hablaba, Erin sopesó sus opciones. Parecía que solo había dos: morir aquí de una bala en la cabeza o permitir que el tipo entrara en el apartamento, donde sin duda la ataría y la torturaría antes de matarla. Ninguna de las dos era atractiva, pero realmente no había otra escapatoria. De una forma u otra, había sacado la carta de la muerte. A pesar de la esperanza de que podría haber una salida, parecía que una bala rápida era el camino a seguir.

El hombre terminó de impartir sus instrucciones. Por un breve momento, Erin se preguntó cómo sería morir. Inhaló despacio, mirándolo directamente a los ojos, decidida a que jamás dejaría que la hiciera entrar en el apartamento. "Ahora", pensó. "¡Hazlo ahora!".

CAPÍTULO 32

—¿Hola?

—¿Peggy?

—Sí.

—Soy Duane Swisher.

—Hola, Duane. ¿Cómo estás?

—Peg, te llamo por Erin. Ha ocurrido algo.

—¿Está todo bien? —inquirió la mujer con una súbita urgencia en su voz.

—Mmm... no. En realidad no estoy seguro de qué pasó. Acabo de recibir una llamada de un amigo mutuo, Mark Simpson. Se suponía que él y Erin saldrían a cenar esta noche, pero cuando llegó al apartamento a buscarla, la policía estaba allí y le dijeron que Erin había sido trasladada al Hospital Overlook.

—Dios mío, Duane. ¿Qué pasó? —gritó Peg.

—No lo sé. Estoy yendo al hospital en este momento —vaciló, sin saber si debería contarle más—. No sé si es cierto, pero Mark cree que Erin podría haber recibido un disparo.

El alarido en su teléfono resonó en el coche. Le siguió un silencio antes de que tronara una voz diferente.

—Duane, soy Pat McCabe. ¿Qué diablos está ocurriendo?

—La verdad, Pat, ojalá lo supiera. Lo único que sé es que Erin fue trasladada a Overlook. Estoy camino al hospital ahora.

—¿Alguien intentó llamarlo al móvil? —preguntó Pat.

—Sí —afirmó Duane—. Traté varias veces y nuestro amigo lo ha intentado aún más. No atiende.

—De acuerdo, Peggy y yo te encontraremos en el hospital.

La línea se cortó y Duane aceleró entre el tránsito, mientras se esforzaba por evitar que su mente lo llevara adonde insistía en llevarlo.

Cuando entró en la sala de espera de Urgencias, divisó a Mark que se paseaba de un lado al otro cerca del mostrador de triaje.

—¿Qué sucede?

—No lo sé. No me dicen nada y no me dejan pasar.

Duane lo tomó del brazo y se acercaron al mostrador.

—Hola, mi nombre es Duane Swisher. Tengo entendido que la socia de mi firma jurídica, Erin McCabe, fue ingresada aquí hace unos momentos. —Mientras hablaba, extrajo su licencia de conducir y algunos papeles del bolsillo de su abrigo y se los entregó a la enfermera—. Este es el testamento en vida de la señorita McCabe. Figuro como uno de sus apoderados en materia de atención médica. —Se volteó y miró a Mark—. Y él es su prometido —improvisó con rapidez.

La enfermera tomó los papeles y estudió a Mark con recelo.

—Esperen un momento —dijo y desapareció detrás de una puerta del hospital.

—¿Sabes algo más, Mark? —le preguntó con un tremendo esfuerzo por mantener la calma.

—No, nadie me dice nada —respondió.

—¿Qué te dijo la policía en el lugar?

—Nada. Solo que ella estaba aquí.

—¿Quién te comentó que le habían disparado?

—Una mujer. —Meneó la cabeza—. Dios santo, Swish, todo es muy confuso. —Respiró hondo—. Se suponía que debía recogerla a la siete y media, pero no atendía el teléfono. Cuando llegué al apartamento, había una multitud de personas, no sé, como cuatro coches de policía. Le pregunté a esta mujer que estaba de pie allí si sabía qué había pasado y me dijo que alguien le había dicho que le habían disparado a una mujer que vive en uno de los apartamentos. En ese momento empecé a sentir pánico y llamé la atención de un policía. Le expliqué que iba a cenar con una amiga que vivía en uno de los apartamentos y le pedí si me dejaba pasar a buscarla. Cuando le di la dirección, me dirigió una mirada rara y me preguntó el nombre de mi amiga. Luego se alejó para hablar con un teniente o algo así. Ambos regresaron y él me dijo: "Mire, ha habido un incidente y la señorita McCabe ha sido trasladada a Overlook". Agregó que eso era todo lo que podía decirme. Fui corriendo hasta mi coche y te llamé.

—Mierda —murmuró Duane por lo bajo—. ¡Mierda!

La puerta de Urgencias se abrió y la enfermera salió y le devolvió a Duane su licencia y la documentación.

—Síganme —les pidió.

Caminaron por el pasillo hacia la estación de enfermeras, donde ella se detuvo.

—Él es el doctor Mohdi. Los pondrá al corriente —les dijo.

El doctor miró a Duane y a Mark.

—¿Están aquí por la señorita McCabe?

—Sí —respondieron al mismo tiempo.

El doctor se quitó los lentes.

—La subieron a Cirugía hace unos quince o veinte minutos. Yo la examiné cuando ingresó. Tiene una herida de bala que no es mortal, aunque perdió una buena cantidad de sangre, y el codo izquierdo fracturado y dislocado. Limpiamos la herida en Urgencias y recibió unos veinte puntos de sutura.

Tuvo suerte de que la bala no tocara ningún hueso. No sé cuán congestionado estará el quirófano, pero la sala de espera de Cirugía está en el cuarto piso. Les sugiero que vayan allí y se registren. De ese modo le avisarán al cirujano que están ahí y él hablará con ustedes cuando la intervención haya terminado. Es probable que quede en observación por esta noche, pero si no hay complicaciones, mañana deberían darle el alta.

—¿Va a estar bien? —aventuró Duane.

—Por lo que vi, no hay ninguna razón para que no sea así.

—¿Por qué la llevaron a Cirugía? —preguntó Mark.

—Para acomodarle el codo —explicó Mohdi.

Ambos se quedaron allí hasta que Duane finalmente atinó:

—Gracias, doctor. Le agradecemos la información.

—De nada —respondió el médico y volvió su atención a una de las enfermeras que le entregó una historia clínica para que revisara.

En el momento en que Duane y Mark salían de Urgencias, los padres de Erin entraban en la sala de espera. Duane los llamó enseguida. Empezó a explicarles lo que el doctor Mohdi les había dicho, pero Pat le dijo que ya lo sabían. Pat había llamado a Sean, y él había utilizado sus conexiones para hablar con el médico de Urgencias y el cirujano.

Duane le pidió las indicaciones a la mujer en el mostrador de información y los cuatro se abrieron paso por el laberinto que iba desde Urgencias hasta la sala de espera de Cirugía. En el camino, Duane presentó a Mark a los padres de Erin y no pudo evitar notar la expresión perpleja de Pat y la mirada ligeramente crítica de Peggy.

Una hora más tarde, un médico con bata quirúrgica entró en la sala de espera y preguntó si había alguien allí por Erin McCabe. Los cuatro se pusieron de pie en forma simultánea y se apresuraron a presentarse.

Dirigiéndose a los padres de Erin, el médico les informó:

—Hola, soy el doctor Miller. Su hija tenía un codo

fracturado y dislocado que hemos vuelto a colocar en su lugar con un alambre y dos tornillos. Lo hemos inmovilizado con una codera y, con rehabilitación, debería andar bien. También le transfundimos algo de sangre para compensar la hemorragia que sufrió por la herida de bala, pero no hubo daños importantes. La bala no tocó el hueso de la cadera sino que atravesó la grasa corporal a una altura que aun cuando deje una cicatriz, quedará cubierta por el bikini —dijo, y consultó la hora en su reloj, por lo que no advirtió que Pat McCabe se estremecía ante la mención del "bikini".

"Si quisiera irse a su casa esta noche, podría hacerlo en una hora más o menos, pero si prefiere pasar la noche aquí, no habría ningún problema. Generalmente hay lugar en esta época del año. Le receté algo para el dolor y un antibiótico para asegurar que no desarrolle una infección, y hablé con su hermano antes de la cirugía, así que él se encargará de controlarla durante las fiestas. Ahora, si por cualquier motivo ella quisiera regresar para que yo la vea, mi información de contacto estará en la hoja del alta. Ni bien se despierte, la enfermera vendrá a buscarlos. ¿Alguna pregunta?

—Muchas —respondió su padre—. Pero no para usted.

Unos cuarenta y cinco minutos después, Erin todavía estaba un poco aturdida cuando la enfermera acompañó a sus visitantes para que la vieran. Erin entornó los ojos hacia los cuatro reunidos alrededor de su cama y paseó la vista de uno a otro. Por fin, se enfocó en su madre.

—Ah, tía Em, eres tú —pronunció con un susurro ronco. Después miró a su padre y a Duane, y luego a Mark. —Y tú estabas ahí, y tú, y tú… Pero no es posible, ¿verdad?

El silencio reinó en la habitación durante varios segundos antes de que su madre hablara:

—Escucha, Dorothy, si quieres ir a casa, tendrás que abrir los ojos; de lo contrario, tendrás que pasar la noche aquí en Oz.

Erin abrió más los ojos y dirigió una sonrisa estúpida a su madre.

—Ah, tía Em, no hay nada como el hogar.

Treinta minutos después, estaba despierta y vestida. Sentada en el borde la cama, observó a los cuatro.

—Miren, sé que todos quieren saber qué pasó, pero primero lo primero: necesito un lugar donde pasar la noche porque en este momento mi casa es una escena del crimen.

La expresión de su madre no tenía precio.

—Daba por sentado que te quedarías con nosotros.

Erin levantó las cejas y dejó que su madre siguiera su mirada cuando la volvió hacia su padre.

—Por supuesto —aventuró él con cierta timidez.

—¿Estás seguro? —preguntó Erin sin rodeos.

—Por el amor de Dios. Sé que estoy un poco fuera de todo esto, pero alguien le disparó a mi… hijo, y no soy un idiota. Por supuesto que estoy seguro.

Erin se permitió una pequeña sonrisa, principalmente por la incapacidad de su padre para pronunciar la palabra *hija*.

—De acuerdo. Vayamos a tu casa entonces y les contaré todo lo que pasó. —Volteó hacia Duane y Mark—. Si alguno de ustedes se tiene que ir, podemos hablar mañana.

Ambos intercambiaron miradas y menearon la cabeza.

Erin se levantó de la cama con cuidado. Al principio estaba un poco mareada y se tomó de su madre para estabilizarse. Pero al cabo de varios segundos, se sintió más firme.

—Iré con Mark. ¿Por qué no van yendo? Nos vemos allí.

Su padre asintió con la cabeza y miró de soslayo a Mark. Su madre la abrazó.

—¿Te sientes bien?

—Sí, creo que sí —respondió—. Todavía estoy viva, a pesar de que hace cinco horas pensé que mi tiempo se había acabado. Así que no tengo de qué quejarme. Estoy bien —insistió para tranquilizar a su madre llorosa—. Estoy bien.

Después de que sus padres se fueron, la enfermera la llevó hasta la salida en silla de ruedas mientras Mark iba a buscar su coche. Cuando se detuvo en la puerta, él y la enfermera la ayudaron a subir al automóvil, con mucho cuidado de no golpear su codo o la herida en la cadera derecha.

—Perdón por todo el caos de esta noche —se disculpó ella.

—No te preocupes —respondió él—. Me alegra que estés bien.

—Sí, a mí también. —Se volvió para mirarlo y el dolor en su cadera dibujó una ligera mueca en su rostro—. Tal vez estamos destinados a no tener nunca esa primera cita.

Mark la miró.

—Admito que he tenido que superar varios obstáculos con respecto a ti; la mayoría impuestos por mí mismo. Pero me he dado cuenta de lo mucho que deseo conocerte. Y la idea de que esta noche estuve muy cerca de perder esa oportunidad, me ha decidido más que nunca a tener esa primera cita —hizo una pausa—. Y espero que otras más después de esa.

Por primera vez desde que había oído el ruido detrás de ella en las escaleras, Erin rompió a llorar como un bebé. Mark buscó un lugar para detener el coche.

—Espero que tu reacción sea por todo lo que te ocurrió esta noche y no por la perspectiva de tener una cita conmigo.

Erin alzó la cabeza y los sollozos se mezclaron con risitas nerviosas.

—¿Qué, piensas que te pedí que me llevaras a la casa de mis padres para poder decirte que no quería verte nunca más?

Él le sonrió con la misma calidez con que lo había hecho cuando se habían conocido por primera vez en el patio trasero de Duane.

—Espero que no, pero después de la forma en que te he tratado, no te culparía si lo hicieras.

Erin buscó su bolso para sacar un pañuelo de papel, pero luego recordó que no tenía.

—¿Tienes un pañuelo de papel?

Mark introdujo la mano en su bolsillo y le entregó uno.

—Está limpio, te prometo. Mi mamá me crio bien. Siempre lleva contigo un pañuelo limpio.

Ella lo tomó, se secó los ojos y se sonó la nariz.

—Gracias.

—¿Estás bien? —preguntó él.

—No —admitió—, pero creo que lo estaré. —Dejó el pañuelo sobre su regazo, volvió a tomar la mano de Mark en la de ella y le dio un suave apretón—. Gracias —dijo—. Será mejor que vayamos yendo o mis padres llamarán a la policía.

CAPÍTULO 33

Cuando ella y Mark llegaron, sus padres y Duane ya estaban bebiendo café en la mesa de la cocina. Erin se sentó con cautela y su madre le preparó una taza de té.

Erin miró alrededor de la mesa.

—Sé que todos quieren saber qué pasó, pero por favor, me imagino que me voy a poner nerviosa en algunas partes, así que déjenme seguir sin interrumpirme.

—*¿Dónde tienes las llaves?*

—*En mi bolso* —respondió con voz débil.

—*Inclínate despacio y apoya el bolso en el suelo. Si intentas alguna estupidez, te dispararé sin pensarlo.*

Erin no pudo evitar advertir que el arma apuntaba directamente a su cabeza. El sujeto se movió al otro lado de los escalones y quedó a la izquierda del hueco de la escalera.

—*¿De veras crees que voy a inclinarme a tomar el bolso para que puedas patearme? Quiero que hagas lo siguiente. Empújalo suavemente hacia delante con el pie izquierdo para acercarlo al borde del rellano.*

El bolso era un morral mediano de cuero negro de Dolce & Gabbana, del tamaño aproximado de una pelota de fútbol. Erin

323

observó el bolso en el suelo y tuvo una estúpida y desesperada idea.
Tenía pocas posibilidades de éxito, pero era la única oportunidad
que tenía. Si no funcionaba, al menos todo terminaría con rapidez.

Inhaló con lentitud para intentar serenarse y rogó para que sus
habilidades con la pelota, aun fuera de práctica, resultaran efec-
tivas con el morral. Con delicadeza, como él le había indicado,
tocó el bolso con el pie izquierdo. Mientras lo hacía, nunca le
quitó los ojos de encima a su agresor. "Usa tus ojos para engañar
a un defensor", *era un consejo que le habían inculcado.*

El tipo había dado medio paso hacia ella y ahora tenía la
pierna derecha en el segundo escalón y la pierna izquierda en
el tercer escalón mientras se preparaba para estirarse y tomar
el bolso en el rellano. Cuando comenzó a inclinarse hacia
delante, sus ojos estaban enfocados en el rostro de Erin: el
blanco en la mira del cañón de su arma. Erin bajó los dedos
del pie con lentitud para que el empeine de su pie izquierdo
quedara directamente detrás del bolso. "Ahora", *pensó.* "Hazlo
ahora". *Dio un puntapié corto y brusco, como solía hacer con*
una pelota de fútbol, y el bolso salió disparado hacia el rostro
del hombre. Al mismo tiempo, Erin giró con rapidez hacia la
derecha. El sujeto disparó justo en el momento en que el bolso
golpeó su cara, pero esto lo distrajo lo suficiente para que la
bala errara su objetivo por unos centímetros. Erin se abalanzó
sobre él para tratar de hacerlo caer por las escaleras, pero el
tipo se había recuperado y se había tomado de la barandilla; el
arma apuntaba ahora al cielorraso.

El hombre forcejeó con ella y trató de bajar el arma para
volver a disparar. En el proceso, Erin se soltó, se tomó la mu-
ñeca izquierda con la mano derecha para incrementar su fuerza,
balanceó su codo izquierdo y lo dirigió hacia la cara del hombre
con toda la fuerza que pudo. Había apuntado a la sien, con la
idea de romperle el cráneo, pero le erró, y su codo se estrelló contra
la mandíbula. Hubo un sonido distintivo cuando la cabeza del
hombre crujió hacia la derecha, lo que le hizo aullar de dolor.

Erin pasó deprisa junto a él, corrió escaleras abajo y se tomó de la columna de la escalera para girar cuando llegó al rellano. En ese instante, sonó un disparo, acompañado de insultos. Ella pasó corriendo frente a la oficina del doctor Gold y bajó el siguiente tramo de escalones hacia la calle. Salió por la puerta principal y dobló hacia la izquierda en North Avenue, rumbo a la estación de policía que quedaba a tres calles de distancia.

Irrumpió en la comisaría a los gritos. Dos oficiales en la recepción la sujetaron de inmediato.

—Señora, cálmese —le pidió uno de ellos—. ¿Qué sucede?

—Hay un hombre con un arma —explicó sin aliento—. Entró a la fuerza en mi edificio. Me disparó.

—Dave —dijo el otro oficial—, está sangrando. Tal vez le dieron.

—Habla Jensen de recepción. Necesito un médico lo antes posible.

Guiaron a Erin hasta una silla y la sentaron.

—¿Cuál es su dirección?

—27A de North Avenue —respondió ella en tanto trataba de recuperar el aliento.

—¿Puede describir a la persona que le disparó?

Después de que lo hizo, el oficial informó por la radio:

—Hubo disparos en el 27A de North Avenue. Todas las unidades respondan. El sospechoso es un masculino blanco, de unos cuarenta y cinco años y un metro setenta. Lleva una gorra de béisbol, chaqueta negra y jeans.

—Ah —agregó Erin—, puede que tenga la mandíbula rota.

El oficial la miró con curiosidad.

—El sospechoso también puede tener una lesión en la mandíbula —repitió en la radio.

El corazón de Erin palpitaba con fuerza y su cuerpo bombeaba adrenalina. Y entonces, el dolor caló hondo. Le latía el codo izquierdo y sentía un profundo ardor en la cadera derecha.

—Vamos a necesitar una ambulancia —oyó que el médico

le decía al oficial que había estado hablando con ella—. Está sangrando… no hay duda de que le dispararon. Parece haber perdido una buena cantidad de sangre, pero no creo que haya nada vital comprometido.

Erin extendió su brazo izquierdo.

—Creo que también tengo algo en el codo izquierdo —dijo con una mueca de dolor al moverlo.

—¿Tiene idea de cómo se lastimó el brazo? —le preguntó el médico.

—Sí, debió haber sido cuando lo golpeé en la mandíbula.

Mientras la examinaban, todo lo sucedido volvió a su mente en una ráfaga: la mirada en los ojos del atacante, el arma apuntando a su cabeza, la bala que pasó zumbando junto a ella. De pronto empezó a temblar de modo descontrolado. Trajeron una camilla y la colocaron sobre ella. Pero incluso después de que la sujetaron, no podía parar de temblar.

—Todo va a estar bien —escuchó decir a alguien, mientras la llevaban a la ambulancia.

Erin miró alrededor de la mesa: todos tenían los ojos clavados en ella.

—¿Fue el tipo que entró dos veces a tu casa? —preguntó Duane por fin.

Erin cerró los ojos, los recuerdos aún frescos en su memoria.

—Sí, fue él. Dijo que se alegraba de conocerme finalmente.

—Espera —intervino su padre—. ¿Alguien entró dos veces en tu apartamento?

Erin asintió con la cabeza.

—¿Por qué no me enteré?

Ella no tenía ganas de discutir ahora.

—Es una historia larga, papá. Pero no para esta noche. Estoy agotada, me está empezando a doler todo y mañana tengo que ir a la estación de policía a rescatar mi bolso y a mirar fotografías.

—Yo te llevaré —se ofreció Duane.

—Es víspera de Navidad, Swish. Estoy segura de que tienes otras cosas que hacer.

—¿A qué hora? —preguntó.

—¿A las nueve?

—Perfecto. —Se acercó a ella, se inclinó hacia delante y la abrazó—. ¿Crees que puedas identificarlo?

—No lo sé. Tal vez sí. Pero tú y yo sabemos que este sujeto no estará en ningún archivo de fotos.

Duane asintió.

—Así es, tienes razón. —Se enderezó, ahora dominándola con su altura—. Me alegra que sigas con nosotros —añadió con una sonrisita—. Nos vemos en la mañana.

Erin se puso de pie despacio y su madre corrió hacia ella.

—Te llamaré en la mañana —le dijo a Mark—. Gracias por nuestra conversación anterior. Quizás hayamos terminado con todos los obstáculos.

Mark se incorporó, caminó hacia ella y la besó en la mejilla.

—Eso espero —respondió.

Su madre la condujo con cuidado fuera de la habitación y por las escaleras hasta su antiguo dormitorio. Una habitación en la que no había estado en los tres años desde que había hecho la transición, una habitación que estaba tal como ella la había dejado antes de ingresar en la facultad de Derecho:la habitación de un chico. En la biblioteca estaban los libros que leía de pequeña, sus trofeos de fútbol y una fotografía enmarcada de Los Gigantes de Nueva York celebrando el Super Bowl xxv. Se arrastró debajo de las sábanas y se quedó dormida enseguida.

Se despertó cuando su madre la sacudía.

—Erin. Erin, cariño, despierta.

Entreabrió los ojos en medio de la nebulosa del sueño y trató de descifrar dónde estaba.

—¿Qué? —musitó.

—Estabas gritando —explicó su madre con tono tranquilizador.

Erin tenía apenas los ojos abiertos.

—Vi a Bárbara —precisó, y de pronto se dio cuenta de que estaba temblando y con el corazón acelerado.

Su madre la miró sin comprender.

—La fiscal —agregó—. Murió quemada. Su cara... no quedó nada. Fue... fue horrible.

—Fue un sueño —dijo su madre.

—No. La vi. Me estaba advirtiendo.

Su madre se acostó a su lado.

—Está todo bien —le aseguró y la rodeó con un brazo—. Vas a estar bien.

CAPÍTULO 34

—¿Cómo te sientes? —preguntó Duane, mientras iban hacia el coche.

—Dolorida —respondió Erin.

—¿Eso es todo? ¿Dolorida?

Ella asintió.

Duane le entregó el periódico:

—Página cuatro, si te interesa leerlo —afirmó.

—Digamos que sé lo que pasó. ¿Cuál es la interpretación del periódico?

—Que la policía piensa que alguien está obsesionado contigo y enojado porque eres transgénero.

—Eso es lo que me gusta de las fuerzas de seguridad: nunca dejan que los hechos se interpongan con su teoría del caso —declaró Erin con un suspiro.

—Anoche hablé con Paul Tillis sobre lo que sucedió —dijo Duane y abrió la puerta del automóvil para ella antes de dar la vuelta para tomar asiento al volante.

—¿Por qué?

—Le pedí a Paul que se pusiera en contacto con la compañía de seguridad privada que vigila la puerta de la habitación de Sharise en el hospital y se asegurara de que su gente estuviera alerta y preparada para cualquier problema potencial.

Erin permaneció callada durante varios minutos.

—Creo que este tipo actuó por su cuenta —dijo finalmente.

—¿Qué te hace decir eso? —inquirió él.

—Es solo un presentimiento. Parecía un pervertido, aunque tiene que ser un profesional ya que irrumpió dos veces antes en el apartamento. Pero anoche tenía esa mirada en los ojos… Estaba allí para divertirse matándome.

Duane la miró.

—Pareces como distraída. ¿Estás segura de que estás bien?

Erin se volteó hacia él.

—Anoche soñé con Taylor.

Duane se movió con incomodidad en su asiento.

—¿Algo en particular?

Ella giró la cabeza hacia la ventana.

—Fue bastante horrible —concedió, y se estremeció con las imágenes del sueño todavía vívidas en su cabeza—. Estaba toda quemada.

—¿Sigues yendo al psiquiatra? —aventuró Duane.

—Sí. Tomaré una cita —añadió con resignación en su voz—. Supongo que los recuerdos se desvanecerán con el tiempo, pero el solo hecho de estar viva es… no sé, abrumador. No sé cómo es estar muerta, pero cuando le pateé el bolso a la cara, creí que lo averiguaría.

—Me alegra que no lo hayas hecho.

Cuando llegaron a la estación de policía, el detective Hagen los estaba esperando. Después de que Erin hubo firmado unos formularios de propiedad para recuperar su bolso, el detective le notificó que ya podía regresar a su apartamento. Revisaron con cuidado la declaración de Erin para asegurar de que no hubiera omitido nada y ella miró unos libros de fotografías pero no vio a nadie que se pareciera a su agresor. Antes de que se marcharan, Hagen les comentó que tenían algunas pistas buenas. Habían encontrado sangre en la escalera, así que harían unas pruebas de ADN, y además las dos balas, que serían sometidas a análisis forense. El detective confiaba en que encontrarían al tipo que lo había hecho. Erin y Duane no estaban tan seguros, pero se guardaron sus opiniones.

Después, Erin llamó a Mark y acordó encontrarse con él en Nomahegan Park. Pero antes tenían que hacer una parada más.

—¿Estás segura de que estás lista para entrar ahí? —aventuró Duane cuando ella abrió la puerta exterior.

—Mientras estés conmigo, campeón, aunque camine por el valle de la sombra de la muerte, no temeré mal alguno —recitó—. Además, necesito algo de ropa.

Al final del pasillo, donde giraba el rellano, se podía ver el lugar en la pared de donde la policía había extraído la segunda bala, la que le había atravesado la cadera. Erin respiró profundo y comenzó a subir las escaleras, con muecas de dolor por la herida. Justo antes de llegar a lo alto, se detuvo y observó los escalones. Se tomó de la barandilla; las imágenes de la noche anterior se reproducían de pronto cargadas de detalles. Se mordió con fuerza el labio inferior e intentó aquietar sus emociones.

Duane, le extendió una mano para estabilizarla.

—Aquí es donde forcejeamos —explicó, más para sí misma que para Duane. Volteó y miró hacia la parte superior de las escaleras, contemplando la vista que había tenido su atacante. Luego subió los últimos tres escalones. El agujero de bala en la puerta estaba justo a la altura de los ojos.

Tomó la llave y la hizo girar en la cerradura. Pero antes de poder abrir la puerta, Duane aventuró:

—Déjame a mí.

Él abrió y entró. Miró a su alrededor para asegurarse de que no hubiera señales de que alguien que no fuera la policía hubiera estado allí. Recién entonces, Erin se apresuró a tomar un poco de ropa y cosméticos y los guardó en su maleta.

Se encontraron con Mark en el estacionamiento del parque, donde Duane transfirió la maleta y el bolso de cosméticos al maletero del coche de Mark.

—Feliz Navidad —dijo Erin y abrazó a Duane con un solo brazo—. Dile a Cori que la quiero.

—¿Estás segura de que no tienes problema con que me tome esta semana? —preguntó él.

—Más que segura. Yo me haré cargo. Todo estará bien. Tú disfruta de tu familia. Estoy segura de que Austin estará loco de contento con lo que sea que le traiga Santa Claus. Pásalo bien y relájate.

—Tú también —respondió Duane—. Por cierto, pasarás Año Nuevo con nosotros, ¿verdad?

—Lo intentaré.

Duane la miró con complicidad.

—Lauren y su esposo no vendrán. Irán a visitar a la familia de él en algún lugar de Michigan.

Erin le sonrió.

—Gracias por hacérmelo saber.

Duane le devolvió la sonrisa.

—De nada. Y, suponiendo que vengas, no dudes en traer a un amigo.

Erin rio entre dientes.

—Gracias.

El clima se parecía más al de vísperas de Pascua que de Navidad. Las temperaturas oscilaban entre los doce y catorce grados y la brillante luz del sol entibiaba los días. Erin y Mark caminaron por el parque hasta uno de los bancos con vista al lago y se sentaron.

—Escucha —empezó él—. Sé que no es asunto mío, pero por algunas cosas que alcancé a captar de lo que Duane y tú estaban hablando, parece que los dos han pasado por mucho. Si quieres desahogarte, me alegrará escucharte.

Erin no lo había planeado, pero una vez que empezó, las

palabras simplemente fluyeron de su boca. Dejó fuera todo lo concerniente a la situación legal de Sharise, pero cuando terminó, Mark la miraba con expresión incrédula.

—¡Guau! —exclamó—. Es increíble. Es difícil de creer que nadie lo esté investigando.

—No tan difícil cuando la persona que tendrían que investigar es uno de los políticos más poderosos del estado.

Se quedaron sentados en silencio durante varios minutos. Erin no podía dejar de pensar en Bárbara Taylor y la casa envuelta en llamas.

—¿Qué harás en Navidad? —preguntó Mark.

—No sé qué haré esta noche —confesó—. Mi madre siempre invita a su familia para Nochebuena, pero no tengo ganas de responder a miles de preguntas o peor, enfrentar miradas curiosas. Mañana iré con mi madre a la casa de mi hermano a pasar Navidad con ellos. ¿Qué harás tú?

—Esta noche cenaré en casa de mi hermana y mañana me reuniré con toda la familia en la casa de mi madre —hizo una pausa—. ¿Quieres venir conmigo esta noche?

La invitación la sorprendió.

—Mmm… no sé. Me resulta un poco raro conocer a parte de tu familia sin siquiera haber tenido una cita.

—Bueno, si lo hace más fácil, es la parte de mi familia que sospecho que te recibirá con los brazos abiertos.

—De acuerdo, pero tampoco te puedes aparecer con una invitada inesperada. Sería descortés.

—Ya le pregunté a mi hermana.

Erin dejó que sus ojos se perdieran en los de él, desconcertada por sus propios sentimientos. Lo único que ya no podía negar era que lo encontraba atractivo. Sabía que se había sentido sexualmente atraída por Lauren. Eso había sido muy real. Y siempre había creído que si Lauren hubiera estado dispuesta a vivir con ella como mujer, Erin habría seguido sintiéndose sexualmente atraída por ella. Entonces, ¿cuándo había cambiado eso? ¿Y por qué? Ni siquiera Lisa, su terapeuta, tenía una explicación. "A veces sucede. No significa que tus sentimientos pasados no fueran reales ni que tus sentimientos actuales tampoco lo sean. No hay ningún motivo para resistirse. Disfrútalo". ¿Disfrutarlo? La vida ya era bastante confusa en este momento.

—Tierra llamando a Erin —interpuso Mark con una risita.

—Lo siento. Me gustaría.

—De acuerdo. Tenemos una cita, entonces.

Erin se estremeció.

—¿No prefieres usar otra palabra? No hemos tenido mucho éxito con esa.

—Ya no tiene importancia —aseguró él, se inclinó y la besó.

Cuando Erin abrió los ojos, Mark le regaló una cálida sonrisa. Ella se acercó y dejó que él la envolviera con sus brazos, y por primera vez en mucho tiempo, sintió un momento de paz.

Will señaló el periódico sobre la mesa.

—¿Qué demonios está pasando?

—Feliz Navidad para ti también.

Cuando Will levantó las cejas, Gardner explicó:

—Te llamé esta mañana, pero me respondió el contestador automático.

—Es domingo, además de víspera de Navidad. Sheila y yo estábamos en misa. Hasta yo tengo derecho a una hora de paz y tranquilidad.

—No voy a discutírtelo —concedió Gardner—, pero quería que lo escucharas de mí en vez de leerlo en el periódico, como parece que hiciste.

—Está bien —dijo Will—. Por favor, dame los detalles.

—Ya te había mencionado que el sujeto que entró dos

veces a la fuerza en el apartamento de McCabe era un enfermito.

—Sí, lo hiciste.

—Bueno, parece que anoche decidió vivir su pequeña aventura.

—¿Lo hizo por su cuenta?

—Exactamente.

—No entiendo. El artículo dice que McCabe escapó con heridas leves.

—Es correcto. McCabe está vivita y coleando. Por lo que me dijeron, tiene una herida de bala que no es mortal y una lesión en el brazo. Sin embargo, el tipo que usamos está muerto.

—Eso no está en el artículo. ¿Cómo diablos murió?

La mirada de Michael no mostraba emoción alguna.

—Anoche recibí un mensaje de un intermediario que me informó que nuestro hombre estaba un poco asustado. Al parecer, recibió un golpe fuerte en la mandíbula y había dejado sangre por todo el hueco de las escaleras en el edificio de McCabe. Sabía lo que eso significaba: ADN. También sabía que había violado una regla cardinal al actuar por su cuenta y le sugirió al intermediario que necesitaba abandonar el país de inmediato. Mi sensación fue que su plan dejaba algo que desear. —Se tocó el labio superior con los dedos—. Esta mañana temprano me enteré de que lo encontraron muerto; parece que se disparó un tiro en la cabeza.

Will escrutó a su ex segundo comandante.

—Doy por descontado que estás seguro de que la investigación confirmará que fue un suicidio.

—Por supuesto. También me han dicho que el arma que usó era la misma utilizada en el incidente con McCabe.

Will asintió con la cabeza de modo casi imperceptible.

—De acuerdo, gracias. No necesito más cabos sueltos en este momento.

Michael pasó su mano derecha por el mechón de cabello en el lado derecho de su cabeza.

—Entendido.

CAPÍTULO 35

Las fiestas transcurrieron como en una nebulosa. Molly y Robin habían hecho sentir a Erin como en su casa, y si Mark se sintió incómodo, nunca lo demostró. Luego su padre la dejó boquiabierta cuando las acompañó a ella y a su madre a casa de Sean y Liz el día de Navidad. No dijo mucho durante el viaje ni mientras estuvieron allí, pero Erin consideró una gran victoria que hubieran viajado en un mismo coche y cenado en una misma mesa sin ningún incidente. También pudo pasar tiempo con sus sobrinos, lo que la llenó de una alegría que no había sentido desde hacía mucho tiempo. El día después de Navidad fue al consultorio de su hermano. Sean le tomó radiografías y le examinó el brazo, y se mostró muy satisfecho con el trabajo realizado por el cirujano. Le dijo que debería estar en condiciones de comenzar la terapia física en unas tres semanas.

La policía se contactó con ella el viernes de la semana de Navidad para notificarle que creían haber localizado a su agresor. Ni bien miró la primera foto, Erin supo que era él. Después de que lo identificó, le dijeron que el sujeto se había disparado y había muerto. El análisis de ADN había arrojado una coincidencia positiva con la sangre encontrada en los escalones que llevaban a su apartamento y Balística había determinado que el arma utilizada para el suicidio era la misma que había sido disparada contra ella. Además, se descubrió que el apartamento del sujeto estaba lleno de recortes de periódicos sobre ella que databan desde el inicio de la causa. Basados en esto y en el hecho de que no poseía antecedentes penales y que había servido varios períodos de servicio en Afganistán e Irak, la policía concluyó que era un individuo mentalmente inestable y con un prejuicio contra las personas transgénero. Erin sospechaba que había una historia muy diferente, pero sabía que no tenía sentido discutir.

Ella y Mark habían estado la víspera de Año Nuevo con los Swisher y habían terminado pasando la noche en casa de Mark. Después de que él la dejó en casa de sus padres, Erin y su madre se sentaron a la mesa de la cocina y comieron algo mientras su padre dormía hasta tarde.

—Necesitas algunos amigos.

—Gracias, mamá.

—No, en serio. ¿No tienes amigos cercanos con los que puedas hablar de esto?

Erin bajó la cabeza, avergonzada por la franqueza de su madre.

—No exactamente. No tenía muchas amigas mujeres antes, y la mayoría de mis amigos varones desaparecieron después de la transición.

Peggy McBride miró a su hija.

—No, sin duda no es algo para hablar con un hombre. Supongo que simplemente no lo entiendo.

—Yo tampoco lo entiendo. Quiero decir, nunca me habían atraído los hombres.

—Bueno, parece que ahora sí.

Erin bajó la mirada hacia su pan tostado y se rio. "Gracias, capitán Obvio".

—¿No será que simplemente eras gay y podríamos haber evitado todo este asunto trans?

—Mamá, te juro que nunca me excitaron los hombres antes de esto.

—¿Qué será entonces? Puede que sea hormonal —continuó la mujer sin esperar a que su hija respondiera—. Me acuerdo cuando pasé por la menopausia, Dios mío, mis hormonas me volvieron loca. Estaba alegre, estaba deprimida, tenía calor, tenía frío. Un minuto quería arrancarle la ropa a tu padre y al minuto siguiente quería arrancarle la cabeza.

—No creo que sean las hormonas, mamá. Creo que es todo.

—No tiene sentido. Ni siquiera sé qué significa.

—Estoy de acuerdo. Honestamente, no sé qué es.

—Tengo que admitir que es muy guapo. Entonces, ¿tuvieron sexo?

—¡Mamá! Por el amor de Dios, ¿cómo puedes preguntarme eso?

—¿Qué? ¿No puedo preguntarle a mi hija si tuvo sexo?

—¡No!

—¿No, no puedo preguntar o no, no tuvieron?

—Sí. No. No, no puedes preguntar y no, no tuvimos sexo.

—¿Por qué no?

—¿Por qué no qué?

—¿Por qué no puedo preguntar?

—Porque eres mi madre.

—¿Qué tiene que ver eso? Las madres y las hijas hablan de estas cosas.

—¿Cómo sabes que las madres y las hijas hablan de estas cosas? Nunca has tenido una hija antes.

—Tuve una madre —declaró con voz desafiante.

—¿Me estás diciendo que tú y la abuela hablaban de tener sexo?

—Oh, Dios, no —se rio—. Me parece que nunca escuché a mi madre pronunciar la palabra sexo.

—A eso me refería.

—¿A qué te referías?

—A que las madres y las hijas no hablan de estas cosas.

—Eso no es cierto. Tengo amigas cuyas hijas les hablan sobre sus vidas sexuales.

—¿De veras?

—A veces. Por lo general cuando hay algún problema.

—Bueno, no pasa lo mismo con los padres y los hijos. Los padres nunca hablan de sexo con sus hijos.

—Los hombres nunca hablan de sexo, punto, incluso cuando es lo único en lo que piensan. No te ofendas, pero los hombres son raros.

—No me ofendo. Y ya no juego en ese equipo, ¿lo olvidaste?

—Tienes razón —hizo una pausa y escrutó a su hija—. ¿Entonces por qué no tuvieron sexo?

—Dios santo, mamá.

—Tengo curiosidad.

—Era nuestra segunda cita. Además, todo esto es nuevo para mí.

—Los años pasan, sabes.

—Mamá, no tengo que preocuparme por mi reloj biológico. No hace tictac.

Peg pareció confundida por un momento, y luego una sonrisa comenzó a extenderse por su rostro.

—Lo sabía —rio entre dientes—. Interesante.

—¿Qué?

—El hecho de que seas virgen... de nuevo.

—Hay algo más —murmuró Erin—. Y confieso que me pone nerviosa.

—Me imagino que te refieres a tener relaciones sexuales.

Erin asintió con la cabeza.

—¿Puedo preguntar por qué? —arriesgó su madre.

—No lo sé. ¿Y si después de todo no lo disfruto?

Su madre rio.

—Bueno, entonces sabremos que eres realmente una mujer.

—Mamá. Vamos, estoy tratando de hablar en serio —la amonestó, casi suplicante.

—Tienes razón, lo siento —cedió Peg con tono de disculpa—. Erin, cariño, no necesitas que nadie te diga que el sexo es diferente para el hombre y la mujer; después de todo, has estado en ambos lados de la cama. Yo no puedo decirte qué siente un hombre pero, desde mi perspectiva, por cierto *parece* mucho más sencillo. Con tener una erección, ya están listos para la acción. Para la mayoría de las mujeres no es tan simple. Dicho esto, la mayoría de las veces, si el hombre con el que estás es amoroso y quiere que tú también disfrutes, puede ser maravilloso. El mejor consejo que te puedo dar es que no pienses sobre eso, solo disfrútalo y deja que pase lo que tenga que pasar.

Erin asintió.

—Gracias.

—De nada —respondió su madre con una sonrisa amable. Permanecieron sentadas en silencio durante varios minutos.

—¿Cómo está papá? —preguntó Erin finalmente—. Creo que me ha dirigido quince palabras en toda la semana que he estado aquí.

—No te preocupes, en una buena semana, me dirige veinticinco.

—¡Basta! Amo a papá y me da pena que todavía esté luchando con esto.

—Cariño, ojalá yo lo entendiera. Me parece que en cierto nivel, tu papá piensa que es todo un invento y que estás eligiendo vivir de esta manera. —Levantó la mano para evitar que Erin la interrumpiera—. Sé que no es así, y él y yo lo hemos hablado muchas veces. Puedo decirte que el hecho de que casi te maten lo devastó. La noche que nos contaste lo que había sucedido, después de que te acostaste, se sentó aquí y lloró. Tomó conciencia de que había estado a punto de perder a uno de sus hijos. Y para serte honesta, sé que toda la cuestión con Mark lo asusta mucho. Todo lo que puedo decirte es que seas tú misma y dejes la puerta abierta. Puede que no lo entienda, pero te ama. Algún día cambiará de idea.

CAPÍTULO 36

ERIN SE DESPERTÓ CUANDO ÉL quitó las sábanas de su pecho y le apuntó con el arma al rostro.

—Haz un ruido y estás muerta —la amenazó con voz tranquila.

Ella lo miró con incredulidad.

—Creíste que estaba muerto, ¿verdad? —se burló—. Eres una perra ingenua. No, vine a terminar lo que empecé —agregó. Echó la cabeza hacia atrás y rio. El sonido de su risa se intensificó y rebotó contra las paredes. Era tan fuerte que seguramente despertaría a sus padres. Sin embargo, cuando la habitación se tornó más nítida, Erin se dio cuenta de que estaba en su apartamento. ¿Cuándo? ¿Cómo?

De pronto, él dejó de reír.

—Adiós —dijo y apretó el gatillo.

El cuerpo de ella convulsionó y él desapareció. Erin se despertó sobresaltada; su respiración era rápida y agitada. El camisón, empapado de sudor, se le pegaba al cuerpo.

Salió de la cama con lentitud y se dirigió al baño. Se sentó en el retrete; tenía el estómago revuelto y trató de tranquilizarse asegurándose de que había sido solo un sueño. Se quitó el camisón mojado con el brazo sano y volvió a la habitación.

Tendida en la cama, se volteaba a uno y otro lado. Su mente, ya despierta, comenzó a analizar de manera involuntaria en qué punto se encontraba la causa de Sharise. Las cosas no estaban saliendo como ellos habían esperado. Después de las fiestas, Duane había recibido una llamada de George Phillips, el abogado del condado de Ocean, que quería fijar una reunión para intentar llegar a un acuerdo en la causa civil de Sharise. A pesar de su renuencia, Duane no pudo convencerlo de que no era un buen momento. "Sentémonos y conversemos", insistió Phillips, "no tienen nada que perder".

Después de juntarse con Tonya y Sharise, decidieron que puesto que la caída de Sharise había ocurrido apenas un par de meses antes, exigirían una suma considerable para llegar a un acuerdo. A pesar del buen pronóstico de Ogden, la posibilidad de una recuperación completa todavía era muy lejana.

La reunión había sido un desastre. Para sorpresa de Erin y Duane, Gehrity y Carmichael se habían sumado a Phillips y a Charles Hayden, un representante de la aseguradora del condado. Phillips explicó que había invitado a Gehrity y a Carmichael con la esperanza de que pudieran llegar a un acuerdo total, pero cuando todo a lo que Gehrity accedió fue una declaración de homicidio culposo agravado con una sentencia a diez años y se rehusó a autorizar que se enviara el ADN de Townsend a Massachusetts o Pensilvania, Duane y Erin habían comenzado a discutir a los gritos y las negociaciones llegaron pronto a su fin.

Fue más de lo mismo cuando abordaron la causa civil. Si bien se admitió que Sharise había sufrido una lesión grave, Hayden ofreció trescientos mil dólares para llegar a una solución. Duane les notificó que pensaban exigir cinco millones, y después de algunas idas y vueltas, las negociaciones concluyeron con Erin y Duane en tres millones y una oferta final del condado de setecientos cincuenta mil dólares que fue rechazada.

Había pasado un mes desde la reunión con Phillips y Gehrity, y no habían vuelto a escuchar nada más acerca de un acuerdo a nivel penal o civil. Ahora tenían la conferencia ante el juez Redman y tanto Erin como Duane comenzaban a ponerse nerviosos. Erin había estado segura de que el ADN arrojaría una coincidencia, pero la negativa de la Oficina de la Fiscalía a ceder en las negociaciones del acuerdo había hecho tambalear su confianza. ¿Y si hubieran perdido la oportunidad de obtener tanto un buen acuerdo extrajudicial como un buen arreglo económico para Sharise? Ese fue su último pensamiento antes de volver a quedarse dormida.

—¿Te parece que se nos fue la mano? —preguntó Duane, mientras se dirigían a la conferencia con Redman.

—No lo sé —admitió Erin—. Me parece raro no haber escuchado nada más. Siento como si estuvieran tratando de demorar las cosas, pero no sé por qué.

—Bueno, pronto lo averiguaremos.

Erin cerró los ojos y repasó todo lo que había sucedido desde la última vez que había estado frente a Redman; Bárbara aún estaba con vida, Sharise estaba sana… las cosas habían sido tan diferentes.

Su vida también había cambiado. Su brazo se había curado y se había recuperado físicamente, pero se había dado cuenta de que ya no podía volver a vivir en su apartamento en el tercer piso. El lugar tenía demasiado bagaje emocional. Después de dos semanas de vivir con sus padres, sabía que quedarse allí tampoco era una opción viable a largo plazo. El silencio de su padre había pasado de ser incómodo a molesto. Sabía que sería solo una cuestión de tiempo antes de que uno de los dos pusiera en palabras sus pensamientos y eso no sería bueno para nadie. No le había llevado mucho tiempo encontrar un apartamento cerca de su oficina. No era nada lujoso, pero los

Apartamentos Riverside al menos le ofrecían la seguridad de los vecinos.

Ella y Mark se seguían viendo con regularidad. Y aunque a Erin todavía la desconcertaba la atracción hacia él, ya no había ninguna duda de que era una mujer heterosexual.

—La demora tal vez nos beneficie —comentó Duane y la arrancó de sus pensamientos—. Ben y yo nos reuniremos con Champion y Barone del Departamento de Justicia el próximo miércoles.

—¿Por Townsend?

—Ajá. Ben se aseguró de que el caso de Sharise sea lo único en la agenda.

—Sigo sin entender eso. ¿Por qué se interesarían en su caso?

—Ni idea. Pero supongo que también lo averiguaré.

Redman estaba de pie en la puerta de su despacho cuando su asistente guio a ambos equipos de abogados hasta allí. Mientras entraba, Gehrity se volteó hacia el juez y dijo:

—Su señoría, creo que ya conoce al fiscal adjunto Chris Henderson; él asumirá el rol principal en este caso.

—Sí, por supuesto —respondió el juez.

Cuando estuvieron todos sentados, Redman inquirió:

—Bien, ¿en qué punto se encuentra la causa? ¿Cómo está su cliente, abogados?

—En este momento se encuentra en un centro de rehabilitación recuperándose de su lesión cerebral traumática.

—Me alegra saber que está mejor. A los fines de avanzar con la causa, ¿está él en condiciones de ayudar en su propia defensa?

—Su señoría, si el juicio se iniciara la semana entrante, tendría serias dudas. Sin embargo, todavía hay una serie de asuntos preliminares; la moción del ADN, la moción de cambio de jurisdicción; creo que podríamos proceder con ambas.

—¿Qué hay de las negociaciones de un convenio declaratorio? ¿Estaría el acusado en condiciones de comprender y presentar una declaración de culpabilidad si se le hiciera una oferta aceptable?

—Su señoría, no hemos tenido que preocuparnos por eso porque no se ha hecho una oferta aceptable.

Redman miró a Erin con expresión perpleja.

—Señor fiscal —dijo y se volteó hacia Gehrity—, ¿qué han decidido en términos de una oferta?

—Su señoría, he estado hablando con la familia de la víct... perdón, con la familia del señor Townsend y le comuniqué a la defensa que la familia estaba ansiosa por concluir el caso, de modo que ofrecimos permitir que el señor Barnes se declare culpable de homicidio culposo agravado, con una sentencia a diez años y posibilidad de libertad condicional.

—Es una oferta muy generosa, señor fiscal. —Los ojos de Redman se volvieron hacia Erin—. Abogada, imagino que ha recomendado a su cliente aceptar la oferta.

Erin se dio cuenta del rumbo que estaban tomando las cosas y decidió ir por todo.

—De hecho, su señoría, como dije, mi clienta ha rechazado la oferta y yo estoy de acuerdo con su decisión. Creemos que cuando el tribunal escuche nuestra moción ampliada sobre la evidencia de ADN, su señoría concederá la moción y, además, creemos que el ADN demostrará de manera concluyente que el señor Townsend estuvo involucrado en el asesinato de dos prostitutas transgénero, uno en Boston y otro en Filadelfia. Así que estamos absolutamente seguros de que nuestra clienta será hallada inocente de asesinato u homicidio culposo. —Volteó hacia Gehrity—. Para resolver el asunto, mi clienta está dispuesta a declararse culpable de robo en tercer grado, siempre que la sentencia contemple el tiempo cumplido en prisión preventiva.

—Vaya, su señoría, esto sí que es un avance —interpuso Gehrity con una risita sarcástica—. La última vez que hablé con la señorita McCabe quería un sobreseimiento absoluto.

—Movió su cuerpo para quedar frente a Erin—. La defensa debe saber que si tenemos que pasar por la moción del ADN, la oferta será retirada y los treinta años originales constituirán el único acuerdo ofrecido.

—Caballeros —dijo Redman y dirigió su atención a Gehrity, Carmichael y Henderson—, ¿podrían salir un momento y permitirme hablar con la defensa?

Después de que se hubieron marchado, el juez clavó la mirada en Erin y Duane.

—¿Están locos? ¿De veras están rechazando el acuerdo ofrecido por el Estado?

—Sí, su señoría —afirmó Erin.

—Señorita McCabe, le advierto, si su cliente es hallado culpable de asesinato u homicidio culposo, le daré la pena máxima. ¿Él es consciente de eso?

—Sí, su señoría, ella es consciente.

Redman alzó la mirada al cielorraso.

—Y ya escuchó al fiscal, si las mociones prosperan, la oferta será retirada.

—Escuché lo que dijo el fiscal, su señoría, lo cual, dada la condición de mi clienta, no me parece justo. Se le está pidiendo que tome una decisión final sobre una oferta de declaración de culpabilidad y reducción de pena cuando yo no estoy segura de que ella esté en condiciones de tomar esa decisión. Si esa es realmente la posición del Estado, tendremos que demorar las mociones hasta que los médicos autoricen a mi clienta a tomar ese tipo de decisión crucial.

—No tengo ninguna intención de demorar esta causa de manera indefinida. Muy bien, que regrese el fiscal.

Cuando todos retomaron sus asientos, el juez preguntó:

—¿Señor Henderson, está usted al tanto de la causa y listo para proseguir?

—Lo estaré pronto, su señoría. Si pudiera darme otras dos o tres semanas antes de programar nada, se lo agradecería.

—De acuerdo —respondió Redman—. ¿Señorita McCabe? La escucho.

—Su señoría, como ya indiqué, hay una moción pendiente para enviar el ADN del señor Townsend a los laboratorios estatales de Pensilvania y Massachusetts para determinar si coincide con otros ADN recolectados en escenas de asesinatos en Filadelfia y Boston. También está nuestra moción de cambio de jurisdicción. Por último, como ya le mencioné a su señoría, dado que nuestra clienta ha sufrido una lesión cerebral traumática muy grave, solicito que se aprueben todas las mociones hasta que los médicos la autoricen a tomar ese tipo de decisiones.

—Señorita McCabe, no tengo ninguna intención de permitir que este caso se prolongue indefinidamente. Señor Henderson, deberá responder a la moción del ADN para el 27 de marzo. Si tiene una respuesta, señorita McCabe, por favor, hágamela llegar antes del 2 de abril, y la escucharé y decidiré el 6 de abril. Programaremos la moción de cambio de jurisdicción para después de que se decida la moción del ADN.

Cuando se levantaron para marcharse, Redman se quitó las gafas.

—Abogada, insisto en que vuelva a hablar con su cliente acerca de la oferta actual de acuerdo extrajudicial. Creo que cometerá un gran error si no la acepta.

Abandonaron el juzgado y se detuvieron en el centro de rehabilitación para discutir con Sharise lo que había sucedido. Días antes le habían pedido a Tonya que la visitara para poder sumarse a la discusión.

Al entrar en la habitación, Erin se detuvo en seco y pensó que se había equivocado. Allí, sentada en una silla en el rincón más alejado, había una mujer afroamericana muy atractiva, con una falda larga azul claro y una blusa azul marino, el cabello recién trenzado y maquillaje muy suave, pero hecho a la perfección. Erin volvió la mirada de inmediato hacia Tonya, quien estaba sentada en el borde de la cama con una ancha sonrisa en su rostro.

—¡Oh, Dios mío! —exclamó—. Sharise, te ves fabulosa. —Atravesó la habitación casi corriendo y abrazó a su clienta.

Después de que describieron la conferencia con el juez, Sharise se inclinó hacia delante en la silla.

—¿Me están diciendo que acepte el trato?

—No —respondió Erin—. Todavía confío en que ganaremos la moción y que el ADN arrojará una coincidencia. Pero necesito asegurarme de que sepas que si perdemos la moción o si el ADN no coincide, retirarán la oferta, y si te hallan culpable, el juez Redman te aplicará la pena más severa. La oferta actual de diez años con posibilidad de libertad condicional significa que con el tiempo que ya has cumplido, probablemente tendrías que cumplir tres años antes de que te dieran la libertad condicional. Tres años en prisión es muchísimo menos que treinta años sin libertad condicional. Cuando salgas, tendrás veintidós años. Y lo más probable es que no seas la única persona transgénero en la prisión estatal, de modo que quizás sea más segura que la cárcel del condado.

Sharise se quedó con la mirada perdida en el espacio por un largo tiempo.

—No quiero pasar el resto de mi vida en la cárcel. ¿Crees que todavía me ofrecerán setecientos cincuenta mil dólares para llegar a un acuerdo en el caso civil?

—Es probable —interpuso Duane.

—No es justo que el juez nos fuerce a tomar una decisión ahora —protestó Tonya—. Sé que mi hermana está muy bien, pero todavía se está recuperando.

Erin asintió con la cabeza.

—Sí, estamos de acuerdo —asintió Erin—. Y si el juez no nos concede un aplazamiento de la moción, interpondremos una moción de manera de tener un registro para apelarlo si se torna necesario, pero por ahora parece decidido a no moverse de su posición.

—Necesito hablar con Tonya —manifestó Sharise—. Tal vez sea tiempo de acabar con todo esto y seguir adelante. Todo lo que tengo que hacer es sobrevivir unos años en prisión y estaré bien. Déjenme pensarlo.

—Por supuesto —accedió Erin—. Para que lo sepas, si decides aceptar el acuerdo, tendrás que proporcionar los fundamentos de hecho para el crimen. En otras palabras, tendrás que decirle al juez, bajo juramento, que mataste a Townsend y que no fue en defensa propia.

La mirada de Sharise era increíblemente triste.

—A veces haces lo que tienes que hacer para sobrevivir. Quiero sobrevivir, Erin. Quiero tener una vida.

Sharise y Tonya permanecieron sentadas en silencio después de que Erin y Duane se marcharon.

—No puedo pasar el resto de mi vida en la cárcel —se lamentó Sharise, rompiendo el silencio.

—¿Puedes pasar tres años en una prisión para hombres? —inquirió Tonya.

—He estado atrapada en la prisión de un hombre toda mi vida —replicó sin emoción alguna—. Tres años serán un juego de niños. —Bajó la vista al suelo—. Está decepcionada.

—¿Quién?

—Mi abogada.

—Ella solo quiere lo mejor para ti.

—Lo sé. Hasta que llegaste tú, ella fue la única que me apoyó. —A medida que hablaba, su tono de voz se iba elevando—. Hasta trataron de matarla. Pero ella sabe, ella sabe. —Su tono era ahora desafiante.

—¿Ella sabe qué? —peguntó Tonya.

—Ella sabe que ese chico blanco trató de matarme y que si voy a la cárcel es porque su papito es rico y poderoso.

—¿Qué pasó realmente esa noche, Sharise?

Sharise miró a su hermana. Nunca le había dicho la verdad a nadie. Incluso les había mentido a Erin y a Duane. Pero de alguna manera, con la ayuda de Lenore, ellos habían descifrado la mayor parte.

—Me había levantado en la calle una semana antes. Anduvimos varios metros y estacionó. Me pagó cincuenta dólares y le di una mamada. Cuando terminamos, me miró y me preguntó si era un travesti. Antes de que pudiera responderle, me dijo: "No te preocupes, me gustan los travestis". Así que le conté. Él dijo que cuando volviera, alquilaríamos una habitación y nos divertiríamos. Me preguntó cuánto por cogerme. Le dije doscientos. Una semana después, vuelve y vamos al motel. Me da cincuenta y me dice que me dará el resto cuando terminemos. Me pide que me saque la ropa excepto la ropa interior y que me acueste en la cama. Se saca toda su ropa y se pone encima de mí y me dice que empiece a tocarlo. Yo lo toco, pero no se le para. Parece que se está enojando y le digo: "No te preocupes, papi, ya va a funcionar". De pronto me baja la parte delantera de las bragas para ver mi pene y después se inclina hacia delante y empieza a frotarme el cuello. Entonces siento que se le pone dura y empieza a frotarse contra mí. Le digo que tengo un condón en mi bolso, que está en la cama junto a mí. De pronto me pone las manos alrededor del cuello y me empieza a asfixiar. Trato de alejar sus brazos pero es demasiado fuerte. Está todo excitado y gimiendo y me doy cuenta de que está acabando mientras me asfixia. Estoy tratando de sacarlo de encima de mí y estoy revoleando los brazos por todos lados cuando mi mano golpea mi bolso. Estoy a punto de desmayarme y mi mano encuentra la navaja en mi bolso. La tomo, presiono el botón para que salga la cuchilla y él está tan excitado que nunca se la ve venir cuando se la clavo.

Sharise se enjugó las lágrimas del rostro.

—Nunca quise matar a nadie. Pero tampoco quiero pasar

el resto de mi vida en la cárcel. ¿Qué tengo que hacer? No quiero que mi abogada piense que soy una asesina.

—Sharise, cariño, la que enfrenta la posibilidad de ir a la cárcel eres tú, no Erin. Más allá de lo que suceda, cuando el caso termine, ella se irá a su casa y dormirá en su cama. No te preocupes por ella. Tienes que pensar en ti.

—Vaya suerte la mía, arreglo el caso por un montón de dinero y después tengo que pasar el resto de mis días en la cárcel por asesinar a alguien que trató de matarme. —Suspiró mientras miraba a su hermana—. ¿Dónde está mi ángel guardián cuando lo necesito?

—No seré tu ángel guardián, pero soy tu guardián legal, Sharise. Te ayudaré a decidir.

—¿Por qué estás tan molesta? —preguntó Duane.

—No lo sé.

—Claro que lo sabes. Estás decepcionada porque piensas que Sharise podría aceptar el acuerdo.

—Sé que Townsend es un asesino, Swish.

—No, no lo sabes, E, y ese es el punto. Tenemos fuertes sospechas, pero no podemos estar seguros.

—Yo estoy bastante segura.

—¿Lo bastante segura para arriesgarte a pasar el resto de tu vida en prisión si te equivocas? Porque ese es el riesgo que le estás pidiendo a Sharise que corra.

—Lo sé —musitó entre dientes—. ¡Mierda! Nos están apretando. No puedo creer que Gehrity y Redman la estén forzando a tomar una decisión antes del análisis de ADN. ¿Qué clase de justicia es esa? Pensé que el sistema se llamaba sistema de justicia. No está ni cerca de eso.

Duane esbozó una sonrisa triste.

—Recuerdo mi primer día en la facultad de Derecho. El profesor entró en el aula y dijo: "Les enseñaré a ser abogados. Si alguien quiere aprender acerca de la justicia, el seminario de teología se dicta al otro lado del campus". —Hizo una pausa—. La igualdad de condiciones no existe, E. El dinero y el poder todavía importan.

—Deberías mejorar tus discursos motivacionales. No me siento inspirada.

—Bueno, tal vez esa sea la razón por la que han estado demorando las cosas. A medida que pasa el tiempo, se vuelve más difícil decirle que no al acuerdo y al dinero.

—Supongo que sí... ¿pero y si tengo una idea para forzarlos a que hagan algo?

—Te escucho —respondió él.

—Está bien, mira, antes de que digas nada, admito que es un poco descabellado; no, en realidad, es *muy* descabellado.

—Si hay algo que he aprendido de ti es que nada es descabellado —comentó Duane con una sonrisa burlona—. Te escucho.

—Lauren y el bebé están bien, ¿verdad?

—¿Lauren y el bebé? ¿De qué estás hablando?

—Solo responde a mi pregunta. ¿Están bien?

—Sí. Cori y yo los visitamos hace más de dos semanas. Todos están muy bien.

—Y tú te llevas bien con su esposo, Steve, ¿no es cierto?

—Ajá. ¿Por qué?

—Perfecto. Necesito que arregles para juntarnos con Steve. Tenemos que pedirle un favor.

CAPÍTULO 37

Edward Champion había sido primer fiscal adjunto de los Estados Unidos bajo las órdenes de Jim Giles durante casi cinco años, pero todavía había momentos en que tenía dificultades para entender a su jefe. Giles le caía bien; aunque su apariencia física era tan común como la compota de manzana, poseía un encanto y un carisma que atraían la atención de las personas cuando entraba en una habitación. Y aunque apenas tenía cuarenta y cuatro años, nadie podía dudar de que, para alguien que nunca se había postulado para un cargo político, era experto en las artes de la política y que, para alguien que nunca había sido un fiscal, había desarrollado un sentido agudo de qué causas aceptar y cuáles rechazar.

Pero cuando se trataba de casos con connotaciones políticas, Champion sabía que su jefe era impredecible. Hubo ocasiones en que Giles había provocado la ira de su propio partido al llevar adelante causas contra políticos republicanos, pero Champion a menudo se preguntaba si esas causas no estarían motivadas por un tipo diferente de política, el tipo personal. Ahora corrían rumores de que Giles había estado hablando en voz baja sobre la posibilidad de postularse para gobernador y Champion se preguntaba cómo pensaba Giles combinar eso con la posibilidad de tener que investigar a Townsend.

Cuando Giles entró en la sala de conferencias, tanto Champion como Alan Fischman, director de la división de Derechos Civiles, se pusieron de pie.

—Siéntense —pidió Giles con un gesto de su mano. Arrojó sobre la mesa los papeles que llevaba, de modo que se deslizaron por la superficie—. Leí el informe del Departamento de Justicia y, Ed, leí tu informe sobre tu reunión con Swisher —comenzó—. Permítanme que les pregunte a los dos: si el Departamento de Justicia tenía intervenidos los teléfonos de Swisher y cree que Townsend estuvo detrás de todos esos asesinatos, ¿por qué no va tras él? —hizo una pausa y se rio burlonamente—. Ah, sí, es cierto, porque Townsend es el niño bonito de New Jersey. ¿En qué estaba pensando? Vamos muchachos, no hay nada allí. ¿Alguno cree que tenemos causa probable para un auto de procesamiento, o como mínimo para convencer a un jurado de que es culpable más allá de una duda razonable?

—Pienso que hay suficiente para que el FBI abra una investigación —replicó Champion.

—Ed, tú y yo raramente estamos en desacuerdo, pero por el amor de Dios, todo lo que tienes es una cinta de un agente del FBI caído en desgracia y devenido en abogado defensor, y mucha especulación de su parte acerca de la participación de Townsend. Ni siquiera el Departamento de Justicia ha podido encontrar evidencia de que estas cosas estén directamente conectadas con Townsend. Además, la mitad de esta mierda ni siquiera ocurrió en Jersey. ¿Se supone que nuestra oficina tiene que investigar el asesinato de una puta en Las Vegas, un policía muerto en Rhode Island y una explosión de gas en la costa? ¿Por qué tendría nuestra oficina que coordinar una investigación entre varios estados sobre una conspiración para violar los derechos civiles de un presunto asesino travesti? ¿Dónde está el Departamento de Justicia? Hay algo que no entiendo.

Champion miró a Fischman, quien se limitó a menear la cabeza.

—Me parece que no hay nada que entender, Jim. Supongo que lo único que agregaría —aventuró Champion— es que hablé con Phil Gabriel, quien está a cargo de la Operación Jersey, para ver si tienen algo sobre Townsend. Phil me contó que mucha gente está hablando sobre Townsend, pero que no han podido obtener nada sólido ni nada que lo conecte con todo esto.

—Miren, muchachos —continuó Giles—, ustedes saben que no me acobardo a la hora de perseguir políticos, así que les agradezco que me hayan traído esto. Pero debo pensar en la reputación de esta Oficina de la Fiscalía, y no empañaré la reputación de mi oficina por ir tras uno de los principales políticos del estado a menos que tengamos una buena probabilidad de condenarlo. —Señaló el informe que todavía estaba frente a Champion—. La cantidad de coincidencias es muy llamativa, y sé que ninguno de los que estamos en esta mesa cree demasiado en las coincidencias, pero necesitamos más que una reacción visceral o un presentimiento para seguir adelante. Somos fiscales y tenemos la obligación de no perseguir a alguien solo para arruinar su reputación; corremos el riesgo de caer en la imparcialidad y arruinar la reputación de esta oficina.

Champion y Fischman asintieron a modo de consentimiento.

—¿Por qué Chris Bentley necesitaba hablar contigo con tanta urgencia? —inquirió Will mientras se servía un whisky.

—Al parecer, para avisarte que el Departamento de Justicia ha enviado información a Giles y que Giles está considerando seriamente abrir una investigación sobre ti en relación con el caso Barnes por violación de sus derechos civiles —explicó Gardner.

—¿Y la verdadera razón? —preguntó Will y agitó su vaso para que el hielo enfriara el whisky.

—No lo dijo expresamente, pero está claro que Bentley está aconsejando a Giles y guiando sus ambiciones políticas. Lo que sí confirmó es que Giles estaba considerando postularse para gobernador y que sabía que tú también. Dijo que sería una pena que la investigación interfiriera con tus planes. El subtexto no dicho es que, si decidieras *no* postularte para gobernador, todo eso podría desaparecer.

—¡Mentira! —gruñó Will—. Sabes que eso es pura mentira. Si pensara que tiene suficiente evidencia para ir detrás de mí, trataría de hundirme en un instante. El muy hijo de puta arrogante piensa que puede eliminarme tan fácilmente. Si de verdad creyera que puede acusarme formalmente, no mostraría sus cartas de esta manera. Jim Giles puede ser muchas cosas, pero no es estúpido.

—Estoy de acuerdo contigo. Parece un ardid. Pero hay que ser justo con Bentley, es astuto y cuidadoso. Dijo que había otros personajes públicos involucrados. Que no eras el único político que podría estar complicado.

Will frunció el rostro y trató de adivinar a quién estaba implicando Bentley.

—¿Carlisle? —sugirió con los ojos de pronto muy abiertos.

—Eso supuse. Dijo que el gobernador podría tener que hacer un nombramiento en el futuro cercano. Y como el gobernador es el encargado de sustituir a un senador en funciones hasta que se convoque a una elección especial, la renuncia de Carlisle parecería encajar a la perfección.

Will bebió un largo trago de whisky.

—Interesante. Me han llegado rumores de que Carlisle estaba involucrado en esa operación demente, pero la verdad, pensé que era demasiado inteligente para eso.

—Como dije, no se mencionaron nombres. Pero eso es lo que supongo.

Will se sirvió dos dedos más de whisky, caminó con su vaso hasta el sillón de cuero negro y se puso cómodo.

—¿Qué es lo que quiere Giles, entonces, el nombramiento para ocupar el lugar de Carlisle, o ser gobernador?

—Tal vez las dos cosas —arriesgó Gardner.

—¿A qué te refieres con las dos cosas? —inquirió Will con escepticismo.

El rostro de Gardner delató una expresión casi de admiración en tanto comenzaba a describir las posibles maquinaciones.

—Supongamos que Carlisle renuncia en los próximos meses. El gobernador nombra un reemplazante y luego, por ley, debe convocar a una elección especial para completar el resto del mandato. Como Carlisle acababa de ser reelegido, su mandato no termina hasta 2012. Por lo que, hipotéticamente, Giles podría obtener el nombramiento, postularse en noviembre como titular para cumplir el resto del mandato y, si gana, aun así postularse para gobernador en 2009, con la seguridad de que si pierde, regresará al Senado.

Will se reclinó en el sillón y frunció los labios.

—Eso es bastante maquiavélico —señaló con un dejo de respeto—. ¿Por qué no podría yo hacer eso?

Gardner esbozó una sonrisa sarcástica.

—Te conozco. ¿Por qué querrías renunciar a todo lo que has construido aquí para ir a Washington? Te tornarías irrelevante en meses.

Los labios de Will comenzaron a dibujar una sonrisa con lentitud.

—Tienes razón. No tengo ganas de ir a esa letrina a menos que sea para mudarme a Pennsylvania Avenue. —Se interrumpió y se acarició la barbilla—. ¿Qué está haciendo Gehrity con la causa?

—Le propuso a Barnes una declaración de culpabilidad

de homicidio culposo. McCabe está tratando de forzar que se apruebe la moción del ADN y ofreció una declaración de culpabilidad de robo, con tiempo cumplido.

—A la mierda con ella. Es una perra. Ojalá tu sujeto la hubiera matado solo por principio general. ¿Qué hay del arreglo en la causa civil?

—Setecientos cincuenta sobre la mesa; ellos piden tres millones.

—Carajo, tendría que haberlos matado a todos. —Miró a Gardner—. No me mires así. Si te hubiera dejado hacer lo que querías hacer, me habrían arrastrado delante de tantos jurados que mi cabeza estaría dando vueltas. —Levantó los ojos al cielorraso—. Me estoy desahogando, ¿de acuerdo?

Gardner asintió.

—Escucha, no puedo darme el lujo de perder este juego de ver quién aguanta más. Pero si manejamos bien los tiempos, podemos lograr que lo que tenemos que hacer pase inadvertido.

—¿Qué tienes en mente? —preguntó Gardner.

Will hizo una mueca.

—Esto es lo que quiero que hables con el señor Bentley.

—¿Cómo te fue con el jefe hoy?

—No muy bien —reconoció Ed Champion—. Sugirió que si el caso fuera sólido, el Departamento de Justicia entero estaría tras Townsend. No quiere saber nada.

—No puedo decir que me sorprende —dijo Andy Barone—. Cuando atacas a un rey, debes matarlo.

Champion se rio.

—Ralph Waldo Emerson. Créeme. Creo que Giles es muy consciente de eso.

—Me impresiona que conozcas a los poetas. Pero hazte un favor a ti mismo y recuerda que William Townsend es un tipo muy inteligente y despiadado que además tiene amigos en las altas esferas.

—Sí, pero pensé que tal vez nos permitiría que el FBI diera un vistazo.

Barone rio.

—Ed, ni siquiera podemos mantener los secretos en secreto. Townsend se enteraría y entonces Giles pagaría el precio. Mira, sabes que si yo pensara que hay suficiente evidencia, iría tras el muy hijo de puta. Pero no la hay, en especial dadas sus conexiones.

—Entiendo. Pero estoy un poco decepcionado, porque creo que Townsend tuvo algo que ver en esto y me gustaría verlo expuesto.

—Ten cuidado, don Quijote, se pueden arruinar carreras por luchar contra molinos de viento.

Champion rio.

—Y yo que pensé que mi trabajo era defender la verdad y la justicia, y el estilo estadounidense.

—Lo es, pero también tienes que aprender a elegir tus batallas.

—Hablando de elegir batallas, ¿qué vas a hacer con Swisher y la investigación sobre la filtración? —preguntó Champion.

—Estamos cerrando la investigación. No podemos acusarlo. No tenemos nada. Honestamente, nunca pensé que fuera él. Siempre estuvimos interesados en otra persona, pero los muchachos de arriba nos dijeron que no nos metiéramos ahí. Era un poco delicado ir tras una jueza en funciones.

—¿Sonya? —inquirió con evidente sorpresa.

—Eso jamás salió de mi boca, amigo. Parece que en la época en que ella trabajaba en tu oficina, estaba saliendo con un periodista del *Times*. Siempre se ha sospechado de conversaciones en la cama, pero… bueno, ya sabes cómo funciona cuando papito es un donante importante.

—Andy, ¿ustedes echaron a Swisher del FBI y nunca creyeron que era él? ¿Por qué?

—Un chivo expiatorio. No sé. La decisión vino de arriba.

—¿Y no te importa?

—Claro que me importa. Es una mierda.

—¿Por qué él?

—Tenía acceso a la información que se filtró y...

—¿Y?

—Mira, ¿crees que fue una coincidencia que persiguieran a un tipo negro y graduado de la Liga Ivy? —Se interrumpió—. ¿Pero cómo puedo saberlo?

CAPÍTULO 38

Duane y Erin estaban de pie uno a cada lado de Sharise.

—¿Señorita McCabe, ha revisado todos los documentos del acuerdo extrajudicial con su cliente? —preguntó Redman, mirando por encima de sus gafas de lectura.

—Lo hemos hecho, su señoría.

La sala de audiencias estaba casi vacía, lo cual no era sorprendente para un viernes por la tarde, pero sí en vista de lo que estaba a punto de ocurrir. Los únicos espectadores eran Tonya, Paul y la mamá de Sharise en un lado de la sala, y el mismo individuo de aspecto malévolo que había asistido a las audiencias petitorias originales… Michael Gardner, si mal no recordaba Erin… en el otro lado.

—¿Y reconoce que su cliente celebra este acuerdo con pleno conocimiento y de manera voluntaria?

—Sí.

—Muy bien. Le tomaré juramento a su cliente a los efectos de que los fundamentos de hecho consten en actas.

Redman bajó la mirada hacia la orden judicial que Erin le había entregado antes del inicio de la audiencia, en virtud de la cual se modificaba legalmente el nombre "Samuel Emmanuel Barnes" por "Sharise Elona Barnes". Alzó la cabeza hacia el acusado, quien, con un vestido negro y zapatos de tacón, lucía en todo sentido como la mujer que su nombre decía ser.

Redman respiró hondo.

—¿Sharise Barnes, jura o afirma que el testimonio que está a punto de dar será la verdad, toda la verdad y nada más que la verdad?

—Sí, su señoría.

Erin se volteó hacia Sharise.

—Señorita Barnes, el 17 de abril de 2006, hace poco más de un año, usted trabajaba como prostituta en Atlantic City. ¿Es eso correcto? —le preguntó.

—Sí.

—En ese entonces, ¿conoció usted a un individuo llamado William E. Townsend, hijo?

—Sí —respondió Sharise en tono suave y con un dejo nervioso en su voz.

Erin no tenía ninguna duda de que Lauren había convencido a su esposo de que se reuniera con ellos. Steve conocía a Duane, por supuesto, pero aceptar juntarse con Erin, el exesposo de su esposa, debía haber sido bastante más difícil de lograr. Sin mencionar que una condición previa de la reunión era que Steve accediera a que fuera completamente extraoficial.

Al cabo de un intercambio inicial entre Duane y Steve, fueron al grano. Erin fue directa con Steve desde un principio: estaban allí porque necesitaban un favor y lo estaban usando. Steve estuvo a punto de dejar la cocina de Duane en ese mismo momento, pero cuando Erin precisó que se trataba literalmente de una cuestión de vida o muerte, Steve se mordió el labio y le pidió que continuara. Ambos explicaron todo lo que sabían y sospechaban y luego le dijeron que necesitaban una cosa de él: que llamara a Will Townsend para decirle que como editor metropolitano le gustaría enviar a un periodista para hablar sobre las muertes de varias personas conectadas con el homicidio de su hijo. Le explicaron por qué el tiempo era clave en términos de la declaración de culpabilidad de Sharise y le prometieron que si Sharise se veía obligada a declararse culpable de homicidio no premeditado, se pronunciarían públicamente y le darían al *Times* una exclusiva sobre todo lo que había acontecido en la causa. Pero también le advirtieron que si obtenían lo que querían, seguramente habría un acuerdo de confidencialidad, en cuyo caso no habría noticia, al menos no de parte de ellos. Steve preguntó qué pasaría si Townsend aceptaba reunirse con un periodista y le prometieron que le darían suficiente información para que llevara a cabo una entrevista fascinante. También sabían, pero no se lo dijeron, que si Townsend aceptaba reunirse, significaba que Townsend sabía que el ADN no coincidía con el de su hijo.

Erin bajó la cabeza y su suspiro fue casi audible. El guion era parte del acuerdo extrajudicial, y por mucho que quisiera desviarse, sabía que no podía.

—Mientras usted estaba en la habitación con el señor Townsend, el señor Townsend murió al ser atravesado por una navaja. ¿Es eso correcto? —continuó.

—Sí —respondió Sharise. Deseaba gritar: "Puso sus manos alrededor de mi cuello y estaba tratando de matarme", pero ella también había aceptado que su declaración de culpabilidad omitiría el hecho de que él había intentado matarla.

—¿Puede decirle a la corte qué ocurrió después de que murió el señor Townsend? —preguntó Erin.

—Me asusté. No sabía dónde estaba porque él me había llevado a un motel extraño. Así que le saqué treinta dólares del portamonedas, la tarjeta de débito y las llaves del coche. Conduje de regreso a Atlantic City, recogí algo de ropa, después fui a Filadelfia y tomé un tren a la ciudad de Nueva York.

—¿Usó la tarjeta de débito?

—Sí, saqué trescientos dólares de un cajero automático en Atlantic City antes de ir a Filadelfia.

Steve había logrado comunicarse y, de hecho, había hablado con Townsend, quien, como Steve les contó, había sido muy cortés pero se había negado a hablar con un periodista, aduciendo que la muerte de su hijo había tenido un costo emocional enorme para su familia. Tres días después, Duane recibió una llamada de Phillips: quería reabrir las negociaciones sobre la causa civil. Después de numerosas llamadas de ida y vuelta, acordaron por fin un arreglo de 2,1 millones de dólares.

Al día siguiente, Erin recibió una llamada de Carmichael, quien señaló que la Oficina de la Fiscalía podría estar dispuesta a aceptar una declaración de culpabilidad de robo en vez de homicidio sin premeditación. Erin enfatizó que el robo era un delito de segundo grado, lo que significaba que Sharise podría terminar pasando más años en prisión por robo que los diez años que le habían ofrecido por homicidio no premeditado. Dos días después, Carmichael aceptó una declaración de culpabilidad por hurto, con cinco años de libertad condicional y sin tiempo en prisión adicional.

Después de que el juez Redman impartió la sentencia a Sharise conforme al acuerdo extrajudicial, se reunieron en el pasillo fuera de la sala de audiencias. Viola y Tonya lloraban de alegría y se turnaban para abrazar a Erin y a Duane en tanto les agradecían por todo lo que habían hecho. Luego fue el turno de Sharise.

—Tú —le dijo a Duane—, eres mi caballero negro de armadura brillante. Me alegro que ya no estés en el FBI, porque sin ti, todavía estaría sentada en la cárcel. —Le rodeó el cuello con los brazos y lo besó en la mejilla—. Sé que eres un hombre casado —susurró— y espero que tu esposa sepa que es una mujer afortunada. —Cuando dio un paso atrás, su rostro exhibía una enorme sonrisa.

—Gracias —respondió Duane—. No estoy seguro de que ella se sienta siempre tan afortunada.

Sharise volteó hacia Erin.

—Y tú, nena, eres mi perra guerrera. La primera vez que te vi, pensé que te comerían viva. Pero, cariño, ahora sé que mi ángel de la guarda te ha enviado, porque me salvaste la vida. —Envolvió a Erin con sus brazos y le dio un abrazo de oso—. No pienso meterme en líos nunca más, pero nena, si alguna vez lo hago, te quiero conmigo.

—Será mejor que no te metas en más problemas —le aconsejó Erin en tanto las lágrimas rodaban despacio por sus mejillas—. Pero no te preocupes, pase lo que pase, mientras yo esté cerca, nunca estarás sola. —Tomó ambas manos de Sharise en las de ella—. Quiero que sepas que hubo momentos en que no estaba segura de tener la fuerza para continuar. Pero cada vez que me sentía así, pensaba en ti y en lo valiente que eres, y eso siempre me daba las fuerzas para seguir adelante. Así que, como te gusta decir, tú eres mi perra guerrera. Gracias. —Se abrazaron otra vez y por primera vez en su vida, Sharise lloró de alegría.

Duane y Erin regresaron a la oficina en silencio; ambos se sentían física y mentalmente agotados.

—Estoy muy feliz por Sharise —dijo Erin y rompió el silencio en el coche—. Pero una parte de mí siente que hemos fracasado. ¿Deberíamos haber actuado de manera diferente?

—¿E, si te hubiera dicho en septiembre pasado que esta causa terminaría con Sharise Elona Barnes declarándose culpable de hurto en tercer grado y abandonando los tribunales convertida en millonaria, qué habrías dicho?

—Dame una pitada de lo que sea que estés fumando porque tiene que ser de la buena —respondió ella con una risa forzada.

—Exactamente.

Justo después de cruzar el puente Driscoll, Duane tomó su móvil, que estaba vibrando en el bolsillo de su chaqueta, y se lo entregó a Erin.

Ella miró la pantalla.

—Es Ben —dijo.

—Responde y ponlo en altavoz.

—Hola, Ben. Soy Erin. Me he convertido en el contestador de Swish. Te pondré en altavoz.

—Hola —respondió Ben.

—¿Qué pasa? —preguntó Duane.

—Pongan WNYC y luego llámenme.

—De acuerdo —dijo Erin, con una mirada intrigada hacia Duane. Encendió la radio y encontró WNYC.

"En una serie de acontecimientos impactantes y de último minuto, el mundo político de New Jersey se estremeció en el día de hoy cuando James 'Jim' Giles, el fiscal general de los Estados Unidos para el estado de New Jersey anunció de manera inesperada que renunciaba a su cargo, con efecto inmediato. Hasta que el presidente designe a su reemplazante, el primer fiscal adjunto Edward Champion se convertirá en el fiscal interino de los Estados Unidos. A esta noticia le siguió el sorprendente anuncio de la renuncia, con efecto inmediato, del senador de los Estados Unidos por New Jersey, John Carlisle. Si bien circularon algunos rumores en cuanto a que Carlisle había sido sorprendido en escuchas telefónicas en una investigación federal, él y su personal adujeron hoy razones personales que requieren que el senador dedique más tiempo a su familia.

"Más tarde, tal como se informó hace unos momentos, el gobernador Rogers anunció que designaría a Jim Giles para que ocupe de forma temporaria el escaño del senador Carlisle hasta que se puedan celebran elecciones especiales en noviembre. Giles, a su vez, subió al podio para agradecer al gobernador por el nombramiento y también agradeció al senador por el Estado de New Jersey William Townsend por haberlo recomendado al gobernador.

"Hoy ha sido una jornada frenética. Estaremos de regreso a las cinco en punto para un análisis más detallado de lo sucedido y su impacto en New Jersey y la política nacional".

—¡Joder! —exclamó Erin y apagó la radio—. ¿Qué piensas de todo eso?

Duane la miró y esbozó una mueca.

—Todo tiene sentido ahora.

—Bueno, me alegro que al menos uno de los dos entienda algo. ¿Quieres explicarme?

—¿Te fijaste que no había periodistas en la sala?

—Sí.

—Bueno, eso es porque probablemente todos andaban corriendo para cubrir estas noticias. Además de eso, ¿qué es lo que más deseas el día en que quieres que una noticia sobre ti pase inadvertida?

Erin se encogió de hombros.

—¿Una noticia más importante?

—Exactamente —respondió él—. Mañana los periódicos estarán llenos de artículos sobre Giles y Carlisle y de especulaciones acerca de la renuncia de Carlisle. Cualquier cosa sobre el acuerdo extrajudicial y el arreglo económico alcanzados por Sharise quedarán relegados a la página quince. Townsend no recibirá publicidad adversa y las únicas personas que podemos atar cabos, nosotros dos y Sharise, tenemos prohibido hablar de ello por el acuerdo de confidencialidad.

Erin se colocó las manos sobre la cabeza y descansó los brazos a ambos lados.

—¡Uf! —musitó.

Trató de convencerse de que habían hecho lo que podían. Duane le había contado todo al FBI. Ellos le habían dado la información al *New York Times*, aunque extraoficialmente. Habían esparcido las semillas por ahí. No era trabajo de ellos llevar a los culpables ante la justicia. Sin embargo, Erin no podía evitar la sensación de que podrían haber hecho más.

Su mente deambulaba. Todavía pensaba mucho en Bárbara. Había días en que reproducía su último mensaje de correo de voz una y otra vez, escuchaba la voz y pensaba que Bárbara no sabía que apenas le quedaban unos minutos de vida. La investigación oficial había determinado que una fuga de gas causada por las repentinas temperaturas frías había facilitado que el gas se acumulara en el sótano de Whitick. Se especulaba con que uno de ellos había abierto la puerta del sótano y había prendido el interruptor de luz, y que la chispa resultante había encendido el gas. Erin creía todo, excepto que la fuga había sido accidental.

¿Qué había pasado en esos últimos segundos?, se preguntaba Erin. ¿Acaso Bárbara sabía lo que estaba a punto de ocurrir? Ella al menos había tenido una oportunidad de esquivar la muerte. Pero Bárbara no había tenido esa suerte. Así era la vida; y podía ser muy arbitraria. En un determinado momento, nuestro tiempo se acababa, y sobrevenía el fin.

CAPÍTULO 39

7 de noviembre de 2007

—¡No! —gritó Erin y arrojó una almohada al televisor.

Era apenas pasada la medianoche cuando Noticias 12 dio a conocer el resultado de la elección especial del Senado de los Estados Unidos. Jim Giles había ganado una elección cerrada, y superado a su rival demócrata, Marie Honick, por menos de dos mil votos. La cobertura televisiva se trasladó a la sede central de Giles en Freehold y Erin observó cómo el orgulloso vencedor subía al escenario, seguido de su esposa y sus dos hijos adolescentes. Mientras permanecía de pie frente al micrófono, exultante ante la multitud que vitoreaba su nombre "¡Gi-les, Gi-les, Gi-les!", William E. Townsend estaba de pie detrás de él. A pesar de las esperanzas de Erin de que un día el castillo de naipes de Townsend se derrumbaría, este no solo había sobrevivido, sino que sus tentáculos políticos habían alcanzado ahora el Senado de los Estados Unidos.

Después del acuerdo extrajudicial y el convenio económico, varios periodistas la habían buscado para averiguar qué había sucedido. Todos querían saber cómo habían logrado el acuerdo extrajudicial que habían obtenido para Sharise, pero el convenio no le permitía decir nada. Había intentado dar algunas pistas sutiles a un par de periodistas, pero no podía violar la cláusula de confidencialidad y poner en peligro la nueva vida de Sharise.

Ni bien Giles comenzó su discurso victorioso, Erin apagó el televisor con disgusto y se fue a la cama. Los sueños ya no eran tan frecuentes, pero con el rostro de Townsend todavía en su conciencia mientras se iba quedando dormida, supo que esta noche podría ser una de esas noches en que Bárbara la visitaba.

—¿Estás bien? Te ves cansada —comentó su madre cuando Erin tomó asiento frente a ella.

—Sí, anoche me acosté tarde.

—¿Cómo les fue en Indianápolis?

—Fue interesante —respondió Erin—. No me mudaría allí, pero Conseco Fieldhouse es lindo y ver el partido desde unas de las salas privadas fue alucinante. Me conoces, no soy fanática del baloncesto, pero fue como mirar desde un restaurante. Había comida y un bar. Por supuesto, Mark y Swish eran como dos chicos en una tienda de golosinas y Paul fue muy amable con ellos. Ni bien terminó el partido, dos personas de seguridad los vinieron a buscar con pases VIP y los llevaron al vestuario a reunirse con Paul y los demás jugadores. Parecía como si se hubieran muerto y estuvieran en el cielo. A Cori y a mí nos costó subirlos al avión el domingo por la noche para volver a casa.

—Se ve que lo pasaron bien.

—Fue divertido —respondió Erin.

—¿Y cómo está Sharise?

El rostro de Erin se iluminó.

—Está tan bien que no se puede creer. Nunca dirías que tuvo una lesión cerebral traumática. Paul la puso en contacto con su asesor financiero, así que todo su dinero está invertido de manera segura. Está alquilando una casa bonita de dos dormitorios en Carmel, en las afueras de Indianápolis, a menos de dos kilómetros de donde viven Paul y Tonya. —Se interrumpió y su sonrisa se agrandó—. Ahora viene lo mejor. Después de que se mudó en abril, terminó sus estudios secundarios y ahora está asistiendo a un centro de estudios terciarios. Me contó que piensa entrar en la universidad el año que viene. Cuando le pregunté qué quería hacer, se rio y me dijo: "una abogada brava".

—Bueno, tiene un gran modelo a seguir.

Erin se mordió el labio inferior con un esfuerzo por no emocionarse.

—¿Sabes? Hubo un momento en una de las audiencias, después de que el juez me había vapuleado con fuerza, tomé asiento junto a Sharise y ella me dijo: "Gracias. Eres la primera persona en mi vida que se puso de pie y me defendió por quien soy". —Erin se estiró a través de la mesa y apretó la mano de su madre—. Yo sé cómo se sentía. Tú eres esa persona para mí. Gracias.

—De nada —replicó Peg y le apretó la mano—. Estoy muy orgullosa de ti y de la mujer que eres.

—Gracias —dijo, ruborizándose.

La camarera se acercó y les sirvió más café.

—¿Viste el resultado de las elecciones anoche? —preguntó su madre.

—Por desgracia sí.

—El hombre en el escenario que estaba a la derecha de Giles cuando dio el discurso de agradecimiento era Townsend, ¿verdad?

Erin asintió con la cabeza.

—Para alguien que no se estaba postulando, se lo veía muy feliz.

—Oh, sí se está postulando, solo que esta vez no figuraba en la boleta electoral. Por lo que escuché, es posible que sea el próximo gobernador del estado.

—¿No puedes conseguir que lo investiguen?

En un momento de debilidad, justo antes de que se cerrara el convenio económico y que la cláusula de confidencialidad se lo prohibiera, Erin le había contado a su madre todo acerca de Lenore, Florio, Bárbara, Whitick y el hombre que había intentado matarla y que había terminado muerto, supuestamente por una bala que él mismo se había disparado. Su madre se había horrorizado. Y le había resultado incomprensible que Townsend se hubiera salido con la suya.

—Ya te lo expliqué, mamá. Swish y su abogado se sentaron con abogados del Departamento de Justicia y de la Oficina de la Fiscalía de los Estados Unidos y les contaron todo. Y luego, anoche, la televisión te mostró al tipo que era el responsable de la Oficina de la Fiscalía de los Estados Unidos cuando Swish se reunió con ellos, de pie junto a Townsend, y ambos sonreían de oreja a oreja.

—Supongo que a mi edad debería ser más cínica, pero fui lo bastante tonta para pensar que no era posible hacer lo que él ha hecho y salir impune. Quiero decir… ¿hay muchas personas muertas por culpa de él y él está arriba de un escenario celebrando? —Respiró hondo—. Es difícil de creer.

"Sí", pensó Erin, "difícil de creer y más difícil aún de soportar".

—¿Las cosas con Mark siguen bien? —preguntó Peg.

—Sí —respondió con una sonrisa—. Serán unas fiestas de fin de año interesantes con su familia. —Emitió una risita—. Pero yo logré que visitara el vestuario de los Pacers, así que tengo muchos puntos a mi favor.

—Hablando de las fiestas de fin de año —interpuso su madre—. Los espero a los dos para Acción de Gracias, ¿no?

Erin suspiró.

—No sé, mamá. Este año papá tendrá que lidiar no solo conmigo sino también con mi novio. No estoy segura de que esté listo para eso.

—Ya se adaptará —aseguró su madre con tono desafiante.

—El año pasado dijiste lo mismo y sabemos cómo terminó.

—Cena a las seis y cóctel a las cinco.

Más tarde, se despidieron en la acera.

—Si no te veo antes, te veré en Acción de Gracias —insistió Peg.

—¿No te das por vencida, verdad? —respondió Erin con una sonrisa.

—Nunca —declaró su madre—. Y si no tienes nada que hacer el miércoles por la noche antes de Acción de Gracias, ven a casa y te enseñaré a hacer mi famoso pastel de calabaza y mi arroz con leche.

—¿Y por qué necesito saber cómo hacer eso?

Su madre la miró y meneó la cabeza.

—Erin, querida, una vez te dije que hay dos formas de llegar al corazón de un hombre. Tengo la impresión de que has descubierto la primera. Ahora hay que aprender la segunda.

—¿Mamá, te das cuenta de lo estereotípico que es eso?

—Ay, mi Dios, además eres feminista —exclamó Peg con una sonrisa—. Me alegro por ti. Entonces… ¿qué tal porque es una tradición madre-hija que mi abuela le enseñó a mi madre, mi madre me enseñó a mí, y ahora es mi turno de enseñártela a ti?

Se inclinó y le dio un beso en la mejilla.

—Nos vemos en dos semanas.

Dos semanas después

Erin hizo una pausa antes de girar la manija de la puerta.

—¿Estás seguro de que me veo bien? —preguntó.

—Te ves muy bien.

Erin giró la cabeza.

—¿Alguien te ha dicho alguna vez que decirle a una mujer que se ve bien no es en realidad un cumplido?

Mark negó con la cabeza.

—Lo siento —se disculpó con un sonrisa—, pero para mí estás perfecta. Aunque bueno, también me pareció que estabas perfecta con las primeras cinco cosas que elegiste para ponerte. ¿Por qué estás tan nerviosa? Es tu familia, y ya he conocido a todos —agregó y le dio un pequeño tirón en la cintura para tranquilizarla—. Relájate.

Erin sabía que Mark tenía razón; ya todos lo habían conocido. Habían ido a cenar a la casa de Sean y Liz, y los chicos habían tenido la oportunidad de conocerlo mejor porque Mark solía sumarse a los partidos de los domingos. No, a Erin le preocupaba un solo miembro de la familia. Inhaló profundo y empujó la puerta.

Al igual que el año pasado, Patrick y Brennan estaban sentados en el sillón de la sala de estar jugando con un dispositivo. Este año, sin embargo, no hubo gritos de emoción. Pusieron el juego en pausa, se acercaron, la abrazaron, saludaron a Mark y corrieron a seguir jugando.

Erin y Mark se encaminaron a la cocina, donde su madre, Sean y Liz estaban conversando mientras su madre iba y venía de un lado a otro. Intercambiaron saludos y su hermano incluso la abrazó, pero no pudo evitar notar que su padre no estaba allí.

—¿Dónde está papá? —preguntó por fin.

Hubo un silencio incómodo antes de que su madre respondiera.

—Está en el estudio, viendo un partido de fútbol.

"Será mejor terminar con esto de una vez". Tomó a Mark de la mano y lo guio al estudio. Abrió la puerta y allí estaba su padre, con los ojos pegados en el partido.

—Hola, papá.

Su padre levantó la cabeza.

—Recuerdas a Mark, ¿verdad? —continuó.

Su padre miró a Mark.

—¿Cómo podría olvidarlo?

—Es un gusto volverlo a ver —se adelantó Mark.

—Sí, claro —respondió su padre.

—¿Quién va ganando? —preguntó Mark.

—Detroit —respondió y volvió su atención al partido.

Para Erin, el silencio subsiguiente pareció una eternidad. "Mierda. Ahí vamos de nuevo".

—Vamos a ver si mamá necesita ayuda —aventuró, y empujó a Mark hacia la puerta.

—Espera —dijo su padre, obligándolos a detenerse—. Mark, ¿puedo hablar a solas con... ella?

—Por supuesto —replicó Mark.

—Por favor, siéntate —le pidió su padre. Puso el partido en silencio y le señaló el sillón. Erin lo miró y advirtió que estaba pálido; parecía más viejo que sus sesenta y seis años.

—Mira, no es ningún secreto que tu cambio no me hizo feliz. Pero no quiero repetir lo que pasó el año pasado —afirmó y se frotó la barbilla con lentitud—. Esto —agregó e hizo un gesto hacia ella con las manos— ha sido muy difícil para mí, porque estaba muy orgulloso de ti como hijo. Pero... traté de criarlos a ti y a tu hermano para que persiguieran sus sueños. —La miró y meneó la cabeza—. Por supuesto, esto no es exactamente lo que tenía en mente.

—Lo siento...

—No —la interrumpió—. Por favor. Déjame terminar —vaciló y luego se inclinó hacia delante—. Como tu madre no se olvida de recordarme, soy un vejestorio y me tengo que actualizar. —La miró con una sonrisa triste—. No me importa confesar que soy un vejestorio. No entiendo nada de esto, nunca quise que lo hicieras y ojalá no lo hubieras hecho. Pero eres mi sangre y necesito dejar esto atrás porque, lo creas o no, deseo que seas feliz. —Su voz tembló—. Yo... —se detuvo y tragó—. ¿Por qué no vas a ayudar a tu mamá? Está feliz de que hayas venido.

—Claro —dijo Erin y se puso de pie. Cuando llegó a la puerta, hizo una pausa y lo miró—. Gracias, papá. Espero que sepas cuánto significa eso para mí... —Quería decir más, pero temía quebrarse.

Más tarde, todos tomaron asiento alrededor de la mesa y Brennan bendijo los alimentos. La habitación se llenó con el ruido de los platos con pavo, puré de papas y salsa de arándanos que se pasaban unos a otros. Cuando Erin le pasó las papas a Mark, miró a través de la mesa hacia su madre, quien no había dejado de sonreír desde que se habían sentado. Se quedó absorta durante un momento mientras observaba a su madre bromear con Patrick, luego burlarse de Sean, interactuando con todos en la mesa a su manera única.

—Pásame la sal, por favor... —dijo su padre, ella levantó la vista—, Erin —agregó.

Ella le sonrió a su padre.

—Claro, papá —respondió y estiró su brazo—. Aquí tienes.

Las conversaciones se reanudaron y, por primera vez en años, Erin supo que viviría una cena de Acción de Gracias inolvidable.

AGRADECIMIENTOS

Ante todo me gustaría agradecer a los lectores. Ya sea que hayan comprado el libro en la librería local, lo hayan pedido en línea, descargado, retirado de la biblioteca, escuchado en el automóvil, pedido prestado a un amigo o encontrado tirado en el contenedor de reciclables, muchas gracias. Gracias por invertir su tiempo valioso en leer (o escuchar) una historia creada por mí. Espero que la hayan disfrutado.

Estoy en deuda con mi agente, Carrie Pestrito, que creyó en mí mucho antes de que yo lo hiciera. Sé que este libro no existiría sin ella. Asimismo, vaya mi enorme agradecimiento a mi maravilloso editor en Kensington Books, John Scognamiglio, quien tuvo el coraje de publicar un libro con dos personajes principales transgénero, escrito por una autora transgénero desconocida. John, gracias desde lo más profundo de mi corazón.

También quiero expresar mi agradecimiento a todas las personas en Kensington Books que me ayudaron a escribir una mejor novela. Estoy segura de que hay algunos editores que todavía se rascan la cabeza y se preguntan cómo pude haber llegado tan lejos en la vida sin saber cuándo usar una coma. Y a Crystal McCoy, quien me guio a través del proceso de publicación, me alentó y me ayudó a comercializar mi libro, muchas gracias.

Mi personaje favorito en el libro tal vez sea Peggy McCabe, la mamá de Erin. En líneas generales, se basa en mi propia madre. Mi madre es mi heroína. Más allá de las reservas que pudo haber tenido con respecto a su hija transgénero, las hizo a un lado y ha seguido amándome como solo una madre puede amar a una hija. Su maravilloso sentido del humor y su negativa a "comportarse según su edad" me han inspirado. ¡Gracias, mamá!

No existe una forma de poder agradecer adecuadamente a Jan, quien, a pesar de los cambios que ha sufrido nuestra relación, ha seguido siendo mi mejor amiga. Siempre me ha animado a perseguir mis sueños, aun cuando esos sueños no la beneficiaran. Siempre estaré agradecida de que ella forme parte de mi vida.

Un agradecimiento especial a nuestros hijos Tim, Colin y Kate por soportarme y seguir amándome, a pesar de los cambios. Un segundo agradecimiento a Colin (lo siento, Tim y Kate) por leer los primeros borradores y alentarme a seguir adelante. La publicación de su novela, *The Ferryman Institute*, me inspiró a seguir trabajando. A mi nuera, Carly, y mis nietas, Alice y Caroline, quienes son una parte especial de mi vida. Y a mi futura nuera, Stephine, y su hija Madison, me alegra mucho que sean parte de esta familia en crecimiento.

A mis hermanos, Doreen, Virginia (también conocida como Ginna) y Tom, mis suegros, ex parientes políticos, tíos, tías, sobrinos, sobrinas, primos y primas, muchas gracias. Soy una de las pocas mujeres trans con la fortuna de que toda su familia lograra de alguna manera hacer la transición conmigo. Son la mejor familia que cualquiera podría desear.

Tengo una gran deuda con Andrea Robinson, una editora independiente, que me recomendó Carrie. Andrea tomó un manuscrito que parecía escrito por un estudiante de una clase de Inglés como Lengua Extranjera y ayudó a darle forma a la novela en que se convirtió. Andrea, no puedo agradecerte lo suficiente por tus sabios consejos, tu paciencia, y por ayudarme de más maneras de las que jamás podrás imaginar.

A las personas que leyeron esto sobre la marcha y ofrecieron consejos, ideas y estímulo... Lori Becker, Lynn Centonze, Don DeCesare, Lisa O´Connor, Celeste Fiore, Linda Tartaglia y Gary Paul Wright, gracias.

A quienes leyeron mi primer esfuerzo por escribir una novela, que nunca vio la luz del día (por suerte), pero que sin embargo me estimularon a perseverar: mi hijo Colin, Luanne Peterpaul, Andrea Robinson, Lori Becker, Lisa O'Connor, Janet Bayer, Nancy DelPizzo, Joann Ramundo, Emily Jo Donatello, Jane Pedicini y Bárbara Balboni, gracias.

A mi familia en GluckWalrath (mi trabajo diario) que me han apoyado increíblemente en mis actividades extracurriculares: Michael, Chris, Jim, Dave, Meghan, Vicky, Fay, Caitlin, Colby, Char, Diane, Kendal, Marsha, Carolyn, Steve y un agradecimiento especial para Patti, quien tiene que aguantarme todos los días, lo cual puede ser difícil... lo sé porque yo misma tengo que aguantarme todos los días.

A todas las personas transgénero, no binarias y con inconformidad de género... esto es para ustedes. Ustedes son mi inspiración. ¡Gracias!

SI TE HA GUSTADO ESTA NOVELA...

Entonces, te recomendamos leer *El juicio de Miracle Creek,* de Angie Kim, la autora de uno de los diez mejores thrillers del año en los Estados Unidos. Aquí, una familia coreana ha llegado a un pequeño pueblo de Virginia, y vive de ofrecer sesiones de oxigenación hiperbárica, una terapia alternativa para niños con autismo y personas con infertilidad.

Cuando se incendia la cápsula, y mueren una mujer y un niño pequeño, se desata el drama en la comunidad, y la justicia acusa de asesinato a Elizabeth, la madre del niño. Un año después se inicia el juicio, que dura los cuatro días en los que se desarrolla la novela electrizante, de gran profundidad psicológica. Poco a poco, como capas que se levantan, va apareciendo la verdad, tan lógica como inesperada.

Angie Kim nos muestra, igual que Robyn Gigl, la cruda realidad de la discriminación, haciéndonos reflexionar sobre el odio al diferente, a aquellas personas que pueden alterar nuestro ansiado estado de "bienestar social".

El juicio de Miracle Creek ha obtenido el *Premio Edgar Allan Poe 2020,* en la categoría "Mejor primera novela de autor norteamericano". También se encuentra nominada para los *Premios Anthony 2020,* otro de los más prestigiosos galardones otorgados en Estados Unidos para autores de misterio.

El equipo editorial

 Escanear el código QR
para ver el booktrailer
de *El juicio de Miracle Creek*